風暴的一天

謹紀念夏卡

獻給瑪裘莉
因為瓊恩

痛苦很重要：尤其是我們如何迴避，如何屈服，如何應付，如何克服它。

——奧黛・洛德（Audre Lorde）

舊的打火棒很容易就能重新點燃

——牙買加諺語

1

在老婆去世一週年的忌日，沙維耶・雷丘斯天亮前就起床下樓去替鱈魚抹鹽。他坐在自家廚房裡，手拿著綠色筆記簿，左手拇指摸過有污漬的頁面，等著貨送來。透過餐廳櫥窗，褪色月亮的黃金弧線仍依稀可見。在他周圍，殘詩餐廳寂靜無聲，只有清晨的風把大門吹得顫動。

他確定，今天會很不好過。

本地漁夫很快就到了，他的青少年兒子跟在後面，老爸畢恭畢敬，兒子的目光低垂盯著銀藍色漁獲的背部。就是這個年輕人發現了沙維耶的妻子四肢癱軟漂浮在海上，並把她的遺體搬上沙灘。他說妮亞死後的聲音聽起來像腐爛的鳳梨：她輕觸他的胸膛時感覺甜美又刺耳。

你可以把我放下了，孩子。它已經腐爛了。

漁夫的兒子看著她走過沙灘，直到她完全消失無蹤。

你怎麼不留住她？沙維耶怒道。然後叫我？什麼都好。

我不知道該怎麼做，年輕人抱怨說。

我花了兩天才把他帶來通知你，神廚！漁夫說。這該死的笨蛋躲到叢林裡去了！

人要是孤獨死去，沒有適當的葬禮，屍體會遊蕩多年，漫無目標，逐漸腐爛萎縮。他們都看過這種鬼魂，用垃圾碎片填補自己的身體，苟延殘喘，瘋瘋癲癲。孤獨死去的人：心臟病、中風、衰老、死於睡夢中。跌倒時腦袋撞到石頭。貧窮。被殺。自殺。溺斃。大家都伸手遮著嘴耳語。他們全都是同一個死因，你知道的。寂寞。

想起悍妻讓沙維耶心痛，算了吧。

沙維耶付了魚的錢——兩塊厚魚肚和一袋柔軟鱈魚肝——看著年輕人抬起魚放到廚房桌上時顫抖的嘴。他沒有原諒這小子。這麼重大的事情，留住一個死掉的女人能有多難？

「祝福你，神廚，」漁夫說。他拍拍鱈魚。「祝今天順利，好嗎？」

沙維耶點點頭。

他倚著廚房的門，聽著父子倆穿過他的崖頂庭院走回去，一面想像他們經過的每種植物：珍珠狀的九重葛；攀爬到芒果樹上在夜間開花的仙人掌；番木瓜和兩棵杏仁樹；辣椒樹、南瓜和白玫瑰。他喜歡在藥草之間種植開花植物；它們會吸引適當的昆蟲。他們走下陡峭的階梯，互相輕聲提醒：小心腳步。他喜歡漁夫的聲音。讓他想起年輕的感覺。在你的客套話變這麼溜之前，神廚，他哥哥伊奧喜歡咧嘴笑著說。沙維耶吸吮牙齒。無論哥哥怎麼說，他並沒有變得客套。他仍然懂得怎麼用祖先的語言咒罵別人。

他用掌根摸摸下巴。他的鬍鬚該修剪了。

伊奧的七歲女兒奇瑟很快就會過來，向他討早餐。她也是早起的鳥兒。妮亞剛過世那幾個月，奇瑟是唯一敢未經邀請就跑來他房間、跳上他的吊床悠閒晃腿的人。她說他看起來太高了，何不為此想點辦法，還有當房裡開始發臭——噁，好臭！——她會伸手打開窗戶，然後把他的臉轉向陽光。

叔叔，你今天有要出門嗎？

今天沒有，奇瑟。

她拉扯他的鼻子直到他投降，抱起竊笑的她拋上空中。

別失手了，客套話叔叔！

¶

沙維耶做了一次深呼吸，然後走出門外來到庭院。陰暗的花園在他面前向外延伸，更遠處則是波比修群島。殘詩餐廳位在貝提西恩島一個完美的位置：算是首府美麗鎮之內但仍然僻靜，在港口上方的懸崖上。他在這裡看得到他的顧客蜿蜒越過沙灘向他走來，還有用餐後、離去時，酒足飯飽的人形成一道銀色行列，像泡沫般延伸到海邊。

在被他餵飽了之後，有的人會游泳，有的人會跳舞。

一個橘色的薄片爬上海平線，頂多破殼小雞的窺孔那麼大。他閉上眼睛開始緩緩轉一個圈，挺直背脊，伸出雙臂手掌朝上。東西兩邊都是海灘，就在他指尖末端；老黃金海灣和裡面作業中的漁船散布在柔和的海面上；高大瘦長的校舍；彎腰市場；鐘聲莊嚴的寺廟——啊，感覺他的手指幾乎可以觸摸得到；有座玩具工廠漆成醜陋的綠色，活像嚴重感冒之後從鼻子裡流出的鼻涕；低矮俗麗的小屋一路蔓延到丘陵上，在夜間被前院的烹飪爐火照亮。有時候他會去拜訪屋主，送他們特定顏色的染火劑，讓他的饕客能夠欣賞那些火光。是，神廚，他們微笑著對他沉默的面孔說。為了你，還有選上你的眾神，沒問題。

他停止轉圈睜開眼睛。貝提西恩的姊妹島杜庫亞伊在遠方閃爍，島上濃密的草木在晨光中顯得模糊。如果往北瞇起眼睛找，還可以看到死亡群島：像一大把濕潤的藍色卵石。他已經很久沒有踏上那裡了。

世界再度被喚醒，他的綠色筆記簿裡有今天的待辦事項。

1. 收魚貨
2. 屁事

¶

他們沒有妮亞的遺體可以清洗或包紮，所以他在海邊舉辦儀式。他挽著岳母的手臂站著，親戚朋友簇擁在他們周圍，身穿金袍的沉默巫女邊撒藥草邊將蘭姆酒倒進水裡祭奠。大家咕噥著，真慘，他覺得太大聲了。她從來不是游泳高手。

她會來找你，阿沙，蘇絲大媽站在他的起居室，拍拍他的肩膀說。你也知道他們會尋找他們最愛的人。他親吻她的額頭。她的眼睛好乾澀。她聽到獨生女去世時曾經哭喊過，仰天往後倒，幸好被老公接住，雙臂抱住她的腰，抓著她的腹部猛搖。

她會想要找她媽媽吧，沙維耶咕噥。但雙方都知道她說得對。妮亞會回來找他，尋求自由。而唯一能夠釋放一個鬼魂的方法就是……赦免剩下來的遺體。

他已經準備好去做那必要的事。漁夫的兒子無法做到的事。

喪禮過後他換上工作服開始替晚餐時段準備。他從沒錯過任何一次。即使在最初那幾個月，他整天都背對著妮亞空蕩蕩的吊床昏睡，太陽下山後他還是會起床蹣跚地走進廚房，瞇著眼睛，把幾塊山羊肉與兔肉扛在肩上，吃著乾麵包和蔬菜梗，一面設法用他的刀子敲斷骨頭。

他的二廚摩埃穿著喪禮的白衣走進廚房，問他在幹什麼。

沙維耶站在冒泡的鍋子前發呆片刻，心不在焉地發現自己的手在發抖。

妮亞對此可不會感到驚訝，他說。

不會，神廚。摩埃毫不眨眼地說。但我說的不是驚訝。我說的是體面。她是個含蓄的女人，但她很喜歡神廚的太太。

沙維耶吸吮一下牙齒轉回去面對爐子。摩埃也吸牙齒回應，用腳跟轉身。他試用過十一個廚師才找到她，她有敏感的鼻子和辮子包頭——真是小女生的髮型！她往雜燴湯撈泡沫的樣子活像在指揮合唱團。但她那天晚上沒回來，他身邊只剩一個洗碗工和一名女侍，她被哄騙來刷洗蘑菇、端出蛋糕，跟在他後面擦烤盤，用錯誤的動作。女侍被燙到兩次，而且真的開口抱怨。她不知道廚師的幫手都是千錘百鍊磨出來的嗎？他的雙手布滿因為肌腱扭傷、煮糖漿和被端著滾燙肉汁的廚房員工撞到而留下的傷疤；被豬鬃毛和魚鱗割傷；因為疲倦疏忽受傷；撿拾熱鍋子燙傷，同時怒罵：怎麼，我說要把麵粉抹在握柄上才看得出鍋子很燙都沒人在聽，混帳東西！

那段摩埃不支持他的記憶仍然令他煩躁。他期待二廚能了解她的職責。他有著大約二十年的時間來為波比修島上的每個成年男女做一頓飯。用他的餐點取悅整個國家。這是一輩子的工作，受訓準備，然後執行。找到自己的接班人，他的助手，然後訓練他們重新開始。失敗是絕不允許的。在他之前只有一位神廚失敗過，那是因為他死掉了。

妮亞之死提醒了他世事難料。

過了幾個星期，他越來越相信妮亞會在他不在家時回來。她回來在臥室庇蔭中找他，他卻在市場；妮亞在庭院等待時，他卻跟奇瑟在廟裡。當她腐爛著尋找他，不在，不在，還是不在。在她上門時他卻在睡覺；這似乎是最殘酷的可能性了。

鬼魂會哭嗎？不重要。他必須留在屋裡等。

伸展他的雙手和肩膀。

拜託你了，快一點，蘇絲大媽說過。

接下來幾個月，待在餐廳足不出戶，連庭院也沒整理。整天坐在他的臥室或深夜繞著房子散步，他覺得自己快瘋了。他發現了她生前留給他、塞在爐子背後密封又油膩的幾張字條，或者壓在盆栽底下：阿沙，在這裡等我，還有我們何不去…？他拿著字條佇立嘀咕：老婆啊，老婆。話語轉變成一道深紅色的陰影吹過牆上的裂縫，飄下海濱懸崖進入鄰居屋裡，讓小孩們掩著嘴巴啞口無言。

但是一整年過去，妮亞一直沒找到回家的路。

¶

伊奧在喪禮後兩星期找上門來，所有衣物塞在三個破爛旅行袋裡，兩邊腋下各抱一隻黃色的雞。他也有自己的不幸：去年的一場工地意外害他扭傷跛腳；療養期間他的婚姻完蛋了。

沙維耶咕噥了一聲，讓他進來後就又回他的房間去等候妮亞。

伊奧自命為大總管，負責殘詩餐廳所有的送往迎來，還立刻展開了午餐外帶業務。簡單的雞肉餃子和椰子汁。他在懸崖底下釘了個招牌。

你一輩子只有一次
吃得到神廚的料理
但你可以每天來這裡買餃子！

這項業務馬上一炮而紅：連續三天忙碌地從廚房窗口遞出整齊溫熱的套餐；一絲不苟的清潔；員工增加額外工作量；付工會規定的工資；一切都隨時清理好，讓神廚下樓後不必一再強調。

每天！

直到摩埃指出一大群憤怒的民眾前來請願要求拆除招牌，沙維耶才發現這項厚顏無恥的業務。他惱怒地傳話告訴大家不要這麼敏感，從臥室窗戶看著群眾散去，大家都低著頭壓抑憤慨。他了解民眾對他的忠誠；他也了解伊奧的幽默感——他哥哥是真正的平等主義者。沙維耶懷疑伊奧根本不信有任何神明，更別說他弟弟被神選上這種事了。伊奧知道的辦法就是努力工作與跛著腳持續長途前行。

阿沙，要去散步嗎？

不要，他還沒準備好。

神廚最好穿紅色襯褲，他偷聽到女侍們說。以防她回來找他時想要親熱。

在儀式之後，在夜深人靜、腰痠背痛、奇瑟就寢之後，兄弟倆一起坐在陽台上，伊奧懂得何時閉嘴何時開口，交換當天低級、好笑又誇張的趣事，兩人都心不在焉地想勝過對方。你若是路過，只會聽到咕噥和有一搭沒一搭的句子，那種熟識多年的人們講話的方式。

不過最近，沙維耶看出了他哥哥眼中的不安。

¶

那一年除了妮亞什麼事情都來了：養羊戶的新鮮羊奶；石榴收穫季；有個女人向他兜售長袍用的手雕鈕扣；另一個兩邊乳房大小不同的女人因為想起他喪妻而在門口哭了，摩埃用擦碗布把她趕走；奇瑟的那群老玩伴；還有總督的信，大約三個月前收到的，印在昂貴厚重的進口紙上。

就是這封信引發了沙維耶寫在綠色筆記簿裡的那件屁事。從伯特蘭・印提亞薩夫婦的官邸送來，信中告知沙維耶・勞倫斯・雷丘斯——第四百一十三代神廚——近日他們的獨生女桑坦妮・美樂蒂・伊格諾伯・印提亞薩，已經與丹度・亞伯拉罕・布倫特寧頓盛大訂婚。

信中也說總督很樂意迎接神廚到他們家中為這對新人烹煮一頓傳統的婚宴料理。

沙維耶嗤之以鼻並把信撕成兩半。婚宴很常見，伴隨著其他各種冗長複雜的祝福與步驟，據說能為快樂的新人帶來好運與幸福生活。但是伯特蘭・印提亞薩應該心裡有數，知道不該請他來做這件事才對。還真的送信來！

他討厭信件。

他第一次見到總督就在這間廚房裡，十年前的耶穌升天節，他獲得頭銜的那一天，庭院裡擠滿了來觀禮的人。他和妮亞剛入住不到一星期，連餐廳都還沒命名。

沙維耶在廚房晃來晃去，等候巫女過來正式介紹他認識本地權貴，然後會要他向底下海灘上聚集的民眾致意——是揮手嗎？他當然知道總督會來擔任榮譽貴賓，但他不喜歡這傢伙闖進來的方式。印提亞薩長得意外地好看；大家都知道他待過外國的離島；這點迷倒太多人了。

別讓我太破費也不要鬧出醜聞，這是印提亞薩倚著看起來不錯的爐子打量蒜頭時說的第一件事。連午安也沒說，令人不悅。如果到了該瞞著那漂亮老婆偷吃的時候，保持低調。男人會欣賞你，但是女人不會。

沙維耶耐心地招呼他。近年來神廚的處境不太妙。名聲欠佳。為了博得注意和影響力辦了太多宴會。浪費時間、缺乏尊嚴又讓窮人不敢來吃，因為他們從來沒有適當的宴會服裝。他的地位會有不同，但是只有笨蛋才會直接指著笨蛋權貴說他是笨蛋。

我只有一個要求，沙維耶說。是什麼呢？

隨機的顧客名單。沒人可以插隊。沒有特權待遇。

總督表情莞爾。

你真是個自以為是的傢伙。

連你也不行。

印提亞薩伸手放在自己臉頰上，一個奇怪的女性姿勢。你是說我必須等輪到我才能吃到你做的菜？真是等不及了。

他知道輪到總督的時候，他的菜色裡會需要很多蔬菜，還有水分：肉汁，羊奶，糖漿，冰水，樹汁，骨髓，蘭姆酒。

好吧。我必須尊重任何跟黛絲芮・迪伯納大師上床還活下來的人。

那是他的大導師。史上第一位女性神廚。現在跟其他榮譽貴賓一起坐在外面，她的乳頭隔著柔軟綠袍若隱若現。無可救藥的女人。妮亞被領著坐到黛絲芮的旁邊，面露怒色。她們以前見過面。他希望那只是陽光曬到臉的溫和程度。

黛絲芮會叫他揍這個笨蛋，越快越好。

然後升天，小子。快點。

她也不會喜歡坐在妮亞身邊。

¶

丟掉總督來信的三天後，沙維耶在廚房做麵包時，薩蒙尼・阿多佛斯・巴恩斯衝了進來，伊奧跛著腳緊跟在後。年近八十的薩蒙尼保養得不錯，紅色大鼻子宛如半條辣椒。他自稱是印提亞薩總督的男僕，開始用妄自尊大的語氣朗讀一連串文件。

沙維耶繼續做他的麵包。他必須在正確時機加入正確份量的多香果和羊乳酪，這步驟要有愛，所以必須專心。

多麼幸福的責任啊，薩蒙尼繼續碎碎唸。說到全世界最浪漫的一餐！七道菜，就像為新人預告好兆頭。我相信我們會找到預言了這場特殊晚宴的宗教故事，神廚！

沙維耶不理他。

當然，薩蒙尼解釋說，神廚會有豐厚報酬，遠超過他的年俸。有人會來幫你丈量，以便訂做當天專用的豪華服裝。

我這神廚不需要，沙維耶說。他的脾氣累積在他的左眼角蓄勢待發。

摩埃端著一鍋滾燙的粉紅混紫色章魚快速經過時，薩蒙尼嚇了一跳。沙維耶向其中三根觸手點點頭。

這兩根再多煮五秒鐘，另一根多七秒。

摩埃把鍋子端走。

辣椒鼻子抽搐了一下。薩蒙尼懇求地看著伊奧，他坐在角落一個倒扣的超大鍋子上。

伊奧回望著他。打開的窗外看得到鮮藍色蝴蝶在尖尾鳳草叢中穿梭。

薩蒙尼又開始朗讀。總督非常高興神聖的神廚同意在婚禮前一天去進行一趟傳統的巡視！給普通人一個機會選擇婚宴的食材。

什麼？沙維耶怒吼，你剛說食材怎麼樣？

伊奧搖搖頭。

薩蒙尼口沫橫飛地說。您也知道巡視是怎麼回事，神廚！巡迴波比修各島，向民眾採買食材和食譜，然後訂出菜單——

我知道什麼是巡視！

那麼您應該要為總督選擇尊重傳統感到高興！薩蒙尼伸手到窗外想抓藍蝴蝶。他失手，吸吸牙齒緊張地假笑。印提亞薩總督決定為他女兒準備的菜色材料必須來自土地和人民。他對菁英主義的餐點沒興趣。他說完顯得對自己很滿意。

給我滾出去，沙維耶說。

你……老人的下巴顫抖，說什麼？

沙維耶謹慎地嚐嚐起司，抓了一把撒在麵團上，再加上一點左手拿著的辣椒。

趁我把你宰了之前滾出我的店。

你的——你的——這家店是波比修群島的政府幫你買下的。是納稅人的財產！

告訴他沒有人可以給我插隊。

你——可是——我——

出去！

老頭兒落荒而逃，一面偷瞄掛在廚房藍色牆上的利刃，忘了拿走留在桌上的文件。

沙維耶雙手摸過麵包。摩埃折斷雞肉的關節，喀拉、喀拉，把肉塊丟進三種不同的醃汁。

伊奧放下手臂拿起薩蒙尼的紙張。

沙維耶再嚐嚐味道。

笨蛋，他稀鬆平常地說。

喀拉、喀拉。

伊奧拍拍文件。

你知道他說得對。

喀拉。

以前的神廚有義務為各種有錢人的婚禮和慶典進行巡視。民眾的貢獻能增加年輕新娘生小孩的機會。伊奧大笑。唉，農民的生育力啊！你算是躲過一劫了，沙維耶・雷丘斯。

沙維耶不喜歡聽別人說他已經知道的事情。黛絲芮那一代已經把巡視傳統弄得夠臭了。

我十年前就跟他說過我不為富人工作，他怒道，他現在為什麼還來煩我？

他只是想打贏選舉罷了。

喀拉。

沙維耶把麵團抹油放到烤盤上。麵包的香味會在門口迎接饕客並讓他們想起自己的媽媽和阿姨。老花招。美食就是賣懷舊感。

嗯，伊奧說。不曉得他幹嘛這麼賣力。

摩埃咕噥一聲。有人會來挑戰他。任何人掌權二十幾年都嫌太久了，但是大家卻不喜歡嘗試新鮮乾淨的東西。

那會是個重大改變。伊奧瞇起眼。阿沙，你真的要做這種傻事？

沙維耶洩氣了。這麼多年來，印提亞薩從未開口批評過神廚的工作；很多人會說他幸運躲過了。忤逆會顯得器量狹小。民眾想要世界上最浪漫的一餐。

因為你收了他的錢和東西，伊奧說。

他轉身想要反駁，但是他哥哥不見了，只聽到走道上的微弱笑聲。

到了隔天早上，摩埃的番茄用光了，沙維耶七個月來第一次放下菜刀走到外面去，讓兩人都很驚訝。拖著腳步走向番茄藤，皮膚被曬得脹痛，讚嘆著庭院裡美麗的新綠，他感覺脫胎換骨般屏息又感動。

他拍拍一棵沙土色的杏仁樹。他看過摩埃烘乾吃剩的杏仁核，用來餵雞或送給在海灘上閒晃並盯著她看的學童。把蘆薈膠抹在奇瑟的指甲上，防止她咬指甲。

摩埃是在他頹廢時少數支持他的人之一。

他回來之後，她眼眶含淚拿走他手裡溫熱的水果。

是時候了，她說。現在不能停下來。給我滾到該死的海灘去。

他感覺彷彿兩隻腳踝被綁在一起，心臟狂跳，瘋狂冒汗，慢慢爬向粉紅色的沙灘。他勉強待了二十分鐘，照在手背上的陽光太熱了，驚訝自己竟然拖著腳步穿過幾乎遺忘的一片薄紗之海，有個男子拉著一批色彩鮮艷的紮染布料經過。那色彩實在太讓沙維耶想起妮亞最愛的長袍，他只能坐在淺灘上喘息。

¶

現在他每天強迫自己出門；很順利，持續將近兩週了。男士們看到他回來總是興奮地耳語。女士們則是無恥地調情；他看都不看她們。每次散步越走越遠，涉水下海到大腿深度，深呼吸同時凝望著那個舊港口，那裡曾經會有獨木舟運來李奧・布倫特寧頓的玩具。他還記得小時候會跑過去，跟別人相互推擠只求看一眼卸貨，再跑回來找父母乞求幾個銅板。政府終止了這一切。這年頭，玩具成了龐大的產業：有八卦謠傳，幾百件甚至幾千件玩具直接從工廠出貨，運到死亡群島上的大倉庫，外國船隻會每年湧過去三次把它搬空。有些人已經沒有印象看過有玩具運進來。

印提亞薩難道從來沒有跑到岸邊去看過船嗎，在他還小的時候？

你沒問題啦，每次沙維耶拖著腳步回到餐廳，嚥下滿嘴濃稠恐慌的口水，一面整理汗濕的衣服，伊奧都會這麼咕噥。

沙維耶想要笑；但只能咳嗽。

一定的，伊奧堅定地說。你走著瞧。下星期你去巡視的時候，我陪你去。

不過，妮亞還是沒來。

哇，街頭八卦說。神廚回來了，可是他老婆還是沒原諒他。

¶

快天亮了。

沙維耶在新的曙光中走出庭院回到餐廳。鱈魚在呼喚他：鹽粒卡在他手掌的皺紋裡。

一段淡淡的音樂迴盪著傳向海面。有三個廣播電台在播國歌，各自只間隔幾秒鐘。

他只在必要的時候聽收音機，但是很難避免。每棟房子每個街角都有一台，大聲播放噪音和八卦；本地樂手愉快但無趣的訪談；跟政府官員令人抓狂的諂媚閒聊，感謝眾神讓今年豐收和讓去年的寺廟歌舞表演成功。這些傢伙，他們試過請他去上，但他的回答永遠是拒絕；他會被貶低為一本食譜，被問靈感來自哪裡嗎？這種問題要怎麼回答？

他知道自己耐性太差：民眾有在盡力誠實又勇敢。他們經常打電話來抱怨以前不是這樣的；老人打來炫耀他們的聰明孫子。天啊，這孩子真會講話。你聽聽！這孩子說得出二十個字你要給我幾顆蛋？對了，要新鮮的！新鮮！但是話題無可避免會歪掉。他聽得出何時會開始爭吵，談到感覺但仍假裝是事實的時候。

爭吵是他的同胞血液裡的基因，他們的歷史；他們應該要改進才對。

波比修啊
我們熱愛的島嶼
一天勝過一天

在廚房裡，他把雙手放在魚身上。鹽在他的乾淨指甲下變濃稠，從他的手腕過濾篩檢掉落到魚肚上。他閉上眼睛。太多了：他必須專心，放慢過程。慢慢來。他用一塊扁平光滑的石頭壓住肉，把它放在餐廳後方的太陽下吹風。

鱈魚的整個側面都抹了鹽。是鹹魚，按照祖傳做法，以保存珍稀的蛋白質來源。鹽粒從他手上掉落，在流理檯上積了厚厚一層，再掉到地上，形成一片白色，也掉到了他的赤腳上。他把魚翻面。

他背後傳來碎裂聲。

躡手躡腳，輾軋聲。

他脖子上的汗毛直豎。

沙維耶？

扭曲的聲音，好像什麼動物拖著牠的乳房走過地面。

喔，沙維耶，來看我，快點。

他急速轉身，拳頭沾滿了鹽，蹲下來喘氣。魚滑動一下，停住，一半在桌面，一半懸空。

他猛吸氣；劇烈打嗝。

廚房回音傳入他耳中，沒人。

在赤腳底下，他感覺得到石頭隨著今天即將來臨的炎熱變得溫暖。

沙維耶・雷丘斯坐到廚房地板上，閉上眼睛垂下雙手。

他一點也不想念他老婆。他經常想到她。但這兩者大不相同。

¶

波比修群島的每個人天生就有些特殊能力，某種額外的能力。當地人稱之為魔力。像魔法，但不只如此。天賦是吧？對。眾神所賜：難以形容的個人專屬能力。

巫術命理委員會完全由女性組成，存在目的只為了管理魔法。眾神不會犯錯，但祂們惡名昭彰地頑皮，而且傳達的訊息可能令人費解。巫女即使看來年輕，年紀也很老，她們聞得出孕婦的味道，是種自古遺傳的本能。某些婦女直到當地巫女找上門來暗示她們邀請自己來吃晚餐，才發現自己懷孕了；同一個金袍巫女可能造訪她們家族好幾代人，母女相傳；在她們小時候，巫女會指出她們各自的魔力。

巫女判斷懷孕的方法與所有人都不同：計算手背上的新汗毛；好奇地用手指觸摸大腿上的新波特酒污漬；對漏奶的乳頭表示憐憫；送上香味水果，因為吃起來有金屬味；在性高潮把肚子變成尖形之後確認；顴骨上的黑斑。還有！嬰兒出生剪斷臍帶之後，對魔力的追獵隨即展開。

某些魔力馬上看得出來——額外的手腳和異常神力，多長一排牙齒或體型高到會需要梯子跟他說話。其餘新生兒的天賦比較含蓄，要慢慢解謎：永遠芳香的呼吸，頭髮像濃密絲線卻永遠不會糾結，貓咪般的平衡感，或者你看，我的小孩可以把椰子水變成任何其他的口味！沙維耶的老朋友恩塔莉有音符狀的耳垂和三片屁股。某天晚上摩埃吃蝴蝶吃到有點醉，告訴了沙維耶她的魔力——一排額外的味蕾，而且無論怎麼試，她都對烈酒的負面作用免疫。沙維耶不禁懷疑是哪個貼身觀察的巫女發現這一點的。

精神魔力比較稀有，但偶爾可見——預言未來的能力；扭曲時間的把戲；幼兒隨便動念就能移動物體或是變出烈火。這些心靈魔力都能夠賺大錢，但是父母在教養時必須特別注重紀律。年輕叛逆的行為可能造成不幸——杜庫亞伊有個女孩子被母親禁止在戶外跳肚皮舞，起了惡意的念頭就殺掉了媽媽。感謝眾神，她妹妹就在現場，她的魔力是能像發動汽車引擎般重新啟動她的心跳。

當這段過程結束、魔力被釐清、金袍巫女不再定期隔著她們的房間耳語之後，新手媽媽會哭泣。但是寺廟每天不分晝夜開放，巫女唱歌的聲音有如鳥囀一般終年不停。

巫女們花了很長時間才搞清楚沙維耶可以透過他的手掌讓食物增添風味。起先即使每個人把他翻來覆去再三窺探身上每個洞口，他仍然沒有任何魔力顯現，讓他母親很焦急。崔雅・雷丘斯是笨拙漁夫的務實女兒，可以在海上平息風暴。她很熟悉貧窮，比大多數母親更希望自己的兒子們有好用的魔力。

伊奧的天賦不差：他可以光憑觸摸改變東西的顏色，而且他真的很強壯。沙維耶出生時，他哥哥已經在到處收費，幫別人的房子裝修牆壁，把母親朋友贈送的褪色衣服變新，還能搬運機器、糖桶和鯊魚屍體。他們的父親普特很驕傲地擁有一根銀黑色的靈巧長尾巴，發現不公義的事情就會炸毛。他把能力用來蓋學校與寺廟，不用梯子就能攀爬鷹架。

當沙維耶九歲、並且全身上下仍未顯現任何魔力跡象的時候，普特的壞心雇主給的工資很少。普特用他的尾巴和拳頭痛打老闆，直到那笨蛋叫嚷起來。即使遭受不義，普特的名聲打壞了，工作越來越少。崔雅煩惱著怎麼養小孩而且不怕丈夫知道。伊奧開始翹課，只要有人付錢就任意改變動力船、舊鞋和花藝作品的顏色。崔雅說她的孩子需要受教育。不對，普特說，他們需要成為男子漢。崔雅大聲吸吮牙齒，跑到附近海灘去跟漁民工作不回家。普特沒有穩定工作，但仍然期望有晚飯吃。

我累了，崔雅說。阿沙，過來，我教你吧。

於是沙維耶接手了全家的烹飪工作。他能輕易模仿崔雅在火爐上的動作，照她指示利用有限的食材，也很喜歡照顧她悉心維護的小庭院，連他自己都很驚訝。普特喃喃抱怨那是女人家的工作，但是他肯定津津有味地吸著炸雞骨髓，在盤子角落留下一堆碎骨頭，還把沙維耶夾在腋下擁抱。普特滿足地打嗝，先開口問是否有人注意到即使家裡沒有辣椒，魚肉仍然很有滋味，再問哇，你沒發現蜂蜜罐從來沒用光……？

他陷入沉默。全家端坐盯著他。沙維耶嚴肅地回看。伊奧笑了，崔雅鬆了口氣。

去叫那個該死的巫女過來，崔雅向伊奧說。

巫女抵達之後，抓著沙維耶的手腕。

你從來沒發現？

什麼？沙維耶說。調味這回事就像其他身體功能一樣自然發生。你不會向巫女回報吐口水或排便。感覺……很私密。

我的天啊，崔雅說。

巫女檢查他們的食品櫃，拿出一包崔雅的珍貴玉米粉，命令勤快的伊奧去買些冰奶油回來。

要做速發麵包？沙維耶問道。

巫女微笑點頭，把奶油切成小塊，讓沙維耶把它揉進玉米粉裡。暫時別加鹽。他必須努力想著這一點才能阻止魔力。麵團做好之後，巫女把它捲起來切成五份。她往平底鍋抹油，直接佔領了廚房，不理會崔雅對她魯莽的行為發出的嘆息。

好吧，孩子。給我五種不同的口味。

沙維耶猶豫一下才用左手掠過第一塊速發麵包。大家都瞇著眼看他褐色的手掌邊緣變得更深色。

肉桂，沙維耶邊說邊選出另一塊。小荳蔻，最大的那一塊。嗯。他喜歡巫女眼中突然浮現的笑意。

全家人坐在餐桌邊注視著他。

阿沙，做螃蟹，伊奧大聲說。

沙維耶哼一聲。我不會做動物。巫女會喜歡吃什麼？生薑、萊姆和糖。

哇，太厲害了，普特歡呼。

辣椒乳酪片。這時他感到自信。只剩一塊麵團了，所以必須要好吃。可可籽和薄荷葉。

巫女搖搖頭。家屬有時候會在巫術協會之前發現魔力；無論怎麼發生，看到魔力展現總是很美妙。

看看你臉上的光澤，她說。

沙維耶說如果她喜歡，他可以把大蒜塞進雞屁股裡，挺粗魯但也挺搞笑的，因為大家都知道吃雞屁股的人很多嘴。伊奧笑到停不住。巫女戲謔地打了一下沙維耶。

你會成為某個幸運女人的好丈夫，她說。具備烹飪魔力的男人很稀有。

崔雅搶回她的鍋子把速發麵包烤好。他們趁熱吃掉這五份，讚嘆著清晰爽口的風味，當然也讓伊奧先把每塊變成不同的顏色，他們才記得哪個是哪種。大家似乎很滿意，普特揉揉兒子的背說是他最先發現的，沒錯，是爸爸！他母親則是滿臉洋溢著驕傲。

同時看起來若有所思。

2

艾妮絲沒睡好，被木頭碎裂聲吵醒。她翻身到冰冷的地鋪中央。室內很暗，坦坦不見了。她坐起身來。

「坦坦？」

沒回應。只有模糊的喘氣和鋸木聲，感覺她丈夫的龐大身型就在臥室的另一邊。他在幹什麼？她知道是他，或許比對自己的了解更確定；在這個地鋪上睡了十年，看著他在肚子和腿上抹潤膚霜。以前他會微笑著過來輕輕推她。

揉我的背，艾妮絲。

天啊，坦坦！先讓我睡，老兄！

他會笑說：妳又沒睡。妳在看我。

她伸出手臂：過來親我。

即使在早期，他離開她的懷抱之後也很少再跑回來。他是個自制的人，對工作與其餘事情都很守時。她欣賞他的責任感，讓她感到安心。但是偶爾隨興一下世界又不會滅亡，對吧？

「坦坦？」

摩擦，折斷聲。

「你在幹嘛？」

她尋找床邊的油燈。點燃微弱惱人的火種，再引燃燈芯，拿起油燈以便看清楚一點。

他跪在地上，正在拆木板。

艾妮絲仔細一看，不禁頭皮發麻。他並不想要整片地板，他只要一塊木板——而且為了撬出它，正在破壞它周圍的鄰居。

還來不及想清楚之前，她已經站起來穿過房間，在清晨寒氣中發抖，抓住他的肩膀。

「不行！不行！」

坦坦聳肩打發她，扭轉雙手，咬緊下巴。她踉蹌地倒退兩步。他打赤膊，她聞到他早晨的口臭。所以剛起床，就來做這件事。他有抽空去尿尿嗎？這麼堅決的男人有點可怕。

她再次跳到他身上，邊拉邊喘氣。或許來不及挽救這些寶貴木材了，但她不能坐視不管。

「住手，別弄了！」

坦坦站起來，抱著幾塊鑿洞的木頭，用另一手擋住她。他走向厚重的窗戶。她跟著他，抓住木板的粗糙邊緣。或許她可以搶救一小部分，可以帶著碎料逃到遠處。如果她夠努力抵抗，甚至可以阻止他沉重的腳步。

「別這樣，坦坦！我說不行！拜託！」

她緊抓不放；他把她拖在身後。她可能前世是蒼蠅。肯定有人會聽到她的叫聲而過來。巴奇大人和他的兩個兒子，從路上跑過來。但即使他們此時就穿過她的前院爬上陽台台階，還是來不及阻止坦坦把木頭丟出窗外。

她必須阻止這個丟棄行為。這對他們的傷害太大了。

她的拳頭周圍冒出嗤嗤銀光。這時她完全清醒又專心。她不夠強壯到能阻止他，但她可以做別的事。

艾妮絲・拉提波狄耶・約瑟夫向上伸手抓丈夫的脖子，把指尖插進他柔軟的皮膚。

坦坦猛然僵住。他的喉嚨像小公雞的雞冠般顫抖。

外面庭院裡，球形閃電的爆裂聲急速穿過草地，照亮了斑駁的蘭花叢。

坦坦又前進一步。她把液態能量注入他體內。她感覺到力量沸騰著湧出，進入他的肌膚。

「別這樣。」

銀光上升到他的後腦，包圍著他的黑髮。他的微弱笑聲讓兩人都嚇了一跳。

「你有什麼毛病，坦坦？」

他放下木板，她急忙翻找，想要觸摸到每一塊，毫不理會碎片的刺痛。

¶

她第一次懷孕是在七年前的偏冷季節。坦坦讓暖空氣流過屋裡，他們都像海苔般漂浮，她覺得冷的時候就把暖氣聚集到肩膀周圍。等到陽光回來的時候，她已經焦躁地挺著大肚子，所以他按摩她的膝蓋並幫她剃了光頭，因為她喜歡這樣，懷孕讓頭髮比平常濃密又長得快，坐在陽台上，滿頭刮鬍泡沫，坦坦誇張地表演，揮舞直條剃刀，經過的人微笑著大喊。

這女孩太漂亮不能剃光頭啦！男士們勸阻，坦坦叫他們小心一點，小子。

她的氣味不一樣了。野獸味，但並不會令人不悅。她忍不住對他齜牙咧嘴、眨眼睛、吵架。聽了很多女客戶的祕密之後，她心裡充滿她知道很正常的罪惡念頭。像當地的貓咪一樣吃掉嬰兒、胎盤之類的幻想。丟棄嬰兒，遺失嬰兒，用她的姆指把它的頭壓扁。在最後一個月她不肯讓丈夫靠近她的肚子，他敢靠近就咬他，有一次還把他食指中指間的薄皮咬出血來。他抗議時，活像是世界上最蠢的人，然後過幾分鐘，她又忍不住道歉，治療傷口，對自己的行為無比困惑。這樣下去，她生產時會怎樣？哀號、喘氣、飆汗嗎？或像她感覺到的一樣安靜又危險？

同時，她喜歡讓他欣賞她。他向雙方的朋友們宣布，這是個媽媽。要小心她喔！

分娩讓她很驚訝：它的深度，她腋窩的異味，必要的專注力。這些事情比疼痛陌生但更加嚇人。太久了：她知道。隨著每天度日如年，恐懼逐漸滲透到房間裡。她的大導師英格麗跟她焦急禱告的母親開會，嘀嘀咕咕。艾妮絲感覺到自己的嘴唇龜裂。是她內心好戰防衛的部分知道出了什麼問題嗎？坦坦坐在廚房裡，抓著桌沿。她感覺到他在他們被子下的怒氣，想把它一腳踢開。他怎麼能，又怎麼敢責怪她呢？

是英格麗在搖椅和地舖之間發現他們的孩子，當時小動物與曙光正逼近他們家。握著昏昏沉沉的艾妮絲的手，小聲唸咒，艾妮絲的母親在另一邊，嗜睡地點頭，年輕巫女感到有人在看她。

英格麗‧杜蘭德判斷那是個女孩，因為她的眼球好大好明亮，形體不全地坐在一灘液體中，逐漸沉入木地板。眼睛閃了一下、兩下然後結束。英格麗用乾淨的布盡量吸取這個怪孩子，把眼球捧在手中走到海灘去。她把眼球埋在一棵海葡萄樹下之後哭了。

艾妮絲流掉了四個小孩：都是濕淋淋無法定形的狀態。從她體內流出、穿過臥室，沉入同一塊木板，直到木頭彎曲，每次英格麗都盡量搶救殘骸。幾根手指、部分顱骨。她把遺體埋在同一棵樹下，叫艾妮絲不必擔心。相信我，她說，讓我替妳承受。

艾妮絲相信她的老師。她最親近的朋友。

她不知道他們缺乏什麼。某種重要的化學物質或核心信仰？她和坦坦是不是一起合成了某種毒藥？是不是眾神從天上某處在大聲示警？

她試過坐在祭壇上聽取神諭，但只有絕對的寂靜。

坦坦問她是否可以試第五次，她說不要。一年多以前，到現在。她花了很大的力量才這麼說。好吧，他說。他沒有跟她吵，她很感激。但他很憤怒，喔，好憤怒又沉默，天啊，該怎麼辦呢？

¶

艾妮絲坐在毀損的臥室地板上，聆聽丈夫在廚房裡的動靜：生火，染火劑的嘶聲。他喜歡在火邊做晨間禱告，把手寫的祝詞火化，然後端著黑巧克力的馬克杯，抽南非蜜樹菸草，右腿翹到左腿上，眺望杜庫亞伊島的首都路奇亞鎮上方的山脈。他在沐浴儀式間通常尋求隱密，但最近他的晨間活動讓她想要吼叫：摩擦聲，叮噹聲，他的唇環碰撞馬克杯，撥火棒插入火堆的聲音，打斷了他們之間的寧靜。她的女性朋友會叉著腰說他自私，有些日子她想要搖醒他，但她雖然很痛苦，也不能假裝只有她一個人在為那些孩子哀悼。

她俯瞰破損的地板，想要躺下去用臉頰貼著它；努力把她的注意力轉回廚房的聲音。男人太悲傷會做出錯誤決定，這句話真的有點道理。

是嗎？

她腦中那個憤怒的小聲音只在她疲倦時才會浮現。通常一回答它又會消失。

噓，別吵。

她打開臥室門。暫停動作，躡手躡腳再度偷聽。她好像兩個女人切半再黏在一起：扁平肩，細蜂腰，胸部小。坐著的時候，旁人會被她的黑色大眼睛吸引，濃密的睫毛在光頭下好顯眼。但站起來之後，男人會對她的屁股發笑。臀部又圓又大，走路時粗腿不斷摩擦，一切衣服都像童裝一樣太重太緊。無論跑步、跳舞、拍打，連抖都不會抖；她的皮下脂肪層像水面的漣漪。她以前會穿鮮紅鮮綠的緊身裙，讓大家欣賞腰與臀的對比，對中央的神祕三角產生遐想，坦坦可能心想，我的，都是我的。他回家會親吻那些漣漪。他長出青春痘時她會竊喜，因為她喜歡擠痘痘。

那都是在他們生出液態小孩之前。她從此改穿喪禮的白衣，再也沒有換過。

他工作時間太長，編織船帆、玩偶衣服、黃色學校制服、靛藍色工廠制服、方格紋女佣制服、床單和桌布等等，還在杜庫亞伊的玩具工廠兼差當工頭。以前他在織布機前好快樂，現在他會拉斷絲線、吸牙齒，也不欣賞漂亮的東西了。

她發現他坐在前陽台的凳子上，往空中吐著白煙。她溜到他身旁的地上等待。

「什麼事？」他終於開口。

她抬頭看，沒說話。她第一句該問什麼呢？

「幹嘛，」他又說，彷彿這不是問句，而是像茄子或龍涎香那種無害的話。

「你為什麼那樣？」

「什麼？」

「坦坦。」

「什麼？」

她拼命保持和善；他是那種覺得多愁善感沒好處的人。除了憤怒，他到底允許自己感受什麼呢？

她把臉頰放在他膝蓋上，他顫抖一下，宛如被海浪的底層逆流威脅到。

他們眺望著山脈的陰暗稜線。

她用臉頰貼上他的膝蓋，這次沒用魔力，只是設法愛他。他搖晃發抖。她記不得他們上次做愛是什麼時候。自從她說不想再懷孕之後就沒有了。晚上當她伸手找他，他會往她脖子微笑，吻她的嘴角，換個姿勢讓她的雙手滑掉，翻個身，丟下她看著他不可碰觸的肩膀。

她看得出他盯著月光下的木地板。

禁慾讓她皮膚乾燥，髮梢像枯葉般脆弱。她把自己的身體當木頭，清洗時不去注意氣味或質感。

她伸手抓他的手放在她的頭頂上。他們像屍體般靜靜躺著。她吻他的手；只要能讓他度過可怕風暴般的顫抖，什麼都好。

「坦坦，」她反覆低聲呼喚。只要他能開口，他們或許能開始療傷。

「什麼事？」他說，兩人都找不到答案，時間繼續流逝，他把她半睡半醒的頭從膝蓋移開，跨過她離開，穿過庭院，關上背後的大門，肩上扛著沉重的工作袋。

她睡眼惺忪坐起，看著他離開，她的臉頰貼著凳子。偶爾她摸摸自己的頭皮。她很快就會起床剃頭髮。像這樣到處亂躺實在太糟糕了。

快點！

是那個暴躁的聲音。

她還是坐著不動。

隔壁的房子裡亮起一盞燈。她的鄰居老太太拎著一個紅色小油燈，慢慢走到陰暗陽台上。她把它掛在釘子上開始檢查棚架上光滑的尖尾鳳。她以前是美人：厚重美麗的紫紅長袍，裙子很多裝飾，禿鷹般的細頸，稀薄但有光澤的頭髮盤成髮髻。是早起的人，但是老太太通常都這樣；她會早起到乾脆徹夜不睡嗎？艾妮絲猜想自己到那個年紀能不能看起來這麼體面。

妳現在看起來就不太好了。

她的想法殘酷到嚇了自己一跳。

鄰居從尖尾鳳抬頭瞄她一眼揮揮手。艾妮絲揮手回禮。老太太非常以房子為傲，定期用抹布擦拭或掃地，但是無法改變大量過度生長、沉重成熟到會吸引蜂鳥和蜜蜂的西番蓮藤蔓，或凹凸不平的門廊台階狀態。她不只一次提議讓坦坦去幫忙修理，但老太太只是搖搖頭把手裡的紅褐色茶葉和羊乳酪碎片塞給她。我沒有小孩，她說，沒小孩學會了接受很多事。艾妮絲幾乎看得出兩人之間的許多痛苦，宛如實體的東西，讓熱空氣震動。

這位老太太——她老是記不住她的名字真是奇怪——是唯一真正理解的人。她的表姊波娜米總是大談建議和奇蹟故事。

那個人試了六次，艾妮絲，然後生了小孩！

只要有人買了正確的敷泥藥……

放鬆，只管放鬆。

波娜米沒說出那個字：騾子。對不孕女性的俗稱。騾子。簡短的譏刺語。艾妮絲不想聽奇蹟故事；她想要把街道拆掉，尋找騾子。她們對於敷泥藥和在拒絕丈夫之前正確的嘗試次數有什麼說法呢，還有為什麼這個字本身嚴重到能夠堵住家裡所有其他話題？

山丘上出現弧形光亮。老太太的肩膀發出喀啦聲，走過陽台。有狗吠聲。起床迎接這一天的時候到了。

老太太吃力地坐下，開始在面前的陽台桌上攤開什麼東西。斑駁的雙手忙著撥來撥去。艾妮絲坐直身子。

老太太從棚架格子的縫隙和門廊石牆角落抓出睡眠的蝴蝶，把她的發現像早餐攤開：

精緻的粉紅與白色翅膀、觸鬚、黑色胸腔。她吃了起來，好像甜食，微笑著快速吞下。她又揮揮手。

艾妮絲揮手回應。現在時候太早不適合吃蝴蝶，或睡覺的蝴蝶，但她猜想老太太只是有點寂寞罷了。

蝴蝶像酒一樣。烤過的橘色蝴蝶有好酒的滋味。那種會掠過水面、讓你分不出水與蟲子界線的藍白色蝴蝶有罕見進口伏特加的清涼口感。把它們從空中抓下來生吃需要練習。要是你不懂方法，會忍不住咳出粉塵來，困惑的生物在你喉嚨裡拍翅膀，鱗片黏在你牙齒上。但是抓到訣竅之後，蝴蝶能暖胃還有迷幻效果。若是吃太多，會害你嘔吐，讓你摔進草叢或撞牆，還會悲喜無常。從空中抓蝴蝶時，會有種愉快的感覺，非常好玩。

不像窮人在抓的、味道太重的飛蛾。

大多數普通飛蛾算安全，只是無味，大家懶得抓它們。危險在於比較大隻的：八到十吋長，構造精緻，能活上幾星期，深色又會掉粉，在死亡群島上長大。那種飛蛾長期而言，會像復仇一樣害死你。

但在你死前，你會極樂升天。

吃蛾的人是這麼說的。

她看過吃蛾的人，那樣子可不好看。

她偷瞄鄰居最後一眼。她吃掉了所有粉紅與白色翅膀，正滿足地在椅子上睡覺，半張著嘴，垂下雙手。

五年前政府嘗試過撲滅所有鱗翅類，但是它們反擊的方式彷彿因撲殺產生了意識。它們以高速繁殖，增加到平常數量的六七倍，出現更艷麗更搶眼的顏色與圖案。那時候真的很誇張，但很開心，蝴蝶滿街亂飛，在天上忽高忽低，像是列隊的士兵；聚集在民宅裡大聲量的收音機附近，密集到遮蔽了音樂聲；稀有的晝行飛蛾在曬衣繩上爬來爬去，停在老祖母們圓腫的膝蓋上，追著涼鞋的劈啪聲飛，被鞋跟踩死多少隻似乎都不會減少，還越來越多；蝴蝶會停在女士們的教堂帽子上；到了晚上則有成千上百的小飛蛾停在侍者的托盤上。小孩子會往空中伸手去抓藍色、黑色和水藍色的；年輕人覺得這片美麗的混亂很浪漫，奔跑穿過五顏六色蝴蝶構成的雲朵，宣告他們的熱情。艾妮絲曾經很喜愛那種放蕩和浮誇直到撲殺停止，昆蟲們才減少恢復到正常的數量。

她回想著不禁發出輕笑。

假以時日，她和坦坦，他們不會有事的。再過一陣子吧。她有照顧悲傷男人所需的技能。老人家說神明不會給你超過你能應付的事情。逆境一定對婚姻有益吧？會讓他們更堅強。

隨妳怎麼說。

她甩掉這個念頭。有隻貓頭鷹飛過她頭上，狩獵之後正要回巢。老太太從她的胸前抬起頭來。

「喔，艾妮絲，嗨。」

「早安。」

「孩子，我有東西給妳。」老太太的牙齒參差不齊，講話像咬石頭一樣費力。她把幾撮水果往前推：看來像是碩大翠綠的萊姆。還有柳橙、黃芭樂。這是起身的好理由。

「妳怎麼總是有這麼漂亮的東西？」

「過來，快。」

艾妮絲走過去。水果聞起來好香。老太太全部堆到她手上，再把艾妮絲的手掌推回她胸前免得水果掉落，皺起鼻子迅速說話，她呼氣時有蝴蝶的味道。

「妳丈夫除了妳，還有另一個女人。」

艾妮絲的耳朵發燙。好奇怪的感官，像是應該要耳聾但在途中被耽擱了。她手中的萊姆摸起來很滑，芭樂卻很粗糙。

「什麼？」

老婦人下一句話說得更快，宛如每個字都被用魚網線串在一起。

「坦坦有別的女人，她懷孕得像梅子快爆開了。」

「喔，」艾妮絲說。

發生壞事的時候她寧可把自己想成叛逆的昆蟲。

3

「羅曼札，起來。」

咕噥，嗅聞的聲音。

「羅曼札，老兄。趕快起來！」

嗅聞聲來自他。叫他名字的聲音很耳熟，但他因為昨晚的毒藥很不舒服。他張開黏膩的嘴唇；他的聲音似乎不是從嘴裡發出的。

「羅曼札，我需要你！」

「嗯。」

「札札！」

羅曼札・印提亞薩從他躺的地方抬起頭透過芒果樹的枝葉看看下方。底下站的年輕女子正在皺眉看他。是桑坦妮。他呻吟一聲。大清早的，又有什麼蠢事了？

「羅曼札，有嚴肅的事。下來。」

他想要服從。畢竟他的雙胞胎妹妹是全家唯一還跟他說話的人，而且他很喜歡她。他謹慎地坐起身，在離地四十呎的樹枝分叉處穩住。雙臂像橡皮筋。他的兩膝感覺發霉了。

他咳嗽，因為喉嚨痛而愁眉苦臉。這事皮拉爾一定會有話說，他知道他會說什麼。

嗯哼。整晚在街上尋歡作樂。小心得罪別人帶給你不只喉嚨痛的後果。

他微笑；即使警告嚴厲，他知道皮拉爾以他為榮。

在他下方，桑坦妮跺腳。

「等等，桑坦。天啊。」聽起來很不耐煩，但他沒這意思。

「你又喝酒了。我要上去揍你。」

她似乎是認真的，好吧。

他教過她怎麼爬樹，所以不擔心她摔下來，不過如果他在逐漸變亮的光線下沒看錯的話，今天早上她看起來確實特別火爆。

「真不敢相信你逼我爬上來被刮傷，尤其現在這時候！」

她順利安穩地爬上來，同時向他和樹木說話。他忍住睡意。有時候他會忍不住想告訴她他深夜進城的事。他厚顏無恥的行為會逗她開心。但他也知道她一走開就會說出去——肯定會告訴丹度。他可不能讓這事發生。

女人都喜歡伸手摸他的黑色長髮，拔出金色髮絲當禮物，認為他年輕又隨和，並把自己的事情告訴他。看看他的眼睛好黑啊，她們說。通常，男人講故事是為了炫耀，但女人不一樣。她們會斟酌字句分析其中的意義，如果你閉嘴傾聽，她們真的會告訴你非常有趣的事情。

如果他們知道他是誰、他是什麼，沒人會把他的話當一回事。他睡眼迷濛地笑了笑。大多數的樂趣都必須保密，而他當然也不想引人注意。不像某些混蛋，他們活該。例如小馬・布萊迪。

克里斯多夫・「小馬」・布萊迪是杜庫亞伊第二區的議員，以保護少女免於男性罪惡的運動聞名。有一次他派嘍囉找上拉提波狄耶牧師的教堂台階上一對接吻的情侶，說女方看起來太年幼不能親熱。打斷了那男生的脊椎，而當事後發現那個女的二十四歲只是看起來年輕，而男方家裡太窮無法引起騷動，也沒有人抱怨。

羅曼札早就察覺小馬不太對勁。那個議員是騙子，又暴力，所以他有在打聽那個人的動靜。一定要有知情者出來說話；昨晚，有個三條手臂的女人出現了。

她是在舞廳的角落告訴他的，那裡每隔兩天會有個黑眼圈樂師小聲演奏像女人啜泣般的吉他。她為小馬・布萊迪工作，她喝多了口齒不清，所以他必須湊近去聽。她伸出雙臂橫過桌面睡著時，他低聲唱歌安撫，噓。她透露實情之後輕鬆多了；大家事後感覺都會比較好。

他知道她說的是實話，他天生如此，能分辨實話和謊話。

他在法院和市政府，喔，還有街道、房屋側牆和樹幹上，到處塗漆這些鮮橘色的字樣，直到他累了。

小馬強暴兒童

桑坦妮喘氣搖頭來到他身邊。她坐到對面的穩固樹枝上，嘗試像他一樣側躺，同時快速講話。他應該教過她才對：你要先在樹上穩住才能做其他事。

「札札，你有沒有聽說——」

「桑坦妮。慢點。」

「喔。」

她輕微搖晃，閉上單眼保持專注。有酒窩、皮膚發亮、捲曲的黑髮、十九歲，完全沒有魔力。這讓某些人震驚，但他認為這讓她更加稀有。

她深呼吸一下，恢復平衡。有朵雲飄近她的腳踝。

「你看起來很累，」她說。

「是啊。」

「你聽說在路奇亞發生的事了？」

「我剛被妳叫醒。」

「你認識克里斯多夫・布萊迪嗎？」

「不。」他像別人一樣會說謊，但並不喜歡這樣。

「你認識的，老兄。」

「是嗎？」

她抓抓油膩的肩膀。「大咖政客。幾年前爸爸請他來過家裡的。」

「小馬・布萊迪。嗯。」

「他強暴過一個九歲女孩。札札。我覺得好噁心。」

「是啊。」

「爸爸說他們要抓他。那個塗鴉者真的把到處都塗遍了。」

「哪個塗鴉者？」

「你知道的，他會塗寫各種醜聞。就是他搞垮普魯伊那家賣貓肉烤餅的黑心糕餅店。

他讓爸爸很沒面子。那個人什麼事情都插手。」

「他們怎麼知道他不是在說謊？」

「他說的一切似乎都成真了。爸爸說他派警察局長去逮捕布萊迪。有兩個證人出面，還有那個女孩的媽媽似乎也終於有勇氣開口了，或許還有更多小孩受害，老天保佑。爸爸罵髒話，說他現在沒時間搞這種事，但是我勸他最好去辦。」

羅曼札點頭。「希望他有，桑坦。」

他不相信他們的父親或警察；他倒希望有別人把小馬抓到隱密的角落揍他一頓，停下來休息，然後繼續揍他。

「總之，」桑坦妮說，「在今天的忙亂開始之前，我想離開家裡來跟我哥待一個小時。」

他扭扭她的鼻子。「好啊。」

「今早天亮之前，老太太和媽媽來叫醒我在我身上塗油！」

他皺眉：她好像在說謊，讓他的喉嚨更痠痛了。大多數人會說謊：因為羞恥、恐懼、方便。他不苛責他們，但是桑坦妮通常盡量避免傷害他。所以，這是她在騙自己：淡化。最糟糕的那種。他盯著她身邊的那朵雲。他很害怕這整段對話。

她臉色一垮。「你明天不會來參加我的婚禮，是嗎？」

他猛咳到他們兩人都必須抓緊樹枝。有一瞬間，他真希望自己是某種別的東西。

「對，我沒打算去。」

桑坦妮拉拉自己耳朵。他猜想他們的媽媽是否有發現她困惑或難過時都會這樣。他很懷疑。

「我猜爸爸不會讓你進來，」她嘆道，「連寺廟台階都不行嗎，札札？」

他不想讓她在婚禮前夕生爸爸的氣。爸爸是個愚蠢的老頑固，但他很愛桑坦妮。有些人透過愛最能學到東西。

「妳感覺怎麼樣？」他問，「禮服準備好了？妳準備好了？」

「對。」

他感到下顎劇痛得閉上一隻眼。「唉唷。桑坦，天啊！」他戳戳她的腰。「妳以為我感覺不出那麼大的謊話？妳怎麼了？」

她的嘴角撇下來。「沒事。」

「喔喔喔。什麼事？妳跟丹度吵架了？」他喜歡丹度。他會知道桑坦妮拉耳垂是什麼意思。

她不說話，看著地上。

「我開玩笑的。妳和他真的不合嗎？」

「沒有……」

複雜的謊話害他暈眩。他們之間有問題，但或許丹度並不曉得。他咳嗽起來。

「如果妳有疑慮必須告訴他。」

「我知道。」

「祕密會毀掉愛情，桑坦妮。」

她瞪他。「我懂，我懂！別好像你啥都知道那樣子看我。」

「我確實什麼都知道。」

「閉嘴啦。」

「妳爬到我的樹上來，叫我閉嘴？小心我把妳趕出去。」

「你的樹？你不是說樹是沒有主人的？」

「我什麼時候說過？」

「經常啊。該死的窮瘋子！」

「小妞，妳根本不懂。」

「吃毒藥的瘋子。」

她嫁給丹度的時候將會這樣笑；他相當確定。

「妳最好聽我的，」他開玩笑，「妳知道的，我交男朋友很久了。」

「你認為男人之間的事情跟女人有關？」

「當然。告訴我發生了什麼事。丹度不喜歡禮服嗎？」

「羅曼札！」

「禮服很醜嗎？讓妳看起來像蛋糕？」

「白癡啊！」她笑得更大聲了。

「他偷看別的美女？」

「我會宰了他！」

「啊，沒錯！他偷看別的女人……！」

「你明知道不是！」她笑得流眼淚。

「那個女孩比妳好看嗎？」

「希望毒藥毒死你。」

「唉唷！說謊。」

「希望改天晚上你從樹上掉下去。」

「桑坦，妳知道那很痛的！」
「希望你愛上一個女人。」
「別說了！」
有隻蜥蜴停在樹下，抬頭看著這對快樂兄妹，然後大步走開去做自己的事。

¶

他們小時候，他父親在每週例行的廟宇參拜後會帶他遠離女性，丟下生氣嘟嘴的桑坦妮、母親和女僕們，去找爸爸最好的朋友李奧叔叔。他們會在傍晚時抵達那間圓形小屋。李奧通常看到他們來了就會隔著窗戶大喊。

小子，你想看看李奧叔叔今天做了什麼東西嗎？

一向都是新玩具！那辛辣、溫熱的油漆味。羅曼札會在唯一的房間裡躺在父親肚子上，把船推過椅子底下和父親雙腳的間隙，印提亞薩邊談笑邊抱怨發癢，男人們喝蘭姆酒，吃直接從空中抓來的蝴蝶，討論生意計畫。羅曼札跑到外面庭院，身後拉著玩具推車，李奧叔叔鼓勵他去。李奧是他見過最好的大人，有蓬鬆的鬍鬚。他看得出李奧叔叔只在絕對必要時說謊，通常也避免傷害別人感情。他很溫和又會安靜傾聽，不像大多數大人。

再快點，札札！

波比修人不喜歡太快的東西，他父親怒道。有時候他吃太多蝴蝶了。

天啊，伯提，別這樣。

你以為你在跟誰說話？

羅曼札爬回桌底下盤腿坐著，雙手貼下巴用手指塞住耳朵。他不喜歡父親刻薄的時候。

李奧叔叔說伯提該帶札札回家了，就是現在，你看呢？

你懂什麼小孩？他父親嘲笑說，我怎麼沒看到丹度。

伯提，老兄。他跟他媽媽的家人在一起。對他最好的地方。我無法獨自撫養小孩。

回家途中，他父親牽著他的手。

好孩子，你喜歡哪個玩具？你覺得我可以把它們外銷到全世界嗎？

羅曼札抬頭看他，仍然很擔心。

為我笑一下，小子。你有最好看的笑容，讓爸爸高興一下。

古代的諺語說：河底的石頭認為太陽是濕的。多年以來，他認為他父親就是那樣。心不壞，只是困在河底石頭的位置，無法用其他的方式看世界。

直到皮拉爾出現。

¶

那隻蜥蜴跑回來看把頭枕在皮拉爾胸口的羅曼札。早晨陽光把他們頭頂上的樹葉照出許多花樣，穿過昆蟲咬出來的破洞，映出金色光點和斑駁的條紋。陽光宛如雨水，從樹枝上滴下來。皮拉爾把腳趾朝向蜥蜴，牠輕輕地咬他。羅曼札看著他。他的眼神望著遠方，經常這樣；因為他花很多時間把耳朵貼著地面。有時候等皮拉爾考慮他要說的話可能會耗上半天。他的聲音讓羅曼札想起母牛，他的頭髮則像烏鴉一樣有光澤。

「今天發生了事情，」皮拉爾說。

羅曼札把皮拉爾的一撮頭髮捲在手指上，輕輕拍他的鼻子。皮拉爾的眉毛好像飛翔中的鳥。

「重要的事。你得聰明一點。」

「整個波比修群島，只有我必須聰明？」羅曼札逗他，「聽起來很沉重。」

皮拉爾默默親他。

「你不告訴我嗎？」

「我不知道是什麼。」

意思是，才怪。

「皮拉爾。」

「抱歉，忍不住說謊。我的意思是我懷疑一些事，因為只是懷疑，我不想告訴你我心裡想的一切。」他微笑。「親愛的，我知道我攔不住你走上管閒事的道路。但是記住我說的話。」

羅曼札吻他額頭。「其實你根本沒說什麼話。」

那隻蜥蜴在一片陽光下看著他們。

4

沙維耶在廚房裡站起來，甩掉腦中幻想的妮亞鬼魂聲音。

餐廳大門轟然打開：來了四個年輕女子，摩埃帶頭，邊笑邊爭吵，熱心地在屋裡走來走去。例行公事的聲音趕走了陰魂，他很慶幸。

今天他必須處理生活瑣事：伊奧跟奇瑟走在二樓軋軋作響的噪音；摩埃的嚴格指揮；女孩們開始用力但是謹慎地刷洗她們摸得到的每樣東西時的唱歌聲。

他的店必須閃亮如新，沒錯。如果必要，他會自己動手。

他喜歡想到人們起床，拿起火扇翻動爐床上的石頭準備烤麵包。鎮上就有三家麵包店，你還能在杜庫亞伊島買到進口麵包——住高地上的勢利鬼會買那些垃圾——但大多數人仍然在早上自己做。研磨玉米的隆隆聲和拍打麵團的啪啪聲，壓扁後用手傳遞，像以前他的祖母和她祖先那樣的女性，雙手揉麵團，有時暫停下來編髮辮，所以頭髮會沾上玉米粉讓年輕女性顯得很老。他的辮子裡經常像女人一樣有玉米粉，很多人不以為然。只有無家可歸的廢柴男人才會選擇編髮辮。

他盡力忽視這一切：崇拜、否定和期待。

他溜出廚房走上樓。國歌、晨禱和氣象報告這時候應該結束了。他坐到妮亞的吊床上打開收音機。或許是時候該聽聽大家都在說他什麼了。

「早安，波比修。我是小哈，露絲的女兒。祝新的一天順利！眾神叫醒太陽！大家準備好聽我說了嗎？」

他在鎮上聽過民眾談論第一次有女人主持廣播節目，還問這個世道怎麼會這樣？他完全贊成女人做她們想做的工作。多嘴的民眾說，不過她挺有幹勁的。她會需要的。

小哈聽起來好像在微笑，不只是假裝。

他不安地移動，離開吊床。穿上柔軟的白色棉褲，綁上腰帶。

「各位，有很多活動在進行！大家都對明天的婚禮很興奮！印提亞薩總督提供好多免費東西，我都數不清了！免費食物！派對和音樂！送所有小孩子禮物！我從來沒見過為女兒結婚這麼開心的人！希望桑坦妮・印提亞薩也跟她爹地一樣快樂！」

沙維耶微笑。她是異議人士，好像農民在電台上講話。沒有客套廢話，真的。

「女人結婚的前一天是思考的好日子，桑坦妮・印提亞薩！」小哈邪惡地發笑，「妳還有整整一天一夜考慮那個男人是不是真正適合妳的人。別管我們在這裡對妳的婚事製造的所有雜音！男人都知道自己結婚的結果——有個女人負責家務。是女人必須照顧好自己，別讓漂亮禮服和婚宴蒙蔽了判斷。女士們，我知道大家都懂我的意思！有多少人希望自己當初有想清楚？」

沙維耶判定他真的很喜歡這女人。

「……在桑坦妮思考的同時，今天大家務必要佔到印提亞薩總督慷慨賞賜的便宜，聽到沒有？我說啊：開懷大吃大喝吧。」

不過現在，來了。

「還有要小心那個神廚。想像一下，那個打扮漂亮的男人今天要進行傳統巡視！女士們，知道那是什麼嗎？要到妳們周圍的社區來！」

沙維耶嘆氣。或許他沒那麼喜歡她。

有人在敲他的臥室門。

或許他不該去做這件事。或許偏偏是今天，妮亞終於要回來了。

「你們看到沙維耶・雷丘斯就會認得。我聽說是個體面的傢伙。」更多歡笑聲。「桑坦妮・印提亞薩吃完婚宴之後我會在這裡宣讀菜單，讓大家知道怎麼像神廚一樣做菜。」

他關掉收音機站起來，撫摸機殼。看看妮亞的吊床。

又在敲門，這次比較用力。

他咕噥著答應，然後又說得再大聲一點。

房門軋軋打開。更多竊笑聲，接著一隻小手拿著一張紙，繞過門伸進來。隨即出現一條瘦長手臂，在房內將近六呎來回揮舞，紙張隨之搖晃。

「猜我是誰，沙維耶叔叔？」

她喜歡玩這招。自從警告她跑進廚房裡可能很危險之後，她就開始了。現在她想要鼓舞他的時候也會這樣做。

「這又是誰呀？有這麼可愛的棕色手臂？」

更多竊笑聲。她有同伴。然後低聲問：「我們可以過來嗎？奧莉薇亞娜的媽媽說她可以在這裡吃早餐，但是首先你得幫她洗乾淨。」

「來吧，來吧。」他做過這種清洗工作。

奇瑟進來，縮回手臂恢復正常，後面有個黝黑女孩，粉紅色肺臟像贅肉般掛在她腰際。

「它們今天早上弄得很髒，」她說。

沙維耶微笑。這孩子嚴肅地回看著他，是死亡群島來的貧民。從簡陋破舊的衣物和穩定的凝視就能看得出來；他們大多數都喪失了眨眼和在室內居住的能力。他們的能力是沉思，彷彿有顆石頭決定要看著你，帶著它對土壤、樹汁、礦物和熱氣的豐富知識。他好幾星期沒看到這個小女孩，她在短時間內瘦了好多。胸腔空虛，鎖骨外露。他皺眉看著她走過來。她的肚子看起來好腫。

他在浴室洗臉槽幫她清洗肺臟，在她堅定的注視下有點手足無措。這是……斷糧嗎？在波比修？很久以前老人們提過這種糟糕的情況，當時他們的祖先忘了怎麼照顧土地。土地抗議了：發生地震和嚴重的乾旱。死了幾百個人。至少大家是這麼說的。富庶的叢林對她的族人開放，這個窮女孩怎麼可能斷糧？

而他，將要耗費一天沉溺在無聊瑣事？

奧莉薇亞娜拍拍她的肺，提醒他最好風乾。

或許她吃太多毒藥了。貧民都吃水果、蔬菜、根莖類、昆蟲，偶爾吃肉——和毒藥。他們的小孩慢慢累積出了免疫力：例如一塊河豚鱗片溶化在河水中；八分之一顆曼丘尼爾樹莓；剝過半熟西非荔枝的指甲。他問過黛絲芮為什麼。

沒有人知道，她說。

他知道該餵這孩子吃什麼。他一向知道。魔力是來自眾神的贈禮；他也是。就像思考、說話和感覺一樣奇妙。

他記不得是誰最先在他面前低聲說出神廚這個詞，只記得他母親一開始賣他做的菜，他的直覺就成了傳奇。他十歲那年，住同一條路上的梅西小姐的頭痛被他的椰子糕配大溪地蘋果醬完全治癒，十二歲時，瘋子安娜史塔西亞・布朗吃了十幾顆他的羅望子夾心糖之後便不再到別人家門口拉屎。沒有比那個雷丘斯小鬼做的食物更好吃的了，大家說。只要你能忍受他走進你家廚房時的表情。好像他做菜不是為了你的胃口，而是你的失敗。

¶

他帶孩子們下樓從爐火中鉤出一顆摩埃剛烤好的地瓜。奇瑟坐在餐桌邊拿著她自己的半顆地瓜，加上酪梨塊，杏仁屑，新鮮番茄和剁碎的青脆花椰菜。他壓扁另外半顆，加入小荳蔻種子和紫露草的油脂——它們都能緩解腸胃不適——和一匙他昨天剛做的花生醬。

他親自餵坐在他腿上的奧莉薇亞娜。他希望她慢慢吃。她必須感到密閉、受保護。她的肺在晃動。奇瑟把她的腳翹上空中，邊嚼邊伸長腿直到她的腳跟接近天花板，差點踢翻一大堆山藥和紅蘿蔔。沙維耶拍拍那條腿，她才放下來。

「沙維耶叔叔。昨天奧莉薇亞娜幫我挑選下星期的客人喔！」那是她引以為傲的每週任務：從市政府的魔力紀錄隨機抄寫十二個名字練習寫字，並讓他能邀請他們來吃畢生一次的神廚餐。

沙維耶笑了笑。「是嗎？」奧莉薇亞娜想必是個很特殊的朋友，從來沒有別人享有過這份殊榮。

奧莉薇亞娜拍拍肺臟。「我寫了一個名字喔！」

奇瑟又開心地伸長手臂。她揮舞那個謹慎保管姓名的小袋子。袋子掠過時蔬菜為之顫抖。

「奇瑟，乖一點。」

他的姪女嘟嘴，他向她搖搖一根手指。她乖乖地放下袋子。

「我有一個名字！」奧莉薇亞娜說。

「妳有什麼名字？唸給我聽。」

倒出一些紙條再驕傲地打開。奧莉薇亞娜先唸。

「傑瑞米亞・傑森・喬昆・詹姆森，三十二歲，普魯伊人。魔力是生火。」

「很好。那我們要寄邀請函給詹姆森弟兄，希望他喜歡我們的菜色，別把我們的花燒掉。奇瑟，妳有幫我記名字嗎？」

「我給奧莉薇亞娜更多選擇，因為她是客人！」

「很好！但是妳有嗎？」

「露易絲・希多尼・赫倫，五十五歲。她很老了，叔叔。」

「沒那麼老啦。她的魔力是什麼？」

「……五十五歲路奇亞鎮人，她的魔力是調整她的身高到……到……紀錄時是上限十八呎，下限十四吋。」

「呃，希望我們店裡她能坐得下，也可能她會變很小，我們就可以節省食物！」

奇瑟開心地踢腿。踢掉了三根深紅色蘿蔔。

「他說不要踢，」奧莉薇亞娜斥責說。「桑坦妮・美樂蒂・伊格諾伯・印提亞薩，十九歲，她沒有魔力。」

他手臂上起了雞皮疙瘩。他清清喉嚨。

「奧莉薇亞娜，有人叫妳唸這個名字嗎？」

「有個男的過來說她很特別。」小女孩似乎對自己很滿意。

「我給了她特別的名字！」奇瑟擁抱她朋友；她的手臂放鬆甩過房間，好像釣竿，打翻了紅蘿蔔和山藥堆，黃色和紫色到處亂飛。

好漂亮的手臂。

呃，好吧。印提亞薩今天超認真的。以防沙維耶忍不住，如同老人的說法，想要砸爛桑坦妮小姐的夢幻世界。

我盯著你。我知道誰對你而言很特別。

沙維耶把貧童送回叢林，帶著一封給她母親的信，請她有空時來見神廚，談談食物的事。

¶

他不知道眾神為何讓他們成為廚師。他跟黛絲芮爭執過這一點。如果我們的目標是帶給世人愉悅，我們幹哪一行都可以。雕塑家、音樂家、傀儡師都行。

別傻了，黛絲芮說，巫女做的第一件事就是清理你的嘴巴，以便讓她把你塞到你媽媽的乳頭上。沒有什麼像食物這麼重要。

舞者呢？

小子，我不會跳舞，你也不會。

她會跳舞。大多數事情她都會。他成年了，在她的注視下還是可能會發抖。

他只會做菜而已。

大多數食客獨自來到殘詩餐廳，大氣都不敢喘一下。他會到屋頂去看著他們進來，感受他們的需要。每個客人都可以攜伴，但大多數人寧可等到他們自己的特殊時間，所以經常有人獨自吃飯，或跟餐廳裡其他獲選的人一起。他見證過一些終生友誼；無法抗拒的外遇；深度對話的起點，而女人會誠摯牽手，互道陳年祕密。或愛情。唉，好多歡笑啊！聽說有些人在餐廳門口昏倒，或跺腳抱怨，在他們摸到他的手之前拒絕就座。他忽略那些愚行，不過他確實偶爾會在晚上離開廚房走過陽台，讓底下的人興奮地咕噥。他討厭那樣，但適度的戲劇性是必要的。民眾可以看到他在乎，他也可以確認新鮮的白色木槿完美地漂浮在每張桌上的陶碗裡，確保燃燒的柑橘油真的趕走了蚊子。

某一年，有個男子當三位不同女士的陪客來了三次，得意洋洋向他的員工眨眼，伊奧待在廚房門口，忍不住想笑。阿沙，那個幸運的混蛋又來了。

沙維耶認為玩弄女性者有害無益。這個體驗應該是一生一次。你夢想著神廚的菜；你吃到了夢想；你又夢想著再吃一次。但他欣賞那傢伙對於人生，對於愛情的膽量。那些女人看起來很快樂。

他第四次上門之後，被列為黑名單。

他隨時可以上菜，但他在晚上做菜是因為他喜歡安靜；有很多道菜，能有時間消化。像潟湖的菜，淋上濃郁肉汁成為泥狀；在下一個小時，某種完美一吋的方塊狀食物，讓女侍們竊竊私語，讓食客可以專心在口舌的味覺。他的店裡有隱私，又寧靜。角落有兩女組成的低聲樂團：西塔琴和手打鼓，幾乎聽不見，好像他放進餐廳裡的昆蟲。他只雇用情侶檔樂師。這會影響聲音。

在上方，殘詩樹的樹枝橫過天花板，鮮藍色果實像成熟的珠寶垂掛著。他在結束營業時會從陽台上看著女侍們指著上方的樹，尊崇地低聲說話。

現在我們要請你選一首詩。

笑聲和歡呼聲是他最喜愛的部分。

就在他和妮亞搬來之前，他在貝提西恩西部發現過那些棕色扁平的種子在走路，在一處因為滿布岩石而沒人喜歡的小海灘上。他不知道它們是什麼東西，但仍照他的習慣先帶回家再說；塞進某棵老番茄藤蔓旁的土壤裡之後就忘了。但是妮亞有注意到。

沙維耶，庭院裡有棵樹長得很快還會長出詩來。快來看。

她要求第三次他才跟著去看。藍色果實剝開後意外地毫無汁液，裡面只有一句話。

生吃蜂蜜女神

這什麼意思？

我不知道。妮亞的眼神閃爍。

全部果實都有字嗎？

對！你見過這種事嗎？

他們一起坐下，剝開果實，閱讀裡面的胡說八道，一句比一句奇怪，一直笑到她的嘴巴痠痛。沒有一句是完整的。她突然變得很沮喪。好像眾神嘗試寫詩，又把它撕爛扔掉。

是喔。

你不懂我的意思？

他希望他懂，真的。

他把那棵樹重新種在餐廳中央，希望能讓她開心。他宣布餐廳命名時，她嘆口氣。

我該改掉嗎？

隨便你。

我以為妳會開心。

嘆氣。

有時候他會看到她在剝果實，嘗試補完那些詩句。

¶

他站在廚房裡，看著女侍們在庭院裡轉來轉去吱吱喳喳，平淡的最後曙光把她們的手臂肩膀照成灰色。幾個年輕男子加入她們，所有人一起跺腳大笑。他喜歡他們的聲音。通往海灘的小路看起來比平時更長。他聽到房子後方有人在劈柴的聲音。

你會找到愛情的，阿沙，他重新開始外出公開露面時伊奧說。但面對這趟橫跨波比修群島的旅程，他不太確定。哪有神廚會悲傷得躲起來，在天空下發抖的？

他轉身去看摩埃，摸出一個切得不完美的洋蔥塊，把它削成跟其餘的一樣。他知道她正在計算，根據食材庫內容、爐具、她無法預測的材料準備時間，該怎麼最有效率地把這些打包運到印提亞薩官邸去。

上菜是神聖的工作，做這個他沒問題，但是印提亞薩打算羞辱他。摩埃可能會塞一塊敷布來擦拭他生氣時的額頭，他了解她。

這一天無法逃避。他不能再抗拒了。

他打開廚房的收音機。摩埃只有他在場的時候會關掉。

「——別擔心，先生。」小哈還在主持，「印提亞薩總督說他很快會上這個節目跟我對談，我會替你問他山羊稅的事。」

「王八蛋政府根本不收頭期款。」

「先生，拜託，盡量改掉咒罵，」小哈嘆道。

這聽起來比較像是電台主持人在做他們的工作了，讓民眾保持禮貌。

「我也想知道政府會怎麼處理我家後面河裡的螯蝦。咬起來像糖一樣。叫印提亞薩來我家試試看吧？嗯？哈小姐，妳聽過這種事嗎？水產不該是甜的。」

「呃，那很奇怪，沒錯……」

「我需要更多辣椒乳酪片，」摩埃說。她在圍兜上擦擦手，往洗碗槽附近的紙包物品歪歪頭。「還有那個漁夫小弟回來了。說要把那個東西交給你，以示敬意。」

沙維耶拿起那個包裹。意外地沉重。

「我想他在外面。他仍然對妮亞的死很難過，神廚。」

「摩埃，你以為我會在乎他的感受嗎。」

她低下頭悄悄溜走，讓門在她的背後顫抖。

這個袋子很皺又布滿指紋。他解開乾燥的香蕉葉把東西翻過來，允許自己興奮片刻。這是一塊有缺口的大石頭。或許這是他以前沒嘗試過的事：有趣的東西，悲哀的東西。這種時刻很稀少，但是發生過。世上有可食用的岩石和泥土，但這塊看起來不太好吃。

沙維耶皺眉。

最後一片葉子裡掉出一個扁平小信封，落在地上。他彎腰撿起來，用另一手取下掛在牆面釘子的麻布背包斜揹在身上。他巡視只需要這個。民眾會很樂意把他選的其餘農產品送過來。

拜託眾神，別只是送石頭和胡言亂語。

沙維耶把信封內容物倒進手掌，倒抽一口氣，丟下它在廚房倒退了好幾步。

那個漁夫小子送了隻飛蛾給他。

他經常看到飛蛾，在晚上就跟蚊子、蟋蟀、飛天蟑螂、晃蕩的蜥蜴一樣多：波比修夜間的所有小動物。他很少注意它們。

你必須全神貫注去抓到他喜歡的飛蛾。就像這隻。

他緩步上前，觸摸，盯著它。翼展九吋；胸腔肥厚。蝴蝶休息時會把翅膀合在一起；

飛蛾會張開，引人欣賞。他撿起飛蛾。黃褐色鱗片沾到了他手指上。這是蜜露蛾，應該是靠特定葉子分泌的糖液生存。那孩子存了多久的錢買這個？他父親知道嗎？他把蛾放在廚房檯面上。十年沒摸過這該死的東西，大家還是認為他輸了。

他吸掉下唇上的唾沫。他在流口水。

這是份大禮；飛蛾之王。

他開始迅速行動。破爛的厚筆記簿、四枝削尖鉛筆和他在櫥櫃深處發現的一個綁線式紅色小皮囊。他把簿子和鉛筆塞進麻布包裡，黃色飛蛾扭緊——像人們捲小雪茄一樣靈敏——塞進皮囊裡。皮囊放進右邊口袋。

他挺直背脊站好。

「沙維耶？」

伊奧在叫他了。

¶

庭院裡，大多數年輕人都走了。有個女侍坐在長凳上，剝掉漁夫兒子肩膀上的肌肉，就像別人可能用來勾引異性的方式。沙維耶瞥見白骨，聽到她用食指和拇指輕敲骨頭的咚咚聲。那小子抓著她的腰；發現沙維耶盯著他們；用力推開她讓她驚叫了一聲。

「神廚！」

沙維耶繼續走。他聽到伊奧在嘀咕，「別挑現在，」但那小子擋了他們的路。

「神廚！」

他有預感摩埃會來；她會瞪大眼睛努力阻止這一切，拳打腳踢一陣混亂。只要他聽大海的話，就會平安無事。你去波比修的任何地方都會聽到海的聲音。

「神廚，拿到我留給你的東西沒有？女士，妳說妳會交給他——！很抱歉！沒事了！抱歉，神廚！」

或許他感覺到了男孩的指尖，掠過他自己的肩膀，碰到裡面的骨頭。

他想起他的岳母，在一年前的今天猛敲他的門。大聲叫他，他從沒聽過有人能發出那種聲音：描述那孩子怎麼在深水中發現妮亞，她的耳朵怎麼跑出白色小魚，憂愁像海草蔓延，喔，沙維耶，她跟你說話，她以前跟你說過嗎……？

他和伊奧走下從岩壁鑿出來的階梯，前往低語的海洋。沙維耶放慢腳步配合跛腳的哥哥。他們站在海水前。黎明終於像擠壓瘀傷似地來到：黃紫色的光線讓白沙閃閃發亮。在他們上方，那個漁夫少年獨自站著，細瘦手腳宛如木炭棒。

皮囊在他口袋裡，免得伊奧看見。持有飛蛾。沒錯。

所以，他又來到了這裡。

¶

他自願參加測試時才十六歲，主要因為他再也受不了家人碎碎唸。沒什麼能說服他媽媽相信他不是神廚。要是結果黛絲芮沒有這麼說，崔雅・雷丘斯會衝進她家裡罵她是騙子。

你最好去問，伊奧說。*讓她高興。*

跟不快樂的母親生活很難過，他們都同意這點。

於是他到黛絲芮在杜庫亞伊島上的餐廳，又到她經營的糕餅店打聽，再回到餐廳問員工，他們逗著他說。*黛絲芮老是有年輕小子在找她！*

他不敢相信他們這麼不敬。每個人都知道黛絲芮・迪・巴納德大師有彩虹般所有風味的魔力，能徒手撕開海裡的鯊魚，穿著有琥珀碎片縫在裡面的內衣。

他在沒特地尋找的某一天見到了她，那時他正像個街頭頑童一樣吸著一袋冰在買芭樂起司。她跟他同時伸手去拿芭樂起司，他很驚訝，吸吸掉到了地上。

她打量他。

起司小販認得這種時刻，看起來替這男孩緊張得快嘔吐了。

沙維耶清清喉嚨。大家申請時都說同樣的話；幸好如此。

喔，神廚。我可以坐你旁邊嗎？

黛絲芮放下芭樂起司，拿起一顆白洋蔥嗅了嗅根部。

嗯，她說，好像要親吻洋蔥了。

喔天啊，起司小販說，往自己搧風。沙維耶沒想到成年女性可以這麼眼神溫柔又豐滿，尤其這一個，連大男人都會害怕。黛絲芮咬了一大口洋蔥平靜地咀嚼。沙維耶和乳酪小販都做了個鬼臉。黛絲芮看沙維耶的眼神彷彿他是海裡打撈起來的東西。

我需要的人都有了，孩子。他們比你先到。

——他轉過身，臉紅又發燙，暗自慘叫。解脫？驚訝？他從來沒想過他會失敗。至少在加入測試這件事。大家都這麼說。他不相信大家說的。但至少試試吧？

她在他背後大聲說。

再問我一次。

他的心臟差點跳出來。

什麼？

他還聾了嗎？她向喘不過氣的芭樂起司小販眨眨眼。

他沒辦法。他已經使盡全力了。但她在等待。

我……可以坐妳旁邊嗎？

唉（Cho），小子，你不知道這個要求是什麼意思。

「Cho」是個古老字眼。可以用在抱怨、輕視、拒絕，或者溫柔地說：哄騙小孩吃飯或哄騙男人躺下。她在取笑他。

我可以坐妳旁邊嗎，神廚？

她吃著洋蔥在他面前大笑。

他又轉過身，想要生氣和痛打什麼東西。

你這麼容易放棄嗎？你要是沒骨氣就無法應付我廚房的工作。她突然嚴肅起來，甚至動怒。再問我一次，小子。這次，想想我多麼好看還有你會怎麼像小狗那樣聞我的味道，讓我想起時間過得有多快。再問一次。好好表現。

當時他不懂。他低頭看著她領口上的褐色雀斑。她胸部頂端有些細紋，他猜想除了他還有沒有別人看得見。

我——

怎樣？

我不知道妳想要什麼。

她嘆氣，向他招招手，把剩下的洋蔥丟進樹叢裡。

來跟我坐吧，小子，隨你便。我不在乎。

可以嗎？

可以。

他滿心喜悅地走開。又轉回來：可是妳說……

她聳聳肩。我騙你的。你是第一隻夠膽嘗試的小狗。

謠傳黛絲芮從整個群島選了十六個一級助手，比慣例多很多。五個來自死亡群島：五個耶！前所未聞，連貧民當上神廚的可能性也沒聽過。有些人很不滿。

但他們是天選之人；她的選擇就是眾神的選擇。

他們花了一年分別追隨巫女，學習基本技巧，接著才進入波比修各地的廚房。再磨練四年：洗碗盤、掃地、端菜、照顧禽畜、用剩料做菜，然後用較好的農產品。沒人告訴食客幫他們倒水或餐後收拾桌子的是個參加神廚測試的年輕人。他們效命的廚師對他們似乎也只有模糊印象。

巫女說謙虛很重要。

他頂多只見過七個競爭對手；跟其中四個共事過。只有跟三片屁股的恩塔莉成為了朋友，因為他們重複被分發到同一批廚房。他很滿足：年輕、堅強又有耐性。他決定無論結果如何，要冷靜。他在餐廳裡感覺最自在，穿梭在餐桌之間，看著食客吃第一口，在他們像在家一樣開心時露出微笑。

他沒忘記黛絲芮——怎麼可能，他們經常耳語提到她——但他盡量不去想她，或她走過眾人中間，淘汰掉那些同樣努力但衣衫襤褸、目瞪口呆的人那一天。某天下午她來了：沒有排場，沒有預警。他從烤大蒜抬起頭一看，發現她倚在流理台上看著他，恩塔莉在她身邊發抖，監護廚師莫里斯在旁奉承。莫里斯在他剛來時曾譏笑他：你？太瘦太沉默沒辦法當神廚啦，小子！

黛絲芮向沙維耶勾勾手指。過來，快。

他放下他的菜刀。他聽得到恩塔莉驚呼和她焦急作響的耳垂。

黛絲芮瞄她一眼。

妳也是。你們表現很好。

我嗎？恩塔莉尖聲說。

我們去巡視。

他們三人出去，經過冒冷汗的莫里斯，沙維耶感覺輕鬆了點，不過手上摸過大蒜還很黏。到了外面，黛絲芮堅持他在她的裙子上把手擦乾淨。恩塔莉瞪大眼睛。沙維耶想要反駁。

為什麼？

因為我說了算，小子。她似乎變年輕了。她不知道他的名字。

那個驚人的、炎熱的下午：召集了她認為有機會的六個人。三男三女。沙維耶和恩塔莉。多明尼克和波斯蒙妮。馬丁和西西。他在晚上像一首小輓歌一樣背誦這些名字。是哪個？誰是注定特殊的，能脫穎而出，贏得有理？他們一開始只知道可能是他們世代的任何人。如今，只會是這六個人之一。

是他嗎？除了母親的喜悅，他不覺得自己有什麼特殊之處。

黛絲芮讓他們整天走路。我們必須跟民眾走在一起，她說。成為他們的歌。提醒他們眾神不會遺棄他們，也不睡覺。他們衝進小社區，招搖過街——神廚來了！——黛絲芮抓著婦女們的手肘，往她們家裡大喊：叫你們的女人出來！推開得意洋洋抓著胯下的男人：別跟我挺胸，小子——你知道我的胸部比你的更厲害。叫你們的女人出來！驅散小孩和山羊，突然停在某家倒楣的貝提西恩廚房。姊妹，妳在這兒煮什麼好東西？擦掉她嘴唇上的香蕉芯——某種玉米粉製甜點；把湯匙伸進鍋裡；淫猥叫嚷的手勢。他們愛死她了！好多笑話，好多呼喚與回答。他確實感覺自己太沉默，因為他比其餘人高，總是站在其他人後面，看著振臂歡呼與慶祝。恩塔莉從震驚中復原，鼓起勇氣開心地拍他的背，他試著微笑但一點也沒有好玩的感覺，這就是你必須成為的樣子嗎？黛絲芮大聲下令，指揮著沒有忘記帶菜刀的鬍鬚帥哥多明尼克，向群眾炫耀他：靠過來，看看我的助手，他的手可厲害了！猥褻地眨眼。多明尼克也調情回來。他怎麼會這麼大膽？黛絲芮邊自誇邊耳語：姊妹，教教我妳是怎麼把胡椒剁這麼細，怎麼動作這麼快？從頭到尾，她敏捷的手指都在她真正目標的鍋子裡，一轉瞬，不知不覺間，黛絲芮的菜單上就有了新的風格和口味。

她真是個漂亮的小偷。

大家都知道這些故事。在他之前有些神廚做菜不是為了愛情或榮譽，而是利益和驕傲。每個人都把自己的罪惡帶進了廚房。

他不會。

過了幾年，在他被任命為神廚之後，進行了一個月的巡視，在妮亞鼓勵下悄悄走出來，感覺這頭銜彷彿釘在他背上，是個剛開始癒合的傷口。當然，他比較有自信了。也比較老。但他就是無法大聲說話。農民都說他假掰——殘詩餐廳，食物——都假掰，意思是花俏又做作。他們的傲慢讓他感到很有趣。

你吃過沙維耶・雷丘斯的菜沒有？我的老天爺，那小子真會做菜！

我會試試用你的方法做，兄弟，聽到沒？他告訴路邊給他吃浸泡在小杯濃稠苦味巧克力裡的蓬鬆奶油糊麵包的男子。可以嗎？伸手進口袋掏錢，本來就應該這樣。

請便，男子說。儘管試。

他記不得他上次巡視是什麼時候了。

5

艾妮絲站在她家大門口猶豫，用手指隨意摸過分隔她家和馬路的木頭圍籬。路奇亞鎮在她面前展開，像被拍打的毯子般起伏。

在老太太帶著新鮮萊姆和蝴蝶的氣味回屋裡去之後，艾妮絲按照每天早上的慣例把她的頭髮刮乾淨，戴上沉重的手腳鐲。頭皮在清晨陽光下發亮。

她想要看著坦坦的眼睛問他。

坦坦，是不孕把隔壁的女士逼瘋了，還是你真的是偷吃的混蛋？

她抓著圍籬，看著婦女三兩成群走過，露出帶著光澤的肩膀手臂，前往市中心。杜庫亞伊的婦女以手腳修長又柔軟聞名，是從小就在丘陵地爬上爬下造成的：那有助於長高。貝提西恩的婦女會說杜庫亞伊女人的招牌不是她們的手腳，而是魚腥味和銅臭味。杜庫亞伊婦女則反駁說貝提西恩的女人永遠會在雞蛋裡挑骨頭。

兩者都是對的卻也都不太對，就像所有事情一樣。

或許這個謠言能打破他們之間的沉默。坦坦會說：*不是，妳怎麼會這樣想我？*她會說：*你不理我，我該怎麼想？*最後他們會談到他們的小孩。他會善待她。摸摸她的手，她的身體。

今天仍有可能是好日子。

她不是嫉妒的女人。在最初幾年，她發現坦坦低頭偷瞄美女，心不在焉地玩酒杯的時候，她會誇獎他的品味。

沒關係，她說。人都愛看俊男美女。

妳也會看嗎？

她內心浮現某種本能。她母親說過婚姻生活中會有些必要的小謊。

我看你就好了，她說。

艾妮絲揉揉她的光頭，走進外面逐漸增加的人潮中。男人開始加入女人，談論當天的事件。小孩子開心喊叫，不用上學。她背後的圍籬似乎像河水在波動。民眾親切又尊敬地大聲叫她。她微笑回應，保持昂首。她今天不會出席印提亞薩總督的任何宣傳活動；他只是想要討好可憐的民眾讓他們投票，可悲的是他們都沒看出來。她規劃了正常工作行程。但那個老太太說的話改變了一切。所以現在她會去她的工作室，取消所有會面，再去玩具工廠找坦坦。有些事不能等，她根本不在乎他是否會因為她到他工作的地方打擾他而不滿。

¶

她的魔力在她六歲時顯現出來，猛烈到她父親必須讓她遠離陌生人。她是個愛笑的黑眼小孩，惹人愛又好奇，會向人討抱抱，在她父親的教堂跑來跑去，很高興地讓信徒們輕拍她的臉和頭髮，大家都說拉提牧師的小孩漂亮又聰明。對別人的事很敏感，她母親說，但即使如此她還是很欣慰小女兒過得開心。

然後魔力覺醒，成了大問題。

艾妮絲的父親不再帶著她去日常散步，不讓她跟別人握手，在她過來加入對話時把她推到背後：推開、趕走、皺眉。這讓她很困惑，後來也讓她難過。因為，告訴別人她知道的事情有什麼不對？指出未婚女子肚裡的胎兒，取笑香港腳和痔瘡的男人，跟蹤陌生人，問他們是否內急想上廁所？日常毛病特別容易：淡紫色皮膚的街頭手風琴師摸著她臉頰，即使嚴重頭痛仍面帶微笑；擁抱問候她但正在經痛的唱詩班女老師；消化不良、中暑、皮疹、流感、喉炎、扁桃腺炎、血糖過高的症狀。

你一觸摸她，她就知道了。

當然，她無法知道每種疾病的名稱，但她喜歡這些對別人身體、還有她自己身體的親密了解，銀色能量在她胸膛和指尖周圍閃亮。即使父親很尷尬，她喜歡這一切。他說反正她天生沒禮貌，疑問多、愛唱反調、對他的信仰又說了些褻瀆的話。爸爸，你為什麼信一神教？大多數人不信。長大之後，跺腳說：為什麼從來沒人告訴我我的守護神是誰？學校裡其他同學都有！我敢說她是個女生而你不喜歡，是嗎，爸爸？藐視他的基督徒規矩，拒絕研讀聖經，晚餐時爭吵拍桌，拉提波狄耶牧師抬起眉毛舉起手：妳太過分了，聽著，艾妮絲。尊重妳媽媽給我坐好。

她覺得自己顯然需要盡快找個大導師。勇敢又對眾神很熟悉的人。十四歲時，她鼓起勇氣走進附近巫廟的屋簷下，爬上古老台階，心臟怦怦跳，隔著小側門傳出的歌聲感覺好對味又悅耳，她加速奔跑進去，飛向穿著軟袍唱歌的巫女們，穿過被稱作甘齊、布努乎努和巴克希德等神明的腐朽雕像。半路上有個小女孩抓住她的腰，告訴她她的守護女神是天女，她根本沒開口問呢。這個女神的名字聽起來太貼切了：簡單俐落，艾妮絲不禁胡言亂語；她只想要治療民眾和自由自在。

天女非常自由。我帶妳去看她的雕像，英格麗・杜蘭德說。但是妳得先學會呼吸。

妳怎麼會出現在這裡，艾妮絲說，妳是小孩耶。

我八歲，但是別管年紀。我是巫術委員，意思是我跟其他人一起掌管這座廟。她吐吐舌頭。妳想要坐我旁邊嗎？

艾妮絲爆笑出來。好像女生向男生求婚，挺怪的。

應該是我問妳。

英格麗翻翻白眼。那就趕快問。妳知道妳想要。

英格麗天生軀幹上就有個數字「29」。看得出數字「2」上方的曲線在她鎖骨上，撩起上衣時也看得到數字「9」的底端。數字的膚色比其餘部分稍微深一點。

媽媽說帶我出生的巫女一看到數字就開始咒罵。英格麗舉起雙手扮個鬼臉。「這又是什麼意思啊？」

英格麗小寶寶並沒有巫女害怕的那麼難診斷；這孩子只是必須學會她的數字。

七十五，兩歲的英格麗趴在媽媽肩膀上，向販賣死亡群島高級豬肉的女販子揮手說。女販子微笑用豬腳趾指了她一下。

妳會算數啊！

七十五，英格麗說。她的目光轉向老女人的丈夫。六十四。

我今年六十四歲，男子說。聰明的孩子。

真可愛，女販子說。年紀太小，還沒發現魔力嗎？

真的太小了，英格麗的母親說。她和女兒蹭蹭鼻子，假裝要咬她肚子。讓她再當一陣子小孩吧。

九十一，英格麗咯咯笑說。她拉拉母親的鼻子。九十一！

豬肉販的丈夫當晚就死了，死在搖晃的吊床上。

這樣過了幾年，英格麗的母親終於帶她到附近的廟宇去向委員緊急諮詢。大家一直死去並指著她唯一的小孩，這該不會就是他們等待的魔力吧？

一番耐心、費時和留意之後，委員們議定英格麗只是說出無可避免之事，沒有造成死亡。不過別經常帶她靠近老人，前來告知結論的巫女說。他們比較可能擔心那些數字。

沒錯，英格麗的母親說。還有嗎？她指指胎記。她們看著在地上玩耍還品嚐泥巴味道的孩子。

她現在幾歲了？

將近三歲。

巫女深深注視著她；同情地聳聳肩。她們站起來，一起點頭，眼眶含淚。無計可施；

有時候魔力很悲哀。

她很可能是巫術委員，巫女說。那些自我犧牲的人就在我們之中。下星期帶她過來。我們訓練她。這下子母親淚如雨下。巫女對天舉起雙掌。她是來了解魔法的，媽媽。這是好事。

我明天就來，老師。

¶

艾妮絲從來沒遇過像她和英格麗一樣惹出這麼多麻煩的人，當街向陌生人洩漏天機然後跑掉。對傲慢假掰的人尤其有趣。她們一起學習怎麼在海裡和河裡游泳，這可是困難技巧，也花很多時間跟巫女相處，她們都是古怪、受祝福、愛擁抱、開朗、好笑的人，胸部寬大頭髮濃密，像樹一樣壯碩又安穩，而且沒有別人以為的那麼神祕。

但是也有工作要做。你必須培養這種魔力。英格麗教導她耐性。給艾妮絲醫學症狀的清單陪她一起研究，因為獨自學習症狀很無趣。艾妮絲的診斷速度和準確度改進了。高血壓感覺像沉重農民大鼓的聲音；梅毒會讓耳垂喳喳作響；腳趾有玉米粉氣味是心臟病前兆；老年發生的斜視會發出刺耳尖聲，像田裡的老鼠。當事人來廟裡見她時她可以做得更周到，老巫女就站在旁邊，一個可以在人們對驚人噩耗有理所當然的人性反應時出手幫助的距離。

她父親很生氣她尋找導師不問他的意見，但她這時歸委員會管，沒人可以反對，連他也不行。

妳還可以做更多，英格麗說。

英格麗收她當助手之後七個月，她最喜歡的庫拉舅舅，波娜米的父親，患了嚴重感冒來到家族聚會，在家人走近時歉疚地揮手，不斷擤鼻涕，皮膚潮濕脹紅。

艾妮絲有股衝動想立刻擁抱叔叔。她就抱了。

庫拉叔叔打招呼擁抱回應，咳嗽著說怕傳染給她，他知道是感冒，她不需要確認，但艾妮絲出於某種衝動抱得更緊了。她的褐色皮膚散發出銀色泡沫，在陽光下變透明，灌入有點驚懼的叔叔體內，不過他還是理智地站好不動，信任魔力。

泡沫在他們周圍漂浮。家人都發出驚呼盯著瞧，連她向來坐不住的壞堂弟沙蘭也是。泡沫碰到陽光變成粉紅色。她叔叔的鼻涕沒了，咳嗽漸息，疼痛變成愉快的刺痛，發燒也退了。

庫拉叔叔大笑起來。好神奇的魔力啊！

拉提波狄耶牧師在她回答之前打斷她。

那還必須配合更多禮儀才行。

叔叔親她臉頰說，多謝了姪女，別理妳爸，她高興極了。她治好了他的感冒，她原本不知道她有這能力。感覺很有啟發：好像藝術家超越了他們自己的預期。你一定常聽說，成長過程中，大家會跟自己的魔力共存讓它融入本能。嘿嘿。我不曉得我有這種能力。

她看著叔叔跟嬸嬸跳舞，吃蘭姆蛋羹，微笑著不再流鼻涕。像平常一樣逗波娜米玩。她很自豪。

妳有泡沫！英格麗說。她吐吐舌頭。好炫耀的魔力！

他們實驗進行治療的一些方式：最理所當然的是透過她的手導引泡沫。如她父親說的，擁抱陌生人或許不太恰當。但是這需要練習。瘋狂的銀色泡沫會很快填滿一個空間，還會讓人打噴嚏，或者太快冒出來，讓泡沫的不明材料浸濕她的衣服。此外，她治療結束時幾乎每個人都會竊笑，除非他們非常痛苦，而竊笑似乎鼓勵了某些人透露更多不適合小孩子聽的私事。

唉，英格麗說，成年人跟小孩都一樣。

整件事讓她父親很頭痛，她勤快地治好了他。

雖然名聲很好，雖然她能賺錢，雖然幾百個——對，現在有好幾百個——當事人擁抱她、痊癒、啜泣，雖然她救了幾十條人命，她還是無法讓父親驕傲。她的魔力對他而言很粗俗，他一直沒改變看法。他鄙視所有實體。

她剃了光頭；頭髮令她在工作時分心，而且她喜歡自己的臉。她磨練自己的呼吸。她學會了如何安靜，如何見證。有些日子她不需要魔力就能工作。同情心也是一種魔法；傾聽至少佔了一半功勞。

要留些空間給自己，英格麗說。

像妳這樣？

嗯。

¶

艾妮絲被石頭絆到，用一隻腳跳著走，一邊把她的涼鞋拉回原位。如果關於情婦懷孕的謠言不是來自這位鄰居，這個嗑太多蝴蝶、高貴又受傷的女性，她會斥之為不過是討厭的波比修人愛聊八卦。但是這個女士關心她。

有時候老人會看到你不想看的事情。

人們經過她身邊，認出她之後點頭說。

「早安，艾妮絲小姐。」

「早安，貝金朵斯媽媽。」

有個恐怖的念頭在她全身蔓延，最後停在她的心窩。

他們都知道了。

她流產的消息傳得很快：她剛復原，一走到市場就聽到她的名字。每個人都顯得很難過。難過的民眾帶著一鍋食物和意見湧進她家，坦坦躲在房間遠處，夫妻之間人山人海，男士們在陽台上玩骨牌把這當作派對。狀況變化真快啊！到他們第三個孩子死掉時，慰問的民眾不來了，彷彿他們——或她——是某種厄運詛咒。她失去客戶。不多，但是夠多了。她只能仰賴英格麗、她母親和波娜米。但即使是他們也開始另眼看待她。不對，英格麗不會，沒有人比她更了解她。但是其餘人都認為她是個悲劇。如今，還有比可憐的騾子加上偷腥丈夫更好的八卦主角嗎？

很可能妳是最後知道的人。

坦坦真的有可能這樣背叛她嗎？不會。這實在無法想像。她昂首挺胸；她的頭皮像剛萌芽的青苔般柔軟。

到了山腳下，她穿過服飾區進入擁擠的人群。大家都為了今晚在美麗鎮的選美大賽來進行最後試裝。一群嘉年華女郎走過，她們的黃綠色服裝蜿蜒爬上山丘：羽毛、頭飾、流蘇、抹油的胎毛假髮和晃動的辮子。有幾個人揮舞橘色看板。藍白色的蝴蝶在她們頭頂上飛舞，好像有人搞亂了天空。天氣已經熱到艾妮絲必須瞇眼。

所有看板都寫著同一件事。

還有替代選擇

那些橘色塗鴉已經刺激她幾個月了。雖然她主張這個神祕的人是最光榮的叛逆者，坦坦對橘色人不以為然。坦坦說，唉，只是頑皮罷了，但最後連他也產生了興趣，在鎮上的新聞宣告者來到自家附近時要她安靜。

朋友們，橘色人說香蕉價錢會飛漲！

果然漲了，彷彿塗鴉有自己的預言魔力。

那個人超屌的，竟然能匿名這麼久，坦坦說。你知道他從不告訴女人他的身分嗎。

一群微笑的女性好友大搖大擺走過她，一面道歉，她們的衣服是鮮艷的新布料，金色紫色加藍色。她看著她們散開融入人群，互相揮動裙子和腿環，好像長腳的水雉。她們任何一個都可能是坦坦的情婦，就這樣穿過她面前。

最晚知道！她腦中那個小聲音叫道。

好友群體快步經過，興奮地聊天，手牽手，頂多九到十人。艾妮絲看著她們的目光掠過她的白色喪服裙子。

「妳看到新娘多漂亮了嗎？」

「我聽說是真愛的結合。」

艾妮絲嗤之以鼻。桑坦妮．印提亞薩才十九歲，還是小孩。她懂什麼婚姻？明天晚上他們在大廟台階上親吻時大家會歡呼，唱調皮的歪歌送他們進洞房，但沒人會告訴他們婚姻有多困難、多……漫長。

然後，在你說完翻筋斗的瞬間，那個女孩就會懷孕，像梅子一樣爆開。

她抓著附近的牆壁，被一陣寒冷的怒氣嚇了一跳。

別哭。

我沒在哭！

她跟朋友疏遠了，她僅有的少數朋友。變成她不喜歡的那種女人，被她丈夫佔滿。忙碌，不過她是真的很忙碌。要幫助好多人。她喜歡認為自己是個善心的人。

妳的意思是重要的人吧。

或許她會去找波娜米。上次他們造訪——她記不清是什麼時候了——她表妹很直率。告訴她怨恨已經填滿了她的脊椎。她感覺好像給了她一記重拳。從此她們沒再說話，不過波娜米還會寫信來。

是嗎，神啊，她很怨恨嗎？

「有人告訴我那家該死的妓院今天免費招待已婚男人，妳能想像嗎？只要他們把婚戒留在大門口！」

艾妮絲認出她父親的助祭之一，奈莉・阿格妮・尼爾，正跟她戴藍帽、四十四歲仍然可恥地單身的姊姊莎朗講話。艾妮絲心想那頂帽子讓莎朗的腿好看極了，誰在乎已婚未婚啊？

「馬歇爾今晚不准離開我的視線！」奈莉宣稱。「妳好，艾妮絲。治療師，妳聽說這屁事沒有？」

「妳好。」她的聲音聽起來勉強又刻薄。她清清喉嚨提高音量。「什麼事都瞞不了我，奈莉。」

她感覺她們在盯著她。

¶

她十年前在索因島的祖吐彭碼頭認識坦坦，她和一群朋友到處亂逛，等著她父親的船來接她們回家，累得很開心，夕陽照在她們的頭頂上。有人大聲談到戲劇慶典；另一個人倚過來用手肘頂她。她們在笑，除了波娜米在嘟嘴，因為人群中有男人說：妳太瘦了，天啊，妳怎麼會這麼瘦？艾妮絲戳戳她肩膀提醒她，在美麗鎮有些男生經常聚集來看她的纖腰和細腿。波娜米的表情放鬆了。艾妮絲聽到新的笑聲，混雜著她父親的聲音：男人笑聲。她轉身去看是誰。坦坦的肌肉很搶眼，身材勻稱而且也轉身對她笑。拉提波狄耶牧師迎上她的眼神張開雙臂。看看我為妳帶誰來了，他露出燦笑。

妹子，如果妳不要他，我要了，有位朋友低聲說。

哈囉，坦坦說，牽著她的手扶她上船，她喜歡他眼中冷靜的慾望，天啊，他算是她摸過最健康的男人了。

等到坦坦出現時，她母親似乎很冷淡，但其實是矜持，她父親對自己的聰明很滿意，她開始感覺到強烈疲勞的原因了。父母已經不年輕。她是他們唯一的小孩。她父親沒堅持選一個教會裡的男人；她知道這對他的代價。坦坦是個有潛力、理智的人，有技巧和驚人的誘惑力能讓一個小空間裡的時間凍結，似乎能暖化冰冷的東西，這在他們做愛時也有很神奇的效果。哇，這人能從蜂刺裡變出錢來，懂得招待客戶、小孩、怪胎、女人和他遇到的任何東西。*妳會有世界上最溫暖的家庭*，她的姊妹淘說。

沒錯，迷人，但她一向認為認識真命天子的感覺會更確定、更具體。

當然妳可以自己選擇，她母親說，伸出壓制的手放在她父親手腕上。

她想要感受服從的樂趣，表達對她父母的愛，暫時停止爭吵一陣子。

嗯，英格麗說。好一陣子艾妮絲懷疑那是不是嫉妒，因為她比較年長應該比較快結婚，但英格麗對坦坦做的每件事情都說嗯。她不太喜歡他：嗯是她盡力的極限了。即使英格麗不開心，坦坦確實能逗艾妮絲捧腹大笑，陪伴一起出門，他很穩重又殷勤，只是戒不掉打牌和喝酒。在床上，她全身上下都被揉捏，陰莖又粗又硬，她的高潮向來很強烈。做完愛以後她總是汗濕又恍惚，肉體上很滿足；深吻，彷彿他是在一個很長的句子結尾畫下句點。

他不說廢話，但他從不忘記用讓她感覺受寵愛的方式說晚安或早安。即使現在也是。

她父親大驚小怪，籌備婚禮帳篷、最好的燉魚、深色水果、有厚糖霜的蘭姆蛋糕和正式的長尾藍袍。她不想引起騷動。帳篷會吸引蚊子，燉魚會殘留濃厚氣味，而且她總覺得蘭姆蛋糕太酸。但是拉提牧師和新女婿打點好了一切，男人很少這麼在乎細節的。

她很努力去愛她的丈夫而且成功了。但她神聖又痛苦的拒絕——不要，坦坦，我無法再來一次——改變了一切。她猜想他們缺乏親密關係是因為他哀傷，遲早他會原諒她。她完全沒想到有別的女人介入。她父親為她選了這個人；她父親是個好人。

妳想他跟騾子在一起怎麼會快樂？

她輕拉她的白色長裙，繼續穿過沙地前進。

¶

有人在她的工作室外面黑板釘了張海報，宣傳美麗小姐國際選美賽。艾妮絲站了一會兒，推敲這些彩色字母和爛插圖。這將是她錯過的第二次選美；原本她和英格麗會一起去看。參賽者總是很美麗，以本地時尚設計師的最新風格呈現。純粹的女性之美。有一次英格麗告訴她外國有些地方的女人不想被欣賞。她們都笑了。

她把海報改貼到她家牆上，讓黑板淨空。

在狹窄的門廳，她用手摸過她的祭壇和上面的物品：一尊淡藍色的天女拿著火焰與油的小雕像；一大碗她連忙換新的水；一個老朋友送的彩虹色小皮包；她母親的醜字跡寫的父母來信；仍然新鮮的杜鵑花；蜂蜜茶味的錐形焚香。她點燃一顆，把煙吹過室內，吸入令人舒適的氣味。這裡是她結婚前的家，也是她的第一座祭壇。

再過不久她的客戶就要到了。她會在外面的黑板上留話；以前她也做過。她和坦坦懇談和解重修舊好之後，她會去探望他們親自道歉。

她在屋子裡尋找粉筆。她該寫什麼呢？公務出差似乎太突兀。家庭急難。不行，那會讓大家在天黑之前對她失望，嘮叨抱怨。本日歇業——抱歉。或許吧。她得趕快。她不希望讓人看到她臉上難過的表情或發問。她不擅長說謊。她找到一支粉筆，寫到一半在她手指間折斷。她咒罵，再找一支，又折斷了。突然好想哭；她把它吞回去。

女孩，絕對別哭。

她坐到坐墊上，慎重地呼吸，用舌頭頂著口腔頂端。她閉上眼睛，一隻手輕輕放在胸膛，感受起伏。

冷靜。

有個輕微聲音讓她抬頭看。

有個祕密卡在牆上的油燈裡。

她起身去檢查。是過期餅乾的觸感。祕密所屬的神祕年輕男子很喜歡它：它，和他的慢性便祕。最後他總算說夠了，才放棄這兩樣東西。

民眾經常把他們的祕密留在這裡。她每天檢查有沒有祕密纏在她頭髮上。在吸塵掃地之後把它們拿到外面的後院，讓它們飄進夜晚的空氣中。有時候祕密古老又沉重：黏在星星上會掉下碎片的那種。星星會打破她的庭院家具，損壞屋頂，讓地上覆蓋著它們的白色黏液。

人在疲倦的時候清理祕密比較困難，尤其是會溜進你體內那種。如果她工作過度，會危險地用光魔力能量：無法下床，甚至暈倒過幾次。她有一次連續三週無法自慰到高潮，後來英格麗從她肺臟裡剝掉了九個祕密；有時候找到祕密的唯一辦法是聆聽竊笑聲。英格麗會叫她躺在溫暖石頭上，擠出她體內泥漿狀的他人祕密，擠壓艾妮絲背上和鼻頭的黑頭粉刺，沖洗她的耳朵，敲打她的頸骨節，叫她伸展手腳、喝水，用月桂蘭姆酒洗澡，從昏暗的天空中捕捉上好的紫蝴蝶吃。

某天有個嗡嗡聲害她整個治療過程無法專心。艾妮絲問，那是什麼怪聲？

是我的腫瘤，英格麗說。

什麼？她坐起來。

英格麗按按她的背。別忘了我今年二十九歲了。

她躺下不動。但是我怎麼現在才聽到？

前一陣子才開始發出怪聲。

可是英格麗。我怎麼從來沒聽過？

英格麗撫摸她的背。孩子，妳還是別聽到比較好。

有時候她叫她孩子，畢竟她是大導師。

她乾脆拒絕相信英格麗的胎記，直到她過世。

她必須準備好面對接下來可能發生的事。天啊，搞不好是真的。那個老太太看著她懷孕大肚子，帶了人心果的碎片給她，在她搆不到的時候幫她揉腳。她為什麼要告訴她不是事實的事情？

他在公開場合對待妳的方式。「老婆，過來。我幫妳拿披肩吧。」「欸老兄，看到我老婆沒有？她很漂亮對吧？」純粹是愧疚。如果妳這麼漂亮，他為什麼這麼久不碰妳——

已婚者的事情都很複雜。

是嗎？

對，是這樣。

他只是去別處找對象，並不複雜。妳真的會因此離開他嗎？

「別說了！」她對自已生氣。

她聽見遠處傳來的寺廟歌聲，古老地脈動著。

妳要瘋了，坐在這裡對自己大叫。

粉筆，可惡，快給我一支該死的粉筆。

還有另一件事。

什麼，現在嗎？

如果我是民眾，我連紅毛蒼蠅都不敢請妳治療。死了四個小孩，妳連自己都治不好。

艾妮絲從油燈裡拿出餅乾觸感的祕密，踢開她的後門，把它拿到陽光下。看著它旋轉飛出她的手。寺廟歌聲大聲迴盪，幾乎像在尖叫。她可以看到杜庫亞伊島的玩具工廠。

巫女唱歌的聲音通常能撫慰她，但今天沒辦法。

6

桑坦妮・美樂蒂・伊格諾伯・印提亞薩爬下羅曼札最喜愛的樹，走路十五分鐘穿越死亡群島的叢林回到岩石海灘，攔下一艘由兩人掌舵的路過漁民獨木舟。他們講好一筆小費，搭船回貝提西恩。

桑坦妮爬上船，對她油膩的雙手很煩躁。其中一個漁夫好奇地看著她。

「有事嗎？」她怒道。

他抬頭看看晴朗的天空。「沒有，小姐。」

他們離岸出發；桑坦妮考慮著接下來怎麼辦。她不想回家。媽媽會因為她這麼突然跑掉而大驚小怪罵她。

她原本想問羅曼札他是怎麼變得這麼強壯又自負，若無其事地愛上皮拉爾。住在叢林裡，像貓鼬似的。明知他在許多方面受人鄙視。他是她認識過最勇敢的人，也最忠於自己。如果他能分享一點勇氣就好了。

沒人知道多少男人曾經企圖侵犯她。連丹度也不知道，不過她告訴過他某些發生過的事。她自己沒算過，但她確信她這麼害怕新婚之夜跟這些一定有關係。到了要向札札尋求忠告時，她卻發現自己做不到。她必須解釋所有事，但她不想讓哥哥難過。

她只能往好處想：那些混蛋一個也沒有得逞。

事情在她十歲的時候開始，她走路上學的途中：花園裡的園丁和在上班路上的成年男人都向她露鳥還在空中揮動。她父親有個朋友在晚餐桌底下玩弄她的膝蓋。初吻時，吻她的男友威脅如果她不服從就要強暴她。桑坦妮一拳打在他臉上。他也還手猛打她。一群婦女聽到她的叫聲，靠棍棒和咒罵把男生趕走。其中一個踢力跟公驢一樣強，那很有用。事後婦女們不願意看她，讓她很害怕。

妳得反抗那些笨蛋，公驢婦人說，然後大步走掉了。

所以，這些事不只發生在她身上。

之後她就沒吻過任何人了。

她十二歲那年有一次，她向當時最好的朋友坦白，以為她也有同樣的困擾，但她仰頭看她的臉彷彿聞到什麼臭味然後說桑坦妮不可能有這麼多男人喜歡妳，炫耀不是好事。現在她有更好的朋友了，她知道，但羞恥感揮之不去，因為或許她的行為舉止真的有什麼問題。眾神知道她身為總督女兒有夠多事情要擔心了，又沒有任何魔力。

巫女告訴她，她的感受、她對自己的了解，都是她幻想出來的。她們說民眾想要自己沒有的魔力是很常見的。可是，桑坦妮反駁，妳看過波比修群島的任何人是天生沒有任何魔力的嗎？

巫女們承認這跟山丘一樣奇妙，但她們沒有其他推論。她不在乎她們怎麼說：她們錯了。她有翅膀。她感覺得到她的翅膀，在她肩膀手臂的骨骼結構和骨盤的弧度裡。它們只是需要時間顯現。

桑坦妮在獨木舟上換個姿勢。她想要刮掉身上的油膩；臭死人了。那是媽媽選的：伊蘭和生薑調配的新鮮杏仁油。三女合力的按摩，用意是讓你連結到你的過去和未來。傳統上由母親、家庭巫女和外婆為新娘安排。她從未見過外婆；外婆在她和羅曼札出生之前很多年就過世了。有一名年輕女傭會代替外婆的位置，她們已經跟著巫女受訓了兩星期。她認為女傭是個奇怪的選擇；她在家裡工作年資並不久。然而，她尊重母親的意願。

她很早醒來，看到父親辦公室裡的燈光已經亮著，溜進廚房拿水喝。

她母親和女傭像個黑暗楔形貼著牆邊。

呻吟、口吐白沫的女傭，在她母親雙腿之間。

桑坦妮縮回去，不只尷尬而已；她看到這麼隱私的情景，被猛烈動作和獸性的專注嚇壞了。

她坐在自己房間地上許久，直到她的腳和小腿麻木。她想去找父親，但是他會問她為何這麼苦惱，設法解決她說的任何事。她不能去找丹度；婚禮前兩星期內見面是禁忌。找朋友也不可行：誰能大聲說出口關於自己母親的這種事呢？

¶

稍後，規定的按摩開始時，她能夠忍受第一次澆灌：女士們的手臂好像樹木，巫女的手掌溫柔地放她肩上，她們謹慎的低語，逼人的熱氣。但她睜開眼睛後，她母親低頭對她微笑。不行，這超過她的忍受極限，真的。她慌忙起身退後，大受打擊，她們的手臂顫抖著伸向她；她雙手摀住耳朵。她說，別管我，然後跑掉。去找她的哥哥和那棵樹。

¶

去年她在無人的地方公車站牌認識丹度時，她十八歲，還很平凡，也一直對眾神很惱怒。為什麼竟然把男人放在這個世界上，她該死的翅膀又在哪裡？不過，她喜歡丹度換腳站立，伸長脖子看公車來了沒有時的後頸：他的脖子好苗條，又柔軟。她說聲哈囉。

哈囉，桑坦妮・印提亞薩，丹度說。

他解釋他知道她是誰，而且他已經在他父親李奧後院的刺人草地上吻過她，當時他們才八歲，那是他母親過世、他搬去跟他外婆住以前。

李奧叔叔！桑坦妮說，我不記得這回事！

我記得，丹度說。

她喜歡「那個打她的可怕男生幸好不是她初吻」這個想法，她其實記得李奧・布倫特寧頓的兒子，這時她仔細看看。以前他是個大頭、寡言、愛看書的孩子，她不敢相信這是同一個人。高大黝黑，眼睛顏色很灰。很穩重。

隨著日積月累，她很高興能認識他。沒有漂亮空洞的鬼話也沒有暴力。他遵守承諾，至少會盡力，如果沒辦法，他會像個成年人說明理由。她叫他閉上眼睛吻他第二次的那天，他保持冷靜，之後也沒發生什麼可怕的事。隔天他找她去散步，他們又牽手接吻，他仍然自我克制。他同意等她準備好才做愛，即使是在他們的新婚之夜。甚至更晚。

不過，她雖然信任他，心裡也已經認定他是丈夫，她還是會緊張。即使現在他們已經常常摸胸部了。

桑坦妮在獨木舟上坐直。「我現在要去見他。」

「誰啊？」請她上船的船夫問。

「你不用管，」桑坦妮說。「你可以改去杜庫亞伊嗎？」

¶

那天早上丹度發現即便太陽已經高高升起，自己還是無法爬下吊床。有一整船的東西要考慮：有多少真正的朋友要來參加婚禮（四個），他們會帶多少瓶他最愛的伏特加（三十瓶），他父親對於婚姻生活對他訓話過幾次（迄今兩次，都沒什麼用處）和他父親說過幾次希望丹度的母親能活著看到這一天（只有三次，他也希望她還在）。他計算桑坦妮要忍受多少準備儀式（明晚之前有六項，包括檢查她的肺），相較之下，他有多少獨處時間（多到不得了）。他應該要進行日常靜坐冥想，真正的意思是從酒醉復原。喝酒狂歡兩星期之後，大多數新郎這時會口乾舌燥。

不過他玩得很開心。昨晚有三個好朋友帶他去普魯伊島的畫家藝廊，他們欣賞畫作、吃蒜味雞腿，在雨中淋濕。很多不太熟的朋友也過來吃蝴蝶，陪他走過庭院，留下婚前禮物，討好他父親。大多數時間他安靜度過，即使不是沉默冥想。

或極度憂慮。不管你想要怎麼看待。

伯特蘭叔叔的女兒長成了翹臀豐滿的小姐，對他笑的樣子好像很了解他，而且從不梳頭。她用衣角幫他擦汗，像農民示愛，他說不出話來。他聽得到翅膀在她皮膚下蠢動的聲音，好像強風中的鷹架，他喜歡以近乎平等的方式聊天、聽她說話。他發現她是他認識過最善良的人。

他揉揉肚子呻吟一聲。他不確定是因為雞翅膀還是恐懼。

當她說關於做愛她想要再等等，他同意了。成為她酥胸的鑑賞家就夠了，好結實又多汁，好有反應。她的乳頭皺縮在乳暈上；他喜歡她乳溝裡的潮濕，有時候當她閉著眼睛，他會用牙齒靈巧地拉扯她右乳上不斷長出來的一根細毛。她如果知道一定很尷尬。

胸部是一回事。但他不知道該怎麼對待她其餘的部分。

他原本想告訴桑坦妮他是處男。他想到的大多數事情都會告訴她。但她越談到生活中的拉扯、被跟蹤、在她最意料不到時被留下男人的氣味，他越覺得有責任讓她安心。因為是公眾人物子女，他們都相當低調。他們個性都有點嚴肅。顯然她假設他有經驗，更糟的是，她依賴這一點。無疑她期待那一刻終於來到時由他來主導。

他看過豬、兔子、山羊、蝴蝶、蜥蜴，甚至雲的交配。但對於真人女性來說怎樣是對怎樣是錯？他的朋友都自信又多采多姿、詳細地吹噓性行為，他也模仿他們，感覺像個呆子。他知道他們有誇大，但至少他們懂點東西。他也應該懂一些，關於緊張的女朋友。未婚妻。願天上眾神保佑。

他的肚子隆起。他累積了嚴重的便祕。

「噓，小子，」桑坦妮說，他睜開眼睛看到她坐在窗邊，嘴巴濕潤豐滿，露出他從未見過的表情。

¶

在路奇亞鎮邊緣，有隻地鳩——在這群島上是淡褐色、胸部有灰色隆起的鳥類，會發出極哀傷又宛如音樂的叫聲——停止晨間啼叫，坐下來豎起全身雜亂的淡灰色羽毛。如果你去過那裡，可能會以為沒剩下什麼東西，但是沿著海灘匆忙前進的黑螞蟻都停下來用觸角探測幾千個粉紅小碎片，從爆炸處舉起來，它的味道像椰肉生薑糖果一樣甜。

7

沙維耶和伊奧站在一棵殘破樹木的樹蔭下，看著群眾在彎腰市場進進出出。伊奧臉色若有所思。「你準備好了？」

沙維耶望著露天商場。從這裡開始巡視很愚蠢。以前他每天早上都來，回歸信任的地方和習慣似乎是一種本能。但他忘了這個市場有多吵、多麼擁擠忙亂，即使在這麼早的時候。

他摸摸口袋裡裝飛蛾的皮囊，設法紓解胸口的緊繃。他曾經把皮囊掛在脖子上公然拿出來吃，不在乎別人怎麼想。他最好的幾個皮囊仍然掛在他臥室的橫樑上，或亂丟在起居室裡。他已經很少留意皮囊了。這是衡量的結果：如果他能抗拒拿起皮囊一整天，三天，十星期，兩年，五年，他就能做些實在的正事。

但他已經十年沒拿過飛蛾了。

重新觸摸皮革，知道裡面有著什麼。

皮囊發出脈動。

為了妮亞，他應該要更好的，站在當初他們認識的市場入口。他的手指摸過皮囊。他到底打算怎麼處理它？如果妮亞現在看到他，或被伊奧逮到：唉，他或許會羞愧而死。

他把手從口袋抽出來。

「阿沙？」伊奧摸摸他的肩膀。地面跟他的雙手一樣在抖，不行，他還沒準備好進這個市場。萬一他頭暈，萬一他蹲下，或迎面摔倒呢？天氣很好，民眾已經逐漸路過並發現他們站在這兒，互相嘟嘴示意，交換興奮的臉色和輕推。

「阿沙？或許你不必這麼做。」

奇瑟遺傳了她父親的高額頭，在擔憂時同樣習慣斜身站立。不過伊奧並沒有在擔憂，他在笑。沙維耶認得這個表情。曾經引發他童年的每次意外和冒險，無論從雲霧森林樹上跌下來摔斷手腕或走過舊溪谷直到他們迷路。如果伊奧對你笑，用平靜如流水的聲音講話，你什麼地方都敢去。

「去他的總督和巡視，」伊奧說，「我們可以採買食材讓大家見到你。那才是重點。然後我們回家，趕快。」

他可以告訴伊奧說印提亞薩威脅他女兒，然後跑掉：跑回家，爬上他的吊床，躲在殘詩餐廳裡說，別管我，別管我。讓他大哥代勞。但是伊奧八成會馬上衝上貝提西恩島那些山丘到印提亞薩的庭院，然後被控告謀殺。

「我的餐廳已經歇業兩天了，」他說。

「再開回來啊。」

「沒客人。」

「邀一些來，阿沙。你想他們會拒絕嗎？」唉，這張臉好溫柔，又好強悍。「甜椒鼻子老頭來的時候你氣到差點打他。現在你卻要巡視？」

他想要聞他剛從皮囊裡抽出來的手指，但那是吃蛾人的骯髒行為，要是他這麼做，世界上所有神明都會嘲笑他。

「我重新考慮過了，老兄。」

「我只是說說。或許我沒幫上忙。我嘲笑你，我——」

「我要去，伊奧。」他擠出最高傲的語氣。

伊奧揚起眉毛。「沒問題。」他低下頭攤開雙手。「神廚。」

沙維耶翻個白眼，調整一下他肩膀上幾乎空空的背包，摸摸捲在裡面的筆記簿。海風從卡倫納格海灘徐徐吹來。他們聽到有樂隊在準備下一首歌，主唱人在互相取笑，半說半唱，他們背後有咚咚鼓聲，啵嗶碰。

好吵。

伊奧對他頗失望。這沒辦法。絕不能低估會威脅小孩的人。

一群親切的婦女過來，帶著一堆袋子和鍋子。沙維耶看著她們走過：高大的女人，有彩虹色的髮捲和辮子，珠鍊和流蘇，雕像與形狀。其中一個頭頂著舊鳥籠，裡面的寵物鸚鵡開心地叫著。有些人腰部以下發胖，好像玻璃瓶；有些則是上身肥胖，頭重腳輕，好像猴麵包樹。

出於衝動，他示意了一下伊奧，讓開道路然後跟著她們，被她們的噪音和氣味淹沒。沙維耶的第一個感覺是炎熱與水流，彷彿他潛入了漩渦裡。婦女們繞過他，指指點點在交談，偷瞄他，像糖漿般柔滑。有些人露出棕色皮革般的大肚子，縱橫交錯著金色的皺紋；其他人比較瘦：烤起來會很香脆好吃。他感到一陣強烈的溫柔。

他們就這樣走進了市場。

他們一起行動，融為一體，經過正打開貨品、指點助手和整理陳列的商販，婦女們葡萄乾似的黑眼睛盯著他們，指出一些東西。你看，神廚。跟人腿一樣長的香蕉，甲蟲狀的小綠瓜。在他身邊的微笑，好多人為他微笑。

他悶熱急促的呼吸舒緩下來。

他加快腳步，頂著他大腿的飛蛾皮囊好軟，發覺他和停下來向友善面孔打招呼的伊奧距離越來越遠，隔著堆積如山的新鮮菠菜和糖霜杏仁酥吹聲口哨；有個男孩在切割一塊發亮的紅色內臟，從即使沙維耶也不認得的不明動物身上割下來的。他認得某些商販的交易技巧：搖擺身體，敲桌表示強調，高喊價格，塞樣品給客人。他感覺像舞者回到老搭檔的懷中：共享著私密、半遺忘回憶的老朋友。農民、麵包師傅、肉販，這些人很努力工作。為了優先挑選最新鮮的農產品，他花了很多年跟他們建立交情。

沙維耶驚呼一聲：攤位的間距變寬，女人堆散開，流向左右兩側，背後留下好多空間讓他感覺像個小孩，蹣跚離開一個太快結束的擁抱。或被丟在岸上。對她們身體的印象像火焰餘燼在他腦中閃爍。

收音機大聲播放，他仍然聽得到那個樂隊的演奏聲，啦啦啦噗隆！

他停下來；讓自己跟農產品靜止。

讓別人注目，保持堅定表情。

一定有人會指出他的疏忽。有人會說：我們需要你時，你卻不在。

他用手指摸摸一疊包堅果用的綠紙，從一大塊塞滿腰果、奶油和肉桂的玉米餡餅接過一匙。小販期待地陪笑，但在他走過銀白釋迦和蜥蜴肉乾之後就垂下頭來。他去欣賞某人的上等生薑、甜椒、大蒜、多香果、五香粉、瓢瓜，然後搖搖頭走開，香料小販的臉色垮了下來。在他右邊，有個沒牙怪人向檢查著白蟻窩狀黃奶油存貨的優雅女子發出一長聲嘶嘶。

「你看起來好像很聰明，」男子說，「請寫封情書給我。」

伊奧已經完全被人潮淹沒；沙維耶再也看不到他。現在他們最喜歡他哥哥，能保持生意興隆的人？他皺眉，對自己的自憐感到不耐煩。

飛蛾皮囊跳了一下。他揉揉有鬍渣的下巴。一定會有人打電話給電台說今天上午神廚有點衣衫襤褸地開始巡視了，他就不能振作一點嗎？這會惹惱印提亞薩，他向來衣冠楚楚又注重儀容。這是個小小反抗，但值得一試。付大家好一點的價錢，薩蒙尼在被他叫回殘詩餐廳之後說，但不要好到惹火伯提。至少那老頭有幽默感。下次他見到印提亞薩，或許也會叫他伯提。

「是神廚！」有個聲音大叫。

他沒轉身；年輕男子總是會大聲叫他，經常是比膽量遊戲。他從不知道面對他們的故作姿態有什麼最佳對應。但這次不一樣；其他人繼續大聲叫他。

「神廚！對，沙維耶！」

歡呼。鼓掌。他點點頭，心滿意足。「你來了，神廚！天啊，真高興看到你。」

他舉手打招呼。接著彎曲手指握拳。

群眾突然大樂。突然好像大家都在點頭，燦笑，舉起飲料、水果或開山刀致敬。他聞到煮慶典藥酒的氣味，散發出橘子香水味。他感到解放，甚至得意。伊奧在哪裡，怎麼不來分享這一刻？

小販們拉開嗓門，絲毫不再猶豫。

「嗨！神廚！你最好過來一下！」

「眾神保佑，你怎麼被擠成這樣？給他讓讓路！」

他感覺羞怯，開心；解脫的迷醉。皮囊的繩子垂到了他腿上，在皮膚搔癢。他的口袋一定有破洞，也可能是燒破的？暈眩。感激。有個女人調情說：「神廚，喂！看我這邊！你還是老樣子那麼帥！」

他停在一個熟悉的帳篷前，有點喘。他很喜歡這攤子的肉販，一個教會了山羊如何冥想還每年自主冬眠四個月的矮小黃種人。沙維耶看著他用絞盤吊起一隻活山羊，從銳利的蹄子倒吊。這隻羊不錯，黑白色皮毛又有大肚子。牠安靜地擺盪，閉著眼睛不動。

肉販跟他握手。「你氣色不錯，神廚。」

這不是疑問句，所以他沒回答。

「留下來為屠宰祝福吧?」

沙維耶點頭。他看看那頭羊閃亮的蹄子和口鼻。他可以在此開始採購。買下這隻羊，帶回家，在全身和骨頭深處抹上香料，在他家庭院的坑上慢烤一夜，醒來時香味會一路飄到海灘上。但是要花多少功夫和力氣啊!印提亞薩那幫人不配讓這隻羊喪命。

人群開始聚攏。肉販把他的助手群推到一起，像個配置樂手的指揮家。他們走來走去，一個拿著藍色黏土桶，另一個拿著光亮的刀具組。

一個黝黑女人鑽過去，咕噥道歉，萊姆綠色的裙子搖擺，裸露的柔滑手臂摩擦到沙維耶的肩膀。她皮膚的強烈觸感令他印象深刻，軟到幾乎像獸皮，柔韌的粗腰。她留下來望著那隻羊，裝滿藍色螃蟹的針織袋子在她身前晃蕩，無精打采地用長袍下擺給自己搧風。他懷念欣賞女人和她們的裙子：在臀部那裡打結以便在浪花中涉水；把裙襬捲在手指上；衣物上的皺摺述說一整天的經歷。或生氣的女人把裙子翻到頭上露出裸露的屁股。

沙維耶在這女人肩膀上發現三顆肉瘤。她所有注意力似乎都鎖定在羊的慘狀上。他的手在口袋裡亂摸，手掌發熱，脈搏傳過他的手指。

女子瞄他一眼。她的紅舌頭在嘴唇上舔了一下。他把拳頭放進口袋裡握著皮囊。世界上最浪漫的一餐應該由世界上最浪漫的人做出來，對吧?以她的神奇皮膚和飄揚裙襬，他能餵這女人什麼？飽滿多汁的東西，她會讓汁液滴落到她下巴和脖子上。在吃的時候，難道她不會猜想他的手和舌頭還能做些什麼嗎？他想像她在他身體下顫抖；她乳房之間的汗水，她喉嚨裡輕微急迫的叫聲。聽著音調的變化，上升，上升——

沙維耶放開紅色皮囊睜開眼睛，大吃一驚。他很多年沒感覺到那種飛升的、炙熱的堅持了。是吃蛾人的傲慢：好像你能把全世界叫到面前，變成想要的任何東西。他的指甲感覺像發熱的碟子。

綠袍女人側身走開幾步，彷彿她感覺到他體內的變化而且不喜歡。他一時尷尬：神啊，拜託，別讓她有魔力聽到陌生人的想法。

群眾呼籲安靜：噓，噓。現在要宰羊了。

肉販站在羊頭旁邊，向牠耳語，解釋他很抱歉必須宰殺牠。羊若有所思地聽著，彷彿是兩個大人物在開會。

肉販看著沙維耶，像在徵求許可。

他點點頭。

綠袍女子咬著嘴唇。

肉販一個迅速動作割開山羊喉嚨，往旁一拉。大股鮮血以弧形噴上藍天落入等候的桶子；羊的肚子顫動。每次沙維耶看這個人屠宰，總是驚嘆牲畜大量濺血和肉販的芭蕾舞式動作。

喔喔喔，群眾說。

肉販把死羊放下來搬進室內，取出肝臟、腎臟、心臟、腦子，翻來覆去滿頭大汗，助手在旁邊幫忙噴鹽水清洗屍體，肉販用他叮叮噹噹的銳利長刀切割，再用銳利短刀修整，某些只有削鉛筆刀大小，所有東西都染紅了，腸子是藍色，脂肪黃色，軟骨，閃亮的骨頭，黑色眼珠。有顆眼珠掉到地上在搖晃的檯面下滾動，沾了一層灰塵。山羊皮剝開，保持完整一大塊，被另一個助手拿去；絕不能浪費任何東西。沙維耶看著他切肉想起了螃蟹。轉身看到那個柔滑的胖女人站在他旁邊，一根手指從腰部移到臀部，撩開她的裙子。他驚訝地看到她柔軟的肌膚上有彩紋瑪瑙的光澤；在她轉身讓他看清楚時，看到她的腿環。珠寶腿環讓他想起新鮮青草。

長袍放回原位。她不會讓他看到腿環兩次——那就太猴急了。現在她只需要向他微笑，在羊血的氣味裡表示明確的祝福。她的柔軟像是剛才群眾問候的一部份，也像帶他走入市場那群女人的一部份，最重要的，感覺像是對山羊壯烈犧牲的安慰。

露完腿環之後，只要一個微笑。他不會追她——今天有太多事要做、要考慮——但他逗留著等待最後的邀請。
她張開平滑的黑嘴唇。
「神廚，你來了？」
她的聲音就如他期望的那麼甜美。
他清清喉嚨。「是，姊妹。」
「我們好高興。」
她一手放到他手臂上。好軟的手指。
「神廚，我想知道一件事。」
他穩住自己的呼吸。「是，姊妹。」
她微笑問。「你真的把你老婆逼到自殺嗎？」
他差點被憤怒噎死。他瘋狂左顧右盼，彷彿土地可能升起把他們倆掩埋，只要有證人能證實他聽錯了。群眾雙眼發亮；回看著他。他緩緩迴轉，觀察眾人臉色。站得最近的人肯定聽見了；似乎在等他回答。唉，他們或許抽過籤決定派誰來問他。他們決定了，派這個美女。這不是某些人可能說他活該的道德義憤，或他害怕的衝動；只是簡單赤裸的好奇心。

沒人告訴過他這是民眾對妮亞的想法，她死後出來遊蕩的理由。

那女人的手在拉他的袖子。「神廚，你不想告訴我嗎？」

他轉過身，猛力推開她的手，連自己都驚訝。她晃了一下。

「別再開口提我老婆，聽到沒有？」

她後退，不再溫柔，或許有點害怕。

他推擠穿過目瞪口呆的民眾，走向那個黃種人肉販。如果這是他們要的，那就如他們所願：大聲顯示憤怒，製造好戲，來一點黛絲芮的感覺？叫他們都去死吧。肉販驚訝地從切肉檯子抬頭看，兩人之間有一塊紅色對稱的內臟。

沙維耶盡力大聲說。

「把這頭羊賣我，來，兄弟。我付你一大堆印提亞薩總督的錢。」

人群歡呼。樂隊大聲演奏。肉販屈膝：他最愛的山羊是第一。宴會的第一道菜，群眾隨著樂隊唱歌跳舞。啦啦啦。第一、第一、第一。

現在開始了。

¶

他十五歲那年，雨勢大到他抄捷徑穿過無人的市場，木造攤位活像烤肉的空骨架，還在滴水。有兩個女孩站在那裡，穿著藍白色學生制服困在攤位之間，大喊欸，小子。雨水從他臉上淌落。

他比較喜歡她朋友：有驚人的胸部和大大的微笑。他去過她家兩次，但是沒結果。他完全忘了妮亞，直到幾個月後她來到他面前。記得我嗎？她說。她的頭髮烏黑閃亮，牙齒勻稱潔白。

連續幾週他幾乎天氣一熱就去找她，趁她父母出門工作溜進去，最後鼓起勇氣摸她。他被她眼中的光芒和她的胃口征服。她的「澎澎」像朵火鶴花。她還有完美整齊的眉毛。

妮亞沒有生氣；她在空中踢腿告訴他感覺多爽。

他們維持處子之身。他認為他們還太年輕。不是根據其他男生的說法，而是他自己的說法。他習慣照自己的想法做事。

那年夏天當個男孩很棒：被允許就跟著伊奧和他朋友亂跑，在泥土地上踢盒子，擺兩顆石頭當球門。修補他們祖父的獨木舟。從鍋裡偷出龍蝦放到女生身上看誰能保持鎮定。

妮亞經過時，他忍不住困惑。你會怎麼處理這最佳的謎題，一個肯讓你看她全身上下的女生？一定有些特殊規則。他感覺得出她在看他，豎起耳朵充滿期待。他不知道怎麼做才正確，所以焦慮地忽視她。

然後是更多炎熱的下午。

蕾娜・戴齊爾又是不同類型的女孩。高大脆弱好像特大品種的老鼠。隔著衣服就看得出她肋骨的輪廓。蕾娜不想玩打仗或談論重要的事情。她想要牽手和閉嘴接吻。她頭髮上綁著緞帶。他坐在她家餐桌旁吃燉蠶豆，回答她父親打聽他父親的問題。學校的女同學向他們唱歌。這一切都跟妮亞飢渴又日漸熟練的雙手無關。

打扮太早熟，年長婦女們這麼形容妮亞，她連腿環都還沒有呢。

一切都在那天粉碎，妮亞在彎腰市場發現他一面餵蕾娜檸檬蛋糕，一面含蓄接吻，受到攤商們揶揄。他的眼角餘光察覺有人，及時出來看到妮亞困惑的表情。眾神並沒有下凡來戲弄、打鼓，但妮亞倒是恢復鎮定轉身離開。

¶

下次見到她，他自認是男子漢了。充滿自信的十九歲。黛絲芮的助手。十六小時的值班累壞了。已經破處，不是跟蕾娜，而是一個漂亮的女司機，血液裡的酸性好幾次令他灼痛。當他走在鎮上大家都認識他。陌生人在他面前打賭。他會不會成為神廚？

所以他在快樂街和卡倫納格海灘之間看到她走下公車後門時，有足夠自信去找妮亞，好像輕而易舉。他猜得到她會原諒他的幼稚輕狂。

嗨，妮亞。

她觀察他臉色。

不太一樣；純真不見了。他們互看著用嘴巴發出雜音，慾望在他們內心敲擊，令他們分心淹沒了話語。他們只在隱密角落裡認識過彼此，所以光天化日下並肩站著感覺很怪，他太高，她太矮。等他們來到他朋友沒人在的家裡，她已經深陷白日夢，而他擔心可能嚇到她。他從朋友的櫃子拿出廉價紅酒倒給她喝。雖然她討厭酒精，還是默默喝掉，然後坐在床沿，因為無處可去，房子裡還有股狗騷味。他們都熱得冒汗，她內心的敲打聲幾乎聽不到，布滿所有東西的狗毛黏在她裸露的手臂上和他臉上，他讓她躺下吻她時，他的頭感覺快炸開了。他反覆親吻她，不知所措，想要找回他們良好互信的感覺，但她的心臟碎片穿破她胸腔割傷了他。

他早知道她天生有五顆心臟：胸部有，兩側手腕各一顆，另一顆在左耳後面；最小那顆在她第三根腳趾裡跳動。但她的動作還是令他驚訝地喘息。

¶

沙維耶檢查剝了皮的全羊，跟肉販合力把牠翻來覆去，對那溫柔女人發怒後還在努力恢復冷靜時，伊奧來了。他哥哥帶了十二隻染血的雞來，腰上掛著一個透明玻璃葫蘆。

「你要我把羊送回去給摩埃嗎？」伊奧單手把羊從鉤子上卸下，夾在腋下。他看到沙維耶鼓脹生氣的臉愣住了。「誰惹你了？」

「不用擔心。」

「阿沙，有人來煩你嗎？」

「我說了不用擔心。」

他們交換個眼色。伊奧夾緊晃動的死羊。

肉販皺眉。「我可以派兩個人送過去，」他提議說，「不成問題。」

伊奧輕笑一下。「我能幫他搬回印提亞薩的羊。」

「閉嘴，伊奧。」

伊奧皺眉。「說真的，發生什麼事？」

「有個女人說，是他害死了他老婆，」肉販主動說。

沙維耶瞪他。為什麼大家都這麼多嘴？

「你也該看看那個賤女人，」肉販說，「連我都想上。」

「哪個女的？在哪裡？」

「萊姆綠！」肉販透露。

「算了，伊奧。」

伊奧猛吸牙齒，把羊丟在血跡斑斑的檯子上，無視肉販低聲咒罵。他躲進肉販的帳篷，嚴厲地示意沙維耶跟上。

沙維耶嘆口氣遵命。伊奧這一年來都很好意又有耐心。

在油布後面，在桶裝血水和內臟的圍繞中，伊奧看著他自己的腳。

「幹嘛？」沙維耶低聲問。

伊奧背上的死雞顫動。「我交了個女朋友，」他說。

「祝福你。」沙維耶很驚訝。其實這算好消息，伊奧的婚姻一直不太美滿。

伊奧換個姿勢，然後看著他。「對。這個人……」他語氣變軟，「我已經太老，沒辦法對女人感到興奮了。你知道的。但是這個人……」他搖搖頭，既尷尬又開心。

沙維耶笑笑拍他的背，怒氣煙消雲散。伊奧笑臉回應。他們上下點頭，大笑不止。連死雞也在抖。他好久沒感覺這麼愉快了。伊奧看起來像個篤定的男人。

「那你什麼時候帶她來我家？」

「現在不行。」

「喝一杯，老兄，等婚禮的傻事結束之後。」

伊奧抓住他肩膀；好痛。沙維耶想要掙脫，但抓住他的手指像鐵一樣。他哥哥開始緩慢說話，彷彿看得到說出的每個字。

「我認識這女人的幾個月來一直在想：我何不帶她見我的家人呢？我是打算，你第一，然後奇瑟。但我一直不敢。」他自己點著頭；抓得更緊。沙維耶皺眉；伊奧似乎沒注意到。

「我的女朋友擔心起來。她很壯，你知道嗎。但她感覺或許我沒準備好接受她，我也沒這麼說過。所以我必須問自己，那是怎麼回事？」

感覺好像他們整段對話傳遍了整個市場。在他們周圍，動物屍體的氣味變濃。

「阿沙，你好臭。」

沙維耶不解地皺眉，不太高興。

「我……發臭？」

「不，不。不是這個意思。我是說你渾身散發悲哀，阿沙。我無法把別人帶來見你。你是怎麼了？」

怒氣差點燒掉他們頭頂上飄動的白色油布。因為儘管世上這麼多人，他不懂為何連伊奧都對他有這麼大的誤解。

「你指望我怎麼樣？妮亞是今天死的！」他的音量提高。「外面有個女人說她自殺？大家都這麼說？那是意外啊，伊奧！」

「對，阿沙。我們跟你一樣在哀悼。這事太悲慘了。」伊奧放開他的手。他的親切回來了；或許從來沒有消失，即使在生氣或對女人心軟時。「但是你還是跟一年前同樣悲哀。」

「你為什麼為一個根本沒愛過的女人哀悼這麼久？」

他怎麼可能真的那麼親切，又說出這種蠢話？

沙維耶張嘴又閉上。他感覺尷尬又愚蠢。

「妮亞離開那天，我們確實知道她去哪裡。但是你拖了兩天才發現，沙維耶。你在你的廚房裡。你知道這點，對吧？」

「我很忙。」

「除了你，每個人都知道她有男人。好吧，男人即使不愛老婆，也不想知道她在玩，畢竟是老婆，但她會回來告訴你。所以你到底虧欠她什麼？」

他設法從他腦中的混亂撈出正確的字眼。他不知道她的姊妹淘討厭他，或她父親求過她不要嫁給他。幾年後她才告訴他，對他大罵。

伊奧在搖頭。「讓她的鬼魂去找她的男人吧！你幹嘛要處理這件事？你還是沒復原。為什麼？」

他聞得到口袋裡的飛蛾味，彷彿它爬滿他全身，比桶子裡的血更刺鼻。他感覺有點小頭痛，從左眼窩裡開始。他坐到一堆甜麵包旁的小板凳上。

「把羊拿回去給摩埃，伊奧。拜託你了。」

「你得向我解釋清楚，老弟。向誰都好。」

「我拜託你了。」

他轉過身，聽到伊奧嘆氣，最後離開。用指尖摸摸他背包裡的簿子。是他讓她哀傷，哀傷了一輩子。

¶

妮亞失蹤了兩星期；賄賂警方或打聽地方八卦都未能提供線索。他不知道她怎麼能無聲無息走掉，畢竟是神廚的妻子。或許她搭上了離島的大船離開。雖然他無法相信她會這樣，但確實發生過這種情況。

有一天他站在庭院裡想她的時候她回來了。他聽到她聲音嚇得原地轉身。他原本在看池塘裡的青蛙和天上的灰色鳥群。

沙維耶。

沒別人有那種詩人語氣。

是。

我是妮亞。

是。他的頭好痛。

是我。

我知道。

一陣沉默，然後：你派警察來找我。

妳還好嗎？他想多說兩句但說不出來。

不好。
他倚著一棵冒汗的樹幹看著下方沙地上的孩童。他不敢轉身。他有個荒謬的想法，如果他轉身，她可能不會在那裡。在沉默中，他開始覺得自己是對的。
我不回來了，阿沙。
我知道。
突然間，他似乎真的知道。
她在哭。你不看我嗎？
妳要我說什麼？
他的語氣冷淡，他討厭這樣的聲音。
什麼都好！她聽起來很失望，但他不懂她在說什麼或她需要什麼，讓他同時感覺很蠢又難過。什麼都好！沙維耶！我要離開你！
他等著。然後有個聲音喊，妮亞。音量只有大笑後的嘆息那麼大，但他知道他聽到了什麼、是什麼意思。他聽得到她在低語：走開，走開，走開。像風吹過海螺殼的聲音。
妳為了誰離開我，妮亞？
誰也沒有，她說。接著，彷彿海螺殼的風把她吹了起來：愛我，在乎我，把我放在優先的人。你知道這些年來我是什麼感受嗎？明知你從未選擇過我？

但是……他不懂。她狀況不好。我當然有選妳。

她貼近他。從背後抱住他。好熱好熱的皮膚。他很驚訝她的身體感覺如此陌生。

我求你了，阿沙。我問你的時候說實話。即使會傷到你，我求求你。

他感覺到她的鼻子和嘴唇蹭過他的脊椎。好，好，他說，萬分恐懼，感覺彷彿有某個能解釋一切的東西就要來了：好。

我不知道你怎麼形容愛情。但無論你有何理解。沙維耶，這些年來。你愛過我嗎？

妮亞……

你懂我的意思，沙維耶！

她在啜泣，而他確實懂。

沒有，他說。

他娶她是因為那是她最想要的事。但他愛的是艾妮絲・拉提波狄耶。

8

馬上回來，艾妮絲最後在工作室外面的黑板上這麼寫。這是個經常用在很多不同方面的片語，可以是任何意思。她希望不會有人生氣把它擦掉。

她雙手叉腰抬頭望著坦坦上班的工廠。門關著：像海螺殼一樣緊閉。她從來沒看過杜庫亞伊玩具工廠鎖門或靜止，這隻拔地而起的綠色巨獸。她很想要拉開嗓門大聲叫：抓住狗，就像挨家挨戶推銷首飾的老人，敲門，努力避開興奮吵鬧的家犬。

這些年來印提亞薩總督和李奧・布倫特寧頓都把他們的工廠漆成白色、藍色，甚至舌頭的粉紅色，然後這隻綠色怪物出現，打算融入杜庫亞伊的山丘背景。什麼顏色都沒用；工廠還是會出現在天際線，讓你在上班、上學或去海邊的途中分心。她小時候只有一家玩具工廠，李奧夫婦在卡倫納格海灘邊經營的小建築。玩具放在貨架上，每週有兩天會在早晨販賣給波比修的兒童。

她往寂靜的窗戶伸長脖子。這裡曾經是個友善社區，漂亮的住宅區，有家庭在庭院裡活動。但工廠設立之後大多數人都搬走了。謠傳有政府資金在轉手。

整條路上，豎立著沒人住的房屋，軋軋作響孳生老鼠和鼻毛似的雜草。工廠這樣關閉，這些小街多麼安靜又寂寞啊！如果她仔細想像，就會知道工廠為了慶祝印提亞薩家的婚禮會關閉，就像其他所有事情，只是她相信坦坦，看他揹上他的工具袋。

這是個聰明的謊話。她從來不跑來這裡。而且他以前從不說謊。

妳確定嗎？

呃，現在他會去哪裡呢？

去找他的女人吃早餐了。

她不是個好廚師；她出身自一連串實在太過忙碌的婦女。傳說她祖母阿瑪・特特四十歲時就不再做飯了（哇！），還宣布只要妻子越快學會靠空氣和唾沫生活，丈夫就會越快開始尊重她們。艾妮絲在坦坦的廚房裡向來不太自在，至今仍這麼想。或許她要是對此更拿手，會是個更好的老婆……

男人如果想要廚師，就會雇一個，對吧？或自己動手，如果他夠聰明的話。

是誰跟她說過這句話來著？答案似乎就在記憶的邊緣，卻一直想不起來。

她溜進工廠大門，不確定自己想幹什麼。關閉就是關閉。萬一這時坦坦來到門口看到她呢？問她為什麼在這裡，打擾他加班。為什麼我們不能再試著生一次小孩，艾妮絲，如果妳用心，妳做得到的。

艾妮絲用拳頭猛敲綠色大門。門平順地往內打開令她失去平衡。她手臂上的臂環搖晃：都是石頭、骨頭、貝殼和鐵製的沉重圓圈；用舊推車輪胎和曬乾的黑豆莢製造。有一次某個男人企圖用身體磨蹭她的屁股，被她用右手臂痛打過。

「哈囉？」

一張廢棄辦公桌靜靜放在走道前面。她有點躡手躡腳地走過去。她從來沒進過工廠。

「哈囉？」

如果坦坦是說謊偷腥的混蛋，這裡或許有證據。他有間辦公室；裡面可能有櫥櫃、置物箱，整個祕密生活的核心。她可能會發現他們在一起。一起加班。

但她在玩具工廠裡面。她下巴興奮得發痛。她繼續走，經過放滿棕色辦公桌椅的房間。沒有私人物品，廉價地板擦得很亮，隨她的腳步發出回音。或許有警衛，在後面的葡萄柚樹下睡覺。大多數波比修人不鎖門的，但這是印提亞薩和布倫特寧頓的財產，狀況跟以前不一樣。誰敢入侵全島產業的中心？

我，我敢，她心想。

妳又自以為是了，那個小聲音說。

走道盡頭的通路分叉成兩邊。她不假思索走右邊的路，默唸一首老詩。*左邊愛情，右*

邊頑皮。她可不是在追尋什麼該死的愛情。

妳是說妳已經不愛坦坦了嗎？

別傻了。

是妳說的。

我從來沒有。

男人如果想要廚師，就雇一個。或者自己動手。這時她不斷重複想起這句話。她祖母應該會認同。

她聞到油漆、汽油、木頭和金屬的氣味，還有熱玻璃和男女的汗臭味。

她放學回家，她父親說李奧的玩具不見了那天，她十一歲：她的填充大烏鴉飛走，她的玩偶也折斷了。她瞪著她父親。她感到腹中作嘔，好像他拿走了她的肚臍說她再也不需要了。因為他為什麼這樣跟她講話，好像她很笨一樣？

汝不可說謊，他的聖經這麼說。

她朋友說印提亞薩的手下來把玩具拿走了。而李奧的一家小工廠變成了四家，然後六家，彷彿他們拿回去的玩具像灌氣似的把工廠建築撐大了，也沒人批評為什麼玩具不再賣給波比修的孩童。但是有很多關於伯特蘭·印提亞薩的謠言，旅外回國、新婚、李奧的合夥人，很有造福整個社區的生意頭腦。要競選總督。他們說他太年輕，但她當時就知道他是那種想要什麼都會得手的人，不然他怎麼有辦法讓拉提波狄耶牧師說謊呢？

她來到右邊頑皮走道盡頭的門，把它撞開，看著裡面。

倉庫向她張開血盆大口，好像教堂。牆壁是完美的淡藍色。還有天空，沒有更好看的天空了：高聳的窗戶，從地面到天花板。她看得到天上碩大的白雲，感覺到外面的炎熱，在玻璃上冒汗。有鋸子和其他尖銳的東西；輸送帶、槌子、黏膠槍、原料袋，用來製造其他東西的東西。但這些比起她面前的奇觀通通微不足道。

玩具在等待裝箱。一排又一排，宛如大片花田。

「哈囉，」艾妮絲低聲說。

她開始走過巨大的工場。好多東西可看！紅藍色絲質帆布、永遠不會沉沒或被吹走的精美雕刻船隻；大型黃色玩具箱，塞著編織老鼠和鸚鵡，有能逗她笑的軋軋響鉸鍊和讓她打噴嚏的檀香木味道。她停下來拿起精緻編織的兒童尺寸吊床到嘴邊，默唸她聽不見的願望，即使在她腦中也聽不見，更別說瞭解了。木頭字母，每個都好精美，她只能稱之為珠寶。活動的懸掛裝置上有蝕刻的太陽和水果在漂亮粗繩上搖晃；肚子柔軟的玩偶，被她拿起來時發出叫聲；動物造型的小桌椅：不是貓狗，而是山羊、黃蜂和她沒看過的東西，有柔軟口鼻、捲毛和兩條尾巴；長指甲、黑眼睛、木紋皮膚、用線吊著跳舞時會發出喀啦咖啦聲音的長腿傀儡。幾盒煙火——她想起童年時期在她想得到的每個場合常見的景象，天啊，波比修的煙火都到哪裡去了？銀藍色閃電的瘋狂漩渦和深紅色火星。滿天都是融化的黃色月亮，灑落在他們的頭髮和臉上變成焦糖。有隻煙火鯨魚——她在海裡看過一次真正的鯨魚，但是在很遠的距離——煙火墜落穿過他們頭上的樹木，吹動火焰之海。發射煙火的人似乎很快樂，身上有糖水燒焦的氣味。

她的孩子——她知道是女兒，四個都是——肯定會喜歡牽著她的手看煙火。

紫黑色烏鴉，停在她頭上的架子上，似乎即將起飛。

她拿了一隻貼到喉嚨，感受絲綢般的羽毛，抱在胸口，眨眼憋住快要流出的眼淚。她敲敲響亮的鼓。以前她也有一個，她想起來了：你可以自己敲打，或讓它演奏給你聽，尤其在你鬱悶、生氣或悲傷時。她的鼓經常在晚餐時奏出韻律，彷彿它厭倦了寂靜因此決定製造一場宴會。這鼓令她的庫拉叔叔大惑不解——他把鼓割開，發現裡面只有空氣。

魔力，她母親會嗤之以鼻，轉頭一百八十度，好像一隻貓頭鷹，好像她在生氣。我家裡有太多魔力了，把它趕走。

艾妮絲暫停在一大托盤好像一堆橘子的嬰兒搖鈴前面，撿起其中一個藍色大盒子。盒底有分格，還有薄層的香味棉花。她剝開棉花。是整盒玩具蝴蝶！她把盒子轉來轉去，欣賞蝴蝶的柔美輪廓：飽滿的胸腔，條紋或斑點圖案的翡翠綠色、紫色和巧克力褐色。翅膀有條紋，金銀細絲，內含流暢的血管，天藍色塊漂亮到她的舌頭差點在嘴裡燒起來；華麗得讓人以為它們曾經是生物。

她撿起放在待用空盒頂上的一張薄紙。是包裝後要送到死亡群島倉庫的貨物清單。兩百個這種和一百個那種。坦坦・約瑟夫批准。她用拇指摸過丈夫的簽名。坦坦說過波比修的每個男女都該向工廠工人鞠躬，是他們養活了這個國家。艾妮絲，妳知道在外國他們把每個玩具賣多少錢嗎？她問他多少錢，但他搖搖頭翻白眼。

想到他身處在這團美麗的混亂之中令她軟化。她怎麼能忘記她最愛他的一點？他是用雙手做東西的人。這些不只是玩具，是藝術和島嶼的作品，她知道他很自豪能參與其中。她撫摸一隻黑螃蟹的柔滑背部，摸過紅寶石色眼睛和小爪子的細節。她闖入了私人產業，像隻潛伏在眾神牆腳下的瘋狂小兔子。有尊玩偶的裙子摩擦到她的手臂令她顫抖。

以前特特外婆會聳肩說，男人坐著張開腿是因為中間有東西。他們覺得表示歉意很難，因為他們的睪丸太礙事了。坦坦和她，他們都不在最佳狀態。但讓另一個女人懷孕，而且引以為傲，會嗎？不：負責處理這些奢華東西的人，不會這樣對待她。他親手做了他們家裡的鏡子。讓妳可以欣賞自己，美女，他是這麼在她脖子邊說的。

她困惑地佇立。現在怎麼辦？回家坐在他的廚房餐桌上繼續等……等什麼？更多謊言？像個聽話的小媳婦？她不知道他在哪裡或會待多久。

男人如果想要廚師，他——

有個女人就在窗外，刷油漆。

艾妮絲盯著看。

那女人看起來三十出頭，赤腳，裸露閃亮的大腿上面只穿著一件棕色開領的男用上衣。她忙著把一支大刷子浸到油漆罐裡，塗到建築側面的牆上，所以沒發現艾妮絲在看她。

是沙維耶・雷丘斯，那句話是他說的。站著低頭向她微笑。神廚先生。自從她讓那個高大男人閃過她腦中，看看已經過了多久。

如果那個女人拿的油漆不是那麼鮮橘色，如果她的腿環看起來沒那麼昂貴又怪異，即使是從這裡看去，她會讓自己因為關於他的念頭而分心更久一點。那裡頭是有鑲崁黃金嗎？

橘色人其實是個戴金色腿環的橘色女，發現這件事真是太好了。

9

羅曼札大步走過鮮豔的叢林，穿過旱地。模糊的葉子快速掠過：黃色、藍色、橘色、紅色、銀背，他每一種都看得見。昨晚的毒藥已經消退，變成了全新一天的頭暈和耳鳴。

另一個做點真實的事情，也就是困難事情的機會。誠實與風險的時刻。分享。當大家無法大聲說出他們的真話——很多人沒辦法——他會尋找真實的時刻。男人，彎腰，敲打椅子。獨自唱歌的小孩。動物：幼獸，排泄，清理皮毛。有人在製作一條帶子或玩樂器。在早晨台階上的後悔之吻。甚至暴力。

他必須知道事情的意義，所以他擔心桑坦妮。或許在結婚前一天皺眉和說謊很正常；他從來不認識任何新娘。貧窮情侶會像心不在焉的雜草一樣自然聚集在一起，沒什麼誓詞也沒有正式儀式。他只知道自己的方式，和皮拉爾的方式。但他無法擺脫桑坦妮是來告訴他重要的事情卻臨時怯場的感覺。或許她判斷這是女人家的事，他不會懂的；他希望她能找個女生談談。他們的母親不擅長這種事。

他加快步伐，直到叢林變成萬花筒狀的模糊。他從死亡群島這個位置看不到任何玩具工廠，但他今晚會找到最近的一座，為了橘色油漆。他很樂意偷他父親的東西，用比另一個塗鴉小鬼更優質的油漆。

當別人開始用橘色到處在圍籬和建築物上寫字，他先是困惑，然後是生氣。民眾相信他的訊息，而那個冒牌貨像隻癩痢貓在利用他的聲譽。但是慢慢地，他開始覺得有趣。別的訊息裡有些頑皮、他自己的塗鴉裡缺乏的嘲諷語氣——它以農民語言搞笑，揶揄老派的觀念。他認同。這位是同道中人，而且他已經感覺孤單太久了。

然後三個月之前，訊息改變了。批評變得全面化。揭發年久失修的建築。公布減少社福資金的計畫。長年存在的缺水、社區電力問題，不斷譴責低薪。羅曼札逐漸感覺到這個盯上他父親猛咬的神祕藝術家，不過伯提仍然佔上風。指控可能被證實的時候，他父親會迅速行動，似乎有點擔心，甚至感謝。有人受懲罰；有些人失去工作。他在無人質疑的電台演講中公開談論新塗鴉，說講出真心話對民眾有益，只是他無法認同這個人昂貴又破壞性的溝通模式。

沒人反駁；激怒一個人就夠了。

然後突然間：到處都是這個訊息。

你的替代選擇是什麼？

他跟所有人一樣很想看到這個人現身。也可能是女人。對，他喜歡這個概念。他會不會某天晚上發現她，跳著舞經過狹窄寂靜的街道中央向他走來？他們會做什麼來讓這個時刻更有意義？點頭微笑擦身而過？如果她知道他是什麼，情況會有不同嗎？她會在牆上寫下關於他的真相，提醒他父親嗎？

¶

他快滿十五歲時，他父母像所有家庭一樣考慮著他的魔力能怎麼謀生。能辨別謊話的孩子該怎麼處理？他母親堅持他需要一個傑出的大導師。有時間和熱情，聲譽無懈可擊的人。

最重要的，父親說，這孩子必須要有用。你知道那些傢伙是什麼德行，老師啊——瞪著在場的巫女。他們如果認為你沒用，人生就很難過。羅曼札知道他父親已經付給這女人很多錢，塞進她手裡、口袋裡，根本懶得掩飾。錢，為了要她們說他兒子夠堅強、有朝一日可以接班。一個謊言要多少錢呢？

巫女是務實主義者：她收了錢，但也說了實話。這個魔力很深。我們可能需要點時間找出他正確的歸宿。但他可以當警察局長的助手。沒有笨蛋騙得了他。

於是羅曼札成了警察局長的學徒。局長把男男女女推到他面前問他們問題。局長看他時羅曼札就說是真的或假的。

你偷過這個人的家吧，你這該死齷齪的騙子？

沒有。

他說謊？

對。

局長微笑著雙手插進腋下抱胸，看著小偷說：我早知道了。看看他臉皺起來的樣子。然後他會拿起一個大工具痛打他們的肩膀，在每個字之間的空隙重擊一下：這—是—因為—說謊—你這—狗賊—法院—會—處理—你—但是—這是—因為—你—說謊。

還有：

你壓住那個女人摸她胸部？

沒有，長官。

他說謊？

他說的是實話。

小子，你想要壓住那個女人摸她胸部？

沒有！

他說謊？

對。

然後又是一頓痛打。

到了晚上，他父親會帶他去賭場。他父親總是隨身帶著兩個壯漢，跟陌生人坐一起，辯論直到凌晨，碰杯、喝酒、大吼大叫。他自己則是在角落打瞌睡，他父親會揉揉他的肩膀，低聲說話讓他保持清醒。

我需要你記住誰說謊。

有個激動咆哮、眼神疲倦的男子說：印提亞薩，送那小子回吊床睡覺！他連陰毛都還沒長出來，你帶他來這裡？

我可以信任他們嗎，羅曼札？

穿藍衣服那個人不行，爸爸。他是騙子。

好。還有誰？

那個大嗓門的人。

是嗎？

他說他老婆脾氣很好。

所以呢？

他自己都不相信這句話。

父親摸摸兒子的頭再揉揉他兩眼間的皺紋。

我沒問題的，別擔心。

我不擔心，羅曼札說。

他知道他的能耐。

他討厭這個差事。巫女犯了個錯；警察局長不是他的大導師，這不是在善用他的魔力。骯髒又暴力。這是濫用。

然後他認識了皮拉爾・湯瑪茲：因為被指控向某人的甘蔗田下咒而被拖進警察局。皮拉爾頂多十八歲，衣衫襤褸勉強蔽體。邋遢，但牙齒光亮。白天紅皮膚，晚上很涼爽。純種的農民，但是他們看起來像親戚。

小子，你詛咒了這位女士的甘蔗田嗎？

皮拉爾不肯回答所以警察局長用了他的拳頭。皮拉爾倒在地上，邊吐血邊呻吟。

你詛咒了甘蔗田？

我……

快說！

我……招手示意。警察局長彎腰湊近。我……詛咒……你。

很好！局長大樂。因為我今天很想揍人。小子，躺著別動。這裡可沒有什麼目擊證人。就待在那兒，我會為你剪條泡過鹽水的繩子。

局長離開後，兩個在場的年輕人遙遙互看。

是你詛咒了甘蔗田嗎？羅曼札問。

不是。

那你為什麼不跟他說？

他是個白癡。

這不算答案。

我不會像罪犯一樣回答任何問題。

羅曼札瞇眼。不行，那也不算答案。

我像我母親一樣有自尊。

不對。

我討厭殘忍的人。

不對。

他有個羅曼札以前看過的表情：對於他沒發現是在自我欺騙的謊言的反省意願。這種謊話讓他的牙齦出現了灼傷的細紋。

皮拉爾看著他好像他很有趣，同時哼著歌。他們聽到外面的濺水聲。繩子裡的鹽水在皮膚上乾燥後會浸入傷口造成刺痛。

羅曼札從局長的瓶子裡倒水，皮拉爾喝了，躺在地上，一腳翹在另一腳上面。

你為什麼不告訴他真相？

我喜歡顯得堅強。

你喜歡顯得堅強，沒錯，但那無法回答為什麼你不告訴他。

皮拉爾哼歌。

羅曼札說，那是野兔的歌。

是嗎？皮拉爾說。蜥蜴教我的。

如果你想通了為什麼不能告訴他，那你就能告訴他，我可以證實，他就不會打你了。

說了也沒用。

你為什麼不肯告訴他真相？

因為挨打沒什麼。

他拉開衣服讓羅曼札看傷疤，一路橫過他的肩胛骨，到腰部的鞭痕，深入到股溝處。

羅曼札幾乎無法呼吸。

如果他打你我會難過。

局長正在爬上樓梯。

皮拉爾在考慮。他們互望，辨認出了他們的共通點。

我會告訴他我從不惡搞甘蔗田。

羅曼札摸摸皮拉爾的背後，這是未來很多次之中的頭一次。

大師……

皮拉爾微笑。

……我可以坐你旁邊嗎？

父母大叫。那孩子有什麼資格教他，那個只能跟月亮和叢林當朋友的噁心貧民？巫女被召回，再加上另外三個，因為父母不願沉默、無法安撫、也不相信羅曼札的決定。當貧民的助手。休想。休想。他會成為廢物，廢物，廢物，印提亞薩怒吼。但終究做出了判斷：唯一重要的問題是皮拉爾是否有東西可以教羅曼札。他真的有。

他了解土地，土地從不說謊。

羅曼札向警察局長道謝告別。他向母親告別，說他會回來吃餡餅。他告訴桑坦妮他會傳話給她。他向紅著眼緊緊握拳的父親告別。皮拉爾來接他時，他父親擋在門口，半哀求半吼叫。

小子你會一事無成，還不懂嗎？

他第一次敢對父親生氣，為了一切事情，或許太過分了點。皮拉爾在等，加上他的嘴、他的手和他優雅帶疤的身體，而他父親老了——他不懂愛情。羅曼札想要待在樹下和水畔，爬進山區直到他的身體瘀青、割傷又痠痛；觸摸波比修的每棵樹；永遠不再說謊。爭取到自己的深沉雙眼。

他擠過他父親走向庭院裡的皮拉爾。

不行，札札！桑坦妮大喊。唉，他的雙胞胎妹妹了解他。不，札札，不要！但他走得太遠已經無法停下了。

他把嘴放到皮拉爾的嘴上，對自己的反叛感到飄飄然。

只有桑坦妮擋住了路，阻止他父親追去；時間正好足夠讓羅曼札抓住皮拉爾的手。他們跑啊，跑啊，跑啊，緊扣著手指奔跑，驚訝又歉疚，相愛又恐懼，每一步都是叛逆。在他們遠去之後很久，他還是聽得到他父親的哀泣。

我兒子不可能是同性戀！我的兒子啊——！

10

沙維耶很多年沒想起艾妮絲・拉提波狄耶了。決定分手就像緊急切除手術，對他們三人都好：她、妮亞，還有他。

普特・雷丘斯警告過他兒子，有些女人可以毫不費力就把男人逼瘋。

他在考慮期間認識了艾妮絲，就在他的神廚測試結束後三個月。黛絲芮給了他一年時間——一分鐘也不許超過！——結束時就是他繼任和她退休。有好幾天，沙維耶只是隱約察覺到他已經贏得了這個職責。眾人期待他用這段期間接受他的新身分，尋找睿智的顧問，買間自己的餐廳，也就是他的家。有的沒的。他只知道他感覺疲憊又怪異，比二十四歲還蒼老很多，萬分慶幸事情結束了。他花了好幾年的人生受訓，和等待。

他想念其他的助手：他的兄弟姊妹們。他們拒絕跟他說話，連恩塔莉也是。

他們會克服挫折的，黛絲芮說。

他母親去世三年了，他童年的老家荒廢無人，所以他搬出黛絲芮的廣大房子躺到他父母的舊地舖上，一直睡到全身痠痛。大家不知道該怎麼看待他，或如何跟他相處，但或許一直以來都是這樣。他尋找寒冷的瀑布、茂密的小森林，什麼事也不去想。

妮亞晚上會來。看到她很高興：她就像回到正常生活的舵，只是正常生活已經永遠回不去了，現在每個人都知道他的身分。他給她薑茶，三種餅乾：無花果、檸檬和人心果，問候她的家人，跟她無聲地做愛直到他們睡著。摸到黛絲芮以外的人是種解脫。

妮亞從不久留。她似乎很忙。他沒問她的生活狀況，除非她主動開口；那不關他的事。或許他最喜歡那段期間。波比修民眾仍然很支持黛絲芮，在她邀請時去吃她的美食，在街上觸摸她的手，塞給她更多豪華禮物。她即將退休這件事對大多數人來說似乎不合理，包括他。在街上，認得他的少數人會緊張又生氣地斜眼看他，但在他直視他們時又會顯得恭順。

他們會克服挫折的，黛絲芮說。

過了感覺麻木又毫無想法的幾星期，他決定試試自己授課的能力。這不是他第一次考慮這種工作——傳達他的熱情將是未來的新責任之一，授課似乎是個起步的好辦法。他可以提供免費烹飪課給任何想學的人。黛絲芮說現在他會有自己的預算，但他還是很驚訝總督辦公室毫不質疑就同意了——每個人都會討價還價，尤其高階政客。那段期間他很感激印提亞薩率直的支持，他認為那是精神上的領導力。

在緊張的起步之後，他發現自己很適合教別人：有耐心、熱情、超乎預期的口齒清晰。

有朝一日他甚至可能有啟發性。他環遊列島，跟隨需求，每堂課回來都精疲力盡，他的筆記簿裡塞滿了清單和素描。他感覺自己未來的影響力在成長。

他每天早晚都吃飛蛾。他對飛蛾的飢渴就像它黑暗又複雜的翅膀。他在別人的身上留下污漬，在顴骨上留下飛蛾的影子，在婦女的頭髮裡留下飛蛾的鱗粉。他感覺很有感染力，雙腿堅實；他的內心平靜又堅強。他主宰著身體周圍的空間。他又開始了解自己的心智了。

¶

他的第四次居家烹飪課程在杜庫亞伊島的路奇亞鎮舉行。他搭獨木舟過去，從碼頭就有興奮尖叫的女主人護送，她是當地慈善家。她拉著他的衣袖喋喋不休，說她感覺多麼幸福。他聆聽點頭，低聲說話，希望能安撫她。

他要求在廚房裡獨處，所以她留下他檢查大型爐子，把刀具換成他自己的。他聽著窗口醫生鳥的尖叫聲和風中的桃樹聲。他聽到有人說抱歉，抱歉！並以聽見陌生人講話太吵時的微弱興趣抬頭一看。

她光頭，而且很適合她。更能夠欣賞她意外美麗的眼睛。那是什麼表情？溫柔的好奇？

愉悅？他感到大幅的軟化，嚥了口口水。她佇立看著他：沒有明顯的仰慕或興趣，連微笑也沒有。強壯手臂上的手鐲互相摩擦碰撞。他聽過男人們說他們認識未來老婆的那一刻就心裡有數，他總是對此嗤之以鼻。

妳在打擾我們的榮譽貴賓嗎？女主人回來了。

不，手鐲女子說。我沒有打擾他。

沙維耶轉過身自我安撫。再偷瞄一眼。對，她跟幾秒鐘前一樣迷人。頭上有黑色細毛，像貓咪的肚子。女主人像收髒衣服似的趕她走。他對彼此的觀感很失望。幾分鐘後，他被叫到一座有紫色掛布裝飾的講台上為學生和當地名流進行演講。他決定不吃飛蛾就上台；有時候必須記得自己是誰。但這時他看到她了，他想要跑回房間拿他的皮囊。少了皮囊，他的句子結結巴巴而且一點也不好笑。

她站著認真地聆聽。他很難知道自己講得好不好。他必須抓著可笑的講台。他拼命回答問題，熬過諂媚的感謝致詞。漂亮眼睛的女子沒有發問；他懷疑是否自己令她失望了。他感謝大家，警告大家會很早開始而且有很多洋蔥。學生們在溫暖的傍晚大笑著散開，有些回自己的房間，有些去果園裡吃蝴蝶喝飲料。那個女子消失了。一想到她可能是名人的妻子，感覺就像一種物理疼痛。

不對，她在那邊：在庭院的入口遲疑。她是在……等待嗎？

他的腸胃翻攪。

她回頭，直直看著他。

摸我，他心想，他只能想到：愛我，他只能想到：我怎麼從來沒有好好替這種時刻做準備？看看我有這麼多年的人生來等妳出現，我卻怎麼虛耗了？浪費在其他女人和其他想法上面，如今妳在這裡，我卻還沒準備好。他想要坐在她面前，請她透露她這輩子曾經經歷過的一切。

他說哈囉。她說她名叫艾妮絲．拉提波狄耶。

他跟著她和另一個學生到桃樹果園裡的一套桌椅邊，看著她走過草地。她的屁股很漂亮：他從來沒看過類似的。她聰明又堅持己見，會用「我建議」、「你是否覺得」和「你一定會喜歡這個」等片語開始一個句子，彷彿她已經是每個人的朋友。他卑屈地感激她們分享的意見，準備好拋棄他所知的一切，只求適當地檢驗她的理論。他跟她們在一起的頭一個小時只能努力不去摸她或下跪，努力在對話中顧及另一位女性——他沒聽到她的名字。他想讓艾妮絲上他的床，但是同時，他只想看著她的臉。她的笑聲無法言喻地性感，好像屬於三個人。某種竊笑、鼻息和嗚叫聲的混合。

她的眼神穩定、開放、坦誠。

女主人過來帶走女士們到房子後方的滾球遊戲場時——妳們打擾神廚太久了，來吧——艾妮絲表情驚訝，彷彿忘了他是誰，或並不真正了解這件事的意義。

他目送她們離開之後往後靠坐，對自己從來不相信愛情感到驚訝。

¶

翌日他很早起床，吃了一大把飛蛾並前往廚房，手掌像在唱歌。不到一小時香料味就開始傳遍整棟建築。蔬菜在慢燉煮湯；湯匙滴著湯汁；黏性的生薑在他手中變成蛋糕。閃閃發亮、嘶嘶作響的食物和好漂亮的顏色！嚐味碟裡放著頂上裝飾糖雕的濕潤小布丁。絲絨狀的清脆沙拉；血紅色的兔肉清理過切好；餐具櫃上的藝術品。他哼著歌為每張學生桌測量香草、奶油、食油和麵粉的份量；粉紅色和紫色的煮熟甜食捲；油炸的柿子片。成串的焦糖和酪梨、高粱、甘蔗調配成的濃稠飲料。他想要炫技給她看。

緊張的學生們走進廚房時，他很高興看到艾妮絲有拍手。

全部嚐嚐看，他說。

發現她不會做菜真是震驚。那不只是沒經驗——是真正的缺乏天賦。她無法分辨胡椒和紅辣椒的氣味；切根莖蔬菜切到手時歉疚地傻笑；前十分鐘就燒壞一個鍋子還傷到另一個學生。全班閒晃、嘆氣，等待她完成每項簡單的任務。他想要怒罵他們太壞心，他必須迅速決定怎麼分配任務，讓她不會耽誤所有人。他叫她負責洗米，其餘人做糕餅；感覺到她在注視他。她的表情肯定不只像是個專心的學生吧？他大受鼓舞，直到發現輪到她替胡蘿蔔澆糖漿時她也是同樣地若有所思。她穿著黃點裝飾的深紫色長袍，雙臂裸露，手鐲不見了，換成了本土風格的長短紅色細鍊。他努力不去看她搖擺的裙尾；他大膽假設她戴了挑逗的腿環吧？

他過去低聲說她在廚房裡必須脫掉首飾才安全。她表情尷尬。

抱歉，神廚。

他感到胸口疼痛。有人跟她談過禮節的事。

叫我沙維耶，他說。

沙維耶，她說。

眾人看著他們。

¶

當晚學生聚集在果園裡，坐在桌邊吃蘭姆蛋羹、蝴蝶和萊姆。學生繞著他打轉。艾妮絲一直和另兩個女士聊天，偶爾抬頭看，彷彿她想知道他在哪裡。夜深之後，大多數人散去。他不知不覺間往她的方向祈求。別走。留下來。他猜想那些諂媚者應該聽不到他在罵他們，希望男的被木樁釘死，女的都痛苦難產。直到他們落單，她的熟人都像善意的煙霧消散，她像第一天一樣遲疑了一下。

哈囉，他說。

那微笑真美。

他們有九個寶貴的夜晚，赤腳坐著互相說故事，桃子掉落爆開。她從地上撿起發亮的水果，把手指伸進嘴裡時，他欣賞著她膝蓋上的淡褐色傷疤。他向來是個笨拙的人，常常發出稀哩嘩啦和轟轟的怪聲，憑著謹慎練習才摸熟了廚房動作，但在她身旁，他童年的輕快回來了。他可以盤腿坐在草地上，不用手撐就從這個姿勢起身。他的腳都踩在正確的地方。

他們每晚熬夜直到眼睛疲勞，連庭院裡紅鬍鬚的食蜂鳥都累得抱怨起來。他的飛蛾需求加倍；他派人去找貧民飛蛾小販，天亮前溜下床在庭院裡和他碰面交易。

母鳥看到愛人就會啼叫，他的學生會在他們走過時耳語說。

最後一晚他決心向她告白。男人必須勇敢，抓住機會，即使他感覺自己並不夠格。但艾妮絲吃了太多蘭姆酒蛋羹，醉得想要蛙跳越過椅子，頭上剛剃光在發亮，還說要唱歌。他看到她新奇的屁股可能會汗流浹背，笑到發抖。他想過把飛蛾抹到她的頭皮上再舔掉。在陰暗地舖的角落觸摸彼此的臉，他們會發現什麼祕密呢？

我認為你是寡言的人假裝大嗓門，她終於坐下來說。

好吧，他說。那是好事嗎？

她竊笑著折她的手指。他欣賞著流過她手背的銀色亮光。她有傑出的魔力；從她來的那一刻起，他不停默默地看她治療別人。把清涼的手放到他瘦痛的背部弧線並讓他恢復正常，自從……他想不起來多久以前了。他無法想像會有什麼感覺，在房間裡用那種魔力做愛。

有些女人喜歡寡言的男人，他試探地說。

可是，我聽說你找過很多女人。

他嚇了一跳。才沒有。

喔，我聽說很多。

他不想爭辯。他想要說配得上她的、正確的話。月亮在他們頭上旋轉。她往後靠，露出強壯、肌肉勻稱又閃亮的雙腿。他想像她的童年：爬樹；從公車上摔下來、玩追逐親吻遊戲、騎越野自行車、有好辯的親戚。她已經提到過某些親戚。他想要把她的屁股抓在手裡：這個動作的滿足感會填滿全世界。他用指甲掐著大腿阻止自己。還沒有任何邀請，更糟的是，她還是很醉。這似乎不太像她，讓他很不自在。她很不安，撫摸著自己的喉嚨。肯定是為了他吧？不久她就會告辭了。她總是在他看夠了之前離開。他張嘴想說出所有感受：不行，必須要完美。

跟我說點什麼，他乞求，想爭取時間。

她坐直身子微笑。用她的食指從碗裡刮起最後一點蘭姆酒蛋羹。

我討厭我的名字。

為什麼？

她誇張地打個手勢。那比較適合只有一片屁股的女人。你知道那種人，沙維耶——膝蓋黏一起，嘴巴像貓屁股，胸部大到你看不出有兩顆。

他駁斥這種形容。

我不是森林，她脫口而出。你知道那些像森林一樣充滿驚喜的女人吧？我不像那樣。我很固定。不過這是好事。她聽起來很苦惱。

艾妮絲……

沙維耶・雷丘斯。她俯身，揮動閃亮的手指，拍拍他。我想我們應該上床了。

他以為自己要昏倒了。她微笑。他胸口作痛。他俯身捧住她親愛的臉蛋要吻她，但她站起來伸懶腰，打著呵欠拍拍他肩膀，他在就要自取其辱的幾秒前發現她並沒有邀請的意思，而是要結束今晚告退了。他摸摸被她留下了指紋的肩膀。

那些森林女人的蠢話是誰告訴你的？他在離開的她背後抱怨。

喔，我的未婚夫，她說，手遮嘴巴打個飽嗝。

沒有比擅自假設更痛苦的事了。

¶

他結束烹飪課程回來之後，發現妮亞在他父母家的後門台階上等他。她戴著茶色的木槿花，頭髮編成他喜歡的辮子式樣，讓他方便咬她的脖子。他不安地在門口走動，沒邀她進去。他感到生氣：是怨恨。艾妮絲要結婚了，他怎麼會假設事情不是這樣呢？這個美麗風趣又開放的人怎麼可能單身？她是來學怎麼為他做菜的：那個幸運的幽靈，那個未來的丈夫。她告訴過她那個男人的名字，但他耳中的吼聲太吵所以沒聽見。

他和妮亞，還有黛絲芮：他與兩個人的關係都很微小又沒有意義。不好，也不對。尤其是妮亞。他在浪費她的時間。她應該去找個丈夫，生他的小孩，一起冒險，寫出她的心聲。他會這麼跟她說。她會同意他。他會去探望她和她的家人。她的成功會讓他開心。他坐到台階上。妮亞用她的手指上下撫摸他大腿。他們睡眼惺忪地說話，閒聊瑣事。妮亞俯身索吻。他想要說話，但是太遲了。在他脖子的溼氣中，她碰過很多次的地方，她發現了新愛情。這改變了他雙手的觸感和他的體味，以只有情人才懂的方式。

妮亞無言地退後，搜尋他的臉。沙維耶想要抱她，被她的眼神嚇到，但她搖晃著起身，蹣跚走過庭院，全身裂傷，脊椎像要散掉，她的心臟在爆裂。他震驚地看著她離去。在月光下，他發現他們的手和臉上有著相同的特質；現在他戀愛了，他也能認出她的。她一直在等他。

男人有時候很蠢的。

¶

在心碎變得太難承受以後他去找了一個巫女。在測試那幾年間，他逐漸認為巫女是種正在進行緩慢轉變的生物，彷彿她們在扮演的角色——產婆、魔法看護員、吃你的糧食、以緩慢密集的對話供黛絲芮諮詢——不過是某種慈善過程的一個階段，讓你能看著她們而不刺痛自己的眼睛。去她們家找她們又是另一回事了：有風險，因為誰知道巫女的空閒時間是怎麼過的？

她們很少有年輕成員，她也不例外：皮膚有疙瘩又粗糙，躺在她家前院的墊子上，在曬太陽。她的身體讓他想起一大堆逗號。他走進她家才短短幾步，她的視線就看穿他了。他感覺好像有銳利的東西穿過他胸腔。希望她能謹慎一點。

你好，他說。

她保持沉默，側躺著，彎著脖子，手肘裂開，他有點害怕。他應該保持正常。

早安，老師。我可以跟妳談談嗎？

她在藍色墊子上一聲不吭。她看起來像隻大甲蟲，他懷疑她是不是死了。接著她站了起來，輕快地走進屋裡。他跟上。

屋裡，每個表面上都放了東西：幾塊棉布、瓷器小鳥、腐爛程度各有不同的水果碗、離島的塑膠小人偶、高聳的長蠟燭和金色小玩意。神像，有些老舊到他認不清他們的長相。屋內有橄欖和丁香的氣味。他打個噴嚏，猜想著她為何有這麼多廉價舶來品。直到她轉過身來瞪他，他才發現自己的錯誤。她瞪大火熱的小眼睛，舉起她的黝黑手臂。

不行，她怒道。

他驚恐地退後。丁香、神像、沉默和他自己的焦急令他迷惑，但他心情的沉重在門口阻止了他。

我需要幫助，老師。

我幫不了你。她用手掌拍她的大腿。她被打擾後似乎很快恢復了平靜。她的聲音短促又蒼老。

什麼意思？

我今天沒辦法幫你。但我希望你找到答案。

可是……妳還沒問我的問題是什麼。

不必問。答案是不行。

但是為什麼？他原本有期待的東西：唸個咒語，給點粉末，或和平繁榮神油之類的。

表演一下。畢竟她是波比修人。

他想要一個愛情咒。

他知道那些警告；他知道別人都怎麼說。這樣的愛情絕對不甜蜜，不公平，也不會長久。這是一種暴行：愛情是強迫不來的。他們的小孩會跛腳，狗會在他們的窗戶下嚎叫，她的吻會讓他拉肚子。

他不在乎。

巫女擠過他身邊坐到陽台的座位上，反覆地說：我無能為力，每次都令他更加不悅。她知道他要什麼嗎？或者她只是古怪？他坐到她旁邊時她沒有抗議。他們促膝爭論了一個下午；你會以為他們是老朋友。

什麼都不行？

不行。

那我待在這裡幹嘛？

我不曉得。但是我無能為力。

請先讓我發問。

去問別人吧。我不知道你是誰。

他不太願意說出來，或許那不重要。

妳不讓我發問嗎？

你問錯問題了。

但是妳怎麼知道？

捫心自問。你是誰？

他設法回答。我是個廚師。

是嗎？那麼。她吸吮她的下唇，彷彿搞懂了什麼。是神廚？

他點點頭。

你身上有那個氣味。但我今天沒辦法幫你。

老師——

別叫我老師。

我該怎麼稱呼妳？

用我的名字。名字就是這個用途。

妳叫什麼名字？

你來到我家，你問我事情，但你不知道我的名字？你是誰？

我說過我是誰。我什麼都還沒問呢。

在你心裡，你已經問了。

請說出妳的名字我才能尊重妳。

不會有什麼差別。

一個小時過去。他張嘴想再說話。巫女嘆氣，抓住他的耳朵壓著他彎腰。他沒時間驚訝。她打斷他腳踝發出響亮無痛的碎裂聲，從他的腳跟向上推讓他的腳趾平貼著小腿前面，打碎他的髖骨，用她的手掌根推。他的屁股閉合。他的陰莖消失到雙臀之間。她站起來俯瞰他，敲擊他脊椎的骨節，發出輕微的咋舌聲，彷彿這全是某種檢查，她得到了她需要的答案。

接下來他只知道，他在海灘上呻吟著清醒，就在海岸邊緣，像一張紙攤開自己，海水弄濕了他的腳，他耳中只有一個名字。

艾妮絲，艾妮絲，艾妮絲。

沒有愛情咒，但他買了十一隻蛾，坐在沙子上一隻接一隻吃掉，沒怎麼留意自己在幹什麼，直到他的呼吸快到他無法忽視，必須站起來再坐下，因為骨折讓他感覺被折疊，他的嘴唇上有血，巫女真是討厭，折疊咒是用在問太多問題的孩子身上的。

¶

民眾告訴他妮亞父親的農作物周圍土地成了沼澤，香蕉樹在腐爛，可可樹在曾是肥沃土地的陰暗混濁中爆炸。她的阿姨一直發現她沒流出的眼淚從廚房磁磚的縫隙冒出來。最重要的是，他對傳聞很苦惱，沒有助手剝果實，墨水又在濕氣中暈開，妮亞一行詩也寫不出來。聽說她的聲音變了，因為她發出咕嚕聲，她的五顆心臟都水腫了。她必須開始照顧昆蟲，用她的鼻子呼吸。

沙維耶涉水穿過蔓延的泥濘抵達她家的農場時，她的血幾乎完全變成了水。但她還是看到他走過來，感覺得到他抓著她貼近她，聽到他在她的耳邊呼氣，氣息像個下定決心的男人。在她的房間裡和她心裡，她聽到他高潮時的喊叫，他通常是個很安靜的情人，而當他們靜靜躺著復原，臥室被她的眼淚淹了一吋深的時候，她聽到他問她。

妳願意嗎？

什麼，她呼吸一下。

妳願意嗎，妮亞？

在她的餘生中，她總是想起這件事，他一直無法說出結婚這個字。

太陽很晚出來；沙維耶低頭看著妮亞睡覺的身體。艾妮絲的結婚日會演唱舊讚美詩。她說過，會有燉魚和蘭姆蛋糕。他不會對她用愛情咒。他可以努力為了她快樂。他原本想要個魔咒來改變自己的心意，讓它流向妮亞，但他必須不靠魔咒自己努力。

畢竟，愛是一種行為。

¶

伊奧拖著羊離開之後，沙維耶把飛蛾皮囊放在肉販檯子上的肺臟、尾巴和腎臟之間。他盯著它一會兒，然後拿起來慢慢掛到脖子上，小心把它塞到看不到的衣服裡面。那邊感覺比較好，在他的乳頭之間晃動。

他穿過彎腰市場走回去，揮手辭謝攤販們的服務；他們察覺到他的心情變化，聳肩跟鄰居商量起來。

「所以他只想買羊而已吧？」

「看起來不像。」

他走了一小段海灘前往卡倫納格碼頭，坐在一個遠離其他等候著運輸獨木舟的人的位置，在海水上懸空晃腿。抬頭瞄一眼殘詩餐廳：從整個美麗鎮都看得到。

他不知道接著要去哪裡，不過顯然他應該去某個地方。

回想艾妮絲既累人又不舒服。當時他是如何對她用情意外地深，以及他對於感到輕鬆有多麼陌生。他可以毫不支吾地說出一切真心話。完全沒必要與眾不同，雖然他一直想要為了她當個更好的人。然後就是那個短暫尖銳的結局……什麼的結局？他不知道該怎麼形容。艾妮絲還記得那個時間和地點嗎？

她一定記得。她快樂嗎？

從妮亞死後第一次，他想跟陌生人在一起，聽他們談自己的事，只當個旁觀者。樹皮上有隻昆蟲在叫。這種擔憂、皺臉、挽手肘夠多了，彷彿他快崩潰了。他想要當個沒有脈絡、沒有假設的人。眾神啊，讓大家別再期待他任何事了。

他看著漁民第四次收網，滿身大汗跟著某人的攜帶式收音機唱歌。那個漁夫的兒子花了多少功夫得到他胸前的這隻蛾？向哪個小販？是男人？或女人？手指很長嗎？駝著背，像貓一樣悄悄穿過新家，或大膽一點，大步走向那小子？他存錢存了多久？

有個吵鬧的男主持人打斷了音樂。

「再來聽一次！這首歌真甜美，我們必須重播！」

歌曲重新播放，主持人突兀地繼續叫嚷。沙維耶翻個白眼。他不喜歡收音機的最大理由就是這種笨蛋。他的名字叫什麼瓊斯的，但他自稱情聖老爹甜言蜜語誘惑王。情聖就是認為女人只為了他的愉悅存在的人，而且這個人很吵、高傲又會打斷別人講話，尤其對女人。情聖老爹喜歡說她們歇斯底里又愚蠢，還假裝這是金玉良言。

他的聽眾會定期來電要求訪談。

沙維耶吸吮牙齒望著外面的藍水。貝提西恩島的這部分海域很繁忙。家族在碼頭上走來走去，攔下經過他們的獨木舟，槳劃過水中，前往杜庫亞伊和更遠處貝提西恩海岸的港口，乘客擠得摩肩擦踵。有民眾舉起手抱怨。有的人喜歡水，游泳去辦自己的事，行李用傳統方式綁在頭頂上。船夫歉疚地揮揮手。

他這樣等待絕對不會有進展。或許他該游泳。他的身體感覺強壯一點了。不快樂，但比較結實。不過筆記簿即使放頭上也可能泡濕，他不想冒險。還有飛蛾呢。

歌曲繼續播放，情聖老爹慈悲地閉嘴了。

他看著碼頭。他像個小孩在吊床上哀痛時，波比修有些東西扭曲了。民眾似乎更辛苦了。他想起市場裡他們熱情的臉，因為那個柔軟可怕的女人和她的問題而興奮。應該來個折疊咒去糾正她那種人。他不知道他的民眾也能夠殘忍。或許有點不敏感。多嘴又愛管閒事。但是幸災樂禍不是他們的作風。或許印提亞薩的巡視鬧劇可以有點作用。聆聽和觀察波比修。貝提西恩和路奇亞鎮的部分民眾肯定一眼就認識他，但有更多地方的人們不認得或不確定他是誰，除非他自報身分。他笑了。宣稱他有九呎高的傳說經常讓他得以隱匿身分。

有個穿髒衣服的急躁男子向拖著蠕動魚網上岸的胖漁夫招手。沙維耶欣賞魚的憤怒：藍色、淡橘色鱗片，在喘氣。

「送神廚去他想去的地方好嗎？」急躁男子大聲說，「讓他等這麼久，太丟臉了！」

沙維耶來不及反對，漁夫已經慚愧地轉身。

「喔神廚，我把魚送去市場之後就用我的獨木舟載你。」

急躁男子皺眉。「先載他。我替你送魚過去。」

漁夫表情憤怒，煩惱，然後猶豫。

「兄弟，我知道你的把戲，嗯？」沙維耶低聲說，只有急躁男子聽得到。「你別想利用我偷任何人的東西。」男子舉起手想反駁。沙維耶湊近。「我說請離開這裡。」

男子目瞪口呆。他眼神中有注視；最好小心這個人。他轉身要走，又抗拒地轉回來。

「你知道景氣不好，神廚。不是每個人都有你的待遇。」

「我了解。但我們什麼時候開始偷竊了，兄弟？到處都有機會。」

「你憑什麼批判我？」

「我永遠都會批判小偷。」

「老兄，你不住這裡。你專煮一些唬人的東西。」

他感覺到了。輕蔑他的工作。他盡力更溫和地說。

「你來過我家吃飯沒有？我不記得你來過。」

「沒有，兄弟。」

沙維耶伸出手來。「你得告訴我你的名字然後來一趟。」

男子無視他的手。「我可能會去吃飯，但你也能餵飽我的小孩嗎？」

他想起今天早上的奧莉薇亞娜和她的凸肚子。「你的意思是你的小孩沒東西吃？」男子低下頭。「越來越辛苦了。」

漁夫咕噥著走過來。「山羊稅，捕魚稅，燈油漲價，小孩買學校制服也變貴了。他們說因為今年工廠收入不好。」

他沒聽說過今年的玩具出口數據，但他除了自己的鼻孔已經很久沒注意任何事了。

「印提亞薩看起來不像有缺錢的問題，」急躁男子生氣地說。

「他是想要幫忙！」漁夫說，「你認識的人還有誰會為了私人婚禮給人民兩天假期？」

「你真是個笨蛋。」

「要不是有總督和布倫特寧頓大人，沒有人能發財！我們必須像他說的一樣撐住，情況會好轉的。」漁夫拖著他的魚網側眼看另一個人，他張開又握緊拳頭，彷彿手上有什麼噁心的東西。「我要去送魚了，神廚。」

急躁男子猛然轉身匆忙走過海灘離開，赤腳踢起黃沙。

沙維耶仰頭看著藍天，若有所思。

謝謝你送的海膽殼

他大叫

歌曲終於換了。他慵懶地聽著情聖老爹尖叫描述他今天播的兩首新歌，在手指間搓揉沙子。波比修的歌曲可能有一星期那麼長。另一艘超載的獨木舟經過碼頭時一陣失望的呻吟聲傳來。一群小孩從粉紅色船首向他揮手。他揮手回應。

聞我，沙維耶。艾妮絲說話時露出一條腿站著，把另一腿的腿環滑下來。他不記得妮亞最愛的腿環顏色，但他仍然看得見艾妮絲戴著，用婚紗和紅寶石做的。他花了好多工夫才阻止自己用牙齒把它拉掉，阻止自己把她拉進他的裡面，來保護他們安全。

軟弱的男人

我們不想要軟弱的男人

「神廚！這真是太失禮了！」

他抬頭看，伸手遮擋眼睛上的烈日。站在他上方的女人狂打手勢，他霎時以為她有好多隻手或臉孔。

「沒關係，姊妹。我跟大家一起等船。」

「不是，不是。你沒聽到嗎？」她指著收音機。

他順從地聽。

是波比修擅長的那種流行歪歌小調。少數基督徒人口不時會反對這種猥褻，但他挺喜歡這種歌，即使混雜著情聖老爹的竊笑聲。

軟弱的男人
我們不想要軟弱的男人
軟弱的男人
我們不想要軟弱的男人

腦袋軟弱（工作做不好）
床上軟弱（地獄來的詛咒）
所有女人哭出一千滴眼淚
把軟弱男人都丟進海裡

在他聽起來似乎挺合理。

有個男人
說他的名字叫廚師
（你認識他，你認識他）
但他在臥室裡熱不起來，不行
趕他出去
吸吸你的牙齒
軟弱的男人給女人酒
但她們永遠吃不到大餐

他愣住。逗留在他上方的女人向人群大喊。
「你知道這個人唱的歌是在說我們的神廚嗎？」
一陣譁然，大多數是女性，從四面八方走向他。

「他那話兒沒問題——看看他有多高！」
「高大卻小屌不太好！如果床上的部分又棒又猛，給我矮子吧！」
「他唱的不是尺寸！他說神廚沒有節奏。你沒碰過高個子鑽太深亂搞你裡面嗎？」
最靠近的女人雙手叉腰。
「他說謊！神廚，你會跳舞吧？」

軟弱的男人
我們不想要軟弱的男人

這時更多婦女加入，咋舌、吸吮牙齒、大聲嚷嚷、互相爭執。他想要站起來，但不知道站起來之後他會做出什麼，尷尬到腦中轟轟響。
「我敢打賭唱歌的人在嫉妒，他自己的女人喜歡神廚，如此而已！每個人都知道沙維耶・雷丘斯，普特之子，是個高貴的好人。他擺脫荒唐的日子很久了！」
媽的見鬼了，他從來沒有過荒唐的日子啊。
「還在非常尊重地哀悼他老婆！」

「誰說他唱的是神廚？波比修的廚師又不只他一個！」

腦袋軟弱（工作做不好）

床上軟弱（地獄來的詛咒）

「你沒聽到歌詞說我們認識他嗎？神廚，你是惹到了這個討厭的歌手嗎？」

所有女人哭出一千滴眼淚

他想說話，但說不出話來。他把飛蛾包拿出來聞。如果他把這玩意拿到嘴邊，整隻吞下去再咒罵所有人會怎樣，哪些神明會哭泣？

把軟弱男人都丟進海裡

「天啊，不過曲子挺好聽的！」

達令讓你來找我

「神廚！我有些可樂果茶專治任何閨房疑難雜症，馬上讓你嚇嚇叫！」

把軟弱男人都丟進海裡

來找我

來找我

「那個人說的是真的嗎，神廚？」

把軟弱男人都丟進海裡

他連搖頭都很吃力，脖子僵硬得像水泥，軋軋響。男士們都在看笑話，互相輕推。

「雷丘斯大師，為自己辯護吧！軟弱就是罪惡！」

有人關掉收音機，切斷歌曲。哇。鴉雀無聲。

七嘴八舌平息。婦女們盯著他。他的喉嚨發出乾澀聲。

過來，沙維耶。聞我。

關掉收音機的黑髮挑染金色的年輕男子跳下來，走到碼頭上的沙維耶身旁。雙腿長到他的腳趾幾乎要碰到海水。

「呃，那首歌是謊話，」他低聲咕噥。

彷彿他們是老交情了。

11

艾妮絲衝出工廠的後門然後站定，大口吸氣，尋找拿橘色油漆的女人。她在那兒：晃著她的油漆罐，大步過馬路走向一棟低矮、鮮豔粉紅色的兩層樓房子。這棟建築讓艾妮絲想起一大顆剝皮西瓜；她幾乎可以算出種子的數量。

艾妮絲抬頭瞄工廠，爆笑起來。工廠閃閃發亮，綠牆上凝結著橘色字母：橫過門板，還沒全乾，沿著對角線，寫得很整齊，好像在學校裡聽寫的筆記。

你的替代選擇是什麼？你的替代選擇是什麼？你的替代選擇是什麼？
你的替代選擇是什麼？你的替代選擇是什麼？你的替代選擇是什麼？
你的替代選擇是什麼？你的替代選擇是什麼？你的替代選擇是什麼？
你的替代選擇是什麼？你的替代選擇是什麼？你的替代選擇是什麼？

這女人跟英格麗一樣大膽。讓她很高興。

艾妮絲快步過馬路走進西瓜屋的大門。圍繞庭院的矮牆上有濃密交纏的九重葛，裡面是茂密的大溪地醋栗和釋迦樹。幾叢鮮紅的火鶴花：很濕潤，彷彿從某種生物內臟拔出來的。蜥蜴和老鼠在矮樹叢裡鑽來鑽去。不明鳥類的叫聲和後院河流的水聲。刺鼻的動物飼料。草地上有含羞草，小小的綠芽在她掠過時閉合起來。

油漆罐放在前陽台的台階上；上面大剌剌放了一把潮濕、乾淨的刷子，看起來一點也沒有悔意。破損的白色吊床裡伸出一隻大赤腳，形狀漂亮又仔細洗過，另一腳則塞在油漆女子的屁股下。她的睡相挺誇張，胸部朝天，腿環如同艾妮絲希望的一樣漂亮又昂貴。

「妳帶了錢來？」那隻腳在搖晃。

「錢？」艾妮絲問。

女子抬起她的頭，她們眼神接觸。「妳來妓院不是想要白嫖吧。」衣服撩起高到艾妮絲很想移開目光。

她或許早知道這裡會有娼妓，因為安靜隱密，又有很多工廠員工。她是少數跟她們合作的治療師。坦坦喜歡批評她們的寬鬆道德和懶惰，所以她從不告訴他。他可能也蔑視這個地方；他從來沒提起過。當他想要保護她遠離現實時總會令她惱怒，彷彿她不常看到醜陋。老實說，她的工作很歡迎更多妓女——最近越來越多人乞求賒帳或提議另類的付費方式，帶著幾袋酪梨、連殼樹豆和油炸麵包果上門。妓女們付錢爽快又都付現金：無論景氣，性愛永遠都有需求。

「怎樣？」美腳女子說。

「有很多女人需要妳的服務嗎？」

「有一些。」女子聳肩，「沒有我們該有的那麼多。」

「我不認為女性真的追求這種事。」

「那是因為有些男人這麼告訴她們。」

「呃。我結婚了。」她一說出口就覺得很蠢。

女子嘻皮笑臉。「更有理由來光顧了。」她的鼻音很重，是高地腔，句子都結束在輕微的「呃」音。艾妮絲很驚訝。大多數妓女是農民，但這口音表示她出身富裕。肯定比她的家庭有錢多了。

「那妳來幹嘛？」女子問。

艾妮絲指指橘色油漆罐。「姊妹，妳在油漆。」

女子微笑。「別叫我姊妹，好像認識我似的。妳在我的地方，而我根本還沒聽到妳的名字。」

「呃……瑪莉耶拉。」這是她腦中浮現的第一個字。

「只有瑪莉耶拉，是喔，沒有姓氏，沒有母親名字嗎？妳還真隨和。妳以為我是街頭流鶯？所以妳不肯告訴我妳的名字？」

「妳叫什麼名字？」

「欸欸！讓妳可以跑進警察局告訴他們妳找到了橘色人？告訴他們是熱穴派妳去的——他們會認得這個名字。」她的笑容美麗潔白，充滿她的臉，好像很有見識。「但是妳可以叫我蜜西琳・建制派二世夫人，艾瑟之女。呃，瑪莉耶拉。」

「簡稱蜜西？」逗這個冷靜又傲慢的妓女玩可不容易。屋頂上有幾隻地鳩走來走去拍翅膀。

「妳還沒告訴我可以提供妳哪種服務，已婚女士小姐。」

「我只是跟過來想問妳塗鴉工廠的事。」

「妳知道嗎，我修改我原本的理論。」蜜西莊嚴地搖搖她的手指。「特殊類型的女人才來這裡付錢做愛，妳看起來沒那麼特殊。」

「妳真的不回答我的問題？」

「我認為妳有男人——抱歉，是丈夫——他有來這裡找點樂子的習慣，而妳剛剛發現。」

「我——才不會——什麼——？」

蜜西笑得更開而且更傲慢了。

「嗯哼！我就知道。他的老二長什麼樣子？如果妳有仔細看過的話。很多男士光顧是因為老婆不喜歡他們的老二。」蜜西很開心。「不對，這句話也忘掉吧！妳是其他類型。」

「什麼其他類型？」

「妳想上課！妳來調查他怎麼行動，說了什麼。妳想坐下來跟我們一起喝酒。告訴妳的朋友們妳花了一小時跟妓女聊天。」蜜西搖搖吊床，雙手合握。「妳需要我教妳怎麼吸男人吧，瑪莉耶拉？只要花妳白袍裡的幾個銅板。」

「妳以為我是誰？」她逐漸動怒大聲起來，她已經很久沒這樣子了。

「親愛的，如果妳需要指導，並不丟臉。或許他覺得無聊所以不碰妳了。不表示他不愛妳。」

「我不需要上課！」艾妮絲的音調高了八度。今天為什麼熱得要命，屋頂上該死的鴿子和樹叢裡的老鼠為什麼不能閉嘴？「我不需要任何——課程——！」

「妳知道的，時間寶貴。」蜜西像隻貓鼬般優雅地滑下吊床：唰。她在笑，舉起雙手作勢懇求。「沒關係。沒問題。妳會打砲。」

「我從來沒有被抱怨過！我──」

「妳不必向我證明什麼，瑪莉耶拉太太。一切都沒問題。」

「我不叫瑪莉耶拉！」

「噓。我絕對無意冒犯。如果妳想贊助一點油漆，可以把銅板留在那邊的油漆罐上。」

艾妮絲來不及再說一個字，蜜西已經拉開一扇粉紅色的門走進屋裡，用力關上門。艾妮絲呆站看著，發現自己的嘴巴微微張開。她聽到另一個女人的笑聲，從窗戶傳出來。

喔不行，妳不能在我面前摔門。

「蜜西！」她拉開門衝進去。「蜜西！如果妳不回來，我發誓我會打給電台告訴他們妳在印提亞薩工廠塗鴉！」

笑聲，某處在敲敲打打。

艾妮絲閉上她的嘴，她自己的聲音聽起來好嚴厲。

三台吊扇在屋樑上起伏。

她從來沒進過妓院。

沒有粗俗的情色繪畫或裸露的女人，只有嶄新竹椅和蓬鬆的藍色大坐墊。一切都很乾淨。剛打蠟的地板。她還聞得到蠟味。

她聽到左邊某處有拖著腳步的聲音，和樓梯軋軋聲。

「蜜西？」

腳步聲減輕。她聽著電扇的轉動聲。其他女人到哪去了？她們今天休假出外尋歡了嗎？或許她們只在晚上工作。

下一個房間看起來比較符合她的想像：八張絲絨躺椅，集中在三面精緻大型更衣屏風周圍。窗外，她看得到顫抖的杜庫亞伊島丘陵。從一處高地流下的紅色小溪，蛇行繞過樹林；被鋁礦土染紅的河嗎？她摸摸一面屏風。畫家用紫色和藍色作畫：魚在樹上，鳥兒在地下閒晃，蜥蜴長翅膀。她猜想妓女會躲在後面，像甜點般被介紹出來，供人挑選。

她想念做愛。

在坦坦之前，她有三個認真的男朋友，還有幾個其他的。無論蜜西怎麼說，她是個好情人：熱心、懂欣賞，甚至熟練。她的療癒之手能幫助延長過程，幫助早洩的年輕人。打從一開始，她向來喜歡性愛的多層次談判。不只是愉悅或親密；而是有趣。

她想念她丈夫的身體。她越久沒有使用身體，就越無法想像能用身體做什麼。

對蜜西生氣太可笑了。這份突然想要證明她感覺過所有事情、可以做出所有這些事情的需要令她很驚訝。

在怨恨充滿妳的脊椎之前，妳有過剛好數量的男人。
四個認真的男人，如果她算上沙維耶・勞倫斯・雷丘斯。
不，不行，她不能算上他。
她突然站起來，猶豫，然後溜到屏風後面。她把下巴放在框架頂上，窺視外面充滿期待的躺椅。她用一根手指摸過側面。幻想有人在看她。坦坦，在看她。
沙維耶，在看她。
真順口的名字。很慢：沙—維—耶。
她轉身，蹲下，抬起她的頭伸長，向幻想中正欣賞著她的觀眾微笑，揮揮手。她蹣跚踏錯腳步，舉起手臂時聞聞自己的氣味。當然，她絕對不會出賣她的身體。誰能夠為那定價？
她吐出她的下唇嘆口氣。
坦坦在懲罰她嗎？哪有男人會拒絕女人攤開等待的身體？
混蛋。
別說了。
妳為什麼不生氣？

所有妓女都睡得這麼熟嗎？好像被哄睡的小孩？這家妓院未免太正經了點。哪個男人可以在這裡捏捏摸摸盡情打砲？

艾妮絲踢掉她的涼鞋，在屏風後面轉轉她的腳踝。她伸出一條手臂搖了搖。

你好，神廚。

她努力保持耐性。男人跟女人不同。但她最後直接問了坦坦。站在他織布的房門口，周圍都是針和布的軟包裹。我是說，坦坦，我們在做什麼？你是在氣我的拒絕嗎？你感覺不好？你覺得憂鬱？你…已經不想要我了嗎？因為我無法忍受這樣太久。他的眼力向來很好，從織布機冷靜地抬頭看著她。他有宛如永恆的三分鐘完全不說話，只是看著她彷彿要將她看穿，她哭了出來，顫抖著緩緩走開。

在那之後，再問就像是乞求了。這輩子，她不會再為了性愛乞求男人。

她在一面鏡子前檢查自己。三十七歲的她看起來還不錯。她的皮膚清澈健康，眼睛下方有點腫。

所以妳不認為他有偷腥。

他媽的我哪會知道？

但是妳怎麼想？

有可能。

如果他是狗，妳想要跟狗睡嗎？

不要，如果他真是狗，我就走人。

她向她的倒影扮個鬼臉，伸出她的舌頭。現在讓蜜西進來，看她扮演小女孩嗎？她轉身離開鏡子，觀察樓梯和上方的平台。前進。聽到一聲咚！好像有什麼東西撞到地板。

她低頭看到自己的陰戶在她腳邊滾動。

喔，耶穌救我。

震驚過後，在某處，她覺得求助她父親的單一神還挺好笑的。

喔主啊請救救我。

她的澎澎整個脫落了：像一顆沉重的電池在鎖定的小裝置縮回時那樣掉了出來。精簡、克制。沒有血，沒有污漬。只是她身體的一小塊躺在那兒，緩慢地搖晃。

艾妮絲大叫。看到毫無動靜，她停止喊叫。她彎腰靠近，猛搖頭。

「我的天啊——我的天啊——我的天啊。」

陰戶往上回看著她，像一塊肥厚的蛋糕。對，一定是這樣：有人切割她的骨盆把那整個東西挖了出來。她一隻手可以捧住。上面有斑點。她不曉得自己是長這樣子。

我的天啊。想想辦法，什麼都好。

毛髮、洞口和弧度——從這角度看來它好像一張奇怪的臉。

我的澎澎在笑我。

來看看確認妳沒死。

什麼？

只是看看。

她量自己的脈搏，拍打自己臉頰，拉扯頭髮，捏自己的肉，踩自己的腳。大多數動作都會痛。

所以妳還沒死吧？

沒有，笨蛋！

她不敢去摸她空虛的胯下——有個大破洞的可能性太恐怖了。尖銳、斷裂的骨盆，晃蕩的輸卵管；她會摸得到自己的腸子嗎？她嚥一下口水，努力保持冷靜。她必須想辦法，但是怎麼做？

妳不是治療師嗎？治療一下啊！

她腦中的聲音挺歇斯底里的。

即使她能放回去，還能夠恢復原狀嗎？

喔天啊，救救我。誰知道澎澎獨自在世界上遊蕩會發生什麼事？

艾妮絲深呼吸一下，抓住陰戶，張開她的膝蓋，蹲下把它塞回去。有種嗡嗡的怪聲，彷彿堵住了一片虛空。或許是通往宇宙的入口。會癢。她荒謬地竊笑。

不會痛。

她起身離開蹲姿，慢慢，慢慢地撩起長袍，低頭去看。澎澎從這個角度看去缺乏了特徵和細節。情人們看得比較清楚。她把一隻手放上去。魔力流過她的臀部，令它顫抖。

慢點，慢點！

她謹慎地站直張開雙腿。搖搖屁股，等待。

陰戶似乎很穩固。

她輕輕晃了幾下：如果它半鬆脫可能就會搖動，像包著尿布的小孩。嚇死人了。她上下跳動。雙腳交互跳。

一切似乎很穩固。重新附著，澎澎飢渴地鼓脹。

某個地方有人開始慘叫。艾妮絲嚇得跳了起來。

咚。

可惡的東西。

她的澎澎又掉在光亮的地板上，來回搖晃。

她彎腰撿起來，猶豫一下，然後塞進她裙子的口袋深處。

慘叫來自她頭頂上，迴盪在整棟西瓜屋令牆壁震動。她跑向樓梯，遲疑，然後一步兩階衝上去，抓著她口袋裡頂著屁股的柔軟內容物，只隱約察覺蜜西從對面跑過來，來不及避開她們在平台上必然的相撞。

兩人都腳步踉蹌，蜜西差點跌倒；艾妮絲抓住她手臂，她們穩住，大口喘氣。或許蜜西很容易喉嚨乾澀，而且她在青春期有嚴重青春痘。

蜜西甩開她的手臂。繼續痛哭。

「怎麼了？」艾妮絲說。

蜜西瞪她。「我不知道，但是我的澎澎剛掉下來了。」她頓一下，彷彿預料艾妮絲聽到這新聞會嚇壞。「我試過把它塞回去，但是滑出來了兩次。女士，妳的魔力是什麼？我一直沒有好好問妳。妳把厄運帶進了我家嗎？」

「我？這跟我一點關係也沒有。我是治療師。」

慘叫聲變得更響更緊急了。

艾妮絲拉拉蜜西的衣袖。「其他的……女人在哪裡?如果我們發生了，可能每個人都是。」

「妳的也掉下來了?」蜜西的語氣滿意極了。

慘叫暫停一瞬間然後增強，好像幼童倒抽一口氣然後吼叫。蜜西吸吮牙齒，走到一扇關閉的門邊。艾妮絲跟上，她的背脊挺直而果決。她的雙手到手腕處變成了銀色，宛如被浸泡過，或被塗上了油漆。

12

丹度和桑坦妮花了三分鐘互相開心打招呼，再花了七分鐘溜到閣樓去。他們滿身灰塵微笑著，發現這裡熱得窒息又凌亂，但是正適合牽手，想著他們明天要進行的終身大事露出笑容。

結婚。

牽手一會兒之後，丹度用鼻子蹭桑坦妮的脖子。她邊竊笑邊蠕動著坐到舊油燈和葡萄酒桶之間，在他解開她衣服時滿足地嘆息。他們對這部分很滿意：他的嘴在她的乳頭間來回移動，抬頭看他的舌頭是否取悅了她；頂著她搖晃直到他必須翻身離開，不想弄髒她的衣物。丹度，你可以直接來，兩個月前她用很小音量說過，那天的前戲特別折磨人。這樣你很痛苦。但他搖頭拒絕；他會怕，拿走她還沒準備好要給人的東西。他不想跟其他男人一樣。

反正，誰知道怎麼做呢？

他低頭看著桑坦妮：嘴唇膨脹，溫柔信任的眼神，淺笑一下，若在其他女人臉上看來會像是嘲弄，但在她則是充滿愛意。今天她頂著他搖晃，把她的胯下推向他的大腿。這倒新鮮。他看著她黝黑發亮的身體，除了她神奇又熟悉的胸部以外的地方。在這最後一刻，他感到想要更進一步的衝動。他能用其他她喜歡的方式摸她嗎？他能夠滿足她的某個小證據？如果她能讓他更有自信就好了。

他舔得很順。也親吻得很順。

她眼神飛舞。

他把舌頭鑽進她肚臍裡；聽到她的臀部緊繃。他無法抬頭看她的臉，因為那份恐懼會讓一切變得更困難。他以前看過。讓他當場軟掉，還會在惡夢裡看到：任何東西可能太過頭時，那張漂亮臉蛋上的恐慌。

喔，相信我，桑坦，他默禱。

他把舌頭滑過她顫抖的肚皮。對兩人而言似乎外面的風停了，蟋蟀不叫了，附近的山也憋住了呼吸。

一個突發、流暢又溫柔的動作——他會一輩子記得——丹度舉起桑坦妮的腳踝把她的雙腿張開。

桑坦妮雙手遮臉。這一點也不像巫女的檢查或他人的暴力。但他看著她的體內，她無法看他做這件事。她能想到的只有她感覺多麼裸露，她好臭，她好濕，他是否對她的樣子失望，還有，會痛嗎？

丹度吻她的肚子，徘徊不去。他在等待。等她的允許。

慢慢地，慢慢地，一次戰慄不安的挺胸，她讓自己吐氣。他等待，嘴唇貼在她肚子上。

她緩緩地呼吸一下又一下，然後，因為他沒做什麼可怕的事，她只感覺到他撫慰的雙手，不是某個瘋子的手指，而是冷靜又自信，她告訴自己不會有事的。

感到她放鬆的時候，丹度把舌頭滑進她裡面。

桑坦妮抓著他的頭用力把她的臀抬到他臉上，快速上下磨蹭他的鼻樑，讓他脖子發痛只能用盡全力保持定位直到她停止動作，因為強烈的感官喘息著差點哭出來。

他們分開，好像黏性石膏，大為震驚。

桑坦妮的心跳猛烈到胸腔作痛。她用手肘撐起身體。她感覺全身酥軟，而且非常暴露，但也很快樂。她希望他靠近來抱她。

「丹度？」

他從她兩膝之間往上看，表情驚恐。

「桑坦……它……應該會……這樣嗎？」

¶

他父親就是因此逼他發誓尊重她。別強迫或驚嚇她，丹度。像淑女一樣對待她。她是我朋友的孩子。但他怎麼猜得到他的違逆會有這麼災難性的懲罰？他從來沒聽說過這種事。她的胸部在玩弄幾個月之後仍然完整無缺啊。

「喔，我們不該這樣，」桑坦妮呻吟說，「看看我做了什麼讓它變成這樣，喔天啊……」

這麼漂亮柔軟的東西，放在一堆文件和一盞從他母親得到它那天就壞掉的檯燈之間。

他猶豫地伸出手去撫摸澎澎。

嗯。他不會讓她失望。

「我會永遠陪著妳，妳知道的，是吧？」

「可是……可是……我們要怎麼處理小孩問題？」桑坦妮哭道，聽起來就像她母親。

從澎澎脫落之後她的目光就沒離開過它。

「到處都有很多小孩。」他不確定自己在說什麼，但總得說點什麼。「我們會找到一個。」

他努力安慰她。她堅持由他保管；她無法忍受隨身攜帶，這個念頭令她牙齒打顫。萬一她在路上遺失了呢？萬一被人偷走呢？而且她母親非常八卦，家裡女傭又打掃得太勤快，她哪有安全地方保管？以前有個女傭是間諜，她很確定。

丹度握著她的手叫她背誦花卉名稱直到冷靜下來。他答應會在安全的地方保管澎澎。他們會嚴守這個可怕的祕密。如果他們想要，可以拿出去看一看，想像一下他們可以過的不同人生。他沒說出口，但他的腦筋在轉：如果他能找到人幫忙，檢查這寶貴的東西，或許他們能修好它。但是誰可以託付總督女兒的澎澎呢？

他們偷偷從閣樓下來，他從窗戶送她回去，因為時間寶貴，如果他們被發現在上面拿著脫落的澎澎，狀況會棘手得多。

他早該知道他無法應付性愛這檔事。那是罪惡和羞恥，也是他不幸的無知。

「天啊，媽媽會知道，」桑坦妮爬過窗台時哀嘆。她把裙子塞進骨盆裡，好像她還完整無缺。「我做什麼蠢事之後她總是會知道。」

丹度哼了一聲跟她吻別。他不太喜歡印提亞薩媽媽。

桑坦妮走後，他把澎澎包在一張床單裡，走到河邊去散步，小心地盯著它。河邊是他的最佳思考地點。液體流過的聲音總是令他心情平靜，但是這次沒效。他的胃酸洶湧。他抱著一絲希望，希望桑坦妮一旦有機會思考這件事以後不會甩掉他。當他把舌頭放進她裡面讓她的澎澎脫落時桑坦妮的呻吟聲，是他在這世界上聽過最豐富、複雜又悅耳的聲音。

丹度蹲在樹下，打開棉布再次偷看。好漂亮的東西。他拿起來對著光線欣賞，幾乎不敢相信它存在。滑溜又青春的澎澎從他手中掉了出來落進河裡，雖然他拼命想撿回來，但已經被水流沖走了。

¶

桑坦妮咬著嘴唇踱步穿越美麗鎮。她的澎澎經常受驚被捏，當它從原位脫落跟其餘身體分離，她感到短暫地解脫，彷彿有人治好了她的慢性疼痛。但現在，每前進一步都感覺她丟下它的決定是個錯誤。她應該要把全部放在一起，像其他人一樣。她太魯莽了。是她的瘋狂震動造成脫落嗎？她從來沒有那樣的感覺。沒有乖女孩會討論這種事，不過當然會有關於做愛樂趣的耳語。但是，那不是原因。她發抖；有些愉快，但主要是擔憂。把她張開是丹度的錯嗎？把舌頭放進她裡面呢？或者是她的錯？

她走過殘詩餐廳下方時仰望天際線。她常常觀察沙維耶大師的餐廳，尤其感到苦惱或憂慮時。從她三歲大初次聽說神廚的故事開始，她就想像殘詩是座甜食的城堡，床邊故事的神話裡的美味結局。沙維耶・雷丘斯就像一個寶貴的願望，許諾給了所有人。還有什麼比天生專為你的個人口味做菜的人更特別、更奢侈的？他提供你需要的東西，那不只是食物：那是靈感。大家都說沙維耶的味道餘韻無窮：你可以用全新的熱情追逐夢想，用不同的角度看待自己；相信難以企及的事。他就是最好的神廚，她仰賴這一點。

許久以來，她希望能有做愛的勇氣。她逐漸相信自己在吃了沙維耶・雷丘斯的菜餚之後將非常有可能辦到。

但即使她也不敢指望神廚的菜能把作怪的澎澎變回去。

¶

小哈・吉娜薇・歐凱利亞・納森摘下她老舊龜裂的耳機，向她的工程師點頭。她站起來伸展僵硬的脊椎、轉動脖子時，他開始播放一小時的音樂。她揮手，他笑臉回應。她走出播音室在低矮的電台建築裡晃來晃去，巨大的天線幾乎要把屋頂壓垮了。

他在她的小休息室裡等候，靠牆坐著。他漂亮的高額頭上髮線已開始稀疏，讓她感覺很有熱情。

她坐到他身邊的地板上倚著他，讓他們鼻子相對。他粗重的手臂放在她膝蓋上。她正考慮叫他縮回去時，她的澎澎從大腿滾下來掉在兩人中間，像塊褐色的海綿。

有鹽的氣味。

伊奧掙扎著站起來，也拉起身邊的小哈。他們站著低頭注視迷人地展示在白色地板上的澎澎。

「搞什麼鬼，」小哈說。

「妳還好嗎？」伊奧問。

「呃，不好。」

伊奧把它撿起來。他們一起檢查。該豐滿的地方就豐滿，充滿皺褶，發著光。

「好像雕像，」小哈說。

「不對，這比較濕。像新鮮的番茄枝。」伊奧輕推她說，「是活的。來，拿著。」

她輕拍他肩膀，輕快地後退。「你拿吧！」

「妳怕妳自己的澎澎？」

「沒有！」

「那就拿著！」

「我會怕！」

他們一直笑到肚子痛。兩人都沒想到重新安裝可能會有問題。伊奧坐在她雙腿之間。小哈拉高她的長袍。伊奧輕輕地把它壓回她體內，爬近一點確認邊緣接縫有對齊。

「伊奧？」小哈說。

「嗯？」他的嘴唇抽動。

「我想既然你已經在底下了，就待著吧。」

「呃，既然我在這兒，」伊奧說，「好吧。」

¶

在杜庫亞伊島上，某個地區的所有門戶自動上鎖，造成四起意外，十七個小孩哭泣直到他們睡著，有個男人注視著他嫂子的乳溝。他想要抓她胸部時，她打他一拳。他有顆牙齒掉落滾到了床底下，不到一分鐘就腐爛成一灘糖漿。

13

沙維耶大步走過卡倫納格海灘，用最大音量在咒罵。天空感覺好近，散發出龐大、難以承受的能量。濕沙子黏在他腳踝上。

你認識他，你認識他。

誰他媽的這麼大膽、有種、厚臉皮敢在電台唱歌罵他？說他陽萎？為什麼？如果他去電台踢館要求情聖老爹把歌手、樂師和作曲者交出來肯定沒人會反對。否則他連主持人也會給他一巴掌。

軟弱的男人。你不想要軟弱的男人。

那首該死的歌會在他腦中殘留一整天。

他來到一個被糾纏植物遮蔽的小海灣，喘息著坐下。他離開的交通碼頭遠在海灣另一邊，這裡只有曼徹尼爾樹叢和海葡萄樹。波浪沖刷速度較快，浪花多又參差不齊，沙子上散布著破裂的藍白色海膽殼。他想起飛蛾，去抓紅皮囊，他肚子凹陷，但它還掛在脖子上，只是歪斜了。他把它塞回上衣裡，怕被人看到丟臉。

他們可能會為這事再寫一首歪歌。

在他後方，有人咳嗽。

關掉收音機的青少年站在不到五呎外，又長又亮的黑辮子披在他肩膀上，坦露著前胸。他的褲子被油膩和鹽水泡得發皺。

是貧民。

那孩子抬頭看，毫不眨眼，沙維耶很驚訝。他的眼睛沒有眼白。他聽說過年長的貧民可能會這樣，但這個肯定太年輕了。美得很怪異。

「小子，你幹嘛跟蹤我？」

「你認識唱歌嘲笑你雞雞的那個人嗎？」

「不認識，」沙維耶怒道。

貧民燦笑起來。那表情很有感染力又完整，沙維耶微笑回應，連自己都驚訝。歡樂帶給這孩子某種莊重感。這個笑容真難得。

「我不確定我對基於惡作劇創作藝術的人有何看法，」青少年說，「我還沒決定。要考慮的事很多。」

「我知道我對惡搞我的人作何感想。」

「你覺得很蠢嗎？」青少年從嘴裡吐出一撮黑色長髮。「但你並沒有陽萎。或許那首歌是個隱喻。」

「什麼隱喻？」

「很難說。人心是很複雜的東西，藝術也是。」他講話的自信很像那種自認自己所說的一切都是創見的年輕人。

「我認為以這種歌曲來說，沒有那麼複雜，」沙維耶怒道。

「人可以用複雜的方式顯得很單純。」

他不知該怎麼回應這孩子開放又好奇的表情。他母親沒教過他任何禮貌嗎？

「你怎麼會認為這關你的事？對了，你叫什麼名字？」

「羅曼札。你最好跟我談談，沙維耶・雷丘斯。獨自生悶氣不是好事。你知道叢林裡有種特殊的牛蛙嗎？他生氣的時候會膨脹。」

「什麼？」

「你讓我想起那種牛蛙。如果另一個牛蛙人搶走他的女人，他會膨脹。如果他不停止生氣，就會爆掉。」羅曼札第一次露出喪氣的表情。

「你說我是牛蛙？」

「我以前會嘗試勸阻他們，但其中一隻在我還在跟他講話的時候就爆掉了，我整個星期洗不掉那個臭味。」

「羅曼札。你還沒告訴我姓氏來證明你是從哪裡來的。」

羅曼札聳肩。「我在哪裡似乎比較重要。」

別小看他們，黛絲芮是這麼說貧民的。她去死亡群島巡視過一兩次，但連一個人也沒出來在她面前做菜。讓她很生氣。

「總之，」羅曼札說，「我想那首歌是今天的好起點。」他咳嗽然後往沙子吐口水。「比起有人在電台唱歌說你的雞雞沒用，你想得出今天可能發生什麼更糟糕的事嗎？一定會遇到好事的。」

沙維耶笑了起來。他自己的哥哥不相信他、不讓他見那個神祕女友，那個漁夫兒子的飛蛾，這次荒謬的巡視，彷彿他是什麼年輕特權女性的專屬飼養員。如果情況不好轉，他還不如乾脆躺在這兒讓人生像牛蛙一樣爆掉，沒錯。

羅曼札咧嘴笑。

「你看看。已經有進步了。」

沙維耶笑得更用力。他俯身發現自己笑得停不下來。羅曼札拍拍他的背。他大口喘氣，肋骨灼痛。

「呼吸。你以為我想要別人邊走邊講話，說是我害死你的？這些混蛋已經很不喜歡貧民了。」

眼淚從沙維耶的臉頰流下。「別再，說了——！」

男孩陷入沉默，打他一下。笑的感覺真的不錯。或許去電台正面踢館不是最體面的主意。他嘴角漏出最後一聲竊笑，掉進沙子裡，冒出泡沫。他們看著它一會兒。

或許他應該游泳去杜庫亞伊。去藝術村走一走。創意人士使用的食材通常很好。

伊奧走得很突然。他摸摸自己脖子上的紅線。

羅曼札往自己緊握的拳頭咳嗽。「你還好嗎？」

「是。」

這孩子畏縮了一下低聲說。「說謊，老兄。」

「你有辨別謊話的魔力？」這才是個迷人又不幸的概念。

「對。」

他早該猜到的。有精神魔力的人會有不同的人生態度。

「可是大家經常在說謊，根本不用考慮。」

「對，我知道。」羅曼札表情明顯地暴躁。

「會很痛嗎？」

「看謊話和日子而定。有些是迅速的灼痛，有些會讓我拉肚子。」

「你嘔吐過嗎？」他覺得有點殘酷，但他也可以問些令人尷尬的問題。

「一兩次。謊言很昂貴的時候。講的人會受傷害的時候。」

「喔。」

羅曼札的臉色一亮。「反正。我知道你要找特殊餐點，所以我要走了。」

沙維耶吸吮牙齒撿起他的小背包。筆記簿摩擦出聲。「完全屁事，就是這樣。」

男孩的黑眼睛似乎更黑了。「為什麼是屁事？」

「全是為了選舉的障眼法策略。印提亞薩在擔心，而每個人只在乎自由和假日——」

他閉嘴不語。他說得對。但他指望這個粗野的瘦小子懂什麼政治遊戲嗎？該忘掉他的狗屁自尊開始幹活了。

「所以，你沒見過她。」羅曼札溫和地說。

「桑坦妮・印提亞薩嗎？你見過？」

「沒有。」羅曼札望著水中。

對了，他大中午跑來美麗鎮幹什麼？貧民通常會待在叢林裡。

「她是個好女人，」羅曼札說。

「你怎麼知道？」

「我不確定。」

沙維耶翻個白眼。他沒心情猜謎。羅曼札向一個慢慢走進海中的小女孩揮手。小孩從一出生就會被教導游泳，但這孩子臉上有冒險的表情，好像她可能會賭上性命。他走到海浪的邊緣。

「小朋友，不要再過去了。」

小女孩暫停，扭捏不安；她看著沙維耶，又回頭看看海平線。

沙維耶豎起一根手指，這招總是能說服奇瑟聽話。「你母親會不高興的。」

小女孩吸吮牙齒，拍水回到淺水區，下唇低垂。他喜歡她的叛逆：胖胖的愁容和卡在頭髮中的海藻碎片。妮亞或許會在她到處亂放的紙條上或他隨身攜帶的某本筆記簿裡寫下關於她的詩。

「她不會再跑出去了。」羅曼札咳嗽。「我聽說桑坦妮・印提亞薩很聰明。虔誠。很尊重神廚的食物。」

他幹嘛在乎？

「羅曼札，你多大了？」

「十九歲。」

「你看起來比較年輕。」

他記得那個年紀的自己：確信一切事情都從黛絲芮開始與結束，對她的其餘助手像花朵凋零般被淘汰非常敏感。他是她唯一邀請上床超過一次的人。

你是神廚嗎，沙維耶？憑你特殊的手藝？

羅曼札走到看來跟其他樹叢沒兩樣的一處樹叢，拉出什麼東西再走回來，用彎月形刀子把他的收穫削皮。「我希望你嚐嚐這個東西。」他把一根大刺的皮整個剝開，露出淡紫色果肉。

沙維耶拿起刺在手指間轉動。看到他不認得的植物真奇怪。他嗅一嗅，再放到舌頭上。被冰冷嚇了一跳。

「不錯吧？只吃幾個就可以走很多哩路。」

沙維耶把刺在嘴裡到處滾動。有純粹清淡的柑橘味，延伸到他喉嚨後方。熟悉感。他從背包拿出筆記簿。

「像葡萄柚，」羅曼札說。

對。但除此之外還散發出一種他無法辨識的微弱香味。他閉上眼睛，努力區隔味覺和嗅覺。

俯臥在他祖母的後院裡。一個平淡的下午。在她的樹叢下排列甲蟲玩打仗……

「玫瑰，」他呼吸一下。

「沒錯！我一直搞不清楚。」

沙維耶振筆疾書。炎熱中的冷玫瑰。葡萄柚和粗砂。那是什麼感覺？炎熱午後，放學的兒童，跑向樹蔭。解脫。對。簡單的感覺：從炎熱中解脫。像河水。遮蔭房間裡的地鋪，下背部的涼爽。他把幾個字畫底線，手掌鼓脹。減量但必須是冷的菜色。

對，這可能適用於印提亞薩的女兒。

羅曼札遞給他另一根刺，他再次吸吮。同樣的冰冷和那種隱晦的香味。像盤子上的白花和碎玉米。繡球花嗎？他舔舔有污漬的嘴巴，勉強聽到羅曼札說他再去找找別的東西。一餐的結尾，完美的一匙紫色冰刺。冰能夠安定新娘的緊張，冷卻她的臉紅；拖慢她的新丈夫。他寫出純真這個字，然後遲疑。印提亞薩應該會盡全力維持他小孩的完璧之身。但那個女孩，誰知道她的本性呢？她可能愚笨又鬥雞眼，把她的身體當武器用。她可能比他還聰明。

筆記簿下一頁填滿了妮亞的字跡；陷入沉思的他在頁面上畫了個繡球花素描，再漫不經心地用拇指把線條擦糊掉。羅曼札說她是好女人，但是貧民對高地人有多少了解呢？他們都一樣，是惡霸。黛絲芮曾經深夜醉醺醺地從他們的派對回來。有時候他會以二廚的身份陪她去。有人被付錢請去猛喝水直到肚皮爆炸，受雇的治療師再負責把他們補回原狀；他有一次看過一個小男孩吃錢直到嘔吐。妳怎麼會參加這種活動，他向黛絲芮抱怨過。你最好學會對這些人和顏悅色，她怒道，你以為他們相信你很特別？不過，他們有來參加他的就職典禮。好多有錢人在他的新家裡，側身貼近。他想像他們拆了他的骨頭，啃他的臉，同時吸吮著軟骨。你一定要來看我們，親愛的沙維耶。到我們最好的房子，參加午宴。認識我姪女和我女兒。講這些話時，妮亞就站在他旁邊。他哪裡懂怎麼餵這種人？他們很空虛。

他最好花點時間打聽為什麼今天早上有兩個人跟他談到斷糧。

羅曼札跪在地上，在挖沙。

沙維耶用他的鉛筆慢慢敲打筆記簿，想出什麼好主意時就加快。他可以為桑坦妮·印提亞薩做一頓貧民的婚宴。

印提亞薩說他想要庶民的食物。還有什麼比來自被視為最低等、最骯髒族群的食物更好？那些沒錢也不需要任何東西的人。那些懂得動物的音樂、最高貴的人。出自不投票也不住房屋者的一餐。他微笑到嘴巴發痛。太陽之子的食物。

對，對。這是一切事情的完美解答。

如果他能讓他們願意跟他談就好了。

他開始在叢林裡撿拾紫色的刺，面帶笑容，偶爾搔搔他的手，往背包裡裝。羅曼札回來幫忙。背包鼓脹起來。

「我找不到我想讓你看的藥草，」羅曼札說，「唉，算了。」

「你可以在別處找到嗎？」

「如果陽光適合，死亡群島有。」

「那就走吧。讓我開開眼界。」

羅曼札表情驚訝，然後愉快。「你願意來叢林？」

沙維耶笑道。「那要看你是否認為桑坦妮．印提亞薩可能會喜歡叢林。」

男孩臉上浮現出笑意。

「喔，我想是。但是她老爸可能沒那麼喜歡。」

沙維耶把裝刺的背包掛到背上。他們開始走過沙灘。愛冒險的小女孩仍舊坐在沙地上，哼著歌把淤泥滴在她的長袍上。沙維耶想起奧莉薇亞娜、她的粉紅肺臟和她滑稽的肚子。他揮手，飛蛾包在他的胸前晃動。

小女孩揮手回應。她在唱她不想要軟弱的男人，把軟弱的男人都丟進樹裡。

羅曼札瞄他一眼。

沙維耶聳肩。「軟弱的男人可以在樹上找到什麼東西？」

「很多，」羅曼札笑道。

他從這裡看得到殘詩餐廳，和它安全的紅色屋頂。

他們走向沙丘和死亡群島。

¶

妮亞死後他考慮過要再吃飛蛾，那是當然了。當初他為了她戒掉，如今她已經不在了。他聽說過死亡群島上有地底隧道，由昆蟲挖出來的，但他很懷疑——沒有需求啊。飛蛾是昂貴精確的工作：微小但高利潤的生意。飛蛾小販用華麗的盒子攜帶他的產品，還有選單呢。獅身人面蛾，因為每小時能飛三十哩所以乾燥健壯。姊妹蛾，能利用月亮和星辰導航。

絕壁黃蛾很適合做阿達米茶：牠們天生沒嘴巴也從不進食。他知道飛蛾小販捏造這些名字，以刺激想像力和口袋收入。但他欣賞他們願意付出時間。

乾淨的，小販拆掉絲帶說，這隻蛾非常乾淨。

如果他願意可以記住那個人的名字，把他找出來，但他從來沒把蛾帶進殘詩餐廳過。只有艾妮絲問過他問題，他把頭放在她腿上，躺在她黃色小屋的地板上。

阿沙，你什麼時候開始的？

我不知道。

其實他零零碎碎地知道；但他想起來會羞恥。她溫柔的臉又寬又擔憂。他嘴巴流血沾到她銀色的手上。

我……支支吾吾。我一直都這樣。

你記得的最早一次是什麼時候？

他想起躺在他祖母的玫瑰花叢下，口袋裡藏了一隻蛾，但那不是新鮮事，即使當時也不是。認識妮亞時，他的書包裡就有一些。他在黛絲芮家的第二晚，她在他的私人物品中發現一隻，那種偷來的便宜貨。她笑了。首先，你需要一個皮囊，她說。我幫你弄一個。晚上他們會坐在黛絲芮的花園裡，手拿選單，由他為兩人挑選，她在黑暗中撫摸她的胸部。

她買蛾似乎有無限預算。野生靛藍灰蛾。細紋翅蛾。透明翅膀。他搬出她家那天，她把黎明復仇蛾和紅融蛾塞進他行李。告別禮物，她說。

或許是十歲吧，他說。

喔，沙維耶，艾妮絲說。

他喜歡她叫自己名字的聲音。想像它像牡蠣那樣留下肉質的殘跡。他知道當時自己的年紀、時間和地點。但他只有殘缺的記憶，有些時候連他自己都懷疑。

¶

直到伊奧找到工作離家，開始完全自願地把他大部分的薪資寄回來，失業的普特才不好意思地開始去輪班工作，在午夜回收龍蝦罐和螃蟹籠，帶著泡濕的漂亮尾巴和魚腥味回家。螃蟹會惹他生氣。沙維耶不知道為什麼。

他十歲時母親帶他到蘭姆酒吧去。

她最愛的地方有波浪鐵皮屋頂，用原木板子和三張滴水的椅子支撐。酒保用長柄勺舀出會黏牙的廉價香蕉酒。角落有個人在打鼾。

崔雅把一個薄口杯推到沙維耶嘴邊。快，吞下去。我的神廚。她酒醉時只談這個唯一的心願。我們會發大財，全靠你了。我的漂亮孩子。他把頭閃開，酒灑在他的衣服上。她突然放棄了掙扎並坐直身子，她的座椅在微小體重下被壓彎。她穿著有很多飾帶的昂貴藍色涼鞋，長袍還乾淨的時候，她曾經在另一家酒吧遺失腿環。她會撩起長袍的兩側，塞進她的內褲裡，讓她的屁股隆起。她的乳房搖晃；他想要遮住眼睛：反抗她和那樣的夜晚。他看到她嘴巴無言地動作，在計算。隔十分鐘再點下一杯酒是可接受的時間嗎？七分鐘算嗎？

那雙鞋子是普特送的禮物，他買東西給她是為了不讓她看起來像個捕蟹工的老婆。

他們坐在荒涼的蘭姆酒吧裡，後方木板上有兩盞藍燈亮著。崔雅付了酒錢。角落的男人上半身往前倒，他的指關節泡在泥地裡。他輕聲打呼，好像吹口哨。酒保端出一盤竹蚌。崔雅搶走：她一整天沒吃東西。夜空呈現紫色。酒保沉默不語；沙維耶也不說話；昏倒的男子在吹口哨；他母親邊喝邊吃竹蚌。他看得見她臉上的毛孔和喉嚨的動作。空氣中瀰漫濃厚的腐臭味。她剝開蚌殼把它丟到地上，吃完之後她抓住沙維耶的手臂，推著他出去。他抬頭看她，希望他們今晚的活動到此結束。

你在看什麼？她怒道。她的呼氣好臭。不久後他們會回到廚房裡，她刷洗著散發酒臭的衣服，告訴他說她很抱歉，告訴他說爸爸不喜歡這種味道。

沙維耶回頭瞄酒吧。睡著的男人在藍色光線中抬起頭。小男孩忍不住震驚地盯著他熟悉的面孔，彷彿是一面鏡子。

塵土掩蓋了他的心。

長得很像他的男人打個嗝。

沙維耶回頭盯著他好久，同時她在月光下拖著他離開。至今他腦中仍看得到那個人在眨眼，竊笑，他下方的泥地被照成藍色，酒吧的藍光穿透鐵皮屋頂、蘭姆酒瓶、他的皮膚。在黑暗中散發的深藍色，宛如起伏的海洋。

欸，大媽，藍色人在他們背後大聲說。把妳的鞋子給我吧。

¶

他偷偷跑回酒吧那晚剛剛下過雨。空氣清新怡人，連藍色人正很清醒地在繞著一個女人跳舞的那家可怕客棧裡面也一樣。

沙維耶在門口徘徊，看著那個人狂揮的手腕和兩顆大門牙，女人抗議，酒保喊叫。他看著那個人腳跟和腳尖著地交互變換的踉蹌舞步，像隻唸經的老鼠：抓住女王——女王在哪裡——誰要去抓女王——揮舞著他的雙臂。從來沒看過這麼厲害的女人。

成年生涯中他只記得那個藍色人的片段：顫抖的手指，站不穩的腳跟，老鼠般的黑牙往內彎還有間隙。他的生父，終於放棄了那個煩躁的女人，蹣跚地走過黑暗的道路，東倒西歪在途中停下來撒尿三次：嘔吐出來的東西好像顫抖的黑影。

他好丟臉，繼續跟蹤，心想，你就是我嗎？但他當然是了。他們相像的程度會讓老太婆臉紅地想起那個迷信：只有一個辦法能讓你的小孩這麼像你。你母親肛交然後讓精液從屁股流進她的子宮。如果你想要一個父親無法否認的小孩，就要這麼做。然而他母親和藍色人並沒有多看對方一眼。或許他們不記得生過他了。他努力不去想他們一起滿身大汗、精神恍惚，崔雅淪為洞口的樣子。

兩個醉鬼，一時發情。

他跟著藍色人進入死亡群島。哇，他磨蹭好久。東聞西聞，搔他的嘴巴，乾嘔，吐口水，蹲下來拉屎，裸露的腳趾被玻璃割傷流血，喃喃咒罵。

沙維耶看著他的腳，跟著聲音走。

終於，藍色人似乎認出了一片叢林：蹲下來，在下方挖掘出一個骯髒的大袋子，大聲喝著不明的東西。讓沙維耶大為驚訝的是，他挖出了火堆用的煤炭，慢慢在一條小河裡洗手，然後開始煮食。

他用一小堆精緻的胡椒工作：在火光中呈現黃色、紅色、綠色、紫色、黑色、橘色。他把胡椒撬開，拉出種子，放一些去烘烤，把其他的剁碎，再用洋蔥、食油、和從他破爛衣服裡拿出來的袋子裝的野生韭菜一起炒，把他跪在河邊抓到的五隻大螯蝦頭部和外殼抹鹽。他最後才加入螯蝦肉，攪拌肉汁，壓碎頭部和外殼，彷彿所有部位都同樣平等可吃。

沙維耶的肚子大聲咕嚕響，他怕藍色人可能會聽到。那個人，那些食物，似乎往天上散發出金光。吃完了之後，藍色人掩埋火堆並躺了下來。夜晚寂靜。沙維耶心想自己該離開了。他考慮著要不要偷點胡椒走。

藍色人哭了起來。

他不如乾脆自慰，沙維耶還不會感覺這麼恐怖。他不曉得成年人可以哭到睡著。他蹲下。如果他走動，他的新父親可能會醒過來繼續哭。一個小時過去。他的肚子呻吟。他逐漸感到一種怪異的解放，超越他的恐懼和厭惡：單獨在這野外，心知家人一定在找他。一切都好靜止。雙手亂扒。泥土裡的什麼東西都好：樹葉，莓果？好餓啊。他飢不擇食地往前爬到鍋子邊。一根手指，然後兩根。味覺在他舌頭上爆開。他用整個手掌撈。他懷疑自己是否根本沒嚐過真正的食物。胡椒跟洋蔥、大蒜、蝦肉和精緻的黑色翅膀搭配起來好甜美；他不可能猜到還會有輕柔的觸鬚在喉嚨後方搔癢：喔！絲綢的味道。

那是好久以前了，他還是小孩：半昏迷中，頭頂上巨大的月亮斜視著他，叢林像隻怒吼的野獸，他無法想像是哪一種。

他尖叫。

在他面前，藍色人的身體在融化。

藍色液體流向他的赤腳時他退後，嘴上沾著螯蝦和飛蛾，不敢置信地頭腦脹痛。什麼是真實？他能相信自己的眼睛嗎？在他周圍，月光下有形體窸窣作響。有人抓他的肩膀。他聽到貧民的嘶聲。銀色眼睛和長刀的刀鋒。幾張打呵欠的臉孔，拉長又衰老；他們的皮膚有未消毒的牛奶味。

小子，你的族人在哪裡？

他跌倒，往後爬，飛蛾造成的幻覺模糊了貧民臉上的善意。他們都長了螯蝦頭，他確信他們是來喝藍色人殘餘的屍水的。

回家吧，貧民說。這裡不適合你。

他用最快的速度跑走，飛快如風，精神迷亂，跌倒了兩次，手臂被銳利惡毒的樹根割傷。這些事情都發生過，但他只留下了螯蝦背殼的碎裂聲；他母親通姦這個無法改變的事實；遮蔽了月亮的新落下的雨；他刺痛的舌頭；永遠無法消除的飢餓感。

14

艾妮絲瞇眼觀察這個昏暗房間。她能分辨兩樣東西：有個瘦女人在窗邊默默地編織，和地板中央一團正在尖叫的東西。雖然被埋在一堆毯子、地毯和蚊帳底下，那團東西有著非常寬廣的音域。噪音令她想起那些喪禮上被雇來在屍體旁哭泣的盛裝老太太。她想用手指塞住耳朵。

編織的女人看來好像向日葵：她超長的金色脖子上有著雜亂的金褐色頭髮。艾妮絲盯著看。她一定有很特殊的心血管系統，才不會每次低頭看就昏倒。

金色女人撥開臉上的頭髮，絲毫不受吵鬧影響。她的手指動作平順，腿上的毛線隨之跳舞打結。

蜜西噗一聲坐到那團尖叫的東西旁邊戳戳它。「妳怎麼啦，麗塔？」哀號聲音變大。「我沒時間搞這種蠢事。今天不行！」

尖叫者掀開毯子瞪著蜜西。原來，她是個看起來很昂貴的小個子女人，臉頰、手背、半個鼻子和雙腳都長滿了光亮的紅褐色皮毛。她的黃藍色長袍迷人地搭配著沉重的珍珠首飾。好像比較年長又平胸的蜜西。

「她的澎澎脫落了，」長頸女子觀察說。

麗塔雙手抱頭。「萊拉・安娜塔西亞・建制派！不要用那個低俗的字眼！妳沒看到我快死了？」

「妳不會死的，」萊拉說。

是兩姊妹！艾妮絲更深入房間。這裡很暗；房子的這部分沒多少陽光，而且窗簾很厚。「看看我，又來探訪這家該死的妓院了，為了家人！崔佛老是說我會染上什麼病！」

蜜西翻白眼。「是我要求妳來的嗎？」

「妳是我妹妹！妳聽著！崔佛會說我又出醜了！哪種女人——哪種女人的東西會脫落的？」

艾妮絲咬咬臉頰內側。她自己的陰戶在口袋裡感覺變熱了。

「呃，顯然妳沒什麼特別的，因為我們全都發生了，」蜜西說。

「我對我的丈夫來說很特別！不是因為妳沒結婚！」

蜜西鼓起臉頰。「我看起來像需要什麼狗屁丈夫嗎？」

「妳需要有人讓妳的屁股安靜下來！」

萊拉的編織物冒出泡沫沿著她的膝蓋流下。艾妮絲猜想她在編織什麼。「那妳呢？」

她問道，「妳是不是——？」

「沒問題，」萊拉說。

「哇，妳裝回去了？」蜜西說，「我找不到正確的角度。」

萊拉不理會這個問題。「看起來只有女人的胯下會脫落。我沒聽說有男人嚷嚷他的東西掉了。有人打開收音機聽聽看嗎？」

麗塔用一面白色紗網蓋住她的頭和臉。讓她看起來像個悲痛的新娘。「那我呢？」她哭道。

蜜西彈一下舌頭。「天啊，麗塔。沒那麼糟糕啦。我會幫妳把它裝回去。」

「妳自己的都搞不定，我還必須相信妳能修好我的？崔佛——」

萊拉大聲吸吮牙齒。「崔佛上次跟妳上床是什麼時候？每年一次、兩次？那種男人會有三妻四妾，老婆知道但不想要知道。那種男人會有備胎。」

艾妮絲皺眉。她們從不做單身男人的生意嗎？

「妳這樣淫亂太糟糕了！」麗塔大叫，「我丈夫對我還是有興趣的！」

萊拉在她面前舉起編織物。看起來像一件洋裝。「反正，妳要這個有什麼用？我的掉在我腳邊，笑個不停。所以我也跟著它笑，然後把它丟到窗外去。」

麗塔停止嘀咕。她們都瞪大眼睛。

「妳什麼？」艾妮絲說。

是真的。當萊拉坐下看著她剛剛獨立的陰戶，忽然想到它一直是個麻煩。根據所有意見，那是個傑出的樣本：男人為了它哭鬧抱怨，像嫉妒的女人。豐滿又容易濕潤；充滿強健的肌群。她在妓院以讓男人爽到哭出來聞名，很多人選她而非年輕人，因為她的內在紀律。但是這樣的時期終究會過去。到時它只會是個無用之物，提醒著她過去的錯誤？不，她很樂意跟它分離。她會像拍一隻狗那樣拍拍它然後丟出窗外。希望風會把它吹走，但她不是很在意。

艾妮絲認為這麼做的勇氣很有啟發性；然而，她一定是瘋了，竟把健康的身體部位丟掉。

「無可避免，」麗塔嗅嗅說，「如果妳濫用身體，終究會失去對它的尊重。」

「所以妳厭倦當妓女了，妹子。」蜜西聽起來很失望。「不過，妳知道妳丟掉的是妳的魔力吧。」

「沒有人知道這樣子脫落是什麼意義，」艾妮絲說，「妳可能還會需要它。」

「哈囉。」萊拉親切地微笑，「妳又跟我談到我的私處了，但是還沒人介紹過妳。」

「這位是呃瑪莉耶拉，」蜜西說，「她在找她老公。」

「蜜西，我已經說——」

「這個嘛，呃瑪莉耶拉，我認為最好是跟已經對妳沒用的東西道別。」萊拉開朗地說，伸手拿起她椅子旁邊地上的一顆淡粉紅色毛線球。

蜜西用拇指指著艾妮絲。「她說她是治療師。首先，或許她能把麗塔的胯下裝回去。」

「喔，治療師啊。」麗塔表情安慰。

「我叫做艾妮絲・拉提波狄耶，老公叫約瑟夫，是寶琳的女兒，」艾妮絲說，「我想我可以幫忙，不過我沒受過安裝澎澎的訓練。」

「呃，妳是我們最大的希望了，」蜜西說。她揉揉自己的上臂，好像她很冷。

「妳自己的怎麼處理？」萊拉問蜜西。

「親愛的，放在樓下的冰箱裡。」

她們一聽都傻眼，包括麗塔。

「妳瘋了嗎，妹子。」萊拉的笑聲不錯：有力但不彆扭。跟女人在一起感覺真好。

「我覺得合理啊。那是生肉！」蜜西說。

這是個蠻讓人冷靜的念頭。

「小心有人把它當豬肉炒來吃，」萊拉說，「治療師，妳的呢？」

「現在我口袋裡的澎澎肯定像龍蝦一樣。」

她們又笑了。蜜西的壯觀胸部在她的男性上衣裡抖個不停。艾妮絲舉起雙手，慢慢搖晃手指。手指間出現一些光點嘶嘶作響，像個小銀河系。

「誰先來？」

萊拉說哇！然後放下毛線球。

「我不行！」麗塔匆忙後退，音調拉高到尖叫。「喔不，我做不到，我不能當第一個，我跟她沒這麼熟——！」

萊拉放下她的編織物站了起來。她的表情好像玩了一百萬次接球遊戲的女人。「妳跟我們熟。」

「對！」蜜西走到她姊姊前面。「來吧，治療師！拿出本事來！」

¶

英格麗一向迴避認真的愛情；她說她不想讓任何男人成為鰥夫，所以她只能讓他們心碎。直到她認識畢勇。他耗費了她人生中寶貴的十三個月來說服她他是個夠資格在臨終時陪伴的男人，他出生時，就跟他兄弟的耳垂與一隻手的手指連在一起。這對連體兄弟開玩笑說，他們的魔力除了耐心還能是什麼。當巫女嘗試把他們分開，他們發現彼此共用著相同的血，一分開就會死掉。

畢勇了解死亡，所以英格麗冒了險。

她小心呵護這段愛情：給了它每一天，每一小時，每一刻。掏空她寶貴的每一秒給他。後來畢勇離開她去追一個堅稱她丈夫毫不抱怨地接受她有情人但自己卻從不外遇的已婚賤人，讓英格麗非常傷心。她邀艾妮絲和畢勇的兄弟去舞會，那位兄弟整晚跟她們隨著音樂聲扭腰擺臀，當著畢勇的面罵他是笨蛋，留在現場直到清晨讓英格麗在她的忍受範圍內能顯得無法言喻地美麗、堅強又不受影響。

回家途中因為吃太多蝴蝶醉了，英格麗把艾妮絲帶到她埋葬艾妮絲女兒遺體的那棵海葡萄樹下，挖著沙土哭了。

艾妮絲看著樹木想要跑掉、抗議或打她的老朋友，但什麼也沒做，只是坐在月光下聽英格麗告訴她畢勇說過的一切，她光滑完美的手肘，她柔軟的肚子，還有她選的衣服。他似乎找得到各種理由攬著她的腰穿過人群去跳舞；在她的裙襬被別人踩到撕破時修補好，用他的手指輕撫她的腳踝。他會在大熱天帶著檸檬汁和他的恐懼來找她：怕無法成為一個好人；怕站在兄弟的陰影下永遠逃不掉，這不是個隱喻，也怕有些時候自己恨他超過任何人。看著連體兄弟在最親密的時候給彼此隱私空間的感覺真的很奇異，畢勇的手指和陰莖在她體內，他兄弟睜大眼睛視而不見。

那讓我很興奮，又醉又怒的英格麗說。她說，她會想著那個兄弟的大眼睛自慰。艾妮絲看著這個小祕密飛上天空，被拉進那棵海葡萄樹裡。坐在這個埋葬著她小孩的地方，她的頭好暈。

她從未跟她的朋友聊過那一晚，她若不是已經忘了那回事，就是保持著羞恥的沉默。艾妮絲後來從未、也知道自己永遠不會再回到那棵樹下。埋葬地對她沒有任何用處。誰知道有多少潮汐沖刷過海葡萄樹根、早已經把她女兒拉到外海去了？她們都在她身邊，瀰漫在空氣中，她們是無法被沖走的。

¶

艾妮絲困惑地坐到她的腳跟上。不到一小時內她從懷抱希望變成滿頭大汗又苦惱，在場的姊妹們也都高興不起來。她在產房協助過巫女，發送過上千份治經痛的敷劑，所以她比大多數人見過的女性身體都多——但她從未處理過這種怪異的現象。女人的胯下不該有銳利邊緣的。

泡沫在她們之間的空氣中彈跳。

麗塔意外地勇敢，但是在沒有她自己的澎澎的情況下工作——或做任何事——實在都令人發瘋。她怕自己的肝臟會顫抖脫落。全身上下一直有個煩人的乾燥感，好像快掉落的牙齒。但是麗塔嘗試把她自己的裝回去時動作太快結果卡住了，真的不能讓人維持這樣子。

「妳怎麼處理了這麼久？」蜜西怒道。她保持了一陣子耐性，撫摸麗塔的頭低聲鼓勵，但十分鐘前她對天舉起雙手，點起煙斗開始踱步，邊抽邊伸展左手臂，彷彿在照護舊傷口。

艾妮絲嘆口氣再度鑽入麗塔的胯下，盡量輕柔地東翻西拉。她的手指滑入陰唇和大腿之間。麗塔嗚咽起來。

「我知道這很難，」艾妮絲咕噥，「抱歉。」

萊拉戳破她耳朵上方的泡沫。蜜西走路時絆倒，咒罵，再繼續踱步。

艾妮絲和萊拉交換個眼色，萊拉拍拍麗塔的屁股。

「妳還好吧？」萊拉低聲問蜜西。

蜜西吸吮牙齒。

艾妮絲的手很黏，下背部也發痛。她伸手到背後把能量注入痠痛的肌肉。麗塔聞起來很香，幾乎像香草。她縮回了身體上全部的毛髮，讓她所有表面都像玻璃般清澈。艾妮絲看得到她自己的倒影、木樑，看到萊拉的眼睛和長脖子，都從玻璃皮膚上向她逼近。

她再度挺直腰桿。

麗塔滿懷希望換個姿勢。「妳修好了——喔！可惡！」

「我們或許必須打電話求助。」

「我們能找誰？真正的治療師嗎？」蜜西這時在狂亂地按摩她的太陽穴、左手臂、額頭。煙斗被丟在地上悶燒。

「自己小心，還有那個煙斗，」麗塔說。她聽起來很累。

艾妮絲把一個泡沫抹到她發痛的手背上。這無關技巧；她工作越久，越感覺到這個澎湃掉落事件的沉重與強烈。或許她不該嘗試治好她們；這超出了她的某種界線嗎？巫女會從適當的脈絡中知道這件事情的意義，會知道歷史，知道比她更多的魔咒，藉由集體的力量完成任務：她們的唯一目標就是管理魔法。

又是一個妳治不好的毛病，她心想。「有人可以開收音機嗎？我需要知道其他人是否也發生了。」

萊拉哼了一下。「你以為經營電台的那些笨蛋在乎女人嗎？」

「或許那個女主持人會提起？」

「我很懷疑。她不是笨蛋。」

蜜西踩到火熱的煙斗之後在房間跳來跳去，拼命咒罵。

「小心別傷到自己，」萊拉嘀咕。

「我？不是妳丟掉了自己的澎澎嗎？原話奉還。」

「哼，」萊拉嗅一嗅，「身體很有適應力的。」

艾妮絲猜想著她是否後悔，即使只有一點點。

麗塔撐起自己的身體。「我不是跟妳說過了，小心煙斗嗎？」

「所有人閉嘴！」蜜西把煙斗丟到牆上，砸個粉碎。眾人都盯著她。「我要妳們所有人離開我家！」

「妳要我在外面街上讓腸子掉下來？」麗塔叫道，「艾妮絲小姐確認我沒事之前我不會走！」

「妳老是對所有事情自私！」

「我很樂意自私，而不是出賣我的身體給任何猴急又有幾個銅板的男人！」

「愛批評的賤人。沒有人會出錢買妳。」

「妳他媽的以為我是什麼人？」

「妳，斜眼、嫉妒又記仇的小賤人。」

艾妮絲盡快伸手進去，扭轉再用力推。發出一個令人滿意的喀啦聲。

「喔喔喔！」麗塔大喊，「妳幹嘛對我這麼粗魯？我——喔。」

她們集體憋住呼吸。

「妳沒事吧？」萊拉問。

麗塔緩緩移動她的屁股。「等等。我待會告訴妳。」

就這樣，她復原了。

艾妮絲笑了。逆時針扭轉加上自信的一推：一氣呵成，就是這樣。天啊，讓她快一點治好蜜西吧。更別說她自己了。如果她真的必須求助，萊拉可以幫她。

如果沒人想要，不確定妳幹嘛修好妳自己。

「現在我感覺不錯。」麗塔露出她門牙的縫隙，很多波比修男人覺得這樣很迷人。「啊，真好，天啊。疼痛沒了。看起來妳搞定了。」

艾妮絲嘆氣點頭。「蜜西，去把妳的拿來吧？」

「我要每個人離開，馬上！」蜜西動怒說。

萊拉站在窗邊，她的鼻子貼著玻璃。

「妳在找妳丟掉的東西嗎？」艾妮絲問。

「不是。」萊拉的目光偷瞄憤怒踱步的蜜西。

麗塔撿起一條毯子摺好。「蜜西，妳幹嘛這麼激動？」

蜜西指著艾妮絲。「我要她出去，我要妳們所有人出去。」

「什麼?這裡只有她願意修好妳的謀生工具。」

「我可以處理我自己的東西！」

萊拉第一次放大嗓門，扭動脖子。「別又來了！」眾人沉默。「蜜西，我不懂妳幹嘛非要什麼事都藏肚子裡。搞得好像沒人能幫妳似的。」艾妮絲確定萊拉的脖子是她見過最可愛的魔力。「我們可能沒多少時間了，」萊拉說，「所以妳最好讓她們知道今天這裡是怎麼回事。」

艾妮絲望著發抖的蜜西，輕聲說話。

「怎麼回事？」

「沒事。」蜜西的聲音微弱，「我只是需要妳們離開。拜託，妳們怎麼待這麼久？」

「希望妳能讓風吹進來，」萊拉說，「他們來了以後不會有什麼差別。」

「什麼的差別？」麗塔問，「誰啊？」

「妳不必孤單一人。」萊拉的語氣溫和。「姊妹們都可以留下來，蜜西？我不會讓她們任何人回到這裡卻又賺不到錢。」

「是我叫她們離開的！你以為我會為了自己而讓她們捲進來嗎？」

萊拉把一條毯子抱到胸口。「我在這裡，蜜西。」

「我也是，」艾妮絲說。

她一眼就認得出風雨欲來的樣子。

¶

艾妮絲習慣了受尊崇。即使她遠離工作室，身上也沒有能辨識魔力的特徵，男人還是會認出她來嚼舌根，終究有人會像聞到某種氣味似的察覺她的舉止。等等！對這女士放尊重一點，你看不出她是治療師嗎？此外，也是拉提牧師的孩子。

但誰會想到妓女的生活呢？

兩週以來，蜜西一直拒絕印提亞薩總督和他派來談判的手下。不行，她不在乎其他妓院都同意，她絕不讓人免費進來，又推又拉摘下手上的婚戒，好像那有什麼意義似的。就算是為了總督和他的怪異婚禮行徑也不行——他是有錢人，可以好好付錢給這些辛苦工作的女人。波比修從來沒有半個奴隸，蜜西說，我們應該引以為傲。

他們說，他們還是會來，即使他們必須剝掉牆上的粉紅色把它燒了。在門邊放個玻璃杯讓人放婚戒，奈莉・阿格妮和她的藍帽姊妹一直在談這點，奈莉一提到這樣的女人就嘟嘴。

誰會想到妓女的生活呢？

印提亞薩寫了一封信。蜜西收到了。

因為我說了算。

在整個波比修，蜜西的妓女們坐著等消息。她們掃描海平線，豎起耳朵聽喊叫聲。她們屏住呼吸扶著額頭。有些人想回去跟蜜西琳・莎朗・建制派二世站在一起，但她拒絕，她說如果她們想幫忙，她永遠不再跟她們跳舞，或下班後一起吃蝴蝶；她會向她們腳邊吐口水，她們絕對無法再從她的荷包拿一個銅板。

其餘人害怕得不敢出聲，但她們都想著她。

留在西瓜屋的四個女人面面相覷，很驚訝看到全體同意。她們不該驚訝的。即使是波比修最沉默的女人，內心也感覺得到成為悍婦的潛力。

「該死的噁心又過份，」麗塔說，「我們這裡不是做慈善的。這個家庭只有昂貴的下面。」

艾妮絲感覺到她的整個身體：小腿肚緊繃，乳頭摩擦著棉布。

「讓他們來吧，」她說。她走向樓梯。

「妳要幹嘛？」蜜西問。她看起來既驚嚇又解脫。

「相信我。」她還記得英格麗的教誨。她知道怎麼開始。

她只花了幾分鐘就找到萊拉丟棄的澎澎，在窗戶下方一棵藏紅花樹底下，柔軟又濕潤。這將會是一個小型的魔咒；這只是她的第七次；英格麗說過要節省使用。這個魔咒可能可以完成萊拉的編織洋裝、編一條辮子或用開山刀割一片草坪。無法抵擋一大群的武裝者。沒辦法填滿一個罐子，如果你吃掉它，也很難填滿你的肚子，就算要求也無法清理整棟房子。但它或許夠用。

她捧著她的小收穫走上樓。她自己的陰戶頂著臀部變涼了。它最後會失去熱度死掉嗎？

「我好怕，老師。」她大聲說。牆壁在熱浪中冷淡地波動。她想像著英格麗的快樂：兩三個澎澎就綽綽有餘了！她一定不會害怕。

英格麗過世的時候用她的拳頭拍打床單，喊叫著某種無言的勝利。

艾妮絲的胸口頓了一下。

女士們盡快遵照她的指示。麗塔和萊拉刷洗陽台地板，跪在地上擦乾，撒上鹽和青椒碎片。每個人都脫掉腿環，一起保管在艾妮絲的手上：鑲金線的紅、黃、褐色皮革。

蜜西和萊拉把沉重的餐桌拖到前院去，周圍排好椅子。如果她們能讓那幫男人坐下會有幫助；在別人家裡坐著比較難發動攻擊。艾妮絲從萊拉的籃子拿出白毛線，像曬衣繩一樣掛到屋樑上。她把澎澎吊在上面，並排面向屋外。她自己的和蜜西的。她把萊拉的倒掛拍拍它，三隻紅螞蟻匆忙逃出來。她把它掛到另兩個旁邊。這樣應該夠了。

她們提醒她戴面具。

看到她準備對抗男人，她父親和丈夫會作何感想？她不曉得。沒時間問他們，而且不確定答案令她很困擾。

神廚會有時間考慮妓女的生活嗎？他會的，一定會。她對沙維耶最深的印象就是他的善良。

他美麗又疲倦的雙手。

姊妹們到陽台上加入她。萊拉穿著剛完成的編織連身衣：好像魚網，繞著她裸露的長喉嚨，裸露的長腰，再往下到裸露的長腳踝；橘色、粉紅色和桃紅色的棉線，鑲著發亮的貝殼。她的皮膚濕潤，向日葵狀的頭很鮮豔。肚子曲線玲瓏。你在陽光下可能會想舔她。

萊拉抬頭看著吊在線上擺盪的顯眼器官；她向上伸手撫摸自己的貢獻，向艾妮絲微笑。

「以比較有用的方式道別或許是件好事。」

蜜西坐到陽台牆上。她的胸部看起來萎縮了。麗塔伸手攬著她。「我也想提供我自己的掛上去，但是它已經緊緊固定住，好像沒事一樣。」

蜜西點點頭。

「希望我們解決這件事之後都能復原。」艾妮絲盡量輕聲說話。

「如果沒被他們扯下來的話，」蜜西說。

肯定沒人會傷害治療師的。

這麼想真是太笨了。妳不重要。男人會壓制小孩和老人，而妳也知道每星期遇到的倒楣女人有多少：傷心、破相、精神萎靡。她們都來找妳治療，所以別裝作妳不知道。當男人行為惡劣，她們很嚴肅看待，像觀賞藝術作品，但政府不在乎。

她不能聽信自己的恐懼，否則她會逃走。

她專注在萊拉的漂亮衣服上。那個女人彷彿還在編織，手指動個不停。她似乎不需要她的澎澎來感受自己的力量。她似乎什麼都不需要。她能像萊拉一樣自制，穿上漂亮的衣服嗎？

「那邊，他們來了，」蜜西說。

對，他們來了。黝黑微笑的一群人，從大門魚貫進來。

女士們牽起彼此的手。

15

羅曼札看著坐在修長獨木舟前方、雙手捧起海水倒在自己頭上的沙維耶。水滴像半透明的昆蟲卡在他的辮子上。他很高興看到神廚顯得這麼放鬆。

他不敢相信他要帶沙維耶・雷丘斯去死亡群島，去找食材！他全計畫好了。首先，他們會去西部的嘿嘿花園看看神廚可能從未聽說的藥草和水果，然後去認識真正的人民，在空地上做菜。他做夢也想不到今天能鼓舞到巡視中的神廚；你一直想要看看他，當然，就像你想要看到罕見又迷人的事物，但你從未想過會實現。羅曼札慶幸自己的好運；誰會知道他父親讓沙維耶這麼生氣，讓他想要舉手投降讓桑坦妮喝杯海水算了？她會很傷心！

今天在這裡，不會發生這種事。他知道他可以啟發沙維耶做出壯觀的好菜，走出死亡群島，恢復平心靜氣。做出貧民盛宴將是神來之筆。他妹妹會很喜歡；印提亞薩會氣炸。而且有好多東西可以學習，可以教導。如同皮拉爾向來說的，這叫教學相長。神廚來了！是的沒錯，貧民已經準備好接受這個神廚，這個寡言誠懇又憤怒的人。皮拉爾說他們從未接受黛絲芮，她太多嘴了。

或許今天結束時還可以揭露一點事情，可以用橘色到處塗鴉。某種炫目的廚師真理。

羅曼札笑了。你永遠想不到那種事情什麼時候會發生。

獨木舟由兩個年長的貧民男子操作。他和沙維耶一爬上卡倫納格海灘的沙丘，船就滑過了岬角，彷彿一直在等待。羅曼札喜愛貧民的很多事物；在適當時機出現在適當地方的超凡能力簡直是獨樹一格。他們對彼此的直覺也是無與倫比。

陽光在他們背上曬出了圖案。海洋似乎是淺綠色，波動的海床上空無一物。

他跟其中一個船夫很熟。貝瑞爾，亞特之子，有三個孫女和一個老婆，身材圓滾滾而且眼睛長在背後。貝瑞爾望著沙維耶，眉毛上的汗珠發亮。沙維耶轉頭看著他。羅曼札則看著這兩人飄浮在緊張之中。

最後貝瑞爾低頭彎腰去做他的工作。他手臂上沾了一層砂的黑皮膚底下交織著血管。哇。能夠對看贏過貧民老人，真是不簡單。

沙維耶・雷丘斯是個很令人難忘的人物，因為他似乎真的不知道這一點又讓他更加了不起。當然他很英俊，但是骨子裡還有別的感覺很重要的東西。你聽說了一輩子關於他的事，關於所有神廚和他們的同類，但唯有面對面你才能理解這副身體的力量，配得上他的重量，那雙善良擔憂的眼睛。他既虛無飄渺又腳踏實地，看起來很奇怪。好像你早晨醒來看到一個鬼魂在樹林裡飛奔，並且接受這是某些人殺時間的方式。

羅曼札有一次拿起第三隻槳來划，但很快就放棄了，滿身大汗齜牙咧嘴。小子，沒這麼容易！貝瑞爾逗他，拍拍他的肩膀。他回到右舷，伸手摸過海水，做出一道泡沫的尾浪。沙維耶也跟著做，用一隻大手打破水面。

羅曼札想起神廚說過的少數謊話，和那個最大的謊話，就掛在他脖子上。他是食蛾者，以為沒人會發現。

哇喔，槳手隔著萊姆色的水說。羅曼札咳嗽。

根據他父親的市政紀錄，沒有人住在構成死亡群島的九十九個小島上。實際上，沒有人不知道在每個晴天都會有幾百個貧民散布在那裡，即便大多數地方確實無人居住：腐臭堅硬的岩石，無禮鳥類的廁所和一些沒人敢去的不明怪事聚集地。李奧叔叔把他的倉庫設置在其中最大的島上，離島船隻會去載玩具，雇用外表平凡的波比修居民，以確保不讓任何外國人目睹魔法。

貝瑞爾配合划槳動作唱起歌來，另一人也陪他唱。是常見的喪禮輓歌。

喔我的眾神
展開一段旅程
我的弟兄上路了
你知道他已經
展開一段旅程

「羅曼札，你的族人在寺廟日都喝哪種湯？」沙維耶大聲問。

船夫之一停止唱歌回答是南瓜，他們都笑了。聽說愛吃紅豆的人脾氣暴躁又有攻擊性，就像食譜一樣，而喜愛南瓜湯的人精神脆弱又想太多。

「南瓜像肉，味道重，」羅曼札點頭，「如果找到好的，能像血跟脂肪一樣替食物增添風味。」

沙維耶從海水轉頭看著他。

「是啊老兄，但紅豆很溫和。我試了好幾年想做我亞亞阿姨的紅豆湯。我問她，我看著她做，但她只是瞇起眼睛讓我看握緊的手當作份量標準。」

「你連手的大小都搞不清楚，所以他們說謊！」羅曼札說。

他們都對女廚師假裝分享訣竅的古怪行為搖搖頭。

船夫們繼續唱。

與鳥一起飛翔
喔我的眾神
與鳥一起飛翔
我的姊妹上路了
你知道她已經
與鳥一起飛翔

「而你喜歡餡餅，」沙維耶說。

唉，他久仰大名的神廚直覺。

「我母親會做很好吃的餡餅。麵包餡餅！玉米粉餡餅！香草。山藥。外面脆，裡面軟。」

他不禁感到哀傷。他想念母親。他想念那些貓鼬。他在老家留下了一整庭院已經被馴服的貓鼬。牠們會聚集在他周圍，抱怨訴苦，那次是他離家幾個月之後第一次回家去看他母親。他攀岩時割傷了手，傷口有點流膿。他想要吃個餡餅也想要原諒她。他走進家門時她看起來快昏倒了。他伸出受傷的手，手心朝上不發一語。

你還是我的小兒子。她語氣恐懼但也高興。你知道我對你一直無法做出正確的事。

她幫他包紮。他不會再回去了。不想讓她擔心。

「你來我店裡吃飯時，我會幫你做餡餅，」沙維耶說。

「那會是什麼時候？」羅曼札微笑，「你又不會跑來這裡做菜。」

「有時候我的邀請函會是親戚帶回去的，說他們的表親正在叢林生活，已經沒人認識他們了。」沙維耶停頓一下。「如果我邀請，你不會來殘詩嗎？」

「我不確定，」羅曼札低聲說。

他真的不確定。坐在室內，被那樣子餵食的概念……離現在已經太遙遠了。屋頂啊，太高，太平，假裝自己是天空。或許會太奇怪。

他懷疑他是否變古怪了。

沙維耶壓低音量。「你在這裡生活多久了？」

「從我十六歲。」

「好年輕。」

「嗯。」

羅曼札咳嗽，然後換了個姿勢。

「你吃毒藥嗎，羅曼札？」

「今天早上剛吃過一點。」

沙維耶表情很著迷。「好吃嗎？」

「不是好吃，是有趣。」就像飛蛾，他心想。

「是什麼味道？」

「米飯。」

沙維耶輕笑。「所有毒藥都是米飯味嗎？」

「有些是。而且嘴巴會刺痛。像有刺的樹叢。」

「那何不乾脆吃樹的刺？」

「我們吃啊。但是類似卻不同的原料效果也會不同，神廚，你懂的。」

不是貝瑞爾的船夫聞言抬頭看了一看，在羅曼札看向他時又低下頭去。他不希望任何人奉承沙維耶；他顯然很重視隱私。

沙維耶向船夫點點頭。「兄弟，沒關係。別在意，羅曼札只是想保護我。」

羅曼札皺眉，有點尷尬。或許他太武斷了。

「羅曼札，你能夠說謊嗎？」

他聳肩。「當然。」

「呃，聽著。我假設你也是個說實話的人。」

「大多數人會這麼想。但如果我不能說謊，生活會難過得多。」

沙維耶若有所思。

「知道我自己也需要說謊，這樣能幫我原諒很多謊話。」

「說說看貧民為什麼吃毒藥。」

他想笑。神廚怎麼可能不知道？

「跟我們做其他事的理由一樣。向土地表現我們愛它。接受它的一切。」

沙維耶點點頭。

「有多少不同種類？」

「三百一十七種毒死自己的方式，上次我算過。」

「什麼？泰諾是第七任神廚，具有最廣泛的毒藥和凝血劑知識。他在整個波比修只辨認出三十三種有毒植物。」

「那你有些方法可用了。」羅曼札笑道，「你想多知道一些嗎？」

「告訴我！」

羅曼札講了一會兒：關於毒藥的準備工作比大家想像的更複雜，有研磨、烘烤、掩埋在熱土壤和小心測量等等必要程序。貧民都吃活的，多半生吃，但拒絕吃肉是個迷思，而發酵和散發臭味的東西則是主要的攝取。沙維耶快速寫在他的小筆記簿裡：有種被稱作臭腳趾的帶刺水果，氣味好像遭到眾神的詛咒；有種複雜的宴會儀式，包含腐肉、爪子和角，但只能用因為衰老或被其他動物攻擊而自然死亡的動物。儀式重要到不切實際的程度，他解釋著，很高興能教給沙維耶這麼多新東西：經過精密雕刻的大量水果與蔬菜；關於以歡喜地反芻來致敬鸚鵡交配行為的儀式。

沙維耶高興地拍大腿。「你聽起來真像個廚師！」

「我不算太無趣。」被誇獎的感覺真好。「但是貧民也可能有徹底相反的表現。有一次生日宴會，某些朋友只帶來了普普通通的香蕉。炸的、煮的、搗爛加胡椒的，加鹽的，加羅望子做成香蕉蛋糕的，生烤的，切片的，還有酪梨裝飾的香蕉湯。只因為我們慶生的那個人討厭香蕉。」

四個人都在海浪間大叫起來。

船夫不再唱歌；獨木舟放慢，錨被丟進溫暖半透明的水中。它在沙底上滑行並卡住時發出輕微的悶響。他們漂浮著。水面上的太陽感覺幾乎有點催眠。

「我們幹嘛下錨？」沙維耶問。

羅曼札爬著站起來。他看到在遠方有扭曲的枯樹和他知道會變成紅色的叢林，但那還有一段距離。

太好了。

他搖搖晃晃走過獨木舟，低聲跟船夫交談，聆聽水聲。這裡是需要絕對專注的地方。船夫檢查海面時他蹲下來。再度把他的手放進溫暖的水中，想起皮拉爾：他的頭髮，他頂到肚子的勃起，他的壞嘴和愛意。

「我們要幹嘛？」沙維耶問。他表情警戒，看來有點擔心。

羅曼札拍拍他的肩膀。

這一定會非常好玩。

16

沙維耶謹慎地寸步走過下錨的船；以前他弄翻過不少整樹鑿成的獨木舟。船夫們調整適應著搖晃，宛如應該串在一起的歌曲片段。

「我們為什麼停下來？」

「我們要用走的，」羅曼札說。

「什麼意思？」

他逐漸喜歡羅曼札。這孩子站直起來又高又瘦：簡直皮包骨。他完全不像一開始見面時那麼討人厭。他有知識而且思慮周到。他的活力與開朗帶給人這麼多樂趣真是意外。聽黛絲芮說過，貧民一向陰鬱又寡言，但是羅曼札有想像力。

最後，他把筆記簿放回裝著冰刺的背包裡，聽羅曼札講話和船夫唱歌，融入他們到來時的空間和寂靜。熱氣讓他昏昏欲睡，飛蛾包晃盪著幾乎被遺忘。

這時，溫暖海面在他們面前展開，他們的獨木舟像個褐色豆莢，漂浮在大海中。沒有落腳處也無處可去。

「來，」男孩說，跨出獨木舟進入海中。

但是他並沒有踩進去。他踩在上面，彷彿那只是片潮濕的地板。

沙維耶目瞪口呆。

羅曼札行走在水面上。

啪、啪，他的赤腳。啪、啪、啪還有那個笑臉。船夫們看著他。

「又是其他魔力？」

羅曼札在海上橫跨一大步，彷彿要騰出空間。

「來陪我吧。」

「怎麼做？」

「別去想它。」男孩打個手勢。

沙維耶伸手摸摸自己的喉嚨。他必須保護皮囊，但如果他在他們面前挪動它，他們都會認出那是什麼。他幹嘛這麼招搖把這該死的玩意掛在脖子上？

「我們為什麼不搭獨木舟？」

「這是最好的方式，」羅曼札說，「注意，不要潛水或跳進去。穿好你的涼鞋跨出來就對了。」

獨木舟晃了一下。

沙維耶轉轉背脊，在皮囊上握起拳頭盡快從頸線下把它拉出來，塞進他的背包裡。手停留在筆記簿上。他張嘴想要輕鬆地說些關於收起首飾的話，但想起羅曼札能聽出謊言又閉上了嘴巴。他把辮子拉到頭頂上，背包的背帶在額頭打個結。羅曼札睜大眼睛看著他。

現在要挑戰不可能。

「你確定？」

「快來！」

沙維耶皺眉，試探地把一腳伸出船外，懸空。羅曼札在水面上來回踱步，抬起一邊腳跟，跳躍又落地。看起來真的很驚人。「快過來！」

沙維耶清清喉嚨。這太荒謬了。

「天啊，沙維耶。快點！」

沙維耶捏著鼻子跨出船外。右腳撞到一個看不見、堅固、潮濕的表面。他瞇眼，乾笑一聲懂了，另一腳還在獨木舟裡。

那會是很好看的魔力，但羅曼札只是站在一個藍色珊瑚礁上面罷了，它的表面在藍色波浪下僅四分之一吋，所以幾乎隱形。他從來沒看過一整面的單色珊瑚。

「搗蛋鬼！」

羅曼札大笑。船夫看著，黑眼珠露出笑意。

沙維耶完全踏出船外到粗糙的表面上。高站在海床上方，眺望一望無際的閃亮液體，他感到迷失方向，彷彿掉進了一片天空裡面。

「你喜歡嗎？」羅曼札問。

沙維耶透過鼻子呼吸。他踮著腳尖。

「我不確定。」

「站穩了。盡量舒服一點。」

他戰戰兢兢地把腳跟放下，讓珊瑚礁承受他的重量。珊瑚可能很銳利，像巨大海怪的扭曲牙齒。

羅曼札向船夫揮手告別。他們離去時，沙維耶的頭好暈；他忍住了央求他們回來的衝動。有種無所依靠的可怕直覺。

「我們要走過珊瑚礁到陸地上？」

「對，走一下。」羅曼札看來驕傲得膨脹。

「然後呢？」

「珊瑚礁有盡頭。」

「可是你說我們不游泳。」

「相信我，只要跟著我就不用弄濕。」

「小鬼，要是弄濕了我的背包我會揍你。」

「來吧。時間寶貴！男人需要大海。」羅曼札放低音量。「你需要大海，沙維耶。」

「是嗎？」

他挺直背脊眺望。水面遼闊，海洋和海平線互相融合。有一瞬間他感覺除了海水，任何地方都空無一物。世界來到了盡頭。水，火，土，風：你如果小看任何一樣就太傻了。天堂就是這種感覺嗎？

他腳步蹣跚，迷向感增強。如果他弄濕了飛蛾，可以另外弄一隻。對，他還在想那隻蛾。如果他弄濕了，還是可以拿到別的。不行，他就要這隻。那個漁民兒子的懺悔，他犯下的錯誤，讓妮亞的屍體獨自遊蕩，都讓這隻蛾更加重要。他是被召喚來與它搏鬥的。無論如何，這隻屬於他。

「來吧！」羅曼札說，轉過身去，開始行走。

沙維耶跟上。他不知道最該注意哪邊，是他的腳還是遠方死亡群島的刺針樹，禱告著他們能快點抵達。

淡粉紅和白色的蝦蟹匆忙爬出珊瑚看著他們，然後又跟出現時同樣快速地消失。偶爾會有海燕俯衝，從大片廢棄物中撿起一件，在這偏遠之地瞪著人類。

唰—唰。

就像學步的小孩。在他腳下是藍色的岩礁。這礁石有多深？他母親的臥室在普特去世後放了很多白珊瑚和海膽殼。她喜歡身邊有海洋。窗簾也是可愛的藍色。伊奧回老家時會幫她重新染色。

羅曼札哼著歌。

我的弟兄去了海底
喔孩子們
他來結束一段旅程
我的弟兄被沖走了

「你看！」

他低頭看：看到一叢淡黃色海葵像朋友在揮手；海參；三隻紅白條紋的魚衝來衝去，

發亮，跳出水面，吸著空氣。他更注意看。牠們的後腿處伸出小腳來。抬起小小的紅臉看著他們，掀動睫毛，有睫毛的魚耶！有兩隻魚浮起來穿過珊瑚逃走，細腿發出亮光。牠們可能是撩起裙子走路吧。男人們的笑聲打破了海平線，上面橫過一條金光，礁石感覺更堅固了。

「金鯵魚。牠們太靠近太陽的時候，會變成兩棲類，」羅曼札解釋，「我喜歡那種魚。」

「我也是。」

「你看過鯖魚微笑嗎？」

「沒有……」

羅曼札往東揮手。「你可以在杜庫亞伊島西側找到另一片這種高大珊瑚礁。女孩們會游泳出海脫掉衣服曬月光浴。她們這麼做是因為眾神都是男人。我從未看過鯖魚微笑，直到在那邊看到牠們向女人裸露的下腹部微笑。」羅曼札伸懶腰，手掌朝向晴空。「我聽說世界上有些地方比波比修更漂亮，但我無法相信。」

「不會吧，」沙維耶說。怎麼可能會有？

羅曼札開始緩慢地轉圈，伸出雙臂，仰頭，閉著眼。沙維耶回想起今天早上在庭院裡轉圈。這孩子令他想起自己。他感到虛榮，有點尷尬。

「你在幹什麼？」

「感受它。」羅曼札旋轉說，「安靜。」

他無意讓自己更加暈眩。

「我們有地方要去……」

男孩停止動作，用力吸氣。他咳嗽。「你要利用這場宴會往總督的眼睛吐口水。」

沙維耶猶豫一下。「對。」

羅曼札再度開始挑選路線越過珊瑚礁。「很好。」

「我以為你是支持新娘的。」

「你曾經做菜失敗過嗎？」

「沒有。」

「那麼，我只能幫忙了。」他停頓一下，「我不喜歡那個男人。這並不罕見。」

他們繼續在藍色的寂靜中走了一會兒。他沒認識過只想要隱私的貧民。或許羅曼札真的認識桑坦妮・印提亞薩。但他們怎麼可能認識呢？

「羅曼札，今天早上有個小孩來我的店裡，營養不良，肚子膨脹。是你的族人。你見過這種情況嗎？」

「很少。現在是某些水果的淡季。」羅曼札思索說，「叢林裡有些人不太照顧自己。他們老了，或者腦子有問題。有些人就是因為這樣才來到這裡。但是小孩子？」他表情煩惱。「我們盡量互相幫忙。每個人都知道如果你不注意，可能會在不知不覺間很快地瘦下來。有時候同樣的食物不會提供同樣的營養。但是不常見。」

「我請她母親來找我談。」

「不可能的。我發現你說你的族人，好像我們不是同類的人。」

「我沒有惡意。」

「喔，才怪。」

「抱歉。我是說我講話總是太魯莽。」

羅曼札咳嗽。「我知道你認為我們跟你不一樣，確實是。」

唰、唰。他漸漸習慣這樣行走了。

「你認為為什麼女人在婚禮前可能會苦惱？」羅曼札問。他聲音低沉，若有所思。

「我哪懂什麼少女和婚禮呢？」原來他們真的有關聯。

「你結婚了。」

「那不表示我什麼都懂。」

對於面臨這種事的女人，他怎麼想？在艾妮絲的婚禮前夕，他看過她在皮膚上抹天竺葵油，坐在橘色坐墊邊緣，雙膝併攏，兩腳分開，鼓起肚子，好像玩著布偶的小孩。她說她很高興。妮亞跟他在婚禮上跳舞時，她高興嗎？他們出醜了：兩個人都不太擅長跳舞。桑坦妮・印提亞薩高興嗎？你會希望她們高興。不然還能怎樣呢？

羅曼札舉起手示警。「等一下。岩礁結束了。」

「什麼意思？」

「現在要注意。」

羅曼札跨出珊瑚礁踏上水面下某個陰暗又毛茸茸的東西。看起來只有他的腳那麼大。沙維耶注意看。無論那是什麼，它撐住他了。凸出來的岩層嗎？羅曼札前進第二步指著他剛才的位置。

「踩到那上面。」

沙維耶遲疑。感覺像他看過的一個瞎眼阿婆，在美麗鎮遊蕩，低聲說：一步是那邊，一步是那邊？他當時很想要把她抱起來旋轉直到她竊笑。

「你像少女一樣膽小！」羅曼札大叫，「快來，神廚！」

沙維耶鼻孔哼氣跨出去。無論那是卵石還是樹幹，它撐住他了。現在剛好放得下兩隻大腳。

羅曼札跳到下一個陰影上。

「快點！照我的位置走！」

他們跳躍：一次又一次，全是平坦又合適的陰影，就在水面下。成人版的跳石頭過河，好像回到小時候。他感覺很愉快。

「祕密通道！所有貧民都知道嗎？」

「不是通道，也不是祕密。路線明天就會改變。」

「我不懂。」

「世事多變。」羅曼札倒退走了幾步，雙腳幾乎沒濕。他等待，然後再次前進。「把你的腳放這裡。」

沙維耶注視。這個有點不一樣。

「那是海草。我會沉下去。」

「等等。等等。你錯過了時機。停。好。跳。」

沙維耶試探地踩到看似一堆巨大海草的東西上。他猛呼一口氣。海草撐住了。

「接下來哪裡？」

「我離開這個，你踩上來。」

「這樣會拖很久。」

「什麼意思？我們快到了。」

他說得對。他看得到一處稀疏的海灘和看似是一座藤蔓森林的細節。

繞遠路流汗，抄近路流血，諺語是這麼說的。

「你走你該走的路，」羅曼札說，「就不需要游泳。」

「我喜歡游泳。只是現在不行。你剛才說世事多變是什麼意思？」

「它們隨時在變化，只是大家沒有在留意。你的腳踩這裡。」

沙維耶皺眉。「你是說有足夠的表面，在不同的地方，在水裡，可以讓任何人走過去？」

「對。」

「那就是通道啊。但如果狀況不斷在變化，你怎麼能保證有路可走？」

「我說過我不是在遵循任何通道。我遵循的是當下在這裡可以支撐我的東西。有些岩石可以在這裡很久，對。珊瑚礁也會維持很多年。但是有些你踩的……東西，在你踩上去之後，它們就會永遠消失。它們只是路過。所以下次再去找它完全沒道理。你剛剛利用的海草，現在已經通過離開了——你只是暫時搭個便車。即使它再次經過你面前也可能撐不住你。」羅曼札停下來思索，「技巧在於信任，那能讓你踩對腳步。」

沙維耶的膝蓋發軟。「這全靠運氣？」

「踩這裡。」

「羅曼札，我踩的是什麼？」

羅曼札哼歌。

沙維耶開始咒罵，漫長又緩慢。

「踩這裡。」

「我不敢相信你讓我碰運氣走在水上！」

「你不喜歡這樣走？等等，別踩，它跑了。好吧，來。踩這裡。」

他若不低頭看，可以假裝他回到了珊瑚礁上，而非在某個隨波逐流偶然經過的原木上保持平衡。「它跑了，什麼跑了？天啊，幸好我會游泳。」他檢查背包還固定在頭頂上。踏錯一步就無法避免落水。到時他就必須拼命踢腿，以確保他的頭不會泡水。

「你不了解我的意思——踩這裡。這不是運氣。是信任。」

「可是萬一你需要的時候沒東西經過呢？」

「總是有東西會經過。」

「即使我接受這說法，相信你的信任總是足以讓你每次都看到東西過來——因為你很熟悉土地和天空，因為你是貧民——我還是不懂你怎麼確定運氣這東西會撐住你的體重。更別說我的了。」

「看著我。」羅曼札相當突然地沿著水面向前衝刺十呎然後又退回來，劇烈搖晃，左腳、右腳、辮子飛舞，搖擺著軀幹和手臂，像開心的抽筋。就像住在屋裡的貓到處亂衝的樣子。這真是沙維耶見過最奇怪的事情。

男孩停下來喘息。

「但是你似乎根本沒在找什麼東西。」

「我沒有在找任何東西。我們這麼樣找路的唯一理由是因為你必須看，因為你還不懂技巧。」

「所以你是說如果你現在又像那樣跑動，就會是一套新的東西來支撐你？」

「很可能。」

「但是羅曼札，這沒道理啊。你是說你從來沒被耽擱過？你從不落水？你從未被困在大海中等待有東西經過？」

「當然有。每次當我不夠信任或太過注意的時候。踏那邊。喔，等等。它跑了。快，踩上。右邊。不對，右邊。」

沙維耶愣住，一腳懸空，蹦跳咒罵，把腳放回原先的位置。「這根本蠢到爆。我要游泳。然後我會宰了你。」

「你看不出我們有在進步嗎？告訴我，你會擔心你這次呼吸以後的那下一次呼吸嗎？」

「除非它不來。」

「但它不是每次都來了嗎？」

「呃……是啊。」

「你從來不去想它或注意。輕一點，這裡。這樣你會感覺好一點。」

他們往前一起站在一個大平面上：平坦的白色，在水中波動。蒼白的表面很滑，要專心一點才能站直身子。

「收緊你的肚子，稍微屈膝，」羅曼札說。

沙維耶半蹲下去。「這是幹嘛？」他今天已經問這個問題太多次了。

一隻大眼睛在他的小腳趾邊慵懶地轉動。堅定的智慧。傭兵的動作。他感覺到這隻生物前進時他的腳踝和尾椎骨的顫動。

他又開始緩慢小心地咒罵，很小聲。

「你叫我走在該死的魟魚上面？小子，等我離開這片海洋我真的要宰了你。」
「他嗎？他不在乎。」
「他不在乎？」
「他或許不喜歡你在他旁邊的水裡。但是沒關係。看到他多溫馴沒有？我們可以靠他走很遠。」
魟魚扭身，羅曼札嚇了一跳。他把一腳抬離魟魚踏進海裡但只到腳踝深度，隨即似乎有別的東西撐起他，他穩住自己，像隻怪異的水生貓咪。黑眼睛開始跳動。
「看吧？但是要花時間學習。」
方法有什麼重要的？他們已經在這樣做了，魟魚穩定地移動。天空推擠逼近，充滿飄動清澈的白雲。他感覺到魟魚加速，寂靜到針頭落地也聽得見，風速加快。他們站著像呆子似的傻笑。他感到脆弱：感到他皮膚的柔軟，無法阻擋攻擊；膝蓋可能多快就被打碎，脖子折斷，肚子刺穿。活著就是一場賭博，一個怪異的奇蹟。他從頭上解下背包，甩開他的辮子。
「好耶！」羅曼札大叫。他的辮子在風中拍打著他的臉頰。「太棒了！」
「我的繼父很喜歡魟魚，」沙維耶說，「他帶我母親出海欣賞牠們。還有海馬，他也很喜歡。」他講得比平常快，他無法理解為什麼。「他們一起過得很開心。他是個好人。」

普特喜愛牠們質樸的美感；認為不應該殺害任何水中生物。他怎麼會明明了解這個人的想法，卻從不認同他對漁業的抗拒？

魚的背在他腳下流動。

「我小時候我爸帶我去賭博，」羅曼札開心地說，「有人說謊我就告訴他。」他做個鬼臉。「他從不認為那是作弊。只是利用他的優勢。謊話會讓卡片跳起來。」

「你是說多小時候？」

「六歲左右。」

羅曼札嘆氣。沙維耶心想如果他們不在此時此地，他可能永遠不會聽到他嘆氣。他們頭頂上，有隻海鷗起伏大叫。一大群黑色和金色的魚繞著魟魚轉圈，像一波劇烈的舞蹈。

他聽說死亡群島的某些地方——不是全部，是某些地方——看得出即將到達是因為水變黑，魚變白，海浪邊緣的浪花是白色，海草是黑色，而且你越靠近，天空翻騰，雲朵變黑但天空是白色，伸出來幫你上岸的手臂是白色，沙子是白色，而小孩子，天啊，你只看得到白牙齒白牙齦白衣服和黑色的雙腿，擠出白色橘子汁的白色橘子樹，黑耳朵白身體或相反的小野豬，而偶爾當你以為自己快瘋掉了的時候，還會有一道銀色或紫色的閃電，以及某個有著銳利的顴骨並用粉紅、橘色或黑色的頑強眼睛看著你的貧民。

沙維耶低頭一看，倒抽一口氣。水是黑的，魚是白的。

「我想念我父親，」羅曼札說。他咳嗽。

一切都在變化。顏色從這個世界流失了。

「過世了嗎？」

「沒有。」這個字似乎已經足夠。

喔天啊，一隻經過的海燕說。至少聽起來像是這樣。

羅曼札擦擦他的嘴。「他不喜歡我的所有事。」

「那是什麼──？」

「這裡的光線會有一陣子很奇怪，」羅曼札說，「眼睛要有準備。用力眨眼兩下。」

「我已經看過水裡的變──」

「馬上。」

眨眼。

「我們到了。」

他們到了。

驚訝的沙維耶脫口而出哇靠，從魟魚上跌下來，掉入淹到腰部的黑水中。羅曼札輕輕踏離魟魚到一根原木上，然後走往雪白的海岸。一個腳尖旋轉讓人想要大喊安可；笑容回來了。

沙維耶再眨眼。他感到魟魚不慌不忙回到海裡時掠過他的擺動。他涉水穿過怪異的黑水，上到岸邊，仍然頭暈又迴盪著開朗的笑聲，對著刺眼的白沙遮眼睛。

羅曼札突然停步。沙維耶撞到他，要不是羅曼札強壯得出奇的手伸出來穩住他，他就要跌倒了。他們蹣跚前進，男孩的辮子把水花濺到兩人身上。

咳嗽聲。

沙維耶猛揉眼睛，希望它能適應這種單色調。男孩跪了下來。

「羅曼札？」

咳嗽得更急、更重、更用力，像一種吠叫聲。羅曼札抬頭看，用裸露的手臂擦嘴。

「我——」咳嗽，「我——」

好尖銳，他咳得全身震動。

「我、我——沒辦法——」

他手臂上沾滿了灰泥土，哇，他嘴裡冒出黑色的液體。

¶

父親和父親。是他告訴普特藍色人的事。他幹嘛告訴他？他們原本有平凡的生活，連辛苦的時候也很平凡：放學後跟其他男生在街上奔跑；讓家裡有火爐的任何人餵養；如果你回答得不夠快或竟敢向成人翻白眼就打你的頭；看著老人家在遮蔭下搧風，跳起來啪！一聲把骨牌推倒在賭桌上；在上床前洗澡，注意別讓胯下發臭，沒有人會錯過全家的晚餐。他幹嘛告訴他？畢竟，藍色人不在了，永遠不需要讓別人知道。

那個可怕的夜晚，他回家後一切看似正常，但並非如此。普特是他父親，在死亡群島融化的也是他父親。他母親希望他當神廚，但他並不想要；那太沉重、太龐大了。當時他才十歲。他為什麼感覺彷彿有人一直對他唱歌，為什麼房子的天花板像討厭的大嘴巴在打哈欠？

你發燒生病了，崔雅責備他，你怎麼會像野雞一樣整晚在街上遊蕩？

他從來沒有普特無法解決的問題。折斷了拇指或在學校被霸凌；抓鬼遊戲的規則；房門軋軋響；大溪地蘋果樹不結果實。或許對於看到一個和自己容貌相同的人，普特懂些他不懂的事。他是故意不說來拖延解決這個謎題嗎？

如果當時他不做點什麼，可能就要為一切負責。

爸爸？

嗯，阿沙。

沒事。

好吧。

爸爸？

嗯，阿沙。

你出門之後媽媽每晚帶我去那家蘭姆酒吧。

普特從他正在編織的舊搖籃抬起頭。他是那種想到什麼事就會不管邏輯窮追到底的人，他判斷總有一天他兒子們會需要搖籃給他們的老婆用。

沙維耶冒著汗繼續說。

我在那邊看到一個人，長得跟我一樣，是藍色的。

普特點頭，開始若有所思地用舌頭清理他的尾巴。

爸爸？他長得跟我一樣——

先別煩我，沙維耶。

小孩知道什麼是真實的。小男孩可能嚇壞大人。沙維耶等待他父親把平凡找回來。他相當確定他會。他只需要耐性。

¶

普特做出決定那天，他坐在廚房餐桌旁練習朗讀。後來發生的事花了大半個上午才開始。普特的尾巴抽搐。崔雅開始頻頻吐口水，彷彿喉嚨裡有什麼噁心的東西，先是往窗外吐，然後隨著時間經過，開始往她的拳頭裡吐，再用裙子擦手。

下午兩點零八分，他們進入糟糕的爭吵，雙方同時說話，完全重疊，互相打斷，彷彿他們原本就一直在無聲地爭吵，只是現在發出聲音了。普特握拳打自己強調：小心我親手把妳丟出去，這個家是我的！崔雅把沙維耶拉到身邊所以他被困在兩人之間的怒火中。你這窩囊廢，她大叫。孩子們崇拜你，但你是個沒用的墮落窩囊廢。你臭死了。你的腳臭嘴巴更臭。你好醜。你又窮。你什麼事情都做不好。我兒子會救我！

我蓋了這棟房子，普特吼道，沙維耶想著他什麼時候會罵她醉鬼妓女。

對，母親說。你蓋了這棟爛房子，但是你拒絕了我多少次？從不碰我或擁抱我？我希望能有東西毀掉這房子讓我們都死在這裡，你就會了解你對這個世界一點貢獻也沒有！

三點三分，陽光普照，他父親開始不斷打他母親，高高舉起手臂往後越過他肩膀，像要丟石頭的樣子，再像歇斯底里的小孩子一樣打下去。沙維耶努力擋在他們中間，但被兩個大人加上普特腫大揮舞的尾巴推開。伊奧原本可以阻止打鬥，他夠壯，但他不在家。如果無法幫助你像個男人一樣保護你的母親，魔力有什麼用？

你連打人都打不好，崔雅嗚咽閃躲著說。你連打人都打不好。

用你以前怎麼看我的樣子看著我！普特大叫，沙維耶心想，你什麼時候才要告訴她她挨打的真正理由？用妳以前的方式看著我，普特嗚咽，像一朵夾竹桃的花皺縮在地上。

接下來兩個小時是最糟糕的。不是因為崔雅的右眼腫得像顆發黑流汁的人心果，不是因為毆打讓她皮膚下的骨頭脫臼，不是因為普特的耳朵被他母親咬出一個缺口。不是因為他自己被閃避拳頭的崔雅重重踩到，左腳第三根腳趾骨折，而是因為毆打停止了。

拜託，謝謝，雷丘斯先生和太太兩人這樣說著。

普特溫柔地擦掉他母親眼中的一顆淚珠。她去洗澡時，他刷洗她瘀青的背幫她換上新衣服。他萎靡地經過時拍拍沙維耶的頭，走向戶外廁所。崔雅說她想要有花朵擺在桌上，沙維耶快點，去摘一些來。普特大聲誇獎晚餐的品質和他多麼高興沙維耶可以離開火爐休假一下，讓他偶爾嚐嚐老婆的手藝。

晚餐過後，他們一起躺在吊床上搖晃，據他母親說，普特曾經在那上面企圖強暴她——因為沙維耶不懂強暴是什麼意思，他越來越害怕，因為普特想強迫她做的事，現在會不會在他們搖晃的時候再犯？

別擔心，崔雅說。把鼻子擦乾淨。喝點可樂果茶。我看得出你的肺還有點沉重。

打架為什麼停了？他父親為什麼沒提起藍色人？他們看不到彼此受傷的身體嗎？普特怎麼能夠原諒崔雅說的話？崔雅怎麼能夠原諒被當成人肉沙包？平時按她皮膚一下都會留下凹痕呢。

已婚的人，在吊床上牽著手：拜託，謝謝。

鄰居問起時，崔雅說她伸手去拿高處架子上的沉重水果瓶，結果它掉下來打到她眼睛，普特則用他的辮子遮住受傷的耳朵。到了該上寺廟、打棒球或教骨牌的時候，普特就搖搖頭。

沙維耶，你懂的。

他一直忘不掉他們扭曲憤怒的臉孔。

等到他繼父死於車禍意外，就在他十九歲生日後不久，他感覺到的只有解脫。

17

唉，輕柔地展開了。艾妮絲抬頭看著在妓院上空飛舞的藍紅色蝴蝶。

咕嚕—咕嚕—咕—咕，有隻地鳩在唱歌。

牠的伴侶回答，咕咕。

他們在陽台上一字排開，牽著手，深色的紅木桌椅擺在外面庭院裡。艾妮絲站在蜜西和麗塔中間。萊拉離她最遠，腳趾朝外，挺起肩膀。麗塔的毛皮似乎更濃密了。

「別放開彼此的手，」艾妮絲警告。

「好，」萊拉說。

麗塔點頭。

蜜西的手感覺汗濕發熱。艾妮絲模糊地猜想她的魔力是什麼；她姊姊的魔力在外表上很明顯。她感到蜜西變得僵硬，看著走進庭院裡的四個男人。

「妳好，蜜西小姐。」

他的聲音讓艾妮絲想逃走。他矮胖又健壯，側身倚著一根拐杖。拐杖似乎更是為了造型而非功能。杖頭跟他的臉一樣沉重又發亮。他後面的男子看起來整潔富有，他們微笑得太過頭了，手肘互相推擠，指著在女士們頭頂上搖擺的生殖器。

「我向妳問好呢，蜜西，」拿拐杖的男子說。

蜜西嗅一嗅。「你從來不是真心誠意，亞契・霍華。」

「小妞，妳真沒禮貌。」

她沒有回答。

亞契似乎考慮了什麼，然後改變主意。他指指身後的男士們。

「今天在丈夫們像雪崩般湧入妳們店裡之前，如同先前討論過的，我先帶了三位印提亞薩總督的特別來賓過來。」他亮出他的牙齒。「我也帶了一個好甕來，讓男士留下他們的戒指。我知道妳們會讓他們賓至如歸。即使」——他的目光掃過眾女停在抽搐的麗塔身上——「我以為會有不同的存貨。」

「你想要說什麼？」麗塔尖聲說。她的毛髮直豎，讓她顯得很蓬鬆。

「噓，」蜜西說。她看亞契的眼神好像看著蜂窩。她開始遵照艾妮絲的指示正式地介紹。「這是我姊姊，麗塔，有名的資深——」

「什麼？」麗塔說，「她說我什麼？」

艾妮絲輕推她要她閉嘴。

「我認識麗塔，」亞契說，「這裡到底在搞什麼鬼？」

「她不再是任何人的存貨了。最遠那位是我的二姊，萊拉。她已經退休了。」

「從什麼時候開始？」亞契表情莞爾。

「今天，」萊拉冷靜地微笑。她衣服上的貝殼在陽光下閃閃發亮。「恭喜我吧。」

「你是我認識最好的妓女，」亞契怒道。此時他表情沒那麼輕鬆了。「我們已經處理過這件事了。」

*妳知道有的時候他同時上她們兩個，*腦中的小聲音說。*為了更加私密。*

就算他有，那又怎樣？

「你看到的最後一名女士是艾妮絲・約瑟夫，是……是心理顧問。」

「看起來好像今天這裡沒人上班，」亞契正後方的男子說。他看來至少有七十歲，留著開心的鬍子形狀，小腿又瘦又鬆弛。

亞契把枴杖靠著膝蓋然後拍手。這是個俐落優雅的動作。

「對，很聰明，蜜西。現在請帶男士們進屋裡，帶女孩子出來給他們看看。」其餘男士躍躍欲試；有一個表情顯得無聊。「馬上。」

蜜西的聲音有點抖。「這裡沒別人了。」

「什麼？」

「我就跟你說了吧？」留鬍子老人說，「在那邊就看到了。」最年輕的男子走上前。淡褐膚色的他刮了鬍鬚，相當英俊，用他左手的十五根手指戳戳她們頭頂上的空氣。

「我想知道哪種妓院會有澎澎掛在空中的。我該怎麼辦？在我品嘗之前選來聞嗎？」

「或許會很有趣。」

艾妮絲愣住。她不記得這張臉，但她認得那個詞彙。那個聲音。

佩垂諾・布洛斯諾特修士。

他修好了他們教堂的屋頂，吃了教區民眾的蛋糕，送給她本土神話的精裝書。當時她十三歲。她母親要她叫他叔叔，但她叫的語氣並不樂意。他在她的印象中經常冒汗與奉承，他的身體太靠近她母親，耳語著對她說她的教會服裝看起來很……

「……有趣。」布洛斯諾特把玩著他黑色棉褲的綁腰帶。他胖了但仍然高大。「妳好，艾妮絲・拉提波狄耶。」過度的微笑。「我發現妳延續了令堂幫助貧苦被壓迫者的成就。天啊，妳現在長大了，真像她。」

用那種語氣談論她母親，她真想宰了他。

老人把一隻手圈在耳後。「她說什麼？」他的開心鬍子搭配著哀傷的狗眼神。「我只認識一個拉提波狄耶，就是貝提西恩那個基督教大牧師。牧師家族怎麼會跟這裡扯上關係？」

亞契在草叢裡轉動他的拐杖。「一切正常，柯林斯大人，我向你保證。」

手指很多的英俊男子聳肩。「我完全不認為這有趣。亞契，我今天時間不多。我來只是因為印提亞薩吹噓這裡有全波比修最好的免費胯下。如果這事有困難，我就先走一步了。」

「賈森大人，這裡沒問題。」一隻鴿子拖著腳步走過庭院。亞契向牠踢一腳結果不慎絆了一下。麗塔竊笑。他臉色變得陰沉。「你只需要從其他女人裡選一個。」

「這裡沒有其他女人，」蜜西說。她的語氣比較自信了。「我不是開玩笑的，亞契。」

毫無預警或聲音，亞契衝向陽台的台階。蜜西往後踉蹌，放開了艾妮絲的手。艾妮絲穩住自己。她感覺到自己強壯的手臂不由自主地張開手掌往藍色空中伸出去。

亞契・霍華被艾妮絲包裹住整棟房子的保護咒彈了回來。他在空中飛了超過十五呎仰天重摔在泥地上。澎澎瘋狂彈跳。男女雙方震驚地互看，直到一切顫抖著停下來。

「唉唷你看看，現在我們要面對魔咒呢，」柯林斯大人呻吟說。「煩死了。」

布洛斯諾特上前去扶亞契，但是矮子臉色鐵青把他推開。他自己氣喘吁吁地站了起來。

這下地獄烈火的報應要來了，艾妮絲心想。亞契・霍華看來是個很愛面子、連妥協都視為失敗的人。她不知道這魔咒能承受多少攻擊。她摸索尋找蜜西的手，有點喘，但是蜜西退開。她在大喊。「對，吃屎吧！看到沒有，亞契？你們沒有任何人能免費進屋！」

「妳閉嘴，」亞契說。

艾妮絲幾乎聽不到他的話，那個可怕的聲音低沉又平淡。但蜜西似乎不再害怕。她簡直要跳起舞來。

「我提議過打折，但你們只想要硬拗。所以你們休想！」她在兩女中間再度擺出防禦姿勢，緊抓著手，重組防線，張開雙臂，順勢把艾妮絲和麗塔的肩膀拉高。「來呀。強迫我試試看。」

「蜜西，」萊拉低聲說，「慢慢來。」

亞契回頭走向房子與魔咒，伸出拐杖。他的視線沒離開過蜜西的臉。其餘男人聚集在他後面。他們似乎很普通，像是會去找艾妮絲治療腹痛並且留下小祕密的人。

亞契用拐杖指著她。

「哪個心理顧問會支持懶惰？」

她感到怒氣在喉嚨升起。在這庭院裡的不都是波比修人嗎？

「女士拒絕了，而你不在乎？我詛咒你的懶惰。亞契，哪個女人的兒子？今天你讓母親蒙羞了。」

「妳搞清楚。」亞契從容地說，而且在微笑。「我打破妳魔咒會花的時間比我操我自己母親還快，而我馬上就會這麼做。」

她的怒氣變成了繽紛的彩色。「強暴犯，」她吐口水，聽到老頭柯林斯驚叫。「給我滾。」

「我先對付妳，」亞契說，「妳第一個。然後妳會為了這個榮幸付我錢！」喔，他是認真的。魔咒能撐多久呢？

「你這混蛋以為你在威脅什麼人？」蜜西說，「她是我家的客人！」

「我也會對付妳，賤人。等我一下。」

賈森上前，布洛斯諾特站了起來。「亞契，亞契！你真的不必為了我們這麼激動。」

「對，」柯林斯大人尖聲說。「這太過分了，有教會的女孩罵我強暴犯？我是這個社區的棟梁，老兄。我絕對不是來壓迫誰的。印提亞薩向我保證會玩得很開心。」

「那就離開，」亞契怒道。他走得更近，用拐杖戳戳魔咒。「我會打破這個該死的魔咒，砸了這個地方，如果必須我一個人動手，也行。」

「老兄，砸什麼？別傻了。這越來越好玩了。」賈森的大手合握做出乞求手勢。「蜜西小姐，名字沒錯吧？別聽亞契的。妳的立場很清楚了，讓我更想要妳。」他指著擺盪的陰戶。「告訴我哪個是妳的，我樂意協商一個合理的價格。」

「賈森，我答應你今天有免費服務的，」亞契低吼。

賈森緩步走近陽台台階。「呃，看來你錯了。蜜西姑娘，多少錢？」

蜜西撒嬌。「開個價，我就拿下我的，只為你。我自己的，你們都懂了嗎？我可以照我的意願去做。」她舔舔嘴唇。「無論你想要怎樣，賈森大人。」

「我以五十個硬幣開始出價。」

蜜西向賈森送飛吻。「沒人會低於七十五塊。」

艾妮絲困惑地注視。她聽到麗塔生氣地嘀咕。蜜西真的能跟這批笨蛋一起躺下嗎？她們仍然牽著手。「妳不必跟他講話，蜜西，」她嘶聲說，「我們可以一直站在這裡直到他們累了。」

「然後怎樣？」蜜西挺起胸部說。

「七十，」賈森說。

「小子，現在漲到九十了。」

艾妮絲焦急地看著萊拉。向日葵女子搖搖頭，臉色憐憫，語氣溫和。

「不然妳以為我們平常都在做些什麼，姊妹？」

「一日妓女，終身妓女。」麗塔表情憤怒。她放開姊妹的手拉拉艾妮絲。「蜜西，請放手一下，讓體面的人離開。來吧，艾妮絲。我們離開這裡吧？」

「八十五，」賈森說。

「一百二十。」

「我們不走。」艾妮絲壓低音量指指等待的男士們。柯林斯大人不停換腳站立，亞契看著蜜西和賈森。他好像雕像似的。布洛斯諾特的眼睛盯著她。「妳要出去找他們嗎？」

「成交，」賈森說。

「蜜西！」麗塔怒道，「妳好大的膽子。」

蜜西把修長優雅的手臂伸向她們頭上的白色棉線，手指盤旋挑逗。其餘女士一陣苦惱的怨言。亞契的嘴唇無聲地動作，瞪大眼睛。賈森把他的臉頰貼著魔咒，撫摸他們之間的魔法薄片。蜜西也撫摸她搖擺的澎澎。

「不行，蜜西！」艾妮絲叫道，「別這樣！」

「不行，」亞契低語，「不要。」

「這是我的，」蜜西說。

咻噗，無形力場說。蜜西把她的澎澎——和賈森——拉了過去，迅速又精準。他穿過力場進去，差點絆倒，幾乎撲到她身上。

其餘生殖器溫和地跳動。艾妮絲感覺魔咒像起伏的海洋顫抖著回到原位。弱化了，但還維持得住。

蜜西滑行到賈森的腿上。他把臉塞進她的陰唇中。

「不行，」亞契說。他把掌心貼到魔咒上輕推。艾妮絲腳下的陽台在震動。

賈森掀起蜜西的裙子高過她的臀。他伸手到她胯下推擠。她呻吟，笑聲像是啜泣。艾妮絲閉上眼睛，不忍卒睹。她聽到麗塔拉拉她，生氣地抱怨，萊拉在喊叫，感覺到亞契這時走過陽台，用他的拐杖痛打魔咒。她睜開眼睛，有點作嘔。

布洛斯諾特跟在亞契後面，嘻皮笑臉。她的腸胃翻攪。陽台搖晃。柯林斯大人回頭走向庭院的大門，一面搖頭。

派人來，她心想。如果你這麼憤怒，救救我們。

亞契的枴杖上下敲打。住手，住手！她抵抗暈眩，把滿手能量注入自己的肚子和胸膛。

「來吧，艾妮絲，」麗塔說。她口齒不清。「我不想看這個！」

「如果我們離開，整個魔咒會崩潰！」

「我也想談個價錢，」布洛斯諾特大聲說，「一千，付清。」他手裡晃著一個沉重的零錢包，向在空中跳動的剩下兩個澎澎微笑。

「今天這裡沒別人上班！」她確信她聽起來很害怕。但布洛斯諾特沒有看著她。

她轉身，看到之前就心裡有數。

萊拉的洋裝好像著火了，她顯得好亮麗：吐氣芳香，長腰身，脖子彎曲，全身顫抖敞開面向布洛斯諾特。

喔，萊拉。妳說過妳不幹了。

是她的魔力在發作。

蜜西抬起頭。賈森輕咬她的喉嚨，擠捏露出的一側乳房。她臉色喜悅，看著萊拉燃燒。她又笑了，向空中揮拳。艾妮絲不知為何覺得難過，這聲音好像號角和歡呼。

「好，萊拉！我就知道妳不可能放棄的！」

萊拉：不斷向上伸手，挑逗火熱的手指，朝向屋頂和吊掛的澎澎。這是她們一直想要的勝利嗎？很多很多錢？這是她們唯一懂的獲勝方式嗎？

咻噗，魔咒發出聲音，澎澎飛舞。魔咒像蜘蛛網一樣在她們周圍變得越來越薄。

萊拉把布洛斯諾特拉進她燦爛的懷中，他汗濕的襯衫貼著她漂亮的編織火焰洋裝。

「來吧，艾妮絲，」麗塔催促，「取下妳的財產，別再看了。」但她聽不清楚麗塔的話；看不到亞契或他在做什麼，加上布洛斯諾特也在，他的臭味，他的身體擋住了她的視線，魔咒在他們周圍閃亮與波動，更加模糊了她的感官。蜜西打開收音機，大聲播放流行舞曲，在賈森的健美身體上起伏。布洛斯諾特用雙手攬著萊拉的腰，她奉上她的澎澎，有魔力的，眾神賜與的那個，但他在搖頭，眼睛盯著他們頭上的白線，大手往上伸向唯一剩下的那個。

「我不要那個，我要這個。」

她的。

萊拉跟他一起向上伸手。

驚恐的艾妮絲衝上前去。

他們三人都跳上空中：像個三角形。

咻噗，最後一個陰戶落下，魔咒破裂消失。艾妮絲肚子抽筋彎下腰。聽到萊拉大喊：「接住，艾妮絲！」抬起頭剛好看到她把自己的澎澎丟向她，理解到即使這很不舒服，她必須接住它，在空中抓取，祈禱，亂扒，差點手滑掉落，把這珍貴的東西拉到她的胸口，激烈地喘息。

一陣混亂。布洛斯諾特和萊拉互相叫罵。蜜西的長腿纏著冒汗的賈森腰部，他粗暴地抽送，她的目光盯著亞契的臉。

原來妳的澎澎真的裝回去了，蜜西。在必要的時候。

亞契怒吼。亞契氣炸了。

即使艾妮絲動作夠快，她能怎樣阻止亞契抬起粗糙的紅木桌高舉過頭呢？無計可施。小心魔力。

「喔天啊，」賈森說，他的漂亮牙齒埋在蜜西的頭髮裡。「喔，好棒。」

「不行！」蜜西尖叫。「亞契！亞契！」

亞契把桌子撕成兩半丟向陽台。布洛斯諾特的後腦撞到它的角落。他踉蹌跌下陽台，在庭院裡昏迷不醒。亞契開始用另外半張桌子敲打牆壁和陽台地板。淚水從他臉頰流下，木材碎片亂飛，拳頭流血。

蜜西把賈森從身上推開。

「亞契，住手，住手！」

「我說過我不喜歡，蜜西。我說過，我不喜歡，妳就是不肯聽。我跟妳說過我不喜歡……！」

收音機的音樂停止。

「別再傷害自己了！」

亞契停手，還在發抖。

艾妮絲捧著她的澎澎。萊拉的膝蓋似乎故障了，她沉重地跌坐在地板上。麗塔蹲著俯瞰他們，像隻母獸。

除了呼吸，唯一的聲音是收音機。「這是印提亞薩總督辦公室發出的重要通知。立即生效，二十四小時的性交禁令。從事任何性行為皆屬非法，最重可判處無期徒刑，重複一遍，任何種類，直到明天下午兩點十分。」

18

桑坦妮的手在槳上打滑。她暫停下來喘息，上唇冒汗。她不記得上次自己划船是什麼時候，很顯然生疏了。到了午後她仍然感覺渾身油膩，像一塊排骨肉，黏膩又憤怒。她在頭髮裡、腳跟上、衣服正面搓揉雙手，然後把它們泡進海裡。獨木舟側傾搖晃。她陷入了畢生最挫折的體驗之中。

她一走回屋裡就被她母親嚴厲責備；這麼重大的事情沒有正當的說謊理由。那個可怕的時刻妳跑哪裡去了？母親追問，她愣住，因為起先她以為她們在說的是陰暗廚房角落裡的女傭那回事。到她母親想要掀起她的裙襬時，她才發現她不是唯一發生意外的人——完全不是丹度的錯。她母親說打掃涼亭的女傭那東西掉落時尖叫了一聲「呀！」，跟她一起坐在花園裡喝檸檬汁的那個隔壁的年輕太太說見鬼了。她還比周圍任何人都沉著冷靜呢。直接跑回家裡，叫人去找桑坦妮，把她自己的……狀況塞進皮囊裡以策安全。然後她想起獨生女並不在家。

我不是妳的獨生女，媽媽。別傻了。

她母親不理會這一點。妳的——那個——在哪裡？

所以她必須說實話。她母親用桑坦妮認為很浮誇的方式緊盯著她雙手抱頭，但她已經習慣了她母親誤會每件事情。想像如果她會在桑坦妮沒得到想要的東西時表現得這麼戲劇性，這才是個合理的母親。

總督必須知道這件事！她母親用頭銜提到她丈夫和孩子父親的方式實在很煩。

妳是說爸爸？

桑坦妮・伊格諾伯，妳知道妳太放肆了嗎？

媽媽去敲她父親辦公室的門，那是她通常樂觀自信的父親唯一無法忍受的事。起先，他說他真的不需要聽這些女人家的事，但深入解釋之後，他幾乎呼吸困難地大步走出辦公室。

在一片喊叫聲中，桑坦妮也被罵了——畢竟，是她爬進丹度的臥室，是她讓他看胯下，那該死的東西偏偏在那時脫落，尤其現在她知道這不只發生在她身上，又怎麼會是他的錯呢？

告訴那小子妳要回去拿妳的寶物！她父親吼道。雖然她明確解釋她覺得最好讓丹度保管，而且稱之為寶物很蠢，她父親看起來好像快中風了。她為他難過，所以她滿心委屈地走到電話邊。

直到丹度告訴她澎澎掉進河裡的事。他的牙齒喀喀作響。

你搞丟了？

她感覺到她母親抽筋似的比手畫腳，好像一隻垂死的母雞。

手、手滑了，丹度結巴著說。

所以現在我要過去宰了你，桑坦妮說。

總督得知此事後的第一個主意很老套。他要派出很多很多人，到野外與進入民宅搜索。桑坦妮瞪著他。想清楚，爸爸。你要派出幾百個男人去尋找我的澎澎？你怎麼會以為這是好主意？

這件蠢事就此打消。

妳怎麼能把這麼寶貴的東西託付給一個廢物，她父親大叫。他發現錢無法解決問題之後真的很生氣。她看過他辦公室裡的保險箱：塞滿了硬幣，而且似乎永遠用不完。架上堆著一些整齊的袋子，是裝進一份賄賂的完美尺寸。

他才不是廢物，她吼回去，即使她從來沒對人像現在對丹度一樣這麼生氣。明天他會成為我丈夫，如果你和媽媽想要抱孫子，你最好努力趕快想出辦法，因為我。沒有。澎澎了！

接著她把自己鎖在房間裡回電給丹度，問他究竟在想什麼，竟然把它當作一串該死的香蕉似的帶著她的下面去散步。

在她父母看來，最迫切的問題是防止……玷污。如果沒人能夠性交，也沒人知道為什麼他們不准性交，就算他們找到了，也自然沒人能夠利用這機會跟她的寶物性交。等到她第二次向丹度說話——應該說是吼叫——然後掛斷，她已經聽到隔壁房子的收音機宣布性愛禁令了。

……從事任何性行為皆屬非法，最重可處無期徒刑，重複一遍，任何種類，直到明天下午兩點十分。

桑坦妮像她母親一樣抱著頭。真的，她的父母愚蠢至極。恐懼壓倒了常識。沒有說明的政府命令只會製造神祕，還有比設法解開謎團更人性化的行為嗎？

現在打電話到家裡的這個電台女主持人。她不相信她。媽媽說讓爸爸上電台去告訴大家一切正常，跟這個女士聊聊刺繡和小孩，說他看到自己的獨生女離家成為獨立婦女有多麼難過，跟民眾談談婚禮裝飾的顏色會有幫助。但她已經聽小哈的節目幾個月了，她可不是好騙的女人。她不是爸爸習慣的那種人，把他的錢袋帶到電台聊聊天氣然後遺留在那兒。所有電台主持人——即使是情聖老爹！——對政客都很客氣。小哈小姐或許沒那麼客氣。而爸爸遭到挑戰時無法冷靜。

> 如果這整個群島上的任何人敢碰我女兒的澎澎，我會割掉他的卵蛋再叫他吃掉剩下的部分。

拜託眾神，別讓他在直播節目中那樣子咒罵，告訴大家遺失在河裡的是什麼東西。

她盡量划快一點：經過樹林、海灘和農民的住屋，粉紅、橘色和桃色，宛如巨大繽紛的甜點，懸掛在叢林中。有個人站在黃色房屋旁邊對她打出粗魯的手勢。桑坦妮很想起身拿一支槳丟他，但這樣她會只剩下一支槳，讓她跟今天其他的所有人顯得一樣愚蠢。她搔搔她的肩膀。她難過時翅膀會發癢。如果女人必須出門尋找自己的澎澎，這世界會變成什麼樣子？男人除了打扮漂亮之外，不能託付他們做任何事。

她為此付出了重大代價。

爸爸這麼保護她也有點道理。畢竟她的一部分身體陷入了危險。她沒告訴他她要去哪裡，但在平靜的日子裡她認為他會允許的。大家都說她父親有著洋派作風和送貨小弟的魔力：因為速度，那是什麼二流魔法？他們不了解。他是重視心靈的人。重視深層情感的人。他喜歡她有自己的想法。她不確定她找回自己的澎澎之後該做什麼。她該如何跟恐懼和解，那會是什麼狀況，或丹度是否還會喜歡歷險歸來的澎澎。發生這麼令人擔憂的疏失之後，她甚至不確定她希望丹度再看到它，永遠。但她想要它。它失蹤越久，她越感覺不對勁。那是屬於她的東西，應該由她負責。

如果有人知道澎澎跑去了哪裡，那就是巫術委員會了，所以她要去找她們。

杜庫亞伊島在遠方軋軋出聲，絲綢般的海岸看起來是綠色和檸檬色。

¶

在波比修史上，不對，是整個人類史上從來沒發生過這樣的電台對話。最後大家都同意只有一個女人做得到。

「午安，各位女士先生。我們很幸運能在今天傍晚歡迎我們的總督，伯特蘭·印提亞薩閣下。午安，總督先生。」

「請叫我伯提，小哈小姐。所有美女都這樣叫。」

「我寧可給您應有的尊重，總督先生。謝謝您準時赴約。有好多事情要談——」

印提亞薩插嘴。「沒問題，小哈。我剛跟可愛的妻子吃完午餐才過來赴約。我的妻子真的叫我伯提。是她說我應該花點時間跟波比修史上第一位女電台主持人聊聊。」

小哈咳嗽。

「必須討論的主題，對我的許多聽眾而言，是一個緊急事故。一小時前，您向波比修的所有電台發布聲明。為期二十四小時的性交絕對禁令。這項法令把做愛視為犯罪，總督先生。我的第一個問題是：為什麼？」

一陣停頓，全島的人努力從這麼直接的無禮脫序中復原。

總督終於回應，語氣低沉平緩。

「唉，小哈小姐。好尖銳的問題啊。呃。這是跟衛生委員會聯名發出的指令。」

又一陣停頓。總督好像說完了。

「所以呢……？」小哈說。

整個群島沒在聽的人都開始注意聽了。

「所以」，該死！所以！

「恕我直言，小哈小姐，過去幾個月來，產生了一股不必要的質疑氣氛。對政府的智慧與經驗缺乏信任。我從未受過如此無禮的對待。」

「總督，您不可能毫無脈絡或理由就立法規範做愛。您和委員會真的認為民眾會接受嗎？」

「當然。」印提亞薩冷靜地說。

「根據什麼？」

「年輕人，這只有一天。其中八小時，大多數人在睡覺。我無法想像哪個禽獸無法忍耐這麼短的時間。我會回答有智慧和尊重的問題，但我不會被恫嚇。要我提醒妳我是妳節目的客人嗎？」

「您是，長官，我們都很高興請到您來。容我告訴您另一件事。今天下午有很多電話湧入，我們決定不公布它們。我們很擔心來電內容的正確性，還有引發公眾騷動的可能。我們想要更多資訊，而不只是謠言和恐慌。現在我們有這個機會能夠問您：您是否知道大約三小時前，波比修的所有成年女性都遭遇了一場生殖器意外？」

「什、什麼——什麼——？」

「她們的澎澎脫落了。」

冰冷的沉默。

「您知道這件事嗎，總督？」

「我完全不知情。」

「是嗎？」

「是的。」很堅定。

「所以您今天下午沒有接觸到您的女兒或妻子？」

「我說過了，我妻子有跟我吃午餐。」

「但她沒有遭受任何傷害？」

「我認為這個問題很不恰當又愚蠢。」

「很抱歉。但是更廣泛的這個問題應該相當合理，有鑑於這麼多女人似乎有此遭遇。今天下午杜庫亞伊、貝提西恩，甚至來自死亡群島的人都有打來，總督先生。委員會禁令發布的時機實在非常可疑。」

「那算不上確切的證據。」

「我同意。但算是旁證，而且散播很廣。」

「怪事在波比修稀鬆平常，小哈小姐。別大驚小怪。」

「沒錯。但是如果你忽視它，眾神會笑的。我們都不是笨蛋。顯然這些生殖器意外跟禁令之間有關聯。何不直接發布清楚又合理的解釋證實這一點？」

「妳是坐在那邊，打算要教我怎樣做才合理嗎？」

「是的，長官。衛生委員會對這次事件有什麼對策？他們會檢查陰戶是否都有被毫無損傷地裝回去嗎？他們知道陰戶會不會再脫落嗎？他們要怎麼確保婦女的安全？」

「安全？」印提亞薩動怒了。「妳就是那種說得好像世上只有女人的人。有什麼證據證明任何這些事情真的在發生？」

「我們計算出今天上午有三百六十七個男女來電，他們告訴我們這件事情發生在他們所有的朋友和家人身上。這裡上班的每個女性也遭到同樣的命運，每通電話似乎代表至少兩個其他人。所以我們才公開討論：為了還沒發問的女性或擔心女性親友的男性。如果這是陰莖脫落事件，我忍不住認為事情會處理得更緊急。」

沉默了三拍，接著猛抽一口氣，和無疑是拖著腳步的聲音。

訪談之後的很多年，民眾仍在臆測那幾秒鐘。有人說印提亞薩總督掏出他的那話兒證明它很安全。或者他抓住了小哈身上某個部位。但每個人都同意那一刻準沒好事，而小哈像最強悍的波比修女性那樣搞定了。

她忍住了沒有嘲笑這笨蛋。

「總督。男士們打來這裡是因為他們擔心他們愛的女性。母親、姊妹和朋友。您打算怎麼安撫這些男女？」

「性愛禁令給了我們時間評估狀況。」

「給你們時間去評估您剛說毫不知情的狀況？」

「呃……我說的是理論上，由委員會的這個決定看來。」

「所以您對情況毫無了解就簽署了他們擬定的法令？但您是委員會的領袖啊。」

「我抗議妳無禮的新問題，小姐！如果我問妳的澎澎狀況如何，妳作何感想？」

短暫的停頓。印提亞薩似乎得到了某種優勢。

「如果小哈小姐也遭遇了問題，妳不認為妳的民眾有權知道嗎？」

她平和地回答。

「我的澎澎在十一點半脫落了，總督先生，沒錯。跟其他所有人同一時間，而現在我已經沒事了。如果您知道辦法，這件事很容易解決。我們諮詢了巫女，雖然您的委員會拒絕批准我們訪談巫術委員會的主委。沒有巫術委員會，您的委員會什麼都不能做，但是巫女說她們沒接到這項性愛禁令的預警。所以我們才訪談您，長官。為了波比修的公共利益，這種事必須公開討論。尤其是即將舉行法定選舉的時候。您和衛生委員會要如何回應成千上萬選民的擔憂呢？」

「盡我們的能力。」

「給我個例子。」

「我們會監管——」

「所以性愛禁令真的跟澎澎脫落有關？禁令有助於我們的婦女嗎？」

「我們——我們——呃——」

「是否有性交會在未來引發問題的證據？對男人還是女人？可能造成感染或老毛病復發嗎？民眾都打來問關於今晚要舉行的美麗小姐選美大賽，我們是否應該取消比較好。誰想要走在舞台上，擔心她們的澎澎會在波比修所有人的面前再度脫落呢？」

「親愛的小姐。妳誇大了一切。魔力在波比修隨時存在——妳自己說的！我這輩子在我們的美好國家裡已經見過不知道多少瘋狂的愚行了，我知道妳應該也是。有人消失後重新出現，眼珠從臉上滾下來，小孩子像魚那樣潛水兩小時，還有其他小孩從羊肚子生出來，妳怎麼還能夠以此製造麻煩？還有上千種其他的魔力呢？這正是我們不直接提起這件事的理由。目前，妳讓民眾恐慌了。這家電台根本沒有社會良知。」

「但是什麼時候發生過這麼廣泛又同步的事件？」

「一直都有，小姐。看看歷史吧！妳說妳關心我們的人民，但妳此時此刻正在把他們嚇壞。這是負責任嗎？」

「即使誠實回答我一個問題也好，我會很感激，總督先生。」

「妳以為妳在跟誰說話，小丫頭？」

整個群島上集體驚呼。喔，小丫頭時刻。男人放棄任何希望、任何甜美的夢想，要開始講出某種醜話的時刻。

「長官，您是我們最高階的公僕。我問了您為什麼發布性愛禁令。您和衛生委員會要如何處理選民的擔憂。為什麼我不能訪談巫術委員會。她們為什麼沒有支持您。性愛禁令對我們婦女有什麼幫助。我問了您是否擔心性交可能在未來引發問題。而這全都發生在選舉年。我還是沒聽到任何問題的答案。伯提。」

歡呼聲，響遍各處海灘和蘭姆酒吧。男人敲桌子互相拍背，女人笑得彎腰。男人連忙走過去，手扶著她們的腰和頭。

「妳還好吧，寶貝？有沒有東西掉落？」

「修理他，小哈小姐！」

「無禮的男人叫她小丫頭。就叫他伯提，好耶！」

「他沒好好回答任何問題。然後還問到她的澎澎。你聽說過這種事嗎？」

「各位女士先生，恐怕群島總督，伯特蘭・印提亞薩，已經離開我的播音室了。好吧。性愛禁令仍在實施中，我們沒聽到答案。但是請聽我說。我不等巫術委員會了。我要找女性分享智慧。我們要攤開來談。打電話告訴我妳的是否也脫落了，以及妳是怎麼修好的。不用打電話跟我說這是一場失禮的對話。這件事太重要了……」

訪談結束。

¶

在美麗鎮，一位肥胖但非常漂亮的祖母在異常沉重的微風中走進家裡到她的吊床上休息。有隻小貓鼬爬過她的陰唇皺褶進入她的子宮，稍微驚動了她。牠發現那裡的味道好香：甜蜜充血的襯裡。貓鼬吃掉它的填充物，無意中害死了老祖母，而當死去的祖母坐起身子，靈魂爬出來到床單上，貓鼬把它也吃了。

19

沙維耶站在陽台台階上，眺望水果樹上滴落的雨水，濕氣被風吹過平坦的紅土地。他們剛跑出那片單色調的死亡群島海灘，但是在山脈上翻滾的雲層仍在藍天上呈現灰黑色。

他讓雨滴在鐵皮屋頂上飛濺，落到他的手上。雨水像是藥膏，療癒著他仍在體內感覺到的恐懼。

喘氣，奔跑，發痛的喉嚨，像個布袋掛在他肩膀上的男孩。羅曼札的眼窩裡翻著白眼，他的身體萎縮。似乎憑空出現的貧民來了，喊叫著指點：去找巫女，離這裡三哩外！你會看到她的家！有幾個婦女盡力陪著他跑了一段，鼓舞他前進，告訴他已經有人先去傳話了。他腳跟上的是泥巴，還是羅曼札在他肩上咳出來的血？發黑又有臭味：他無法確定，但他知道血的氣味。一棟小建築出現，是方圓幾哩內他唯一看得見的，肯定就是那裡吧？貧民們跑出家裡幫他通過突來的豪雨，最後他終於跪倒在地，放下羅曼札，胸口嘶嘶喘氣，恐懼，這孩子靜止不動；他七手八腳被扶著站起來時很痛苦，又生氣，不用，我沒事，快救他！

死亡群島從來沒有什麼好事，沒有，絕對沒有。但他差點對他們感激到哭出來，似乎都知道自己在做什麼而且該怎樣做最好。

他跌倒撞到頭了嗎？他吃了什麼東西？被人打了嗎？他中了什麼魔咒嗎？他的血液裡有糖嗎？

我不知道。我不知道。

他不知道任何有用的事情，連羅曼札的姓氏也不知道。他俯瞰男孩的額頭，看到深紅色閃現，弄髒了男孩的下巴。他舔自己的拇指擦掉乾血塊之後有人拿了擔架來。一個胖巫女用友善但權威的動作把他推離門邊。放開，她說。她有張圓臉，一雙熱心的小手。他被留在泥濘的陽台上，大雨像汗水從房子的牆壁流下。

沙維耶雙手上下摩擦他潮濕的臉。淋濕的桌上有一碗菸草，他聞到味道，辛辣又甜美。一切都會沒事的。這次他有機會行動，他沒有太遲。

想到這一天可能出現又一件死亡令人難以忍受。他走到外面的雨中，辨識植物讓自己分心：兩叢黃酸棗和幾種芒果樹。又熱又濕的空氣裡有香料氣息。他抬頭看著淡橘色的番木瓜樹，手指摸過一堆剛採摘的綠椰子，鳳梨株，一棵黑色美果欖樹。檢查一叢他不認得的糾纏藤蔓，裡面沉重地暗藏著金綠色蔬菜。有個音樂小池塘，被大雨注滿了水。他停下來查看一尊女性臉孔的石灰岩雕像。羅曼札的血沾到了他的背包。萬一這孩子死了，他該通知誰呢？他要怎麼尋找嗜賭的父親或會做好吃餡餅的母親？

他舉目所及，房子庭院之外只有平坦的紅色黏土。他奔跑著濺起水花越過淹到他腳踝的閃亮淺河，但是沒別的東西了。彷彿這棟小屋和茂密的花園被一隻大手從別處挖起來移植到這世界的邊緣。

他發抖；想到甜椒和螯蝦。藍色人，灑落在河中石頭上。

好安靜。總會有人來跟他說點什麼吧。

他伸手到背包裡拿紅色皮囊，緩緩再掛到自己脖子上，皮繩撫摸著他的皮膚，沿著收攏的邊緣，兩根手指伸進去，輕輕觸摸那隻蛾。他嗅嗅他的手指。氣味像泥土、種子和別的東西，令他想到恐懼。他伸出手來盯著從翅膀上沾到的銹色鱗粉被沖掉。從那個漁夫兒子送給他到現在已經過了將近七小時。

艾妮絲告訴他當飢餓來臨時，要轉向內心。溫柔地和自己說話；知道他身體的某部分需要注意。

他真是笨蛋，又被這玩意影響了。

他確信她早就忘了他和他的麻煩。有個熟人認識拉提波狄耶家族，在那最後的道別之後，他故作輕鬆地打聽了她一陣子。熟人永遠只用形容詞描述艾妮絲小姐。她跟英俊丈夫買的簡樸小屋很漂亮。她似乎很幸福。虔誠。可敬。平靜。怎麼聽也不像跟他在山丘上散步、強烈地相信他的那個人。最後他不再打聽。家族熟人說她因為再也派不上用場感覺無用、哀傷、被冒犯。

雨勢減緩了。

他抬頭查看窸窣聲。一名女子站在花園大門口，在大量堆肥中搜尋。她的身體讓他想起八字形的裸麥麵包：他想像她衣服裡面有根酸酸脆脆的辮子。他瞇起眼。她不是在挖掘堆肥，而是在把葉子塞進去：從圍籬上方的芭樂樹上摘來的葉子。這麼做似乎很奇怪。

女子往後仰，張著嘴，喝雨水。她大大張開下巴，太大了，露出粗糙的牙齒，然後整個下顎脫落，掉在她胸前再落到地上。

她轉身盯著他。

沙維耶差點把掩嘴的手掌吞下去。他開始走向她。一定不是。一定不會在這裡。不是現在。他抵抗著突發的劇烈作嘔。

一定不是妮亞。

他用手指摸摸自己因為羅曼札的血而發黏的上衣。他的後頸也很黏。他走近那個腐爛的人形。她又去摘芭樂樹葉。她破碎的臉孔上、耳朵上、頭髮和手臂上，都有好像水晶的雨滴。他呼吸困難，走到大門，仔細盯著。

不，不是妮亞。

他感到強烈又直接的解脫。陽台上的風鈴叮噹作響。那個鬼魂旋轉她殘餘的腐爛脖子三百六十度，臉孔好像貓頭鷹。沙維耶猛吞口水。她來這裡找誰？誰需要見她？誰需要幫她？他該出手嗎？

鬼魂打嗝。

一樣一樣來，否則一切會混亂失控。

「沙維耶。」

他轉過身。

羅曼札站在陽台上，穿著大了兩號的乾淨衣服顯得好矮。讓他看起來更年輕，臉上表情也更加莊嚴。沙維耶的喉嚨發痛。他不知道該說什麼。

「別理會那個鬼魂，」羅曼札大聲說，「我們這裡都讓他們自由走動。」

他無法爭辯。回頭看著那個破碎的女人能夠阻止他衝向陽台，用可笑的方式亂摸這孩子。小子，你還好吧？哪裡痛嗎？因為我好怕。他試著開玩笑。「那個巫女會來告訴我為什麼我要扛著你差點跑斷腿穿過叢林嗎？」

他背後的鬼魂輕笑，發出嘶聲。他們看著她兩肩一高一低，穿越平地溜走，像個油膩土地上的塗鴉。

不，不是妮亞。

「你好，神廚。」

在門口推開他的同一個巫女從屋裡走出來。她似乎比剛才更胖了，而且很矮。他瞬間有個感覺是她的肩膀消失了，彷彿她根本不是固體而是某種氣體的存在。她慈愛地把頭放在羅曼札肩上，拍拍他的手，再站直身子，她的貧民目光注視著爬上台階的沙維耶。她的暗粉紅色眼睛又圓又亮，好像高級章魚。她戴著沉重的紫色頭巾，化巫術委員的眼妝：又濃又黑好像貓眼，下眼皮內有條白線。羅曼札微笑並將她擁近他旁邊。誰都看得出來，這孩子需要一個擁抱。

人可以很快學習到關心。

「老師，」沙維耶說，心裡想要別的東西。

她輕拍她的大肚子。「大多數人叫我砲彈，就是那種植物。」她指指他不認識的結著又黏又圓水果的藤蔓。「這是我家人取的綽號。他們想要羞辱我結果沒效，他們仍然很不高興。」她抬頭看著他，嘴上露出笑意。「你知道這年輕人沒事了吧？」

「是嗎？」她真是個整齊簡約的女人。他感到自己在抽搐。他詛咒說他軟弱的所有人。

「跟他說你感覺怎樣，羅曼札，」砲彈說。

「好些了，神廚。好多了。」

「那就好，那就好。」

沙維耶沉重地坐到台階上，示意羅曼札坐到唯一的藤椅上。砲彈拍拍羅曼札，他坐下。他看起來又累又蒼白。

砲彈的粉紅眼睛發出黃光，好像火柴點燃。

「羅曼札希望讓你知道是怎麼回事，對吧，羅曼札？」男孩點點頭，她微笑。「神廚，我了解發生的事看起來很嚇人。羅曼札說那很痛苦。但他不會死。」

她的聲音很能撫慰人心。

「他的肺裡沒有感染和傷勢，但是喉嚨裡有些又小又深的傷口，還有舊疤痕組織，我都治好了。我們不知道是什麼刺激到喉嚨讓羅曼札咳了好幾個月，但我認為無論如何，沒有生命危險。羅曼札吃了越來越多的半熟西非荔枝，如你所知，那有劇毒。西非荔枝有短期止咳效果，但也會刺激喉嚨，而咳嗽造成的傷口是無法癒合的。所以成了惡性循環。」

又撫摸她的肚子。沙維耶猜想著它有多柔軟。「羅曼札，你同意嗎？不再吃毒藥，直到我們找出原因。」

羅曼札點頭。

沙維耶皺眉。「那吐血……是怎樣？」

「幾條血管終於因為緊繃爆掉了，但絕對沒有更嚴重的問題。」

「他失去意識了。」

「西非荔枝會降低血壓。以他吃的數量，我很驚訝他以前沒昏倒過。」

沙維耶感覺很荒謬：對自己的奔跑和驚慌。

「如你所知，光治療症狀很愚蠢。我們必須找出病根。我想你應該回來我身邊，羅曼札，檢查詛咒、魔法和精神疾病的併發症。我也很擔心你有點營養不良。脫水。如果你不回來作定期治療，可能還會惡化。」

陽光突然間變強，雨勢逐漸停止。沙維耶好想把頭放在女人的胸前嘆氣。

「這年輕人需要好好餵食真是諷刺，他可是神廚的朋友呢。」沙維耶皺眉。砲彈揮揮她的手。「拜託。我是開玩笑的。」

又是營養不良。他想起奧莉薇亞娜，要是她母親能來就好了。奇瑟的肋骨與四肢都暗示她會長很高。伊奧的巫女說她拉長的骨頭已經像是鋼鐵，她的皮膚也非常強韌；他想像她在索因島和普魯伊島之間伸展手臂，像座人肉橋梁，做得到嗎？她會說叔叔，很癢。她會很喜歡羅曼札——她一直想要個大哥。

砲彈向上伸手摸摸頭頂上的風鈴。「我讓你們聊聊吧。你想待多久就待多久。但是你離開之前請來找我，神廚。」

然後她離去，像油漂在水上。

男人們猶豫。這孩子突發的脆弱、送醫，這是他們之間的親密連結；沙維耶不確定接下來該怎樣，或如何表現。

「所以，你好了，」他說。

「呃，不完全是。」

「是你說的。」

「我不疼痛了。她暫時治好了我。但我們不知道病因。」

「對。呃。」他衝上前，「我會支付一切費用。」

羅曼札微弱地笑笑。「她不要錢，神廚。」

「我想她會要的。」

「她不向貧民收費。她是我們的一份子。」
「不表示她不會希望我付。」
「你太擔心錢了。」
「從來沒有人這樣跟我說過。」
「我喜歡當第一個。」
真調皮。自由，是什麼感受？
「小子，你知道你沒禮貌嗎？」
「向來知道。但你不認為我無禮。你認為我沒問題。」
沒問題，沙維耶。你沒有什麼問題。艾妮絲這麼說過。
沙維耶退出到外面的花園。他從樹上摘下兩顆番木瓜，把一撮成熟褐色的羅望子豆莢攤在陽台桌上。他從先前發現的一堆裡選了顆綠椰子，用倚在樹上的開山刀劈開外殼，在手上轉動椰子直到他看到出汁，用刀尖在頂端挖出一個洞。他把椰子遞給羅曼札，羅曼札喝掉。
沙維耶也給自己砍了一顆椰子大口喝掉。他開始敲破羅望子，把莢肉拉出來，加入他手掌上的糖和黑胡椒。羅曼札好奇地看著他。他把一顆處理過的羅望子交給男孩，拿回椰子空殼劈成兩半，切割成平面薄片讓羅曼札方便挖出膠狀的白色果肉。

羅曼札慢慢地吃著小塊椰子肉，彷彿預料到會有痛苦，對臨時湊和的羅望子甜點味道點頭。沙維耶把番木瓜剖半，挖掉黑色小種子丟出陽台牆外。有時候他會在木瓜或西瓜切塊上加點烤芝麻，但這種水果香甜好吃到不需要額外功夫。不必作勢唬人。

「你養過狗嗎？」羅曼札臉上沾了水果渣。

「我繼父說我們養不起不能用來吃的動物。」

羅曼札把一顆羅望子種子吐向空中。

「你家裡很窮。」

「普通而已。不過有些辛苦的時候。」

「你有兄弟姊妹嗎？」

「一個哥哥。」他停頓一下，「你的家人有誰？」

「我不想談這個。」

羅曼札輕輕揉他的胸口。

他們在某些方面太像了。「你在好轉之前哪裡都不能去嗎？」

「我感覺好些了。而且我總會去到哪裡。」

「室內，有人可以照顧你的地方。」

「你知道我的同類只能忍受室內一陣子，神廚。」

「砲彈說你必須回來。」

「我會回來的。」羅曼札吸吮甜點，滿足地嘆口氣。「不過只有水果跟甜點，神廚？我期待更多你做的東西。或許你根本無法真正做菜。」

「那是你的喉嚨需要的東西。如果你真正讓自己感受，就會知道——」

「喔天啊，他像牛蛙一樣膨脹起來了。」

他們相視而笑。又開始下起大雨了，雨水看似白色，像飛濺的油漆。這個花園裡沒有花朵。

「你怎麼知道我小時候愛吃甜食和椰子水？」

沙維耶聳肩。「我就是知道。」

「我從不回想。直到現在。」

「我知道。」

風鈴在仍然陰暗的陽台上叮噹響，羅曼札轉過頭時，沙維耶敢發誓那孩子的臉上被好像墨水的黑色眼淚弄髒了。

「我馬上回來，」沙維耶說，走進砲彈的屋裡。

¶

測試完成之後他最想念的是恩塔莉。她二十六歲生日那天他去散步並把籃子裝滿了可食用花卉：南瓜花和金盞花，薰衣草和柑橘花，混合了鼠尾草和薄荷碎片——檢查了每片花瓣有無皺褶，每根花梗有無腐爛——派了個女孩送去。他踱步等待，手指因為摘下飛蛾觸鬚被染黑。他喜歡想像他老朋友的樂趣，發現禮物的細節。她一定能夠平息她的失望。他需要一個朋友，或許她也是。

女孩把原封未動的花籃帶了回來，外加一封信。

恩塔莉寫信說她醒來時有想到他。她說她不想要花。她生日想要的是他別再吃蛾。她寫道，該是他改變的時候了。

他一發現自己讀了什麼——而且只是前幾行，因為這種信通常具有自己的特定能量，這一封在黃昏光線下緩緩鼓動——他伸直手臂把信拿遠，視線掠過紙面，只勉強讓文字形成句子。關心。愛。應該。他呼吸困難，幾乎無法控制字義湧入腦中的速度。好長又精心編排的信。他們從未談到他的癮頭。她一定這麼想很久了。她寫得好像飛蛾讓他變笨了，說些他已經告訴自己上千遍的事。每個段落中，她都說她愛他。吐露他在她心裡的重量，她多麼害怕他會死掉。

他也必須為她的痛苦負責嗎？

沒有任何啟示。老實說，這封信讓他更糟糕了。他感覺比以前更邪惡、愚蠢、抱歉與愧疚。吃飛蛾直到他嘴裡灼痛，眼睛充血，腳踝無力，鄰居都害怕在庭院裡看到他。

現在他成了神廚，這讓他發瘋了嗎？

他從來不需要朋友告訴他飛蛾讓他消瘦虛弱、關節僵硬、流鼻水。他從惡夢裡想著這事醒來，緊抓著皮囊。他或許寄過同樣的信給他母親；畢竟，他答應過自己在她死於酗酒之前跟她談談。明知不會有什麼效果，唉，讓他抱頭苦惱。

別管我，他心想。

他認識一個婚姻幸福的治療師，他不了解他的酗酒病人，但卻忍不住在每個女人經過時偷看她們的裙擺。有個很照顧小孩的鄰居很有愛心和注意力，但如果有人譏笑她就會暴怒；有個男人告誡女兒少抽蜜樹菸草，但他生病、恐懼或悲傷時都會吃得太多。另一個朋友是善良的女性，卻總是嘴巴不饒人：他看過她為此當著別人的面吼叫。伊奧無法忍受被愛人拋棄，即使先拋棄對方會讓他非常痛苦也無妨。摩埃從來不缺男人，從她青春期以來就是這樣，而且引以為傲，有一天他問她，如果妳發現自己落單了怎麼辦，她說她確定自己可以去餵餵雞。

我們需要用來安慰自己的東西。

他一直沒回覆那封信，但他幾星期後在美麗鎮看到了恩塔莉。她焦急又哭哭啼啼地走向他，他繞路避開她。如果他留下，就會有大叫、捶胸頓足、失去僅剩自制力的風險。他不想對她吼叫，因為她向他提出的是愛，她用來打擊他的也是愛，愛、愛、愛——

¶

砲彈在她的診療室裡放了個大冰箱，還有地墊。她在門口迎接他，面帶微笑，肩膀居然在波動，示意他坐下。沙維耶搖搖頭，但她堅定地按著他坐下。他坐定之後——往前伸出長腿，心裡有點確信她覺得他的彆扭很有趣——她蹲在一個繡花坐墊上。她的乳房輕輕垂在隆起的肚子上，他認為她相當完美。

「妳還有什麼關於羅曼札的事要告訴我嗎？」

「你既然願意中斷狩獵，羅曼札一定對你很重要。他是你的助手嗎？」

「狩獵？」

「收音機整個星期都在講巡視。」砲彈調整一下長袍，有一瞬間他以為她要給他看腿環，不過巫女並不玩那種遊戲。「有三場競賽要贏，才有你自己的特殊婚宴。他們沒說你會來掌廚，但他們有暗示，好像大家不曉得你對這種事很嚴格。」她表情憤慨。「有人在貝提西恩山丘看到你，你親手宰了十四隻豬付了幾百塊錢，還有在杜庫亞伊，你企圖勾引別人的老婆，被她罵跑了。」

或許眾神想要藉著這樣的耽擱來指示他什麼事。貧民宴席會激怒印提亞薩。或許他該聽話：收集一些討喜的食材，讓荒謬劇上演。不過現在桑坦妮．印提亞薩是他的目標，他必須妥善地餵飽她。

「那個年輕人必須吃公羊頭，」砲彈說，彷彿她聽得見他的心思。「煮湯比較符合傳統。」

菜名叫做男人湯：用羊頭、內臟和羊腳做成。是普蘭坦尼提神廚的名作之一。聽說普蘭坦尼提經常帶著一桶男人湯坐在路奇亞的市中心，送給竊笑的女孩拿去給她們的情人。最好用舊鍋子加熱，男人們在深夜裡聚在一起用手吃，搭配觀賞九柱戲比賽轉播。這是個好主意，但他想的不是新郎。桑坦妮喜歡的他就會喜歡。不知何故他知道這點，如果他錯了，那就是注定如此。

「我可否建議別用太多胡椒，因為嘴裡的刺痛感官雖然可能催情，其實會降低——」

「我知道胡椒。」

「是，當然了。」砲彈表情尷尬，他也警覺到令她尷尬了。她吃力地從坐墊上起身。他歉疚地過去幫忙，但她揮手斥退。

「老師，妳有其他想要的東西嗎？或我可以付錢請妳照顧羅曼札？」

她從冰箱裡拿出一個白色包裹。中型馬鈴薯的大小和形狀。她在手上傳來傳去，像在撫摸它，面露期待的表情。

「神廚。有個……歪歌經常在街上被大聲播放。很多人認為它說的是你的……咳……天賦。或缺乏天賦。」

「我聽過了。」

「女人家會打電話去電台討論這些……指控，有的會被中途切斷，因為她們相當……歇斯底里。她們說你很厲害，她們親自體驗過。」

她看起來嘻皮笑臉。

「怎樣？」

「也有人說你的志向不在食物，而是在尋找治療陽萎的解藥。我不知道哪邊才是真的。」

「夠了。」他想過諮詢她的意見，問她是否見過任何貧民挨餓，但她不可靠，會聽信八卦。這算什麼巫女？太年輕，躲在這死亡群島上，離委員會太遠了。

砲彈顯得垂頭喪氣。「大多數男人會想知道對他們人格誹謗的細節。」她看著地上擰捏著手裡的小包裹。「我只是想幫忙。」

「我不需要任何幫忙。」

砲彈摸摸她的下巴，粉紅眼睛看似苦惱。

「不行，不行。神廚。我期待著跟你談話很久了。你不記得我了，對吧？」

「我不——」

「也難怪吧？我是第一批，很多人之一，你在廚房裡忙。但是我希望……呃，我們都希望……你會看見我們。」她咬著嘴唇。他心想，無論她的問題是什麼，她應該要有更好的自制力。「透過廚房窗戶我還是看得到你。像個著魔的人。看著你工作非常驚人，這麼瘋狂又篤定。我馬上就知道了。我治療過很多案例。」她拉高音量。「我曾經認為他們都很軟弱，然後我看到了你。當時你剛上任，不到兩年前，但是那還是像油漬一樣殘留在你身上。」

「妳在說什麼？」

「但是你傷害了我，神廚。侍者過來：『今晚，為了妳，』他說，『沙維耶・雷丘斯奉上傳統美食。南瓜湯。鹽漬鱈魚，與蘇格蘭圓椒和洋蔥一起調理。他親手栽種的甜番茄。他也奉上沾肉汁用的餃子。醋栗汁拼盤，看到那顏色沒有？半熟兔腿肉，別怕，他確定這會取悅妳的味蕾。玉米，一隻肥兔耳佐奶油；少許萊姆醃漬的風乾軟綠豆——請最後再吃。』我很不高興。我心想：平凡的農民菜。

「我身邊有個漂亮的男人：高大闊胸，而我呢，呃，當時還不是巫女。原本沒機會搏取他注意，直到我答應帶他來你的殘詩。連這個名字都能引人幻想。他看到我的餐點時表情真怪！他以為你在嘲笑我。我想要的是想像力。我在別人的桌上看到了。

「但是後來我們品嘗！唉。他舔著手指，舔手腕上沾到的醬汁。我不敢看他：他似乎突然變笨了。因為這裡——」她邊說邊用雙手抓著空氣，熱情努力地想表達她自己。「這裡不只是食物，而是個體驗。那是整個波比修的氣味和質感，那是——那是——我們所有的愛與失落與美麗、掙扎、歷史、我們的童年……那是完美，是對我來說的完美。我知道坐著想家的感受。我不懂你怎麼會知道……」她的聲音開始減弱。「現在呢。我讓自己出糗了。我很遺憾。」

他有點驚恐。他一向選擇迴避會在餐後等他的那種人，派伊奧送他們出去。他能夠說多少次謝謝，我很高興你喜歡我的手藝？他已經這麼努力工作提供給他們需要的東西，為何還要說這些？重點根本不在見到他。他看見了他們。讓他們吃完離開，在消化時思考，如果可能的話，留下回憶。但是砲彈的嘴在顫抖。她被征服了。她的手，拿起馬鈴薯尺寸的包裹時好像在發抖？

「我這兒有你需要的東西。」她懇求說，「我一直等著當那個交給你的人。」

沙維耶站了起來；現在最好這麼做。她似乎沒注意到，眼睛盯著她的禮物。沙維耶勉為其難收下。他輕捏一下。包裹很輕，像麵團或脂肪類的東西。他嗅嗅看。

「我知道妳想要幫我，老師。但就像我先前說的：那首歌是謊話。我沒有陽萎。」

她合握雙手。「這不是給你的老二用的。」

包裹貼著他臉頰劇烈地動作，改變著形狀和質感，彷彿他什麼也沒抓住但它卻蠕動著發熱，他丟還給她，咒罵，理解了那是什麼。

「鬼腳跟！」

他聽說過這種討厭的東西。老師，妳吃過鬼腳跟嗎？馬丁和西西在黛絲芮面前竊笑問。她生氣了。我當然吃過。快給我滾蛋。是什麼東西強大到讓黛絲芮緊張？他們一起對它的恐怖感到興奮。

砲彈嗾口水，從地上抓起蠕動的東西捧著。她似乎快哭出來了。

「神廚。我以最高的敬意送給你，最高敬意。」

「妳如果以為我會吃這玩意，肯定是瘋了！」

「可是神廚，天啊，我求你，聽——！」

不行，不行，不行。鬼魂的腳跟，他還不如吃了妮亞。

「我不是食人族。」

「這不是吃人肉。是最棒最棒的精神膜拜形式。你把死者帶入體內……」

「不行！」

「神廚，我們國家的每個巫女都認為這是儀式的最高形式。沒有比用它做菜更強大的力量了。這是深刻的味覺體驗。你當神廚不能沒吃過這個。在你之前的巴納巴斯和普蘭坦尼提，尚・西恩・貝爾加，拜歐，和你最心愛的黛絲芮。」

「我不在乎！」

好像吃掉妮亞！他在腦中喊叫。

「那種飢餓有多痛苦？」

「我不知道妳在說什麼。」

「神廚。我看得出來。」她的肚子在顫動，很壯觀。「你或許受到眾神祝福，但那無法拯救你免於因為吃飛蛾暴斃在大街上。」

他走過房間，遠離她，皮膚發熱，聲音低沉並且突然感到羞愧，但是為什麼？他是無辜的。他沒有吃什麼不該吃的東西。

「妳落後了幾年，砲彈。我戒掉了。甚至在妳到餐廳來的時候我就已經不吃了。」

她的哀傷似乎消失了，好像撥雲見日。她的笑容讓房間裡變冷了一點。

「我有聽說你戒了。但是沒人戒得掉，無論他們自認為已經擺脫了它多久。這是我的專長領域，神廚。我一生的工作。食蛾者總是會破戒。因為你是神廚，我希望你的某些特質能讓情況不同。我甚至想過要研究你，如果你願意的話。但我聞得到你身上的飢餓，當時，就像其他所有正常人。當時你有，而今天更加惡化。你的旅程上有這個同伴已經很久了。」

他感覺像是回到了小男孩時代，幾乎可以聞到她呼吸中的蘭姆酒味；她會像他的生父那樣跳舞，在長袍底下穿著綁帶式的藍色涼鞋嗎？

他在流口水。他伸手擦掉。

砲彈搖搖頭。「哇！你看看！我只說一點點你的舌頭就淹水了！」

「安靜。」他想不起自己曾經什麼時候這樣跟女人說話。更別說巫女了。

「我認識的食蛾者把它形容成腦中某種無情的大海。大海無法控制，你終究必須再度沉淪。貧民」——她停下來輕聲苦笑，彷彿想起她愛過的某人——「我們了解。我們親近食蛾者。我們接納鬼魂，我們接納腐爛，我們接納死亡氣息，我們擱置飛蛾直到它準備好，神廚！」她上前；抗拒著，沙維耶蹣跚後退。「你以為羅曼札為什麼親近你？他也聞到了。幫你戒掉的傻瓜應該告訴過你這些。但或許他們只是想要他們的錢。」

「我說閉嘴。」艾妮絲是最善良的，最棒的。

砲彈打開裸露抽搐的鬼腳跟遞出來。它看起來好像變得黏稠的舊香皂。「在夢中，我是把這個交給你的人，烹飪上的絕技。解藥。它能拯救你。為了我，拿回你的廚房並烹煮它。」她嘆氣，令人厭惡的狂喜聲音。「鬼腳跟很神聖。今天你很幸運我們見面了，神廚。」

「我說過。我戒掉了。」他聽起來微小又虛弱。

將近十一年七十二天八小時之前。他的臉放在艾妮絲的腿上，他戒掉了。

看，那個骯髒的食蛾者！

砲彈認真微笑時的酒窩真漂亮。

「但是，神廚。你現在脖子上就掛著一隻。」

她接近他，雙手放在他腰上，輕微的香味，手掌朝上，像昆蟲，就和每個巫女一樣。

他不知道她什麼時候靠近的。他伸手去推開她；他的手指只劃過空氣。他踉蹌了一下。

「喔，沙維耶。」她的聲音宛如音樂，懇求著他。「今天你必須吃一隻。」她的呼氣吹在他臉頰上又熱又香，一根粗短手指拉扯著飛蛾包，從他的衣服底下溜出來，掛在兩人之間。「我告訴你一個祕密吧。」她俯身湊近，他不動，有一瞬間甚至歡迎她：「鬼腳跟比飛蛾更好。」

沙維耶，如果你看到她的鬼魂，殺了它。他岳母是這麼說的，答應我。但是妮亞沒有回來求救；她走了。而他在這裡，他很飢餓。

誰會餵我們，他有一次問黛絲芮。

在他拿起來之後鬼腳跟開始旋轉蠕動。羞恥感差點令他低下頭。

砲彈往後仰，瞪大著粉紅眼睛，雙手拍著她的胸部。唾沫流到了她的下巴。

¶

他想起艾妮絲深夜在她的黃色屋子門口迎接他，在他倒向她時抓住他。他掙扎著站直身子時，感覺她的腳跟因為他的重量打滑。他們搖搖晃晃走到房間中央，他跪倒下來，被她的油燈圍繞。在夜晚與她面前，它們好像活生生的月球動物。

他倒下，拖倒了一盞燈。聽到玻璃碰撞聲，感覺到手掌中的碎片。

怎麼回事?艾妮絲說。

他躺在地板上，側躺蜷縮。這樣最輕鬆最安全。他不想摔斷其他部位。她蹲到他頭上，收拾碎玻璃，雙手來回忙碌。

妳小心割傷，他咕噥說。

自從那個老巫女折彎他、說她沒有愛情魔咒以後，他丟掉了屋裡所有的飛蛾，禁止那個貧民再帶著他有緞帶裝飾的盒子上門，準備好要戒掉它。以類似這樣的姿勢連躺了三天，緊抓著地板。今天早上他掙扎著爬到廁所後，拉血便，咳血，鼻孔和鮮紅色的眼睛裡都有血。血漬凝結在他的涼鞋上。

他無法自己做到。他張開嘴巴。艾妮絲一定會看到粗糙的口腔和腫脹的舌頭。她的臉是灰色的。或者是銀色？

你最後吃的是哪種飛蛾？

重要嗎？

告訴我。

香蕉蛾。他笑道。我吃得很——慢。像吃甜點那樣。柔和的黃翅膀，上面有褐色條紋，像小孩子的蠟筆畫。

他伸出手想摸艾妮絲的臉，但她在房間的另一邊，拿起一些東西調和。

她回到他的手肘邊問他能不能坐起來。他試了三次。她叫他吸吮一小塊冰涼海綿；餵他幾匙酸味液體；在他背後、太陽穴、頭皮上塗抹冷油。所有東西都很冰涼，連她的雙手也是。他把臉埋到她頭髮裡，這裡也很冰涼。她唱歌生火，焚香，問他的守護神是誰。他笑了。掌管他生日的神是婚姻之神金提特；雕像都描繪他咬著自己的下唇。

她把寫著他名字的祈福符咒火化，請求金提特的指點。

你做得很好，她說。

他張嘴想問她是不是瘋了，卻嘔吐在她的腿上。她把鹽塊放到他的舌根上，平息作嘔與羞恥感。

幾小時成了幾天，跟她一起關在百葉窗裡。根據色彩、藥膏、天氣的變化，她用乾淨的布蓋在他身上，扶他去小便，他們周圍隨時有一團銀色霧氣。

我看著你，沙維耶，她反覆咕噥著。你不會有事的。

對，她瘋了。或許那是必要的。

他能夠站起來之後，她帶他到山丘上去散步流汗。

妳的婚禮，他說。妳應該在籌備才對。我很抱歉。

我還有三個星期。時間很多。

艾妮絲——

是我的魔力幫了你，沙維耶。

這對他們的意義不過是她的工作、她的天命嗎？無論如何，他沒有東西能回報她。山丘翠綠，而她似乎知道每個冰涼的地方。

我知道你盡了全力。

盡力？他不知不覺間用恩塔莉的語氣對她生氣。我沒有在盡力！看看我，我還是想要它。好噁心。他說不出話來，開始咒罵。

繼續走，她說，然後繼續往上走，他氣喘吁吁跟在她後面。看看這些山丘和植物。

他們每天散步。他的口腔痊癒了。他開始說話。他描述那些森林和山脈，好像她並沒有在他身旁一起看著它們一樣。蜂蜜威士忌色的樹葉。雲朵的形狀。他談到他的花園。芙蓉花看起來好像被茶浸泡過，檸檬樹終年結出果實，他母親在廚房裡唱歌的聲音聽起來多麼美妙，連她的嘴角都唱裂了。艾妮絲有注意到石榴正在萎縮嗎？過去一顆石榴果曾經大到像西瓜，可以讓三個男孩當午餐，但現在……

他哭了。

艾妮絲聆聽。那神聖的凝視。深刻的傾聽，深度的關注。

他告訴她，他第二次吃蛾的經驗多麼美好，那是在奈斯特表姊的屋裡，她都把飛蛾藏在她床底下。他和伊奧去那裡吃晚飯，她在後面忙著：他像隻小狗東聞西聞。你一旦吃過蛾，它就會從別人藏匿的地方呼喚你。他自白整個童年經常偷竊，雙手掩面，艾妮絲清涼的拇指按摩著他的後頸。

你當時只是小孩。

不成藉口！我很清楚。

不。是小孩，沙維耶。

他們走下山丘之後，他發現自己可以用拇指和食指拿起飛蛾但不會再發瘋了。

妳治好我了？

你從來就沒有任何毛病。我的沙維耶。

我的。

20

艾妮絲看著男人們在廣播命令宣布之後逃走，手忙腳亂地咒罵，憤怒又害怕，彷彿妓院的本質可能會更強化這神祕的性愛禁令。賈森穿上他的褲子；布洛斯諾特快步跟著他，血跡斑斑喘不過氣，向艾妮絲鞠躬，彷彿她身為禁忌澎澎的主人，隨時有可能爆炸。

蜜西和亞契蹲著，一起糾纏在陽台地板上。

亞契用拳頭擦他的眼淚，扶著蜜西站起來，在她面前吐口水。

女士們大叫一聲啊！彷彿他剛剛打了她們的肚子一拳。萊拉衝上前，但麗塔動作也一樣快，用雙手攔腰抱住她妹妹把她拉開。她們默默激烈地推擠，姊姊制住了妹妹，亞契把他的拐杖高舉到頭頂上。這無疑會是致命的一擊。

蜜西跪倒，用雙手袖子擦臉。

亞契昂首看著前方走出妓院，繞過躺在庭院裡被撕裂的半張沉重桌子，另一半掛在一棵大溪地蘋果樹上。

艾妮絲抓住蜜西。蜜西雙手抱頭，像一尊驚恐的雕像。她緊閉著眼睛；如果她睜眼看到那羞恥的景象，可能會把頭皮扯下來。泡沫在她們周圍落下，好像小鳥或蝴蝶。

艾妮絲帶著蜜西回到屋裡，讓她躺到絲絨躺椅上喃喃自語。她從蜜西頭頂上撒下能量，流過她的臉，看著她的嘴巴無聲地動作。治好了她大腿背面一處小割傷，安撫、搖晃她。唱歌。她檢查蜜西的澎澎是否真的安全地裝回了胯下，努力不去想起賈森顫抖的身體，她輕輕觸摸，手指低語著祝禱詞。

蜜西還是緊閉著眼睛。

她自己的陰戶在她口袋裡顫動。她的驚恐真的很原始，看著它被丟來丟去、遭到骯髒手指威脅。該是把它放回原位的時候了。她感覺少了它像是個預警，好像心臟病人初次發作之前會看到的黑暗地平線。

泡沫。蜜西昏沉地傻笑，慢慢睡著。

最後麗塔過來接替艾妮絲，感激地捏捏她手臂，蜷縮在妹妹身上，貼著她撫摸。

她們已經盡量勇敢了。

英格麗會聳聳肩，讓她想起她們認識的一些垂死女人：掌管著家計、丈夫、小孩和真實的帝國，只會偶爾露出驚恐的表情。

¶

艾妮絲走回毀損的陽台台階找萊拉，她正在檢查陽台地磚上的坑洞，嗅著男人的臭味。

「剛才有一瞬間我真的以為妳要用我的那個讓布洛斯諾特搞了，」艾妮絲說。

「我絕對不會。」萊拉開始撿拾桃色地磚的碎片。「可是沒時間警告妳。」碎片刮到手掌時她畏縮了一下，血液衝到皮膚表面，她吸掉它，揮手示意艾妮絲不必擔心。「我被捲入了這整件事，但是當我發現他真正想要的東西之後……」她搖搖頭。「那個人是想要找個全新的方式強暴妳。我本來以為任何事都不會讓我驚訝了。」

對，事情就是這樣。艾妮絲把一顆泡沫貼到自己後頸上；發覺自己在發抖。

「治療師，妳必須認真看待——當某人把暴力帶來妳面前。別壓抑它，跟它共存。告訴願意聽妳說的人。」

目前，艾妮絲想不出比萊拉更好的證人，但她沒說出來。她們沉默了片刻，把地磚碎片湊成一堆。

萊拉拉扯她漂亮洋裝縫線上的一個小洞。艾妮絲想像著她著火的樣子，她溫暖的後背。她的神奇澎澎高踞在陽台牆上，像一堆深色肌肉和毛髮的混合。萊拉停在它前面，搖著頭。

「萊拉。妳被困住的時候。妳似乎……」

「怎樣？」

她尋找著適當字眼。「很淫蕩？」

「我確實會那樣。」萊拉拿起陰戶，在手上翻來覆去。

「妳又要把它丟掉嗎？」她非常確定丟棄它是不對的。

「我會把它埋在某塊岩石底下。」萊拉放下它，「我要過新生活。」

「但是妳那麼……」

萊拉微笑。「又來了，還有什麼？」

「難以抗拒？」

萊拉撫摸她脖子上的細金鍊，牙齒夾住舌頭。「艾妮絲，妳在跟我調情嗎？」

艾妮絲笑了。「看吧？妳忍不住。」

「更有理由要處理掉它了。」

「或許妳如果只跟妳愛的人上床……？」

「這無關愛情，」萊拉生氣了。她翻翻白眼。「妳懂什麼？」

艾妮絲猶豫著，有點受傷。「我不知道該怎麼跟妳說話。」

「為什麼要用特別的方式跟我說話？就用妳跟其他人講話的方式就好。」

「我不懂妳為什麼要丟棄這麼重要的東西。」

「但是我從未要求妳懂。澎澎對我不重要。我已經說過了，妳只是不喜歡我的回答。我覺得丟掉它很好。我會有個新生活。我不必像妳一樣感受。我不必像妳。只因為我們不同，也不表示我錯了。」

「可是，萊拉！澎澎被他扯下來的時候妳在發光！」

萊拉的嘴抽動。「對，我知道！我可以是個複雜的妓女，艾妮絲。天啊，別管我了！」

她們竊笑著撈起地磚碎片。

「反正，」萊拉說，「妳知道男人得到這種優質愛情的時候會怎樣嗎？他們會嘗試做些不可能的事。」她哼了一聲。「相信我，我不需要那種麻煩。」

「我永遠不會同意妳。」艾妮絲從大腿後側拿起一顆泡沫，用雙手搓揉然後抹到她的太陽穴上。

坦坦也在某處為了一名神祕女子嘗試著不可能的事嗎？她好想感受他的手臂擁抱著她，跟今天自以為是的混蛋們亂砸亂抓不同的方式。

誰跟妳說他不是那種人？

天啊，他從來不會那樣。

有些她認識的女人堅稱妳只能馴服男人一段時間而已。但她不相信，那未必是真的。一定有些男人懂得如何控制自己吧？像沙維耶。

男人不要妳的時候沒有任何辦法能控制。

想到該死的沙維耶・雷丘斯只讓她感覺更糟。

妳如果告訴沙維耶・雷丘斯有男人對妳使用暴力，他會冷酷地宰了他，妳知道的。

「妳還好吧？」萊拉問。

「嗯哼。」

他根本不記得我。

這是什麼意思？妳救了他一命耶！

萊拉看起來像要再問，但是麗塔走出了房子。她坐到唯一完整的那張搖椅上。

「她還在睡。我想她知道她和亞契這次應該真的結束了。」

這對姊妹嘆口氣。

「亞契向來是個白癡，」麗塔說。

「呃，未必啦，」萊拉說，「他在某個程度上還算不錯。」

「真的？是什麼程度？」

「蜜西認識他的時候已經在賣淫了。他還是一樣愛她。」

「這不會提升我對他的評價。好男人會要求她的女人上進。」

「他是她的客戶嗎？」艾妮絲問。

「不是，」萊拉說，「他們在他朋友家之類的地方認識。她從一開始就很坦白地告訴他說她是妓女。他們下個月就認識滿十年了。我和他曾經是朋友。很多個夜晚就坐在這裡喝蘭姆酒。後來我們母親在幾年前過世，所以蜜西才向那個要退休的女人買下這個地方。」

「更加罪惡，」麗塔說，「媽媽希望妳退出。」

萊拉不理她。「亞契幫她安排好我們的生活。是他面試了所有新小姐，確保她們有健康檢查，確保客戶知道規矩。但是去年他變得有點古怪。就在我們開始賺大錢時，他開始抱怨妓女和賣淫。」她抿著嘴。「他對女性說了些噁心的話。我不敢相信那是我朋友。蜜西開始減少接客安撫他，但問題不在這裡，即使他自己這麼說。他真正不喜歡的是她的獨立。」

「所以她離開他？」艾妮絲說。

「對，趕走他。她向來不喜歡他對待小姐的方式。連續好幾個星期他都跑到她的窗外求愛。她潑他水，假裝她沒有受傷。然後他在幾天前跑來，說他跟印提亞薩合作舉辦婚禮慶祝活動，我們的生意可以更加提升。蜜西很興奮，開玩笑說在我們得到政府批准之後所有的客戶都會發財。我想他確實希望能挽回她。」

「我不懂。」

「亞契從沒提起印提亞薩說衍生的宣傳對我們應該足夠。他們很可能是對的，但我了解蜜西。她絕不免費做事。她對這點一向很嚴格。她毫不在乎其他妓院今天同樣免費。而亞契很不想沒面子。」她的脖子發抖。「我一直還沒機會能好好揍一頓那混蛋。」

「混蛋，」麗塔咕噥。

蜜西溜到陽台上，表情溫馴。她坐到她的吊床上觀察這片混亂。

「後面，」她說，「被他破壞得很嚴重。」

她們都點頭。

一隻嘴巴很漂亮的肥野兔碎步跑過庭院，擺個姿勢，豎起耳朵，停在一棵人心果樹下。萊拉和麗塔抓住飛過的綠蝴蝶，若有所思地咀嚼。野兔摘下一顆綠色人心果吃掉，看起來很得意。

「所以總督禁止了嘿咻，」蜜西說。

萊拉點頭。「那傢伙真的不喜歡妓女。」

「我真搞不懂他，」麗塔說，「他先是指望免費招待他的已婚朋友，再發出性愛禁令？」

蜜西給了艾妮絲一隻黃蝴蝶。好品種，年輕又有辛辣翅膀。

「這個庭院裡蝴蝶很多，」蜜西說，「翅膀很脆。」她用食指鉤住一隻飛過的橘翅紅條紋蝴蝶塞進嘴裡。這個動作優美到她們都停下來欣賞她。

「妳吃蝴蝶總是很高雅，即使吃到醉的時候，」萊拉揶揄她。

「我想性愛禁令一定是因為每個人的澎澎都掉了，」麗塔說，「蜜西，妳最好告訴橘色人今天這裡發生的事。印提亞薩如何派人來強暴我們。這一定會毀掉那場愚蠢婚禮。」

「親愛的，我哪知道怎麼找到他。」

「所以妳不是橘色人？」艾妮絲問。

蜜西笑了。「不是，女士。我只是個幫手。」

「妳只是想折磨我才不肯告訴我。」不過這很合理。一個人能做的事有限，但如果他背後有個集團在幫忙他，就能完成橘色人的成就。她以為是靠魔力，但或許只是社群力量。

「幾個月前，」蜜西說，「橘色人在大溪地蘋果樹上留給我們一封信，說我們如果願意，他會很高興。而如果我們能從工廠偷油漆，那就更好了。」半張紅木桌子在樹上抖動。「他需要我的時候就會留言。我還沒見過他，不過有時候我會熬夜觀察。我不一定隨時有時間到處潛伏，但我對工廠塗鴉那次很驕傲。」

「那次真的很棒。」

她們互相微笑。

「我想他或許是我們的熟客，」萊拉說。

「我想橘色人應該會更聰明一點吧，」麗塔說。

「我好奇橘色人是否知道今晚的美麗小姐選美賽是不是仍會舉辦，因為現在婦女們發生的一切，」蜜西說，「我每年通常會在觀賞時挑選兩三個新進小姐。」

「他們不可能延後，民眾會暴動的，」萊拉說，「我們必須把桌子從蘋果樹上弄下來。」

麗塔瞇眼。「用繩子套住它再拉下來。」

「那不會直接砸在妳身上嗎？」艾妮絲舌頭上的蝴蝶渣滓令她抽搐。真好吃。

「要看繩子的長度而定。」

「妳以前做過嗎？」

麗塔翻白眼。「有啊，很多次。」

「向它丟石頭，」蜜西說。

「不行，太大了行不通。」萊拉盯著樹。

「大塊石頭。」

下午很熱而且越來越熱。萊拉離開，然後帶了一壺冰胡蘿蔔汁、一串野葡萄、跟艾妮絲頭顱一樣大的酪梨和一些玉米麵包回來。她們狼吞虎嚥起來。

「我們可以等到颶風來。」

「或是長得夠高的人。」

麗塔竊笑。「女士們，橫向思考。它必須弄下來嗎？可以留在上面啊。」

「然後砸破某個呆子的頭？我這裡可沒買保險。」

「踢這棵樹，」萊拉說。她們笑得更厲害了。

「我們需要有雞和蠟燭的巫女。」

「沒有巫女會來處理這種蠢事，」蜜西說，「艾妮絲，妳的魔咒用完了嗎？」

「妳已經毀了我一個魔咒。但如果妳喜歡，我可以放火燒了妳的鬼樹。」

蜜西向她吐舌頭。

麗塔揮揮手。「我知道，我知道！我們只需要一些大樹枝夾住桌子，然後一個人爬上去把它推開，其餘人就可以慢慢把它放到地上。」

「妳確定這樣行得通嗎？」

「呃，我腦中看得到畫面。」

「炸藥，」萊拉嚴肅地說。

「有人可以爬上去把它推下來，」艾妮絲說，「我們只要閃開就好。」

「那，派誰去？」

「該死的亞契必須善後並且賠妳一張新桌子，」萊拉抱怨，「我不喜歡男人居然可以闖進這裡，破壞東西，把別人的桌子丟到樹上然後當作沒事一樣。」

蜜西哭了起來。

「天啊，」麗塔嘀咕。她坐到吊床上開始劇烈搖晃她妹妹。「噓，噓，噓，噓。」

「他永遠不會原諒我，」蜜西說，「住手，麗塔，會痛。」

「原諒妳？」萊拉翻白眼說，「他往妳臉上吐口水欸。」

「妳必須趕走他，」麗塔堅定地說。

「他很愛很愛我。」

「他非要拿這份愛來打妳的頭嗎？」艾妮絲手指交錯在一起。太久沒有男人溫柔地握她的手；把他的舌頭放在這對手掌上，慢慢觸摸這對手腕了。她咬指甲；撕掉角質層，治好它。她的魔力快用光了。

「別這麼用力逼她，」她說，「這不是簡單的事。」

「是我的錯，」蜜西說。

「不是妳的錯。暴力可能會看起來像熱情，」艾妮絲說，「熱情很有說服力。」

蜜西看著她。「就是我的錯。」

「但是為什麼？」

「我說了。」蜜西遲疑，「他卻不接受。」她望著前方。

艾妮絲撫摸她的手。

蜜西蜷縮成一小球看著她們。「我以前從未說過。」她們等待。「但他不高興，因為我在他面前上了賈森。這些年來我從未說過，他總是要我說。」

「到底是說什麼啊？」麗塔表情困惑。萊拉噓她。

「我從沒跟任何男人說過。」

艾妮絲的雙手低鳴；皮膚也在低鳴。

「跟我一起睡了這麼多年，他乞求我說。說他可以接受我跟客戶上床，只要我說出口。去除他所有的疑慮。但那是我最後剩下的東西，我認為千金不換，怎麼能定價呢？」她忍著眼淚，但她似乎也很困惑，用一手對空比畫，強調著她的解釋。「我想不出價錢，所以我不說。因為如果我告訴他，我還剩什麼？那是我有的最後一樣東西，他不能免費得到！但他哭了，我們在這裡，妳們又發出很多噪音。所以我說了。」她指著破損的地板。狼狽地說。「就在那兒。我愛你。」這幾個字由她說出來既陌生又成熟，彷彿是某種已經死亡的語言。

「就是在那時候他……吐口水……」萊拉倒抽一口氣。

她們都往後靠，觀察著這個祕密像新生兒一樣興奮地冒泡，糾纏在蜜西的白色吊床緯線中。艾妮絲想把它撿起來，但是腦袋太脹太昏沉：在這種日子吃三隻蝴蝶相當足夠了。

祕密旋轉著飛離她，像隻無法辨識的昆蟲，在沸騰的陽光下翻滾。它擦過蘋果樹時，那半張桌子猛力砸落下來，讓鄰居們當晚都跑過來詢問是否一切安好。

「你們現在才來？」蜜西問他們，「你們沒看到今天有個男人在我面前吐口水？」

¶

祕密。沒人想得到他的聲音會在她腦中多年揮之不去。有一兩次她發誓她聽到了那竊笑聲，並在抬頭看時心想：呃，妳終於要再見到沙維耶・雷丘斯了，但他並不在，其實是別人，那也無妨，或許更好。

呃，必須這樣，不是嗎，妳是已婚婦女。

她當然知道哪裡可以找到他，大家都知道，但那是不可能的。他好高：她想像著他頂到了天花板，雖然這從未真的發生。他必須低頭才能走進她家。她想像他在天花板上留下幾根頭髮，還有他微笑的些許氣息。他走路時像隻害羞的大型動物，一腳優雅地畫圓，另一腳羞怯。又好心！他教她如何煮熟、拍打、烘焙；告訴她草藥的歷史和各種事物的內涵。她不是個好學生，她不記得自己燒焦或弄壞過任何東西，但是菜色有錯，她看得出他的迷惑。他要她折斷一隻死雞的關節讓她熟悉雞肉，但是雞脂肪令她作嘔。

天啊，妳真遜，他皺著眉頭說，用手肘輕推她。

祕密的微笑。

在沙維耶教她方法之前，她從沒有好好吃飯。他把課程搬到戶外，讓大家坐在草地上，告訴大家他們吃得太快了。天色混濁，太陽泡在雲層的濃湯裡。

我們的祖先細嚼慢嚥，所以神廚都被教導要那樣吃飯。緩慢又——

漫長？一名女學生大聲說，撫平她的頭髮。前一晚，她透露過她打算在年底之前生個神廚小孩。

沙維耶向她微笑，彷彿她說了什麼聰明的話。

對，而且要專心。我會教妳們。

那個女人洋洋得意，艾妮絲好想賞她耳光。

沙維耶指著裝滿他們整天工作成果的托盤。她感覺好悲慘，看著她的雞肉串，配太多大蒜和胡椒了，太硬又太鹹。

首先，跟食物打招呼。

學生們一陣竊笑和嘀咕，但她知道這對他多麼重要。

聞聞看。他呼吸一下。想像它從哪裡來。努力工作把它帶到你面前的那許多人。為了給你營養而犧牲生命的動物們。

他說要盡量讓食物停留在舌頭上直到無法忍受，然後在嘴裡滾一滾。慢慢嚼，牙齒要密合在一起，讓滋味留在舌頭上。

堵住你的耳朵才能聽見自己吃東西的聲音。再想一遍食物來自哪裡。產生謝意。

為什麼？一名男子問。

沙維耶表情驚訝。考慮一下。為了瞭解自己發生了什麼事。

他不再多說。他要求大家每天要有一餐這麼做，她便如此嘗試。她想要討好他。她確信他是明智正確的。她的腸子肯定比較乾淨和正常了，皮膚也比平常更有光澤。但她的心思亂飄。英格麗總是抱怨她缺乏專注力。

妳從五歲就開始練冥想了，英格麗。

呃，這倒是。

她聽得到背後的議論；她不笨。她是結了婚的女人，深夜時間卻跟神廚在一起！大家都知道他們是大情聖！但她判斷沙維耶需要同伴——不會隨時把他當神廚膜拜的人。

吃吧，在顯然連他都無法教好她的時候，他會說。如果妳懂得怎麼吃，烹飪就不重要。

可是不對吧，沙維耶。我應該要懂烹飪的。

如果妳不喜歡，何必浪費時間在這上面？

他這話語氣有點沉重，她盡量不去細想。那是他們的倒數第二夜，她肯定終於要告訴他坦坦的存在了，因為畢竟，這會讓他們之間的關係比較清楚，不是嗎？

天啊，妹子，妳從來就不想把它搞清楚。

當沙維耶問起她的家人和食物，她告訴他在復活節和聖誕節，信徒會在教堂門口留下托盤和包裹，而她那些令她鄙視的家人會去翻找挑選。大多數會重新包裝送給貧民，那樣很正確，但她還記得送出過一個豪華的椰子蛋糕，進了潛在基督徒的肚子裡。她原本想要分一塊蛋糕吃的。

妳知道貧民不吃蛋糕的吧？

但是……爸爸什麼東西都送給他們！

我保證他們絕不吃糖，除非是新鮮甘蔗。他換個位子靠近她，周圍的夜晚空氣溫暖又芳香。那妳覺得細嚼慢嚥這件事怎麼樣？

她竊笑，像隻雛鳥閉上眼睛張開嘴，模仿他，沒料到那隻溫柔的手突然摸到了她下巴。他托起她的臉孔時她保持靜止。她的心思飛轉；如果她動了，她會跌倒。

我就要親吻神廚了。

他沒吻她。他餵她用萊姆皮和百里香煮熟的整隻蝦子。烤紫洋蔥，甜點和水果。他從冰箱拿來的橘子；冰冷果肉，然後剝皮，泡在蘭姆酒裡點火，有焦味和苦味。柔軟的烤大蒜。她發現自己仍然咀嚼吞嚥得很快；她放慢下來品嘗後發現她不喜歡茄子。他叫她睜開眼睛，看到一盤山藥沙拉，像個小孩用手指探索著顏色和質感。她幾乎感覺得到食物滾下她的喉嚨：是個美味到令人警戒的感官。

直到他用他的拇指把她鎖骨上的長袍稍微推開一吋，她停止了一切動作。

沙維耶。

他注視著她的臉。

人人都了解神廚。好像妓女。對什麼東西都有好胃口。婦女們下課後開玩笑說：妳猜他有多大？逾矩的威脅令她困擾。這個瘋子在廚房裡砍肉，用唱歌下命令，剝開西班牙青檸，猛吸果汁，對她有什麼好處？嚐味、調整、傳遞、擠捏，把他的雙手當成香料架。女士們在爐邊對他快樂的呻吟聲傻笑。從地下深處和高空抓來的東西煮的熱食，逐步逼近，對她有什麼好處？

這樣味道才會留下，大家說。為了神的祝福。

他吸引大批蒼蠅般的諂媚者。她了解那種人：很多牙齒，拉扯她父親的衣服。拉提波狄耶牧師，說句話，一句話就好……在他們身邊，還有跟他們在一起時她父親的周圍，似乎都有某種不愉快的霧氣：他的臉頰僵硬，彷彿他既藐視又憐憫他們。拉提媽媽會在他轉身回到講壇和香爐、長袍下滿身大汗時安撫失望的人。她不希望生活中有那種事情。諂媚。

她起身離開椅子，離開沙維耶和他的溫柔觸摸與美味食物，謝謝他抽出時間，彷彿他們是陌生人，盡量不去看他臉上的困惑——或許還有受傷？她肯定不能傷害受到眾神祝福的人。她也不想當他的信徒之一。如果她向他鞠躬一次，她就會迷失，永遠找不到回家的路。

他會慢慢地吃了她。

經過這麼久之後再見到他，妳不高興嗎？看看他是否還是很高？

他當然還是很高。

她聽說他老婆去世時，有人謠傳她是自殺的，艾妮絲把她的祭壇搬到陽台上，為了他的哀傷，花一整晚用蟬禱告。

即使她想要她的身體恢復完整，也只是為了能夠找個小角落，滿心溫柔地回憶沙維耶・雷丘斯。

21

羅曼札站在砲彈的後院裡，閉著眼睛。抬頭。在雨中嗅氣味。

他們一走下那隻魟魚踏上黑白色海灘，他就聞到土地裡有股怡人的震動，但他把它跟喉嚨裡血的甜味搞混了，他咳嗽了幾星期以來每次都是相同的味道，血和氣味越來越強烈，再也來不及想到任何事情。

這麼依賴神廚讓他感覺很尷尬。被他抱著搬來搬去。他看起來是什麼樣子，無助，像個無法照顧自己的小孩嗎？還為了一顆羅望子果實大哭！

現在出血止住了，他分辨得出自己並不是怪異甜味的來源。他感覺得到房子牆壁裡的震動，看到它出現在一隻灰林鴞憤怒的褐色翅膀中，和下雨積水的表面上。氣味越來越濃了。

這就是皮拉爾警告過他的事嗎？真的是他所想的那樣嗎？

他幾乎快想不起學校裡聽來的故事了，有很多，但他還記得老師跟全班說過自由人的傳說。

很久以前，她說，確切而言是一八三八年，兩百零三個解放的奴隸從遠方航行到此，帶著各種漂亮的黑色調抵達。他們的領袖是個自稱靛藍老爹的人，向群島的原住民出示了一張稱作權狀的紙，說是曾經奴役他、後來又被迫釋放他的白人父親給的。靛藍老爹說現在土地全部歸他了。這片群島在他父親的家族名下已經有很長一段時間，雖然沒人真正來過這裡，因為這裡離文明世界實在太遠了。

紅人原住民把紙還給他。他們解釋說，這種事是不可能的，因為土地只屬於它自己，而且連名字都沒有。自由人說在經過幾百年的壞人壞事之後，該是他們繁榮的時候了。老師說，爆發了一些戰鬥。自由人的人數少，而且他們毫無魔力，但他們有新武器、新疾病、對一神教的過度信仰，還有強烈的決心，那似乎是熬過了許多壞事的副產品。

我們不會回去，靛藍老爹說，奴役時代已經過去了。

雙方的人都做了更多壞事，不過大家在贏得和平的幾年之後都同意，是自由人開始了這一切，他們先開槍打斷了一個人的手臂，然後在看到它像蜥蜴尾巴一樣又長出來以後非常惱怒。

最後，內戰持續了不合理的太多年，土地和天空被向來頑皮的眾神捲入了苦惱之中，採取行動。他們一起製造了強烈突發的颶風，在某個晴朗日子的下午三點七分降臨到所有人頭上。好厲害的暴風雨，下的是甜雨和洶湧的紅酒！風雨大作掀起土地不讓任何人佔有，先前的敵人一起避難了整整三個星期。大不相同的人們被迫住在一起聽彼此說話，設法存活。

老師說，有些人還生下了小孩，全班聽了竊笑。

颶風結束之後，所有人都同意整場戰爭是個愚行——按照自由人的說法，一場真正的鬧劇。而且在幾百年的奴役之後，他們應該懂得什麼才是最終極的荒謬。

那就是你們的起源，微笑的老師向著迷的孩子們說。許多人犧牲，才能生下一個。

六歲的羅曼札對這故事相當滿意，直到另一個小孩舉手發問如果甜味颶風又出現他們該怎麼辦。他預料老師會說那是很久以前的事了，不用擔心，但她卻說這是個好問題，因為甜味颶風是真的，而且巫女們說以後還會發生。普通颶風已經夠危險了，但甜味颶風意味著這世界出了差錯。不過要記住的最重要事情，就是尋找掩蔽，然後相信你身邊的人是正確的同伴。那就是甜味颶風的用處：教你一些東西。

羅曼札在座位上如坐針氈。老師問他是不是有話要說。是的，但他腦中有太多想法了。萬一他跟曾經是他最好的朋友、卻因為他說最喜歡桃花就一拳打在他臉上的男生關在一起呢？萬一他跟媽媽最好的朋友，氣味像腐魚又想把芥末醬抹在他身上培養堅忍意志的布萊爾媽媽關在一起呢？稍後，孩子們在校園的樹下聊天時，有個男生說他絕對不想跟他父親關在一起，而且是低著頭說的。那孩子的父親下午來接他時羅曼札感到腸胃不適，因為是什麼樣的情況會這麼糟糕？

他回家告訴父親這些事之後，印提亞薩帶他去看棍球比賽，然後他們坐在海邊，他父親說些老掉牙笑話，羅曼札笑到他的鼻子差點掉下來。

老師說死了七十六個人，多數是自由人，因為他們的房子被破壞得太厲害。隔天在學校，全班演了一齣諷刺劇，在結尾背誦死者的名字。每個學生必須唸五個名字，但羅曼札有六個，挺困難的。

「林登・繁榮・休斯，來自吐庫的音樂家死亡，」羅曼札咕噥，「大衛・威爾遜，來自杜庫亞伊的建築工死亡。凱妮・法蘭西斯・杜博洛斯，來自杜庫亞伊的女領班死亡。賽西莉・安瑪麗亞・席貝爾，來自貝提西恩的家庭主婦死亡。以撒克・布雷瑪・梅森……」

他不記得以撒克・梅森的職業和最後一人的名字，他希望自己想得起來。

如果這不是甜味颶風，他不知道怎樣才算是。他需要皮拉爾的意見和他雙手的觸摸。

他在潮濕陽台上踱步，吃著最後一顆羅望子，為了安慰自己。或許他該告訴沙維耶甜味震動的事；他會知道該找誰商量。或者告訴砲彈：她在委員會地位不高，但所有巫女都會聽。

至少問問她們是否嗅到了。為什麼沒有人出來說話呢？

或許他該照一切重要事務的慣例處理：告訴群眾。

你也聞到了嗎？

對，應該可行。但是還要考慮桑坦妮的婚禮，他必須幫沙維耶搞定。現在他不能出去偷油漆。

他的喉嚨痛。他咳嗽。他的唾沫有甜味。他以為他的牙縫有碎屑。他清清嗓子吐口水。屋裡傳出一聲巨響，大門猛力打開。沙維耶大步走出陽台，砲彈跟在後面。他看起來很憤怒。她的頭髮很亂，下巴顫抖。他們都沉默得詭異。羅曼札大聲叫他。

「沙維耶，什麼——？」

沙維耶把一個白色包裹丟到地上。他的動作很誇張，盯著巫女的臉。

砲彈穩穩站在門口，雙手抱胸。

沙維耶高高抬起腳來踩到那東西上。它像個生膀胱一樣爆開，飛濺到整個淋濕的陽台。

沙維耶又跺一腳，扭轉擠壓直到只剩膠狀的厚厚一片。像白油漆，或精液。那是什麼鬼？

「沙維耶？」羅曼札大叫。

砲彈在微風中波動，不只頭髮，還有她的肩膀和肚子，同時來回搖頭。雨水被風吹過門廊飛越過她。羅曼札擔心地走近。她的腳被融化了。如果妳會像糖那樣融化，為什麼要住在這麼多雨的地方？

「羅曼札，我必須離開這裡，」沙維耶怒道。

「請便，神廚，」砲彈說，「你一準備好就隨時可以離開寒舍。」

「去哪裡？」羅曼札說。他想過設法調解，這時發現不可能了。

「杜庫亞伊。」

羅曼札嘗試對上砲彈的眼神，但她只穩定地看著沙維耶，彷彿對他又愛又恨。杜庫亞伊。沙維耶放棄利用貧民食材的主意了嗎？

「我教你最快的——」他開口，但沙維耶已經穿過庭院去推大門，他的肩膀在發抖；為什麼所有東西都在發抖？羅曼札跟在他後面，讓雨水浸濕他的頭髮，回頭瞄瞄巫女的家。她躺在陽台地板上。

她在舔陽台地板。

羅曼札回頭看沙維耶，打手勢叫他看，但他已經往前走太遠了。他們之間到底發生了什麼事？

他大步趕上，配合他的步伐，沉重地走在他旁邊。沙維耶駝著背不發一語。

「我們為什麼——？」

「指路就是了。」

「你能跑步嗎？」

沙維耶瞪他。「你能嗎？」

「來吧。」

他們出發。叢林在他們面前展開，黑紅白色混雜，像老人的鬍鬚雜亂又稀疏。風勢很強，在他們耳中呼呼響。羅曼札感覺到他的頭髮貼在額頭和臉頰上。他的肌肉鬆弛，肛門放鬆，胸口作痛，但他不理會。他希望沙維耶也能擺脫拘束；祈禱他的肩膀放鬆下來，雙手自然擺動。跑步通過死亡群島時肯定無法一直生氣吧。

他們對旁觀者來說可能只是一團模糊；他們越跑越快。地平線是薰衣草色。灰色泥土碎裂的聲響。相互配合的腳步。同樣的動作，同樣的速度。

呼吸，穩住。

很容易。

他們飛了一會兒。

「砲彈有說到我什麼嗎？」羅曼札問。

「什麼？」

「關於我疾病的事？」

他們全身上下都溼透了。

「你的所有狀況都照她說的發生。」

呃，那倒沒錯。

「那你為什麼生氣？」

沉默。

他們來到山丘頂上，彎下腰。他們下方是一長條的海灘，旋風呼嘯著吹過沙岸，海岸線瀰漫金黃沙塵。羅曼札發現有兩艘黑色獨木舟被綁在砲彈樹下。其中一艘鬆脫了沿著岸邊打轉；一道梯子；一個不知是誰的大時鐘。

沙維耶在沙地中絆到，慌亂地保持平衡，重重跌倒，一側腳踝承受體重，痛苦地呻吟。紫色的刺從他背包裡撒了出來，接著是發亮的筆記簿，被吹開，不斷翻頁，被風吹跑了。他們同時追上它，額頭撞在一起。

沙維耶蹣跚後退，大聲咒罵，抓著頭和腳踝。筆記簿滾進了一灘積水裡。

羅曼札揉揉他痛得要命的額頭。他撈起筆記簿。看起來沒太糟。封面很堅固。

沙維耶搶過筆記簿。「看！」他到處揮舞，翻過頁面，顯然很痛苦。「你看，羅曼札！」

「沒有很慘啊——」

沙維耶單腳跳。他把濕掉的筆記簿抱在胸前。「毀了！我就知道！」

「可是阿沙，它沒有毀——」

「你什麼時候跟我一樣大了？我有同意你叫我阿沙嗎？」

愣住。

「我——」

「天啊，這是我老婆的東西。你懂嗎？我老婆。這鬼地方想把我逼瘋？那邊那個賤人一定以為我不會去找委員會告她的狀。還有該死的船到底在哪裡？難道要我像個該死的同性戀一樣一路單腳跳過這個混蛋沙丘嗎！」

羅曼札感覺他的胸腔快爆炸了。

「你剛說什麼？」

沙維耶把筆記簿塞進他前方褲襠。

「我的腳踝，天啊，我——」

「同性戀？你是說下等人？」憤怒在風中沸騰。「皮拉爾總是警告我，不能相信你們任何人！你以為我們為什麼要住在叢林，嗯？就是因為像你和我父親這種人！」他整張臉發痛，但是無法停止大罵。「玩牌時，他非贏不可！選舉，他也一定要贏！你們都是同一塊爛布剪下來的。他要你來巡視。你不想要巡視。自私！有人問過桑坦妮她想要什麼嗎？」

「你是印提亞薩的兒子？」

羅曼札豁然領悟。這個人比他高。比他壯。突然間高壯得嚇人。

「你——我——你——」

沙維耶再問一遍，謹慎地發音。「你。是。他。兒子？」

該說什麼？他所有反抗的能量都耗盡了，就像出現時一樣突然。

讓開。他現在可能會殺了你。

羅曼札・印提亞薩退後遠離沙維耶・雷丘斯。看著沙維耶蹣跚走下沙丘，跪倒，站起來之後又跌倒。

¶

印提亞薩夫人的女傭經常在早上幫她自慰。這不是她會跟人討論的事情，更別說所有女傭了。其實，她很少想到這件事。

總督經常爬下他的吊床到地舖上陪她講話——他重視她對社會、政治活動和他該穿什麼衣服參加什麼場合的意見——但幸好很少談性愛。她假設他養了情婦，也會找妓女，她覺得無所謂。她給了他想要的兩個孩子，那已經夠辛苦了。最近她認為房間中央的綠色地舖是個和平的地方，他們之間的某種綠洲。

她在任務中不喜歡看到女傭的臉；太令人分心了。忠實的員工很難找；傭人就像起司或牛奶一樣有使用期限。在他們被慣壞之後，她的老總管薩蒙尼就解雇他們。他是個真正的忠僕；以前是為她的父親兼前任總督工作，直到他過世。

現任這個女孩似乎很想要保住她的工作；她甚至會在意想不到的場所抓住她，彷彿她們共享著某種強烈的熱情。印提亞薩夫人有好幾次必須把她推開。如果她繼續這樣，就得叫薩蒙尼出面。要擔心的事情夠多了。

即將來臨的選舉公告讓她丈夫心情很不好，在家粗魯地走來走去，在後陽台上開會，抱怨隱形的敵人，即使他明知她不喜歡在晚餐後談政治。她母親一向喜歡政治家族深夜的辯論與戲劇性；她不行。他們交往時她告訴伯特蘭，如果他希望家庭幸福，要確保她的小孩絕對不會被陰謀議論的聲音吵醒。

她選了個好丈夫，即使他的魔力很粗俗。是速度。如果她小時候有人告訴她會嫁給那個，她一定會嚇到。這麼大的犧牲！但他對她的目標而言是個好人。

電台訪談的災難之後，她去他的書房看他，他一定會需要安慰和一些咒罵的機會。她發現他在計算她前所未見的大量硬幣。他想叫她出去，但她閉嘴坐到他身邊，觀察著那些錢袋。獨處的男人匆忙數錢，鐵定沒什麼好事。這下其他電台會需要更多錢去抹黑那個臭丫頭小哈了。

總督暫停動作，等著被她譴責。她回看他。促進繁榮是你的工作。他不需要因為從政而內疚。

唉，媽媽，他說，拿出一把小刀。我畢竟只是個普通人。她看著他切掉幾片皮膚，幾撮毛髮，再更深入劃進他的前臂，讓血滴到錢幣上。她幫他包紮傷口，在他跨坐在錢袋上的最後儀式別過頭去，等他呻吟著完成。用他的體液密封的賄款。她很久沒聽到那個聲音了。他虛弱地對她微笑。

三個月前巫術委員會拒絕對小馬・布萊迪下魔咒，他們就該知道他們麻煩大了。在他們大費周章爭取總督大位和金錢的十年期間，他們對每個對手都下了魔咒。當小馬開始崛起，顯然打算在選舉中反對伯特蘭，印提亞薩認定他就是橘色人——那個可惡的橘色塗鴉上季甚至出現在他們家側牆！但是謠傳委員會的領導人換了，她們拒絕幫這個忙。拒絕耶！總督苦惱地回到庭院，女傭和僕役們都被迫躲到房子底下的爬行空隙裡。

結果他們根本不必擔心小馬。今天早晨出現在波比修各地牆上的醜聞，讓他被自己的惡習害死了。原來小馬不是橘色人，但她明明可以告訴伯特蘭這一點。小馬除了騷擾別人家的女兒以外沒有膽量做任何事。

這些曾經執行過巫術圈儀式、在伯特蘭身邊裝神弄鬼的賤人們，她們真的很可恥。不忠誠。總督只是個商人這似乎很合理，但她觀察過他在那巫術圈裡，裸體、翻著白眼，跟眾神交談，跟委員們牽著手，深陷在鼓聲中。他對本土傳統的熱愛讓她嫁給了他。很少人知道他能一年到頭唱著宗教歌曲，而且是出於愛與信仰學會的。

印提亞薩夫人啜飲她手肘邊冷掉的可可，馬上吐出來瞪眼。那該死的女傭或許很會揉澎澎，但她一直學不會怎麼泡可可。太多胡椒了。她放下藍色小馬克杯在梳妝台上，發出嘶聲。馬克杯消失，發出啵的聲音。她又嘶一聲，湯匙也不見了。她小時候想像過另一個現實，在上天堂的途中會有某種天界倉庫，放滿了被她消失過的所有東西。

她從未嘗試過讓一整個人消失，這好像有點奇怪呢。

¶

在死亡群島一哩外，某個特定類型的男人——看見哀傷會興奮的那種——抓住一個曾經是女人的鬼魂手臂。他帶她離開海灘和炎熱的空氣。他讓她躺下時，被他瀰漫全家的甜膩臭味分心了：茉莉和檸檬藥膏，曼陀羅和三色堇，粉紅色木槿花和毛旋花的香甜花蜜。但他很快就忘記了，因為她腳跟的滑嫩質感好像鵝肝，她眼淚的味道好優美，大家總是說遇到鬼魂最好動手結束他們的折磨。

22

沙維耶站在整齊的庭院裡，看著房子。在他上方，奶油狀建築融進了山腰，一條平坦道路像黑色皮帶蜿蜒穿過其中。一輛汽車大聲經過打破寂靜時，他畏縮了一下。感覺彷彿他在這裡站很久了，他背包深處的飛蛾皮囊嗡嗡作響，在腦中持續看到相同的影像。在這一天裡潛伏在所有事情底下的相同影像。

前兩根手指伸進你的皮囊裡。像鳥喝水一樣把頭往後仰。碎裂感的同時吸氣。顫抖、閃亮的喉嚨。要用上你的耳朵，你的喉嚨，你的鼻子，你的眼睛。

然後，他會飄飄欲仙。

你以為羅曼札為什麼親近你？他也聞到了。

所以，羅曼札・印提亞薩的美貌來自他的母系血統。

他讓那孩子啟發他，而如果他當時在他身邊多留一分鐘，可能會把那張漂亮臉蛋打得不成人形。

你們都是從同一塊爛布剪下來的。

羅曼札現在或許在生氣，但男孩們總是會對他們的父親生氣；誰知道他何時可能坐在印提亞薩旁邊喝著酒談到神廚？你是怎麼惹惱他的，老爸，他整天都因為你在生氣。

地上散落著粉紅葡萄柚和柑桔。腰果攤在露天大祭壇附近的塑膠布上曬乾，兩旁都是五呎高的女神雕像，珊瑚磚被午後陽光曬得溫熱。三隻瘦長的橘黑色貓咪擺出條紋竹節蟲的姿勢，整理自己的皮毛。有一隻開始大聲呼嚕又停止，好像很尷尬。

大多數人相信印提亞薩的兒子多年前就出國了，像他父親那樣，有點冒險精神，有點叛逆。但是扳倒他只需要這個好兒子：惡名昭彰、貧民、跟男人睡。他們會說是逆子。眾神的詛咒。沒人會投票給無法管教自己兒子的人。

他現在看得出印提亞薩給羅曼札的遺傳了，同樣戲謔的歪嘴笑。

庭院裡的老樹盯著他，紮染般的黏性樹葉發出窸窣聲。你有一隻飛蛾，它們似乎在說，就在你嘴邊。

他在翻騰的海水中洗過了他的涼鞋，但他好像還是感覺得到腳跟上的黏性殘渣。它在他手裡蠕動然後被他丟下，像碰到鹽的蛞蝓。在他腳下被踩扁時仍在扭動，像顆腐臭眼球那樣突出來。他想起砲彈的庭院裡那個鬼魂，多麼瘦小無助又醜陋。砲彈就像其他小販一樣。我有很多鬼腳跟，她低聲說。她還不如說它很——

乾淨。

有隻貓出手抓抓空氣，然後舔自己的屁股。

出於衝動，沙維耶跪到貓群和祭壇前面，用十根手指摸它的邊緣。抬頭看著驚喜女神艾賀的雕像。

他對著她茫然的眼睛唸了一段禱文，為腳跟被他毀掉的那個人的靈魂祈福。

一群橄欖色長尾鸚鵡在椰子樹上豎起羽毛。

影像：伸進兩根手指，仰起頭。

他該趕快去敲門了。

¶

她肩膀上披著幾十條銀白色的細辮子。風格很適合她。她縮小了，也可能是她出來開門的幾分鐘之內他長大了。他的手指晃來晃去，像學童似的咬著下唇。她拿著沉重的紅寶石單片眼鏡和橘色棉布披肩，從胯下開始檢查他的身體，偷瞄他的腳，又抬頭看他的臉。

她發現是他之後，伸手摸摸臉頰笑了。

「哈囉，黛絲芮，」他說。

黛絲芮後退，伸出手把他推到一間廣大老派的接待廳裡。她把背包從他肩膀卸下，踮腳尖站著親吻他還在發笑的嘴角。她的嘴唇好溫暖。這似乎是最自然不過的事，他對她的輕鬆和自己的強烈愉悅很驚訝。

黛絲芮瞄瞄天花板。「房子。」

大廳膨脹拉長，吐出一個完美構造的掛衣架。黛絲芮把他的背包掛在掛鉤上，裝著飛蛾的背包。他不知道它會不會震動和顫抖。她解下她的披肩，露出大片光亮的脖子和肩膀。她的皮膚看來柔軟無瑕。

「呃。沙維耶・勞倫斯・雷丘斯。你喜歡看這個嗎？」

他不安地換個姿勢。

「你氣色不錯。」

「我知道。我問的是我好看的樣子是否令你高興。」她伸手撫摸他的臉頰；他放任她觸摸。她微笑點頭，似乎對她看到或感覺到的什麼很滿意。她的牙齒潔白堅固。

「沙維耶・雷丘斯，見鬼了。過來跟我坐一起吧。」

她轉身時他遲疑了。

他就職日的剩餘部分進行得挺順利。有小孩子跳舞；有滑稽短劇、演講、眼淚和音樂。很甜蜜。很愉快。妮亞穿著條紋長袍看起來像隻蝴蝶，讓他想要撫摸她的頭髮。黛絲芮跳舞。當時伊奧和他老婆還在一起，他們低聲爭吵之後躲在角落接吻。印提亞薩走上舞台時開朗的群眾鼓掌。他似乎有點醉，大家認為那樣很棒。

總督道賀。他說這是個特殊日子。他舉起杯子。他說他很高興波比修再度確定又安全、光明又正確。他喜歡押韻。各位先生，你懂我的意思。老實說，我相信女士們的感受也是這樣。我們回到了正軌上。

沙維耶坐著生悶氣。話中暗示很明顯：他們又有了男性神廚，而且是可靠的已婚人士。

黛絲芮哼了一聲，起身離開。群眾竊竊私語。沙維耶起身想跟上她。讓他的大導師獨自離開是最惡劣的不敬，更何況他也贊同她。這時他感覺到妮亞的指甲掐他手臂。他低頭看；她在瞪他。他困惑地坐回他的座位上，才發現問題所在。他不能丟下老婆去跟隨一個曾經交往過的女人。大家都知情。

他錯了，妮亞，他低聲說。跟我一起來。但她氣得臉色呆滯，同時印提亞薩叫他上台，受邀貴賓在鼓掌，他們周圍的群眾開始喊他的名字，他還發現另一點，令他既開心又討厭。歡呼聲不只來自他的家，或下方的海灘，而是家家戶戶此起彼落，越過山丘，遍及整個波比修群島，好像某種原始的合唱。

沙維耶，沙維耶，沙維耶！

事後他的頭痛了三個月。他的腦袋裡都是人民的飢餓，無聲地在狂嘯。要有很強的專注力才能根據他們的情感做菜：透過他脹痛的腦袋和焦慮去理解角落桌子那個女人會需要撕咬和吸吮肉類；她旁邊那個男人會被小巧優雅的結構物安慰；三分之一的人會受益於香料和熱湯。他的第一個廚師做幾天就不幹了，第二個、第三個也是。或許是他悶熱困擾的雙手氣味嚇到了他們——燒焦的大蒜，燒焦的黃樟，燒焦的鹽——以前他的魔力從不失控的。他太常單獨工作了。他一直等著黛絲芮回來幫他。一個下午應該就夠了。一小時。一隻安穩的手，一聲認可。她或許會說，這很正常，遲早會過去的。

「阿沙，你總是這麼周到。」

黛絲芮站著注視他，她的胸部還是很柔軟。他張嘴想回答；樓梯間在她的小腳前面自動變形。她牽起他的手捏一下。

他抽開手，微笑得太勉強。

「妳的房子是怪怪屋！」他慶幸可以又開話題。

「很有用。」她指著樓梯間，「上來吧。」

他又猶豫一下。「好久不見了，黛絲芮……」

她回頭從裸露的一側肩膀上看他。他記得那個表情。

「現在你來了。」

他看著她爬樓梯，裙子摩擦她的大腿和臀部發出低語。跟上去。她怎麼有辦法讓聽到的每個人都會以為受傷的她在等待一個難搞的小孩回家？他不是來懺悔的。

他不確定自己來這裡幹什麼。

他終究向一個巫女透露了頭痛，還有被遺棄感的事。她建議他閱讀存放在委員會寺廟裡的神廚日誌。反正他一直想做這件事，所以立刻開始。日誌是他的保命符。索洛伊寫到突然發作的腿抽筋；拜歐提到嘔吐病糾纏著他，直到他學會用膀胱烹煮禽肉湯；西恩・貝爾加提到他就任前從未發生過的長期過敏。所有痛苦都隨著時間消逝，只要他們餵飽民眾並學會自己的責任。

黛絲芮為什麼從未警告過他？她的粗心令他生氣。

妮亞過世時，她也毫無表示。

樓梯似乎在嘀咕與呼吸。

「所有女人都該有棟怪怪屋，」黛絲芮說，「巫女宣稱每個行政區都有一棟，但只有夢想家和作家會注意到。」她笑了，也可能是房子在笑？「小心你的腳步。它還在適應你。」

他們往上爬。

他對怪怪屋略有所知：它們會調適，像動物一樣行動，學習你的方式。兩個房間可能瞬間變成六個然後在客人上門時再度擴張；就像進出一個房間，心想我的乾淨內衣褲在哪裡或我的拐杖在哪裡，然後東西就會自動出現那麼快。聽說老人最好別住在怪怪屋，因為陽台會移動，書房可能變成溫室。

他想像房子的櫥櫃是喉嚨，會從掛衣架上吞噬他染血的背包，角落會像牙齒一樣咀嚼那本筆記簿。

黛絲芮又輕笑起來。這次肯定是她吧？

到了二樓，他們停下來欣賞牆上三呎長的十九世紀蘆笛，僵硬的獸皮因為老舊而有蛀洞；用石頭、鐵、木材雕刻的色彩鮮艷面具，上面還鑲了人髮。黛絲芮撫摸放在平台上、拋光得像玻璃的一大塊黑色岩石。「索因島的一位雕刻家送我的。他會來看這石頭，說他在等待裡面的藝術品浮現出來。」

沙維耶伸手摸摸石頭的光滑表面，離她的手只有幾吋。黛絲芮縮回她的手指。

「或許他只是在找澎澎，」她說，「只要他有勇氣開口應該可以得手。」

石頭向著沙維耶隆起，嚇了他一跳。

「別嫉妒，阿沙。如果房子感受到我可能發生什麼壞事就會激動。房子耶！」

石頭縮了回去。

「我沒有嫉妒。」他努力保持語氣平和。

她又回頭一瞥。她走過平台，衣服摩擦著臀部。黛絲芮沒變：從不仔細聽或等待回答。

她沉默了這麼多年都在做什麼？他還記得把她扛在肩膀上讓她打掃她餐廳的屋樑，她的大腿貼著他的太陽穴冒汗。有一次她挑戰助手們能否在二十分鐘內用相同食材做出四道菜，馬丁打敗了他，因為黛絲芮一直把手放在檯面下撫摸他胯下的敏感部位。

他居然勃起了。他驚訝地暫停在樓梯上，有點震撼。

到了四樓，她帶他進入一間放滿柔軟沙發的涼爽起居室，窗台上有白色蘭花，還有人造石砌水池，白金色的魚游來游去閃著銀光。有一杯柳橙汁滑到了地板外面。一碗黃蘋果在餐具櫃上發亮。

她坐下，沿著沙發撫平她的掌心，把赤腳滑入池中。「隨便坐。」她旁邊的沙發上冒出一個熱騰騰的馬克杯。他拿起來站到她身邊，調整姿勢遮掩他的勃起，嗅嗅完美沖泡的阿達米茶。他可以馬上離開去到最近的酒館，搭配那首愚蠢歪歌的旋律到處揮舞他的那話兒。她還在吃飛蛾嗎？

黛絲芮發出輕微聲響，沙發自動增高了幾呎以配合他的高度。

「這棟怪怪屋真不錯，」他說。

「對。對鬍鬚有幫助。」

「鬍鬚？」

「我兒子同時發現了他們的雞雞，所以我長了鬍子。我想是因為屋裡充滿了男性氣息吧。」

「黛絲芮，妳在胡說什麼？」

「等他們大一點我可能必須趕他們出去。他們休想把我變成男人。」

「什麼兒子？」

她彈一下舌頭。「你沒聽說我生小孩了？」

他傻眼，不知該作何感想。「可是妳——」

「對，我知道我太老了。我也知道我說過永遠不想生小孩。但是你看看。人生啊！六個好孩子。」

「懷孕六次？」

「你當我瘋了嗎？只有一次。」

她說她懷孕了十四個月，巫女們一點屁用也沒有，因為她們從未遭遇過懷孕的神廚，也不知道怎樣才算正常。她不知道孩子父親是誰，但是有幾個可能人選。當然，那是個震撼。但就像大多數新奇事物，最後她覺得挺有趣的。

「從來沒看過那麼多沒用的巫女擠在我家裡擔心！想要任意指使我。我耶！我叫她們夾著尾巴滾蛋。」她眼中閃著光芒。「到了生產的時候，一點也不痛，但是你要走遍天下才會聽說這種事情。一條像我手腕這麼粗的臍帶，他們六個連成一串，像葡萄似的！也有六個胎盤。真是誇張。」

「妳單獨生孩子？」

「呃，貓咪們有幫點忙。」

有時候他會忘記她的魔力是能與貓交談。

「妳怎麼從來不——？」他突然住口。

「像葡萄一樣，」黛絲芮笑道，「我怎麼從來不怎樣？」

他聳聳肩。

叫我來。

她不需要巫女來找出孩子們的魔力：他們開始在子宮裡有心跳時她就知道了。當她的手腕和牙齒無法抑制體內發出流水聲，她挺著肚子去找附近的音樂大師，他專教胎兒學習古代小調、詩歌、音樂謎題和舞廳的猥褻歌詞。大家都稱呼他們唱詩班。最近，她把他們出租。讓他們離開家裡去逗老太太們開心。

「大家都把他們當成同一人，」她微笑說，「可憐的兒子們。安東尼、賽拉斯和羅伯。喬治和吉登。派崔克・迪伯納大師。」

「他們幾歲了？」

「八歲。」

他突然覺得自己愚蠢又忘恩負義。六個小孩肯定構成拋棄助手的理由吧？尤其是在那助手當上了神廚之後？年紀早已經大到可以經營他自己的餐廳、自己的人生？取悅他自己的老婆？她不是教了他這世界上她懂得的一切嗎，他還想要怎樣？然而，兒子們的年齡……她還是可以傳個話的，如果她夠在乎。他大口喝茶努力醒腦。是怪怪屋操縱著他的心智，讓他的每個念頭都在討好她嗎？能回應她心情和需求的房子，這裡肯定不是適合小孩待的地方吧？

他了解她的心情。

他仰頭靠著沙發。他不恰當的陰莖好像要撐破什麼東西了。她把腳從魚池裡縮回來半斜著身子，眼皮半閉看著他。他好想用拇指撥她的嘴。

「我以為他們在電台上唱歌說你的老二已經不管用了？」她指著他的胯下。「顯然，那是謊話。」

她第一次把他叫到床上時，他擔心得不得了。他習慣了妮亞；習慣年輕女孩的快節奏。他確信她會教他一些猥褻的東西：把他生吞活剝。但她坐在她的窗邊，看著外面的夜景，向下山的漫長路上的日間女傭們揮手，一面吃軟蘋果。你說話啊，她說。

他想到這件事還會耳根發燙。

黛絲芮站起來，伸個懶腰走過房間，走向彷彿接到她命令滑過地板的地鋪，邊走邊把長袍掀到她頭上，裸露的背後和屁股發出光澤。

「過來陪我躺下，寶貝。」

他努力放鬆他雙眼之間的緊繃。她仍然在濫用她的性魅力：當作籌碼、奇聞軼事、攻城鍾、愛情。她怎麼會這麼難以抗拒？不是靠臉蛋或大腿；他從來不是把肉體區隔看待的男人；女人的所有部位似乎都跟其餘的很有關係，像食譜那樣。或許是她無拘無束的自在。她堅持要他快速學習怎樣取悅她，不要躲在暗處或裝純潔。注意，她說。注意力是這輩子最重要的事。她的身體並不完美；她期待他喜歡當下這樣子。第一次她流血了，被他發現時只是聳肩。有什麼大不了？我是女人。

他學習；他進步了。性高潮很久，他坐在自己的腳跟上看著她，像個平凡的奇蹟在夜光下蠕動。

「我從這裡看不到你，」黛絲芮輕聲說，「你可以靠近點。」

她周圍的地板開始長出鮮豔的草。她用手摸過草上濕氣，胸部扁平，深色乳頭堅挺著。他不知道她很喜歡露水沾濕他的膝蓋和大腿，但是房子知道，因為她知道。

「妳的小孩要多久回來——？」

「夠久了。」

他躺到她旁邊。草變得濃密。她看著他，用她的手指摩擦自己的陰毛。有東西從屋樑掉到她腿上。她拿起那對乳白骨頭和紅珊瑚做的耳環。本地的舊東西。

「謝謝你。」

「我沒有——」

「房子給我這個是因為你想到了好東西。很漂亮。」她吻他額頭。「幾乎跟你一樣漂亮。我的沙維耶。」

他呻吟。他或許會傷到她，咬得太用力，發現自己迫不及待。

她伸手放到他胸膛。「你知道我可以。」

「可以什麼？」

她臉色嚴肅。「接受你。」

他把臉埋到她肩膀上。他早就該戒掉所有惡習的。他應該讓妮亞安息。他應該戒掉想從指甲縫裡吸食飛蛾的觸鬚。他應該不再去想艾妮絲。他用拇指摸過黛絲芮的肚子讓自己分心。

他忽然想到他會把女人保存在口袋裡，以便再次拿出來回味。

勃起讓他的臀骨痠痛；壓力擠捏著他的後腦。他想要磨蹭她，但她閃開，拉過他的衣服蓋住他的頭逗他，開心地評論他的肚子、手臂和皮膚。他脫掉他的褲子。吃她，吃飛蛾，是同一回事。一旦開始就戒不掉的東西。她還有在吃嗎?他看不出來。

黛絲芮把他拉到她身上，在他遲疑的手底下感覺銳利又炙熱。她有竹子和汗味，舔起來有酸味，但不會令人不悅，好像釋迦——他很慶幸，而且酸味很快就消失了，當她用一根手指沾他勃起末端的液體放到她舌尖上，他完全喪失了思考能力。

「嗯，」她說，聽到這微弱興奮的聲音令他喘不過氣來。

她把完美柔軟的嘴放到他陰莖上吞噬，滑落到根部。她最喜歡運用她的嘴了。舌頭在他周圍盤旋，他感覺到她在微笑。吃東西的時候微笑總是比較好，她以前說過。她停止吸吮跨坐到他身上，抬高把他滑入她體內，她失手時發出輕微的搞笑嘶聲，再試一次，拉起他經過不對的地方然後下沉，彷彿昨天才剛做過一樣熟練。她夠濕潤但比他印象中乾燥。他看著窗台上的蘭花防止自己在她體內崩潰；用拇指壓她陰蒂上方，稍微調整她的位置讓她能夠摩擦他。

「好棒，」黛絲芮呻吟。

她肩胛骨上的汗水發亮；她的腹部肌肉顫抖。她肚子上的皮膚擠壓出皺褶。汗水爬上她的前臂又消失在她的腋下與髮際線；她像鹽罐一樣搖頭，臉上露出可愛平靜的微笑。她在他身上起伏；他把迷迭香之類的東西鑲入她的脖子，讓她乳頭上的細毛有甜味。他把胡椒放入她體內，只足以讓她感覺到刺痛，她對這老把戲驚叫一聲，抓住他的雙手，高舉到天花板上，倚著他的手讓她能以流暢壓低的圓圈扭臀。跟她做愛簡直是科學。像奶油和糖，講究份量，然後加熱。

「我想你，」她耳語。

他喘氣；她雙臂抱著他的脖子，發出嗚咽聲。他抓著她的腰，加速移動她的身體。

他並不相信她。

一會兒之後他回過神來，睪丸癱軟，大腿汗濕，口水漏到她的乳房上，她的手臂捧著他的頭。他忘了她的肋骨，高潮過後她慵懶地重新調整姿勢和呼吸的樣子。他感覺自己迅速回到他們以前的觸感和氣味，彷彿恢復了青春。他腹中深處酸味的焦慮。以前的警覺。他費盡全力才忍住不射精。

她的猛烈。她的放蕩。有一次，她怒罵波斯蒙妮十分鐘之後，那女孩抗議。黛絲芮罵她母親是妓女。波斯蒙妮彈一下手指，爐子上那鍋冒泡的橘子果醬砸向黛絲芮胸口，滾燙的索因島橘子飛濺到她的長袍和裸露的脖子上。助手們都目瞪口呆地站著。黛絲芮拉掉皮膚上的熱纖維，不理會疼痛。她伸出燙傷的手捧著憤怒顫抖的波斯蒙妮的臉。她說，妳永遠不會比現在這一刻更光榮了。那晚，所有菜都是為了表揚波斯蒙妮而煮的。

他開始慢慢離開她入睡的身體。黛絲芮輕聲抗議，光線把她的手肘、膝蓋和下巴的陰影照成紫色。他繼續退開，被草扎痛了。地板長出了紅色燈籠果。是他需要這麼漂亮的無聊東西壯陽，還是給她的？她的氣味瀰漫整個室內。

當她宣佈繼任者是他，他只想到現在他可以跟她獨處了。其中的興奮，還有絕望。他決心要盡力。他會愛她。但是不對，他搞錯了。所以你什麼時候搬出去，她說。他震驚、傷心，也解脫了。想到可能會礙她的事——曾經纏抱在他身上的她——讓人無法忍受。他天黑之前就走了。坐在他母親家裡，感覺渺小，但又高到睡不下地舖，好像他熬過了一場漫長猛烈的風暴。

黛絲芮睜開眼睛摸摸他的肩膀。他拼命控制自己的呼吸。

「沙維耶？」

他要是說錯話，他們的碎片可能會粉碎。

「寶貝，怎麼啦？」

他用手指挖進草裡。

「什麼？」

「妳為什麼非要讓我們那麼害怕？」

「你在說什麼？」

「妳知道恩塔莉有兩次企圖自殺嗎？」

黛絲芮坐起來，臉色平靜。

「知道，」她說。

「大家都知道西西是酒鬼。」

「我知道。」

她的表情鎮定，無法解讀。

他想起羅曼札和照顧別人的感受。

「我不知道馬丁怎麼回事，」他說，「當然，我聽說他有家人。我最後聽說是九個小孩，九個不同的母親。」

「那不是什麼祕密。」

「他跟任何女人都無法相處太久嗎，黛絲芮？甚至不夠時間讓她生小孩兩次？最糟糕的就是多明尼克。妳有聽說他四年前做了什麼事嗎？」

「我相信你會告訴我。」

她的表情，好平靜。

「他把他的眼睛丟掉了。」

她猛吸一口氣，他很高興終於傷到她了。

「後來我去看他。他說那顆眼睛掉出來時發出破裂的聲音，好像破殼而出的鳥。當時他單獨坐著。即使是在他弄瞎自己之後，也只有我願意跑去看他。」

一件絲袍在地板上閃亮，她拿起來裹上，把它掛在乳溝處。她黝黑手臂上的毛是紅褐色的。她背後的窗外看得到傍晚的夕陽。

「波斯蒙妮在哪裡？」她的語氣單調又柔和。「我漂亮的小波斯蒙妮。告訴我，阿沙。」

他看著長出燈籠果的地板。

「沒有人知道。」

她搖搖頭。

「像你老婆，嗯？我很難過聽到她的死訊。」

他不知道這話是不是真的。他的喉嚨感覺疲累，而且他仍然想吃飛蛾飛蛾飛蛾。吃完之後仰臥。享受溫和的火焰。

「那妳為什麼沒來參加她的喪禮？」

「你對我很生氣，沙維耶。」

她精緻的身形，她頭上的銀色光暈，他又重新害怕起來。不是因為她的力量，像他在羅曼札那年紀的時候一樣，而是因為看到她的力量逐漸流失：無可避免的大限之日。他想像她變成地板上的粉末，消失在椰子碎片和多香果之間。

「是妳的錯，黛絲芮。」

她把臉孔轉開，輕聲說。

「為什麼是我的錯？」

「我們年輕時。我們信任妳。我們……喜愛妳。妳是我們的一切，妳也讓我們除了妳以外無法看到其他事情。妳讓我們互相對立。妳宣揚著我們的關係，即使這會傷害到他們。難道——妳看不出來——？」

「那是很久以前了。」她轉身向他伸出雙臂。「天啊，看看你，糾結成這樣。來探望我啊，嗯？我可以讓你開心一點。」

她不肯說抱歉；那不是她的個性。他起身，穿上他褪色扭曲的褲子，開始在草叢中尋找他的涼鞋。來這裡真是失算，讓她看到他在掙扎太愚蠢了。她已經教過他怎麼做菜，還有不要相信世界上任何人。

「你花很多時間才來到這裡，現在卻要走了？」她臉色哀傷。她走近，但他避開，煩躁地發現自己又充電膨脹了。

「別碰我。」他差點說出來。

輕柔，無形的手指摸到他的陰莖上。

「住手。」他抓住她的手扭轉手腕離開他身上。

她驚叫，驚訝多過疼痛。「你以為你這麼粗魯對待的是什麼人？」

他放開她的手走向門口，但她說聲「房子」，門把融化，沿著木頭流下來。

「讓我出去。」

「你以為你在跟誰說話？」

「打開該死的門。」

「不要！」雙手叉腰，他怎麼會以為她老了呢？乳房起伏；抬起頭，閃閃發亮，她淹沒在光亮中。專橫、火爆。「別以為因為我今天讓你的小澎澎進來，你就不必尊重我，沙維耶・雷丘斯。」他反駁時她舉起一手制止。「對，尊重！」

他尿急到憋不住了；胯下感到一陣絞痛。但他已經不害怕了。

「你在我家裡。你剛爬出我該死的床。只要你還活著的日子，我都是你的大導師。」

「妳不配這個頭銜。」

她臉孔扭曲。「你還有其他人？」

他盯著她。「讓開。」
「試試看。」
「黛絲芮。」這時他小心地講話，像即將發狂的人。「請讓開。」
「不要。」
「走開！」
「不要！」
他一拳打進她頭頂上的牆壁裡。黛絲芮畏縮。房子呻吟，牆壁靠近。她表情警戒。
「喔，沙維耶。這棟房子會傷害你的。」
「去他的房子。」他咒罵呻吟著轉過身，手上的疼痛越來越強。她跟著他。
「你跟我說這些我做過的事：恩塔莉、西西、多明尼克。小子，你究竟是怎麼了？說說看。」
「走開。」他握緊拳頭說。
「沙維耶，如果你敢碰我，房子會修理你。」
她怎麼會這麼想？「我絕對不會傷害妳。」
「你剛像隻狗把我抓住！」

他感到強烈的羞恥。她抓著他的臉，指甲掐進去。

「我對你做錯什麼了嗎，沙維耶？」

「離我遠一點！」

「你說我對你的人生做了什麼？」

他吼叫起來。「我娶錯了女人！」

她縮回去。

「這跟我有什麼關係？」

他氣得結結巴巴。

「她就像妳一樣。愛控制愛拉拉扯扯從來不用相同的花招，我不能——我不能——掌握任何事情——我知道我是個爛丈夫——」他喘了起來。「我——知道她不快樂……我試過了——可是我——！」

她雙手環抱住他。他想把她推開，但她不肯放開他。他們掙扎著東倒西歪。他應該能夠掙脫她的，像趕蚊子那樣。他又推一下，這次更用力，但她的手指鎖住了他的後頸。明亮的眼睛對他眨眼，直率的嘴，細長的睫毛——都埋藏在臃腫裡。喝太多牛奶卻沒攝取足夠魚油——她早該知道的。她往上翻白眼，倚進他的懷中。

「黛絲芮？」

她睡著了。有某種非常甜美的不明氣味。他想要眨眼，卻感覺很僵硬，他閉不上嘴巴。

「黛絲……」

他反抗，但是有夢境從他的破綻裡爬出來，纏上他的小腿，輕推手肘和太陽穴。纖細的綠色觸手在他們身邊扭轉，把他們綁在一起：腰部，手肘，腳踝，黛絲芮的胯下，還爬上她的喉嚨。

紅色果實的夢。

23

萊拉讓艾妮絲上去她的臥室以便隱密地裝回她的澎澎。

「不過，如果有需要可以叫我，」萊拉眨眼說。

艾妮絲坐在地鋪邊緣，撫摸蚊帳，再度想起像捧花束一樣拿著自己的陰戶走來走去的荒謬。其他人不知道怎麼樣了？明天的工作一定會很忙。

她感覺著手裡澎澎的重量。她為什麼在猶豫？

她想起今天早上她的臉頰貼在坦坦膝蓋上。關於她懷孕時期和死去孩子們的記憶很少，她正在逐漸遺忘它們。他應該幫她記住的。他一定有些她不記得的回憶。她想要知道。

他的沉默不可原諒。

英格麗常說，別相信老是在挑妳毛病的人。她過世之前那陣子講話越來越快，好像她想要記住她思考過的一切，並把它遺留給朋友。

因為想不出其他的事做，艾妮絲坐在亮晶晶的妓院地板上，把她的澎澎放在地鋪上，用力看著它。

仍然是褐色、溫暖又柔軟。

她猶豫地用一根手指撫摸恥丘的頂端，驚訝它充滿脂肪、毛茸茸的飽滿感——雖然她經常自慰，還是挺陌生的。她以前在波娜米家過夜時會自慰，在她表姊睡著之後；想到要在家裡這樣做還是很尷尬。某天晚上她嬸嬸進來吹熄油燈之後，她和波娜米互相坦白。她不記得是誰有勇氣先開口的。

妳有嗎？

有。

我也是。

她對自己的正常感到安心。

但是顯然她不正常。在不明處有某個問題。她必須在能忍耐的限度內盡量靠近看看。她的陰戶摸起來意外地溫熱又潮濕，像一塊芳香的草皮。她輕按外陰唇周圍和恥丘上方，檢查有無裂傷或損壞。這麼私密地觸摸她的身體部位卻毫無感覺實在很怪。她隔著皮膚摸得出恥骨，它們在那裡接合，是骨盆帶的一部分。她小心移動她的臀部。骨頭都切斷了，沒有痛感好奇怪。

她探索時陰唇張開，看到內臟的顏色讓她愉快地震撼了一下。她無法確定是紅色或粉紅。在下方，她的肛門，本身是個閃亮的粉紅與棕色東西。她退縮，感覺自己的保守態度很好笑，再度往前傾。這只是身體的一部分。她撫平洞穴周圍下垂的捲曲深色毛髮，讓她的尷尬消退。她聞起來不錯，還可以。

她深呼吸一下，用雙手的前兩根手指張開外唇讓她更仔細研究顏色。她的豐滿陰唇表皮隨著動作被剝開：這個微小動作讓她抖了一下。

她著迷地俯身湊近。

英格麗去世的幾年前說過，外國人終於搞懂了陰蒂是地下構造。

她用手指揉揉表皮，感受皮膚底下有著橡皮觸感、可移動的柱狀物。她聯想到雞的軟骨組織，柱狀物由懸吊韌帶連接到骨頭上。**我們的巫女幾百年前就知道了**，英格麗說。**想像一根叉骨，想像裝滿溫血的燈泡，肌肉緊繃在這上面，製造張力並且像星星一樣抽動。這是只限女性才有的天賦，純粹為了快感。**

她想像著陰蒂的整體，皮膚底下暖紅的肌肉，彈跳鼓脹。她更加張開陰唇，保護陰道的兩組陰唇，兩者之間的敏感區域。她喜歡那個形容這個身體部位的字眼。一座房室。一條通道，進入另一個地方的開口。一間等待室。「前庭」：這也是內耳中央空洞和臉頰與牙齒之間空隙的名稱。心臟裡面也有個前庭。

在那裡面，一條微小曲折的道路。她想像自己在享受，她的手指沿著眾神和時間在她體內離出的柔軟組織滑動。她甚至想像嘎嘎叫的蜥蜴從裡面探出頭……

陰道。她敢窺探嗎？

指尖變濕了。她看得到處女膜的殘餘部分！小塊皺縮的組織：好像冠冕。濕潤的腔壁包裹著她謹慎探索的手指。她竊笑。她從來沒想過這些肌肉其實多麼神奇，若被搔癢就會產生液體。她的手指推進深入。她的魔力發作時有個小小的銀色爆裂，或許是被她手指的位置觸發的。妳越興奮，子宮頸口越後退。叫那個男人慢慢來否則妳就不跟他睡覺：她收錢教導女性這類東西。教她們神聖的拒絕。

女兒們。從這裡洩漏到她的體外。

她嚥一下口水。

繼續，繼續。

她看不到也摸不到任何疾病的證據。沒有瘀傷或感染。沒有歪曲或破裂。沒有她在別人身上感受到的雜音或怪味：沒有癌症，沒有性病，沒有空氣傳染或發燒。

她沒有任何毛病。無法解釋她們為什麼死掉。

就是這樣發生了。

艾妮絲往後仰張開嘴。出來的聲音不是她預期的喊叫，而是嘔吐前的打嗝聲。她哭了。眼淚從她的手腕流下。她胸口顫抖。如果她能專心，她可以向眾神求助。天女會幫助她自由。

眾神為妳做了什麼？妳一輩子敬愛祂們，結果帶來什麼？有拯救妳嗎？

她脫下一個手鐲拼命用力刮她的左臂。出現一個鞭痕。

呼吸，呼吸。

她繼續刮，但是影像還是浮現了。坦坦俯身到某人的大肚子上，臉頰貼在上面；坦坦的手指射出幾團熱氣到另一個女人的雙腿背面緩和疼痛，像他為她做的那樣，四次，好多次！她嘴巴顫抖。她俯身抱著自己的頭，指甲挖進頭皮，唾沫流到她的下巴。接著：額頭貼地，雙臂抱著肚子，她放聲哭泣。

她這些年來有哭過。在角落。在架設新檯子準備下次按摩的時候。兩滴，四滴，七滴眼淚落在上工時的台階上，向大聲道早安的旁人露出燦笑。開關冰箱時有一滴眼淚落在冰箱門後，坦坦在抱怨：天啊，艾妮絲，妳為什麼耗光了我的電力？她甚至在她父親的教堂裡掉過幾滴淚，某個深夜偷溜進去，沒人看見，站在他的講壇前，最後跪下，以防……

艾妮絲嗚咽。

把她們還給我，拜託拜託拜託。

以防她小孩的遭遇是她父親那位善妒的單一神降下的懲罰。

汝除了我不可有別的神……

她再也受不了了，這些躲藏羞怯地哭泣的回憶。

「我該怎麼辦？」她問牆壁，「我該怎麼辦？」

一隻黑白色蝴蝶停在天花板上。

她哭了好久，直到她覺得自己一定快發瘋了，但是她始終沒瘋。她沒有幻覺，心智也沒有崩潰。她想要崩潰。如果她碎成一百片，就不必有感受了。

妳必須感受它。

她用手蓋住陰戶。

蜜西說過什麼？

我的。

艾妮絲蹲下，彷彿要分娩；一根手指滑入糖漿裡；她抓了又抓，把它推回原位。

扭轉，喀啦。

一陣銀光，飄上她的大腿進入她背後。

她跪倒，又哭又笑。她沒聽到有人敲門，直到對方靠近的時刻才意識到聲音。是個女人在發問，叫她的名字，但她說不出話來，最後只剩寂靜。她只知道自己側躺下來，睜大眼睛，只看到燈籠果，把她帶入旋轉的夢境。

24

羅曼札走過彎腰魚市場。傍晚時分幾乎沒人，小販留下來主要是聊天講八卦，完成打包，提供打折優惠。他周圍有鱗片在發亮：鯖魚、鮪魚、飛魚、鯛魚、海蛇。偶爾還有烏賊、公海馬——懷孕的最好——和新鮮的粉紅肚子灰蟹。他喜歡市場的這個區域：不會有眼睛混濁或用小指尖輕壓肌肉卻沒彈性的冷凍魚。

這時的美麗鎮又臭又甜美。

他感覺到漁民們盯著他，還有在上方懸崖上閃亮的殘詩餐廳屋頂的壓迫感。他彎腰去看一條金色斑紋的海蛇；仍新鮮到在沙維耶的鍋子裡肉可以從骨頭上滑掉。他該買下來，帶到餐廳去尋求和解嗎？

他身上沒錢。而且該請求原諒的不是他。

他們有好多神明，從咖哩到雲的形狀都有；有個神負責第一次過生日卻沒人辦派對的失望感，對，在這一刻，有個神；專管敏捷昆蟲的神；但沒有同性戀男人的神。所以皮拉爾說他從來不相信任何神明，絕不支持無論男女的神，也不信天上的死人，無論有沒有鬍鬚，無論是黑色、紅色、藍色、金色或白色皮膚。你只能信任這塊土地，他把手挖進泥土裡說。家人會背叛你，朋友會離去，但土地永遠在這裡。這是他知道唯一會讓皮拉爾生氣的事。

同性戀。

沙維耶如此輕易地脫口而出。他感覺被貶抑：年輕又失望。那是自由人和他們的基督教會用來傷人的銳利字眼：過往身為奴隸的怒氣讓他們很想要找人來釘死。他從來沒在上帝的教堂塗鴉過；他想要放火把它夷為平地。他原以為這個神廚沒那麼糟糕。

「你要買什麼？」海蛇攤商沒好氣地問。羅曼札抬頭，讓銳利的貧民眼神發揮作用。攤商緩緩移開目光。

羅曼札繞過另一個人，濺起水花飛到了他的商品上。水從魚流下來積在水泥地上。鹽漬累積在檯面的裂縫裡，好像沙維耶的手。小販用拳頭敲打一隻褐色烏龜的背，測試新鮮度。他連脊椎骨都感覺得到衝擊。

羅曼札陷入一陣甜血咳嗽。好痛。他想要吃點毒藥坐在樹上。他突然覺得寂寞；市場壓迫著他。他從口袋拿出砲彈的藥，從水泥地上撈起一點水連藥吞下去。

這時他該走了，離開這些人。另一個漁夫瞪著他。他回頭看，盡力勇敢。在他憤怒的核心總是帶著困惑。

那是他們內心深處的殘忍，皮拉爾說過，他們根本沒發覺。

羅曼札離開市場找了條安靜的小巷，面向卡倫納格海灘。他倚著一家縫紉用品店的磚牆，閉著眼睛呼吸。咳嗽沒出血，也沒有以前那麼痛了，但只要空氣中的甜味繼續刺激他的喉嚨，肯定還會惡化。他必須另找一位巫女；這時想到砲彈令他緊張。真是太可惜了；他很欣賞她健康肥胖到震動的身材，還有對他的明顯關心。

你的替代選擇是什麼？

牆上有乾燥剝落的字母。他刮刮橘色油漆，是廉價的本地貨。桑坦妮明天會很可愛。又快樂。整個上唇冒汗，她興奮和緊張時就會那樣。她的婚紗是橘色，以搭配她的個性。他用橘色塗鴉就是因為她。

他決定明天要去看她走下寺廟台階，在祝福禮之後，群眾等待著，大喊：接吻，接吻，接吻，接吻！人太多了，爸爸不會注意到他。他根本不確定父親是否還會認得他。他必須去；無論沙維耶·雷丘斯現在被迫在婚宴端出什麼粗製濫造的爛菜都是他的錯。

桑坦妮絕對不會喜歡同性戀的嘲弄，所以他絕對不能告訴她。

寂寞輕推著他；他催促自己前進。縫紉用品店的門打開出現一堆雞蛋花和薰衣草；鈴鐺作響。一個頭髮斑白的細腰婦人往外瞪著他。她拿著一根又長又粗的手杖當武器。

「別擋在我的店前面！」

羅曼札皺眉。

「不好意思——」

「我說，閃開！」

他攤開雙手。「天啊，大嬸。我並沒有做什麼——」

「你這骯髒、發臭、染病的東西快滾，貧民！」

他大惑不解。

「染病？」

「我這裡有兩個女孩！你的髒手休想碰到她們，害她們失去澎澎！」

「什麼？」

「你要我叫我丈夫來嗎？他會打死你！」

羅曼札退後。大家都說貧民很奇怪，如果遇到他們要小心，他們都是飛蛾小販和乞丐，有些人確實是。但他沒聽說過這種偏見。

「大嬸，誰惹到妳了？」跛腳走過來的男子穿著紅色的柔軟衣服，一副無害的表情。他眼神謹慎，看起來什麼事都不會看錯。

「這個噁心骯髒發臭偷竊的貧民混蛋！」

真是夠了。「老太太——！」羅曼札怒道。

紅衣男子伸手放到他肩膀上。羅曼札聳肩甩開，但他又放回來，手指輕輕抓著。「別急，大嬸。他馬上就走。」他壓低音量，「你最好離開。回叢林去吧。」

「你又是誰啊？沒人有權利命令我去哪裡！」

「兄弟。因為性愛禁令和謠言，現在太多人容易激動，」男子咕噥說。他看起來沒生氣；表情擔心。「小心別亂跑，別看任何女人。民眾可能會傷害你。」

「快滾別回來！」婦人大叫。

「天啊，女士。你看看我。其實我是顧客啊！」紅衣男走向抗議的婦人。羅曼札努力讓自己冷靜。

皮拉爾，皮拉爾，皮拉爾。

「噁心貧民，你看他，臭死了！」

「大嬸，大嬸。放輕鬆。」高大男子看他最後一眼，勸說激動的婦人回到店裡去，用溫柔的手引導她的手肘。「我要買上面那種油漆五罐，或許妳可以給我買五送一價。我必須粉刷我家圍籬。」

羅曼札抖了一下。這句謊言迴盪在店面牆壁，讓磚頭出現小裂縫還震死了三隻蜘蛛。他把手肘縮到胸前，緊握雙拳，感覺尾骶骨遭到衝擊。他再度靠著牆喘氣，讓毒素化成他吐出的小量空氣，慢慢離開他的身體。各種思緒像螢火蟲高低亂竄。

過了一會兒，高大男子拿著一堆油漆罐走出來。他看到倚牆嘶口水的羅曼札。

「你怎麼還在？」

羅曼札看著油漆罐。男子把其中三罐放到地上。

「我想知道那個大嬸在說什麼。她說染病是什麼意思？」

「有時候我忘了貧民不聽收音機的。你不知道印提亞薩總督今天發布了性愛禁令？」

「不知道。」

「大家都認為是因為先前女性遭遇的事。」

「發生什麼事？」

「今天中午，哎呀！所有女性的下面都掉到地上亂跑，害大家像老鼠追來追去！」

他笑道。「首先有些故事很好笑。有人把它誤認成烏賊，用胡椒和萊姆煎來吃！男人把老婆的那個藏起來。然後情況改變。」這時他的臉色變嚴肅。「有謠傳這是貧民散佈疾病造成的。」

「但是我們很少進城啊。」

「這件事真的很蠢。街上氣氛不好。謠傳印提亞薩在今晚宣布選舉活動時，有人要殺他。很多人在談替代選擇。大家認為會是壞的替代品。」他小心地看著羅曼札。「改變發生時民眾很容易瘋狂。但總會過去的。我們需要的是願意出面挑戰印提亞薩的人。如果有高貴的人主張反對他，善良民眾會聽。」

「你看起來好像可以站出來說話。」

男子輕笑一聲。「我有個女兒要照顧，小朋友。但我很高興知道我會有一票。」

「貧民不能投票。」

男子點頭。「對，確實是。」

羅曼札繼續望著他。

紅衣男子微笑。

「那個表情。你在看什麼？」

「油漆。」

他們看著腳邊的油漆罐。

「我家庭院需要整修。」

羅曼札呻吟。

「求求你，別再說謊了。」

男子保持沉默，在腳跟上輕輕搖晃。

「你家不需要整修。」

男子脫下上衣塞給羅曼札。他身上只剩有汗漬的白色內衣。

「穿上。有好衣服，他們比較不容易看出你是貧民。」

羅曼札考慮著要拒絕，然後點頭穿上。有那個男子的體味和宜人的細葉芹與生薑味。

「你要用油漆幹什麼？」

「你的魔力是什麼？」

「你不想告訴我？」

「什麼魔力？」

「你說謊時我會知道，」羅曼札怒道。

「真的？」

「對。」

「好吧。但不表示你有權管我的事。」

這倒沒錯。但他不在乎。

「你就是那個替代選擇？」

男子微笑。

「你是嗎？」

「我幹嘛要告訴你？」

「因為我……也會油漆。」

他們互看。羅曼札的耳中聽得到他的心跳。

男子咧嘴笑了。「呃，你看。」他摸摸下巴，拿起一罐心不在焉地掂掂重量。油漆罐從白色變成橘色。「我一直認為我會遇到你，」他低聲說。

他後頸的汗毛直豎。羅曼札從借來的上衣吸到細葉芹味道。他突然荒謬地興奮起來。

男子拿起六罐油漆開始跛行離開。羅曼札想到跛腳沒有減損他的魔力，所以魔力來自他的眼睛和皮膚裡的善意。

「等等！」他大叫，「你叫什麼名字？萬一我們必須……？」他不知道必須什麼。「聯絡？」

男子往上指著懸崖上面的餐廳。「你可以在殘詩餐廳找到我。我名叫伊奧，普特之子。」他高高舉起一罐油漆，像揮拳似的。「別看起來這麼擔心，橘色人。你聞到空氣裡的甜味沒有？」

羅曼札感到一陣興奮。是沙維耶的哥哥在把真相到處塗鴉；還有更好的事嗎？「我有。聞到了！」

「這麼甜美的空氣只會帶來好事。」

羅曼札轉身回家，開心地笑到他的臉頰發痛。如果他多留十一分鐘可能會得到一份殘酷的滿足，可以隔著商店櫥窗看到那個老太太在她倒下的地方打鼾。她醒來後脖子會很痠，窗玻璃上會有血紅色的燈籠果汁。

¶

巫女們直接穿過黃色牆壁來找桑坦妮。大家都聽說過這個能力，但是很少親眼看見。

她一下子單獨在巫術廟的門口大叫製造回音，一下子又在室內，巫女們滑行穿過牆壁，像一群金魚不安地聚集在她周圍。伸出手臂，但不碰觸。雖然嘴型嚴肅仍露出微笑，眼神凝重。她從未被這麼仔細檢查。她們幾秒鐘內就看穿了她，她們發現她很怕在這裡，發現她澎澎脫落時丹度抓著她左腰留下的拇指印；發現她做過或會做的所有事。

最矮小的巫女伸手放到桑坦妮頭上。她的身體震動。背後的發癢、胯下的空虛感、恐懼，全沒了。桑坦妮笑了但是沒發出聲音。巫女們跟她同時發笑，彷彿她們是她在鏡中的黃色碎片。摸她頭的巫女眼睛是黃色的；她們全是黃眼睛。桑坦妮一手摸摸她的臉頰。她們也把手摸到自己臉頰上。

她動動腳趾。

巫女們也動一動。

她皺起鼻子。

她們也照做。

但她無法忘記來這裡的目的。

「有東西跟著我的澎澎跑了。」

黃眼睛，圍繞著她。

「我們無法告訴妳該去哪裡找它。」

「為什麼？我相信妳們知道。」

她確實知道；她就是她們。所以她應該知道。她搖搖頭。

一個長了粉紅尖角的巫女說。

「妳不靠它也能得到想要的東西。」

這不是斥責，但桑坦妮輕蔑地吸吮牙齒，所以她們照做。因此她才不喜歡巫女。總是用謎語說話。她們為什麼不能說人話？在吸吮牙齒的空檔，她們牽著她的手，表示或許她也牽起了自己的手？

黃色房間充滿了靈光與奇異感。

25

沙維耶夢到妮亞回來了，她的眼睛在顱骨裡，眼皮不見了，眼窩延伸到了額頭上，嘴巴和鼻子萎縮得嚇人。包在喪禮繃帶裡回來找他，像個滑行的包裹，在門口偷窺。他咬緊牙根，伸出雙臂迎接她已經死去的柔軟身體，但她的繃帶在鬆脫，從她的毛孔和頭皮上螺旋著解開，從她舌頭底下和黑色食道的深處冒出來，全部隨著某種超自然的風勢飄揚，他們差點被吹得站不穩腳步。他掙扎著護住眼睛，眺望混濁的太陽，發現那些棉布繃帶一路連接到海洋。

波浪把妮亞・雷丘斯拖進深水中，從前他母親的家族賴以謀生的地方。驚恐的他受到自保本能驅使，想要放掉她。妮亞的大眼睛湧出水來；她的怪異手臂纏住他，掐進他後頸，此刻他無法分辨她的氣味和他母親氣味的差別。

你可以把我放下了，孩子。它已經腐爛了。

那就放開我，媽媽！

她的手指繃緊，棉布拉扯著她的皮膚和器官。在遠處有鯨群拍打海面。海水好像地獄，在海平線上沸騰。

她的血像丁香一樣噴灑在沙子上。

¶

他半尖叫著驚醒，看到黛絲芮的驚恐表情。她邊哭邊在他身上亂扒，好像他是通往出口的梯子，扯斷了捲鬚，紅色果實散落滿地。

「阿沙——阿沙——！」

他抓住她，把她的手臂壓在兩側，拉進懷中。她猛烈掙扎，感覺瘦削又難以辨識。

「剛才——什麼——什麼事——？」

「噓。」

「別丟下我——！」

「不會，不會。噓。是惡夢。」她潮濕的臉頰貼在他臉上；他搖晃她，感覺幫到了她，又對這感覺很困擾。她在喘氣。

「孩子們——燈籠果要悶死他們了——！」

他抱緊她，耳中聽到自己的心跳聲。室內全是果實的臭味。

「賽拉斯，他——還有迪恩——我無法阻止我的羅伯，我的羅伯！——那些混蛋燈籠果，噎死他們了——！」

「噓。」

「你想他們真的真的出事了嗎？」

「沒有，沒有……」他咕噥。真的真的？小孩用語。她的呼吸有鐵味，好像牙齦在流血。他全身痠痛到覺得僵硬，因為，什麼？慘叫嗎？他喉嚨在痛。

黛絲芮又哭了一會兒。他們再度小睡，沒有做夢，但已經精疲力盡。他檢查抹到她喉嚨上的破裂果實，半閉著眼，想起他母親的喪禮：親戚們在遺體周圍唸經，請求她的靈魂原諒，同時他們自己也原諒了她。所有人在房間裡搞了好久。他逐漸相信他是唯一把她的靈魂留住的人，用他的指尖一再觸摸包裹著的遺體，像在進行儀式那樣說出這句話：我釋放妳，媽媽，背後發癢，好像大家都在等他。只需要一瞬間真正的寬厚。難道他沒辦法找到那份心意來讓她的遺體安息嗎？

終於來了：從她的遺體升起一股螺旋狀黑煙，她的靈魂溶化高飛。他不敢呼吸，免得耽誤她上天堂找位子。

那個藍色人會不會在等她？

他想像妮亞的鬼魂發現他在這裡，躲在黛絲芮懷中；她對他軟弱個性的鄙視。

我就知道你遲早會回來找這個老賤人。

妮亞有時很惡毒的。

燈籠果從牆面流到地板上，啪—啪—啪—啪，充滿房間。他這才發現他們已經被深埋在果實中：黛絲芮被埋到了腰部。他眼皮沉重地推開面前的燈籠果，解開纏繞他鎖骨和喉嚨的藤蔓，同時顫抖。如果他們留在這裡太久，果實會淹沒他們。他感覺被下藥了。

啪—啪—啪—啪。

「怎麼回事？」黛絲芮的聲音虛弱，又陌生。

「我不知道。」他逼自己坐起來，背靠著牆壁拉她起來坐在旁邊。她太瘦了。這房子似乎會回應她的動作，啪噠聲變得雜亂。「或許怪怪屋壞掉了？」

「我從來沒在家裡跟人打架，或許它不喜歡。」

他很抱歉，因為打擾了她的寧靜、她的家。也因為來了卻沒得到他需要的東西，但又不知道那是什麼。

她撥掉胸前和手臂上的燈籠果，往後靠在他身上。「我感覺如果我不睡覺就會死掉。像是暴斃。你呢？」

「有，感覺來得很快。」

「我夢到燈籠果噎死了所有孩子，每一個。我記不得上次做這麼具體的惡夢是什麼時候了。」

「對，妳不常做夢。」

「你還記得？」

他撫摸她的背。

「你夢到什麼？」她問道。

「妮亞。」他清清喉嚨。恐懼感回來了，他後頸的刺痛，她在角落看著他的預感。一隻濕手摸到他手肘。他出門了，而如果按照這個速度，他回到家也太遲了。

黛絲芮拍拍他。「惡夢嗎？」

「對，很清晰的夢。」

「你從來不太習慣告訴我你的感情。對家人等等的。」

「我有透露一些。」

「只有最少限度。」

他回想一下。「對。」

「你從來不信任我？」

「不信。」

她的聲音貼著他胸前變模糊。「我努力扮演興奮、神祕。我不希望讓你們大家無聊。」

「妳扮演得很好。」

她用一根手指摸過他的眉毛。他想起艾妮絲。她還好嗎？她做過惡夢嗎？

「有人來找你當助手嗎？」黛絲芮問。

「還沒。我猜他們快開始了。」

她咬咬嘴唇。「你必須超越我。」

他怎麼可能超越？又怎麼可能遜色？

「我當時很年輕。普蘭坦尼提心臟病發作時我還沒能夠——感受——」她尋思著適當字眼，「巫術委員會根本不確定我是不是他的繼任者。」

「什麼意思？大家都知道普蘭坦尼提指定妳了。」

「他只收了四個助手。他們全是年輕無知的傻瓜，對他不構成挑戰。我愛他，他是最紳士、最體貼的人。什麼都怕。他死於傷心，我不在乎別人怎麼說。我們獨處時他說了：妳是神廚。永遠都會是。」她挨近一點。「但他從來沒告訴委員會。他們沒有理由相信我。」

他不安地在她底下移動。他不曉得她上任時那麼麻煩。

「委員會檢查他的日記尋找某種答案，但只有一筆相關記載。黛絲芮很弱，但她會漸漸適任。」她的笑聲真難聽。「他的日記好像寫給同一個從來不愛他的女人的永恆情書。讓我很不耐煩。要務實啊。」

又受訓四年之後，她出師了。很多人說她是女人，會把肉類搞壞。

「我不曉得他有在寫日記。官方的紀錄上沒有。」

「我想委員會有所隱瞞。我的地位已經很有問題了。」

「所以他們最後怎麼決定？」

「他們在一首寺廟老歌裡發現我。短短的半句。黛絲芮崛起，之類的話。」她咕噥一聲。「他說得對——我必須變強。」

謠傳她偷聽到在她餐廳裡講普蘭坦尼提壞話的男人，把她的經血加到了湯裡。小子，你的食物裡有我的血，當那男人攔住她想評論餐點品質的時候，她這麼對他說。當那男人說他寧可吃這個也不想吃把自己吃出心臟病的胖呆子做的菜，黛絲芮往手掌吐口水，打了他一巴掌再把他趕出去；畢竟，只有蠢蛋會忽略肥胖的意義。

「黛絲芮，妳有寫日記嗎？」

「當然。寫得不好。你選擇助手群之後要讓他們閱讀。」他撫摸她。「第一天你來的時候，我就知道是你了。」她停頓一下。「你說我嚇到你。但是你也嚇到我了。」

「我才十六歲，黛絲芮。然後我們都到了十九歲。妳的身體也不太好。」

她用嘴型說了他看不懂的話。他無法判斷自己對她的感受。但他很高興說出了這些話，他無法再安慰她了。

「黛絲芮，我該走了。」

「是，是，當然了。」

他站起來，好冷，努力不發抖。她雙臂抱著她的膝蓋。房子變得溫暖。

「沙維耶。」

「嗯。」

「我很抱歉。」她嗅一下。

就這樣來了。

「我很抱歉，沙維耶。」

他咕噥著聽不清楚的話，提心吊膽。他希望她多說一些，再說一遍，永遠不再說別的話。他想要留下又想立刻離開。他想要坐在祭壇上，或爬樹，讓她站在樹下唸經。找到多明尼克來唸經。抱著西西的頭。這樣不夠，現在他聽到了，但是她還能怎麼辦呢？

黛絲芮嘆氣。

「我有一次想把他們一起找回來，」他說。

她扮個鬼臉。「他們跟你說什麼？」

「他們……肚量很大。」

「我以為你和恩塔莉可能有結果，遲早。」

「什麼結果？」

「我不曉得。」她的心情改變了，讓他緊張起來。她的手指摸過燈籠果。「我得請人來檢查這棟房子有沒有故障。」燈籠果擠到房間角落去然後消失。「或許你們可以成為彼此的安慰。」她吸吮牙齒。「但是妮亞會有她的辦法，不是嗎？我早該交代你別娶她。這你真的不能怪我。她是很乖僻的女孩。」

「黛絲芮，她還在遊蕩。」他忍不住了。

她咬咬嘴唇。「還在？她怎麼還不來找你？」

他虛弱地聳肩。

「只有妮亞能讓你戒掉飛蛾，所以我懂什麼？」

他很驚訝她居然看不出他心裡新生的飢渴。

「妳戒了嗎？」他問道。

「拜託。」她哼一聲。「一下子。輕而易舉。」

「但是妳以前吃很多，黛絲芮。」

「當然。你也是。但我們不是普通人。」

對，她看不出來。他會接受她的歉意和她的盲目。

他忽然想到一件事。

「普蘭坦尼提的鬼魂一定也遊蕩過。他找到他愛的女人沒有？」

她的乳溝看起來有點殘破。「他死在廚房裡。走出房子之前就被我發現了。」

「妳就——什麼——妳有沒有……？」

黛絲芮雙手叉腰。「我拿了他的腳跟。」

他盯著她。她真是令人驚訝。

「你餓嗎？」黛絲芮問道。

¶

大多數人期待她血腥砍剁的料理，但他知道，她在內心深處是個烘焙師。她的廚房向來講究那種精確。糕餅師傅的清理整潔和錙銖必較；大家工作習慣邋遢時她會生氣。現在不同了。

食材掛在她的廚房天花板或堆得搖搖欲墜。深紅色火龍果斜切，只取最好吃的奶油狀核心；梅乾裝在小桶裡；還有佛手柑和金色果瓣——每顆都像他拳頭一樣大；波羅蜜果和幾束薄荷。有人把飽滿的香草莢和毛茸茸的羅望子掉在地上，還有一支小孩的彈弓。食品庫裡，大石甕裝著糖和可可豆；碎裂的椰子裡有小手印。她的冷藏室裡有一堆嬌小磨損的涼鞋，疊在幾塊飽滿脂肪狀的奶油旁邊。未精煉的黑糖屑被他們的腳踩碎。廢棄空盒堆成了一座塔，顯然是小男孩親手做的。還有螞蟻。

幾份早餐的剩菜：番茄皮、乾掉的煎蛋、麵包耳朵、水果皮，散落在又長又重的餐桌上。脫下後亂丟的衣物。沙維耶無法掩飾他的驚訝。在她的神聖廚房裡，只要有一滴血跡就會挨她罵的地方？

「怪怪屋不會整理這裡嗎？」

「我知道所有東西在哪裡。」

他坐到餐桌旁，她走來走去，推開混亂的東西，放置陶器，拿給他一瓶好紅酒和當天的麵包，在他嘴裡散發好吃的酵母味；她宰殺製作的兔肉香腸；採自她庭院醃製切片的朝鮮薊。他好餓，這正是他需要的，天然有機，她親手的照顧，她能搞定一切問題的安心感，精心設計的野蠻狀態。

黛絲芮打開收音機，轉到全音樂電台。播放的是原住民歌曲：簡單的鼓聲，沒有歌詞。他看著她的手指摸到食物上；她的動作跟他印象中不同。變慢了。少了點纖細。香腸的鮮、甜、辣，無懈可擊的平衡，但她在砍朝鮮薊；她的菜刀需要磨利。他再度感到驚訝。

「需要我幫妳磨刀嗎？」

「不用。」她笑道，「現在就是我想要的狀態。」

「不可能吧。」

「肯定是。如果我希望更鋒利，房子就會照做。」

「這房子剛才差點用燈籠果弄死我們耶。」

她點頭。「那是個隱憂。但是已經十年沒發生過這種事了。」她擺一片羊奶起司在他面前，包著黑胡椒和酸莓果乾碎屑。他用一根手指挖進起司再放到舌頭上。

沾挖，吞嚥。「很好吃。」他好奇他掛在衣帽架上的飛蛾是否會寂寞。好瘋狂的飛蛾念頭。

「你的廚藝怎麼樣了？」黛絲芮問。

「還好。」

「你來得及招待所有人嗎？」

「再過幾年，我就會知道。」現在妮亞不在，廚房平靜多了，他的工作改善，目標也變得容易。他討厭這個事實。他望著厚重半開的廚房門，通往散落貓屎的庭院，發出緩慢輾軋聲。這下妮亞的鬼魂可以溜進來罵他有這樣的想法真是混蛋了。

黛絲芮真的有力氣撕裂普蘭坦尼提遊蕩的遺體嗎？這種事情不可能拿出來談。他想問她什麼？她的技巧？她堅強意志的特定性質？那會不會讓她噁心？事後她是否需要安撫？普蘭坦尼提的屍體是否有反抗她？鬼會打架嗎？

「你會招待每個人。除了貧民，嗯？」她輕笑一聲，在他想再吃的時候遞過來更多香腸。「你永遠可以跑到叢林去找他們。我有試過。」

他居然開口告訴她羅曼札分享的關於腐肉和毒藥的事，連他自己也很驚訝。他原本以為他會藏在自己心裡，或向她逞威風，一點一滴透露，但他忘了向她坦誠有多麼愉快。她多麼有智慧。她靠在餐桌上，仔細聆聽——她能夠聆聽！——然後興奮地插嘴。他有食譜嗎？什麼比例的毒藥，吃了多久？做菜是儀式或只是為了活命？貧民吃飯比他們想像的更群體共享嗎？她合握雙手。

「原來你已經去過叢林了！他們還告訴了你一些從來沒跟我說過的事情。這很不錯。」他困惑了；他還以為她會嫉妒呢。「你一向喜歡巡視。」

「不，我不喜歡，黛絲芮。」這下他生氣了。「妳以為我喜歡看妳偷大家的食譜？」她露出帶著喜感的疑惑。「你以為盧小姐和喬伊斯夫人不知道我在學她們的東西嗎？別傻了。」

「什麼意思？」

「有時候我為你感到絕望，親愛的沙維耶。她們是故意露出跡象讓我學的。她們看到它出現在菜單之後，還過來捏捏我的手呢！」

他嚥一下口水。

「妳怎麼會以為我知道？」

「其他人都知道。天啊，你好嚴肅！妮亞是怎麼忍受你的？」

「她顯然沒有，」他怒道。

她從桌邊起身。他看著她切一大塊餡餅，大到跟公車輪子一樣。

「你要為印提亞薩生孩子的宴會做什麼菜？」

他聳肩。她把餡餅裝到盤子上推到他面前，手拿著兩根湯匙。氣味好香。羅曼札一定會喜歡；她也會喜歡羅曼札。他想像得到他們咯咯笑著用毒藥做菜。他感到一股強烈情緒。對於那孩子的黑眼淚，還有憤怒牛蛙的故事。

他應該留在海灘上的。控制好自己，聆聽。

「你不會幫他掌廚，是吧？」

「我沒這麼說過。」

她給他一根湯匙，全身洋溢笑意。「我知道你不會。我整天都在猜想你會怎麼處理。你還沒學會怎麼應付政治人物嗎？」

「是妳在我就職日的印提亞薩演講中走人耶！跟我談什麼交涉手腕！」

「有嗎？」她表情愉快。他不敢相信她不記得了。「阿沙，幫總督個忙。往後你會需要他。」她瞇起眼睛。「你做不到，是嗎？你從來無法妥協。我一直想讓你有點彈性。但你是神廚。我們的天性裡沒有妥協。」

他不知道該怎麼應付討厭的印提亞薩家族。

「全國的人都認為你會做。」她的聲音笑得發抖。「你什麼時候要告訴他們你不幹？

你真的想羞辱印提亞薩嗎？如果你搞砸了他女兒的婚禮，那個人一定會肆無忌憚地生氣。」

「他會復原的。」

黛絲芮把餡餅盤推近點。「吃吃看。」他抗議時她舉手制止。「我叫你吃。」

他拿起湯匙。

焦糖色硬殼，有肉桂香味，他自以為知道餡餅是用什麼做的，但是滋味才剛開始。繼續經過柔軟的南瓜，煙燻杏仁碎屑。焦糖的甜味襯托著其餘的土味；煙燻味餘韻不散。就在他以為結束時，深層爆出某種柑橘味。太棒了；讓神遊的他回到了自己體內。

她坐下，在他滿足地呻吟時燦笑。「不會太誇張吧？」

「太驚人了。」

她拿起她的湯匙；他們一起吃，一面聊天，就像她授課的時候，只差這次是平等的對話。脆感，然後是土地的甜味；溫和的堅果味，完美的柑橘收尾。每次味覺湧現，他都想要為這種大膽、戲謔的風格發笑。她似乎真的對他的意見有興趣。他看著她。他能想像她跟孩子相處愉快。他們長得像她嗎？

「孩子們讓妳有了音樂感。」

她很高興。「你總是知道該說什麼。」

「說說他們的事。」

他以前從未看過她露出這種微笑。「我想賽拉斯注定要當律師。能夠把笨蛋自己的東西賣回給他。喬治和安東尼我還不確定，他們會找到自己的路。安東尼擅長游泳和跑步。或許喬治只想當個父親。你能想像嗎？八歲男孩，已經很有愛心。派崔克今天離家之前很苦惱！他們去路奇亞鎮為一對結婚七十三年的老夫婦唱歌。派崔克不喜歡唱歌。他因為兄弟們喜歡有他陪伴才去的。我叫他去是因為我要求他得聽媽媽的話，但我不會讓他再唱太久。還有誰？羅伯！那孩子會唱到他的心臟爆掉。吉登有可能當上廚師。」

喜悅，這是她的心情。他斜眼看她。

「你有想過如果沒當上神廚會做什麼事嗎？」她問道。

「沒有，沒多想。」他舔舔拇指刮起盤子裡的餡餅碎屑。「我們就是這塊料。」

「你退休後一定會想到這件事。相信我。你有可能開心地在庭院裡，照顧你的漂亮花卉，完全不碰廚藝嗎？」

他思索一下。「我無法想像。」

「可以試試嗎？」

「為什麼？」

「等你收助手時，或許想想你還能做什麼別的會有幫助。」
「我需要幫助？」
「你會的。」
兩隻條紋貓輕快地走進廚房。一隻嘴裡叼著尾巴下垂的大老鼠。黛絲芮發出嘶聲。叼老鼠的貓離開。沒老鼠的貓跳上餐桌縮在他們之間呼嚕。黛絲芮也呼嚕回應。
「我已經不太感覺自己像神廚了，」她說。
「這個餡餅……」
「那只是做菜，不是要負責讓這個群島上的每個混蛋開心。」
他不相信。她喜愛權力。這只是另一種想法，另一次心情轉變。「妳知道妳最討人厭的一點是什麼嗎？下星期我再度提起的時候，妳會忘記妳說過這些話！」
她大笑。「我最討人厭的就是這樣？」
他想要忍住自己的笑聲——「不會吧！」——但她笑得好直率，他必須陪著笑。
外面的貓咪看著他們互相依偎。
黛絲芮湊近一點，雙手環抱他的肩膀。她臉色平靜安詳。想起有些時候他有她陪伴確實很快樂是件好事。歲月放大了他的恐懼。

他們坐著聆聽彼此的呼吸。

「所以你要回來讓我再惹你討厭嗎？」她問道。

他不確定。

「沙維耶？」

「嗯？」

「你替我的小孩擔心嗎？你認為我沒有好好照顧他們？」

他低頭看她。「對。」

她點頭。「我一直注意我自己，你知道的。這些年來，我希望我學到了些東西。有些人在幫助我。」

「好吧。」

「沙維耶。」

「嗯？」

「去辦婚宴吧。會讓你心情愉快。」

他呻吟一聲。

「你知道有多少人打電話到電台說他們想見你，他們心裡多高興，他們不知道你是否會再走入人群之中，他們多麼害怕妮亞過世讓你意志消沉嗎？」

「伊奧說過一定會這樣。」

「你真的想要毀掉一個小女生的婚禮嗎？桑坦妮是個好女孩，沒有那些高地有錢笨蛋常見的傲氣。丹度也對她很好。寡言又穩重。你該見見他們。她好興奮。一直跑來這裡，問我認為你會做出什麼菜？」

他對她臉上的情感很驚訝。

「妳認識桑坦妮？妳認識她哥哥？」

「丹度就住在這附近，他和李奧是我的鄰居，所以我常見到桑坦。不過我不認識她哥哥。真奇怪你會問起他，我都忘了印提亞薩其實有兩個小孩——」

他想要告訴她一切，然後突然間：想到羅曼札在海灘上受傷的臉，他把他留在那邊對不對，現在怎麼辦，這就是有兒子的感受嗎？還有飛蛾，總是飛蛾：我似乎沒有妳這麼堅強。低下頭向他的大導師請教這些事情。但黛絲芮停止說話和聆聽，豎起一根手指示意安靜，盯著她的廚房窗外。

沙維耶急忙站起來，正好看到溜過她庭院的那個男子，貓咪像雞一樣四散亂跑。

他敢發誓這棟房子鼓脹起來把他吐了出去，腳步輕快的黛絲芮跟在後面，伸出手要穩住他，緊抓著她的灰袍。她的庭院堆滿了燈籠果，他們看到的窗外那個人舉起一個長形盒子放到她的祭壇上。

「你好，」沙維耶開朗地說，「你拿的是什麼東西？」

男子嚇一跳，有點畏縮。是貧民。

「你要送貨嗎？」

「是，在這裡。」

「交給我吧。」

男子猶豫，雙手停在包裹上空。

「這是特別快遞。」

「特別很好。」沙維耶微笑，但保持警戒。來神廚庭院送禮的人未必可以信任。

「給我嗎？」黛絲芮上前，拉緊她半透明的衣服。男子毫不眨眼的注視停在她的喉嚨和半露的肚子上。

「嗯？」黛絲芮鼓勵地微笑伸出她的手，手掌朝上。

男子抓緊盒子退後，撞到了祭壇。艾賀的神像搖晃；貓群逃走。沙維耶跳上前但是太遲了。女神砸落到地上。他聽到背後的黛絲芮向這個異端抗議。貧民男子放下盒子逃走，腳跟在背後揚起橘色沙塵。盒子躺在泥土上，被撞開了，包紮的稻草掉進了黛絲芮的腰果中。

她跪到神像旁邊，把它捧到腿上。墜落撞裂了艾賀的頭後方。一隻黏土耳朵躺在泥土裡。她輕輕撿起來。沙維耶幫她把女神像扶起來靠在祭壇上。黛絲芮把耳朵放在神像邊。

「討厭的貧民。如果把她搬進去，房子會修好她。」

沙維耶扛起神像穿過廚房大門，再回來拿耳朵。他頭頂上的屋樑在波動，彷彿沸騰。黛絲芮撬開盒子。

「呃，看看吧，」她說。

貧民男子送來了三隻玩偶：精緻又軟得像棉花。一個女孩、一個母親和一個祖母，精心縫製的紅白色長袍與金色拖鞋。祖母的每根睫毛分開黏上，十根完美腳趾。女孩嘴裡有完美的粉紅舌頭；母親的眼睛裡好像有微亮閃光？

「看！她有腿環！」黛絲芮掀開手工刺繡的衣服。她尊敬地摸摸這玩具。「是誰送的？」

「某個緊張的仰慕者，」沙維耶說。

「不，不對。你看！盒子上寫著『印提／布倫』。是印提亞薩送的。他為什麼送禮給我？也可能是李奧？」她搜索盒中碎屑，亮出一張發票。「不過這是外銷用的盒子。你知道我多久沒看到李奧的玩具了嗎？以前我六歲時有一隻木製特技蜥蜴。牠會在木頭小樹上爬上爬下，鱗片還會變色。李奧做的每件東西都像灌注了我們某些人的魔力。」她燦笑，雙手各拿一隻玩偶。

「這些玩偶真可愛，」沙維耶溫柔地說，「我該走了。」他不確定接下來要做什麼。

黛絲芮搖搖玩偶。

「去找丹度。他就在隔壁。你會喜歡他的。」

「黛絲芮……」

「客氣一點。」

「我很客氣啊。」

「我想你該走了。我要洗澡。今晚得好好打扮。」

「為什麼？」

「我是國際美麗小姐的評審。」

「選美比賽？」

她向他搖晃女孩玩偶，然後伸出手抓住他的手臂。她臉色嚴肅。

「我知道我造成了可怕的事發生。」

他等著。

「沒有藉口，沙維耶。我知道。」

他退後。她很坦白。

「妳可以去找妳的助手們，黛絲芮。也跟他們道歉。不只是我而已。」

「唉。」她嘆了口氣。「這樣夠嗎？」

「不夠。妳要我幫忙找他們嗎？」

「或許吧。」她用指甲摸過她凹凸不平的嘴。「或許。我今天還不確定，但我會考慮，真的會。記住一件事。」

「什麼事？」

她彎腰湊近。

「我造就了你，沙維耶．雷丘斯，現任的神廚，也是永遠的神廚。」

這句話是以前他們分手的台詞。初始的祝福。

黑夜降臨到了杜庫亞伊的山丘。黛絲芮開始點亮她庭院的燈火。彷彿她知道歌聲快開始了，比其他人先聽到了有力又一致的腳步聲。

「孩子們回來了，」她說。

「媽媽！」

「媽媽！」

「媽媽！」

「馬麻！」

「媽媽！」

「黛—絲—芮！」

黛絲芮滿臉歡笑，熟練地點燃最後一盞油燈。

六個小男孩湧入庭院。他們沒有隊形，不同於一般人對完美協調的腳步和歌聲的想像，以中高音和低音互相唱和，再湧出來，進入他的喉嚨和耳朵。他們衣衫襤褸，走來走去用手肘和腳趾互相打手勢，唱得有點心不在焉。

喔哈哈

你在哪裡？
喔哈哈
你是誰？
喔哈哈
你是什麼？
你是什麼？
你是什麼？

而黛絲芮的叫聲充滿了疼愛。

「羅比，你回來的時候還在流鼻涕嗎？你弄丟了你的手帕？吉登，我有叫你幫我買珍小姐好肥皂回來，怎麼，賽拉斯沒提醒你？」

喔哈哈
你是什麼？

戲謔地互相推擠，唱著歌；又有兩隻新抓到的垂吊蜥蜴，邊唱歌邊舉起來給他們的母親看；另一個人在檢查玩偶，六號抓著微笑的黛絲芮的腰，她俯身，抱他貼近，小男孩捏她臉頰時仍在唱歌兼跺腳。唱歌對他們來說彷彿就是呼吸，完全不用想任何事情。

喔哈哈

你是誰？

喔哈哈

認識你自己

噗，噗！最後的跺地，集體踮腳尖旋轉，看起來無憂無慮，只象徵著全世界的喜悅，整個合唱團開始七嘴八舌跟他們母親講話。她似乎也能同時回答每個人，把他們聚攏在她身邊，活像彩色的裙子。

「你做了什麼？真的？那老人給你錢？你帶了芒果沒？呃，我不是跟你說過要帶芒果回來嗎？喔，你真的有帶？很好！別打他。你沒聽我說嗎？剛才是哪個沒大沒小的孩子叫我黛—絲—芮的？我當然有食物，你想呢？你還好吧？我說，別打了。」

他轉過身；這是私事。他只要從怪衣帽架拿回他的背包就可以走了。

「喔你也會做夢啊？你亂講！什麼，全部都會？是惡夢嗎？小豬？你知道我們家裡不能養豬的。賽拉斯夢到他女朋友？呃，我覺得不錯。賽拉斯，你說什麼，你從來沒夢到臭女生？你怎麼能討厭女生，你媽媽是女人欸？吉登，我需要你幫個忙。不，我不要更多水果，你沒看到庭院一大堆燈籠果嗎？對，親愛的，芒果很好。我會拿來跟燈籠果一起煮，連吃好幾個星期。喔，我不曉得它們不好吃，謝謝。所以我們必須把它掃掉。不，我不會讓房子去做，我們總得做點事情！」

沒錯，她是個大導師。

他感覺有人拉扯他的衣袖。是個小男生，亮白的牙齒，抱著背包顯得好嬌小。長得很像他母親，流著鼻涕。沙維耶接過背包盡量擠出微笑。如果他現在拿出飛蛾丟進嘴裡，這孩子不會想太多。但是快感會讓他挺直背脊，味道會讓他發抖。他可能會跌倒。

「哈囉。」

「你就是那個神廚？」

「是。」

「比媽媽厲害？」

「沒有。還差一點。」

男孩盯著他。「你心情不好嗎？」

沙維耶尋思怎麼回答這樣的小孩。像羅曼札一樣。

「對。」

「我叫吉登。你想要的話可以吃顆芒果。」

很大顆，熟透，綠皮上有紅暈。

「謝謝，吉登，黛絲芮之子。」

他回頭看她要道別，但她已經被拉走了，挺著腰，銀色辮子，回到屋裡，向他們揮舞玩偶，聲音差點被孩子的吵鬧淹沒。

「媽媽！媽媽！有人送玩偶給我們嗎？」

「不！是我自己的！都是我的！」

一陣驚訝的抗議。連房子都亮起來了。好吵！

「媽媽叫我帶你去丹度的花園，」吉登說。

好個固執的女人。

「你不用帶路的。」

「媽媽說我應該帶你去，如果你拒絕，就硬拉。」

沙維耶把芒果塞進背包裡，拿出皮囊。綁線被裡面的東西卡住，他使勁拉扯。還是拉不出來。小男孩好奇地看著，用一側赤腳搓揉自己的小腿肚，腳趾甲在乾燥皮膚上刮出了白線。有洋蔥、生薑和青椒的氣味。沙維耶看看窗子裡。黛絲芮在爐灶邊。他絕對無法穿過孩子堆到達她面前。當面道別比較妥當。

皮囊的綁線斷掉；沙維耶把皮囊揑在手裡。

「那是什麼？」吉登問。

「沒什麼，」沙維耶說，用力把皮囊丟離所有人，遠遠掉進路奇亞的山谷裡，他的手臂發痛。

26

艾妮絲夢到自己是棵樹：用雙手倒立著，手指插進土壤裡，長出樹根；表皮從土壤中吸收水氣；冷水衝進她的血管中，取代了血液。液體變濃成為樹汁，流過她的子宮，慢慢滲入卵巢時她驚叫起來。樹汁混雜、硬化、變形：她的卵巢填滿了寶石。

她夢到自己生出了一堆翡翠，英格麗把它們串起來掛在她脖子上，固定在她耳朵上。她們一起在閃亮的新月下旋轉跳舞。她感覺到夢境逐漸消退；伸出手彷彿她能夠延緩它離去，停留在讓她平靜喜悅的地方，英格麗向風暴烏雲搖晃手指同時喊叫。但她聽得到外面工廠附近的馬路上傳來噪音，把她拉回現實中。是音樂，一大群路過的人在尋歡作樂。

她的頭脹痛。此時頭暈眼花地醒來。她想要出去驅散那些狂歡者：腳踢、手抓、戳穿每個擋她路的人。她可以把拇指放進眼窩撕裂骨頭。讓他們都閉嘴，閉嘴，閉嘴。

治療。

群眾歡呼，彷彿他們聽得到她的心思。

她開始進行全身自我治療，動作像復原中的傷患。她斷了一根手指，她不知道是何時、又是怎麼折斷的：很小的裂痕。她清掉鼻子和喉嚨裡的鼻涕。她的能量剩下很少。她需要讓英格麗按摩一下。

她沒試過治療英格麗。反正她的朋友也不會允許。她們的魔力都並非從不失敗，而如果嘗試了但又失敗，喔，那樣的負擔肯定太重了。英格麗沒告訴她她什麼時候會死；那也是不可能承受的。知道朋友瀕死已經夠辛苦了，在失去之前兩天，一天；十二小時；三小時。一小時。

魔法也是有限度的，沒辦法再多。

她周圍的房間好臭。她手臂上腫起的鞭痕很煩人，她故意去抓一抓。她通常沒有自毀傾向。

艾妮絲坐起來，慢慢適應昏暗的光線。燈籠果堆到了屋頂，彷彿眾神找到一個破洞把它們倒了進來。

萊拉躺在一大堆深紅色果實上打鼾，像個誇張的藝人伸出雙手雙腳。艾妮絲虛弱地微笑。

「萊拉？」

「嗯？」

「欸萊拉！醒醒！」

「不要，妹子。」

「什麼意思？醒醒！」

萊拉突然坐起來，彷彿被人點火燒到。她看看周圍的紅色亂象。「妳做了什麼？」

「不是我。我不知道。」

「但是妳還好吧？我們聽到妳在哭。」

她不知道該說什麼。

她們一起觀察這個房間。果實堵住了門；從陽台溢出掉到底下的花園，好像滴滴答答的小溪。氣味好可怕。萊拉咳嗽。

「我們要怎麼離開這裡？」艾妮絲說。

萊拉蹣跚地站起來，馬上又跌倒。她生氣時脖子看起來比較短。「為什麼今天波比修特別古怪？」她笨拙地跪著，再奮力擠到陽台上，用膝蓋和手臂分開黏膩的果實。「太噁了。」她到了陽台，探頭出去大喊。

「蜜西，喂！」

「啊—啊！」聲音傳來。

「妳和麗塔還好嗎？」

「是啊，老姊。在花園裡。不過房子裡塞滿了這些蠢水果。怎麼回事？治療師死了嗎？」

艾妮絲翻翻白眼。真是賤人。「我在這裡呢，小蕩婦！」

「治療師，一樣活跳跳嘛！聽我說！萊拉呢？」

「在，妹子。」

「麗塔去找崔佛來幫忙。這麼多果實我們進不去，妳們可能也下不來。試過沒有？」

「我們連房門都到不了，更別說出去！」

一陣沉默。

「蜜西？」

「幹嘛？」

「我們到不了房門。」

「我聽到了。」

「那妳怎麼不說話？」

「我不是已經說了有幫手要來？我不想浪費力氣大喊我的事情。」

「蜜西！」

「幹嘛？」

「妳知道我要生氣了嗎？」

「很可能。」

「等妳知道些什麼的時候再告訴我們。」

一陣沉默。

「蜜西，該死，妹子。快回話啊！」

「好啦。」

她們的聲音讓艾妮絲牙齒打顫。連骨子裡都疼痛。她必須安撫自己的緊張狀態：跑步或游泳——不對，來不及了——她需要按摩，或大睡一覺。反覆把虛弱的魔力用在自己身上好像喝自己的尿。沒什麼效果。她開始緩慢均勻地深呼吸，鼻子吸氣，嘴巴吐氣，足以讓燭火抖動，努力忽視燈籠果的氣味。誰曉得它會這麼甜膩呢？

萊拉辛苦地爬回來。「呃，我們被困住了，而且我餓死了。我想我們就吃燈籠果等到他們來吧。」她剝開一顆飽滿的果實吸吮，又吐出來。「該死。別吃。」

「怎麼了？」

「味道完全不像燈籠果。」

艾妮絲咬了一點點。好像吃沒味道的爛泥。
萊拉盡量坐下，好怪的黃金角度，雙腿大開。「妳怎麼哭了？」
艾妮絲嘆氣。「婚姻的事情。」
萊拉似乎在猶豫。「妳看起來很累。」
「魔力虛弱。」
「妳需要什麼？」
「安靜。觸摸。」
「需要擁抱嗎？」萊拉想到後表情警戒。艾妮絲痛苦地微笑。「沒關係。」
「妳知道我可以的。免費。」
她們一起輕聲發笑。
「澎澎沒事吧？」萊拉問。
艾妮絲點點頭閉上眼睛。「讓我呼吸一會兒，萊拉。」
吸氣。呼氣。天色變暗。她聽到山丘上的公雞，還有蜥蜴叫聲，牠們的叫聲像幻聽迴盪著。萊拉清清喉嚨。
呼吸。吸氣。呼氣。

「所以妳丈夫在工廠吧。」

「對。」她就不能安靜嗎？

「他長什麼樣子？」

「萊拉，我只需要——」

「說嘛，艾妮絲。」

她睜開眼睛，困惑了。萊拉的輪廓邊緣變得模糊又溫暖。

「很矮。」第一件事說這個很奇怪。有點喘。「比我高一點。很壯。粗大的……手臂。」

艾妮絲住口，突然察覺了這是怎麼一回事。

萊拉繼續注視著她。艾妮絲嚥口水。

「皮膚不錯……以男人來說。嗯。他有一個小疤痕，在……左臉頰上。」

「還有呢？」

「他……」她咳嗽，不知何故很尷尬。萊拉直視前方。「下面。很……粗。」她們真的要談這個嗎？「或許有七吋。他……嗯……喜歡……女方……」

萊拉豎起一根手指。「他們光顧的時候經常會改變。」

停頓一下。

「他嘴唇上有穿環嗎？」
艾妮絲吐了一口氣。「會碰撞到——」
「——水杯，」萊拉說。
「——水杯，」艾妮絲說。
嗯—哼。就是那樣，妳懂的。
他們聽著群眾在街上唱歌。
「萊拉，妳認識他很久了嗎？」
「一年左右。」
她邊咳邊笑。她一直想要說服跟她丈夫上床的女人留下她最優良、得過獎、最神奇的澎澎。
難怪他會躲妳。
「那有……多常來……？」
「妳不必知道更多了。我向妳保證。」
「喔，我想知道。」
「老婆總是想知道。我敢保證，對妳不會有幫助。」

「常客嗎，萊拉？」

「對。」

所以到頭來，老鄰居說錯了。沒有懷孕戲碼，沒有公開受辱。坦坦只是個固定嫖客。很普通的說謊，就像馬路上的許多窩囊廢男人。她也知道周圍大多數女人會認為那只是生理需求。但她不接受那個說法。她不會。拉提牧師的小孩不會。

為了做愛，這樣欺騙她；家裡就有的東西，卻要買？至少他看起來不像在戀愛，該死。

知道她要在少了他的聲音下生活，帶來一股怪異的解脫感；不會再有他告訴她鎮上的最新消息，她早晨下樓時也不必再挪開他的鞋子。不需要再做新鮮的莎梨汁，或下班回到家後得先告訴他才能再出門。他不會在晚上陪她閒坐著指出昏暗天空中的顏色。她的夢不會再被他織布機的運作聲打斷。她晚睡時不用輕敲臥室門，聽他的聲音——艾妮絲——喔。好溫和。他會想念她和她發出的特定氣味和聲音嗎？

「我不想要他，妳知道的，」萊拉說。

「是嗎？」

「一點也不想。」

艾妮絲伸展雙手。陰暗房間裡她的指關節發出閃亮光點，衰滅，飛濺熄滅。她搖搖頭。

「所以他想要妳嗎，萊拉？」

她又猜錯了，天啊，她今天真是錯個沒完。

她們認識以來萊拉第一次露出狼狽表情。

「我已經說過了：男人會想做不可能的事。但我會有個新生活，妹妹和我不會帶著任何男人。丟棄澎澎就確保了這一點。」

她沒想到會聽見萊拉這麼強調。

她眼皮跳動。她把手指伸到胯下，檢查她的耳朵和中間腳趾：可能儲藏銀光的任何地方。她頭暈。她要昏倒了。她只需要休息。和某些東西。沙維耶的手指在她嘴裡，還有，喔，他的氣味。她這輩子絕不會忘記那個氣味。那令她充實。萊拉在鬱悶地說話，但她發現她再也聽不到她的聲音。她仍然喜歡萊拉，或許這是今天發生過最奇怪的事了。

被需要。觸摸。任何人。她開始爬過水果堆。

萊拉謹慎地看著她過來。

她的腳好像棉花或羊毛；嘴唇浮腫。其實是誰不重要：任何人，即使是跟她丈夫有染的女人也好。

她把雙手放到萊拉的手腕、大腿、肚子上。

好睏。

萊拉把自己的手指移到她的手指上。肚子。在華麗的衣服底下顯得柔軟又金黃。

吸氣。呼氣。呼吸。

生命。

我的天啊。

強壯的嬰兒心跳聲。每分鐘一百一十下。嘴巴，還有帶蹼的腳，開始運作的味蕾。腎臟。在羊水中睡著，脈動，慵懶地翻滾。

好純粹，新生兒的能量。

她耳朵發熱，像今早一樣，舌頭腫大。能量洶湧流過她體內。如果不是痛得很厲害，她或許會跟新朋友大肆慶祝一番。

「妳……妳打算怎麼把它生出來，萊拉？沒有澎澎？」

艾妮絲開始往回爬，穿過水果堆，仰躺著。

離開。對。

「艾妮絲，妳在……做什麼——？」

她感到萊拉在拉她的腳。所有東西都被水果堵住，但是沒關係。她必須離開。坦坦，他一定很開心，有機會生另一個小孩，那他為什麼像鬼魂一樣在家晃來晃去？一定是罪惡感吧。

往後滑。只要獨處就好。

「穿過去，」艾妮絲口齒不清。

萊拉大聲叫她。

不，不，不，她不要再面對這些蠢事了。現在，結束。

「艾妮絲！」

艾妮絲・拉提波狄耶，約瑟夫之妻，奮力一頭擠過燈籠果堆，進入西瓜屋的牆壁裡。

¶

她有關於追蹤和氣味的模糊印象，然後是一陣異常的寂靜。她的長袍卡到了——什麼東西？——幾乎要把她拉回房間裡。她慢慢解開衣服，想起今早她手中萊姆的平滑表皮。思緒和感覺散落在她四周，像屋頂上的雨滴。

一切都靜止了。

幾年後，她把這個經驗和幼年時期比較過，當時她經常會出神一小時，盯著蠟燭的黑色中心。沒人教她怎麼做——冥想是本能的、令人安慰的，但會讓她父親不高興。

快起來做點別的，孩子。

快點快點快點。

他的話冒出來然後在空氣中分裂。所有話語都是同樣的意思。沒什麼事情是比其他事情重要的。她的盲腸跟蘭花是一樣的，她的記憶屬於所有人。她想要大聲強調那些事情的渺小與龐大，但是她停止呼吸，講話跟哀傷是一樣的。

敬畏、猜想、恐懼、絕望，都有，都消失了。只是片刻而已。永遠。

呼吸呼吸呼吸。

真好，真好

什麼都沒有也什麼都有

艾妮絲・拉提波狄耶走過水果堆和妓院牆壁，進入工廠道路上的黃昏裡。九個貧民男子站著互相喊叫指示，拖著他們中間的一個大箱子，木箱上貼著大大的白色「印提／布倫」

標籤。三個人在唱歌；唉，這段時間就是他們一直在屋外，製造好多噪音。

她盯著，她嘴裡和體內的氣息感覺好熱又好怪。

她左腳涼鞋不見了，所以她甩掉另一隻，轉身看著蜜西的房子：或許她只是撞破了牆壁？但是不對：牆還是完整的。她聽到萊拉大喊，蜜西也大喊回應。她周圍的空氣在閃亮，溫暖又美好。

看看妳，驕傲鬼，又有更多魔法做必要的事了。

「欸，」她向貧民喊道，「欸！」

他們沒有抬頭，只顧喊叫喘氣。她想告訴他們，他們彼此沒兩樣，也跟箱子沒兩樣，只要一個念頭就能移動它。站在這裡欣賞她腳邊塵土的時候，她想要解釋她現在可以穿牆，這也表示她能夠穿過他們的後腦骨。

她對自已的狂想搖搖頭。

「欸！」

男子們終於抬起頭，怪異的萬物一體感覺開始消退。

「裡面有個孕婦，她需要你們幫忙。」

她離開他們，他們跑向妓院花園大聲喊叫；她走向海水。

¶

杜庫亞伊的灘頭巨大又空曠。她把衣服在腰部打個結，查看紫色邊緣的烏雲，她走進海洋時感覺自己模糊又不定型，無意識地在柔軟油膩的水中移動手腳。她喜歡在這裡和貝提西恩之間游泳：水比其他地方淺，也不太鹹。

我感覺很好。

平常她會在黃昏清除祕密，重新安排她的庫存，計算當天的收入，看看窗外有沒有最後一刻的客戶，跟路人聊天，盡力迴避令人討厭的背後閒話。她翻身仰天漂浮，輕薄白袍在下巴底下擺動，感覺到處都是水。她看到她曾經和沙維耶去散步的山脈，曾經停下來讓他看破裂的蟹殼和正在交配的鮮黃色甲蟲。他認為她很聰明，她也感覺聰明。但她當時還不了解她就是那些殼裡的紫色裂紋，或她就是昆蟲生活中那個奮力的時刻。她剛剛走過了一團固體的東西。英格麗說那種事很容易學；艾妮絲沒考慮過它的複雜性。她不確定她除了今天以外還能夠做到。

海藻纏住了她的腳踝，她伸腿踢開。一道鹹味波浪迎面打中她，她吞到海水，急忙吐出來，大笑，吐口水，吸了口氣繼續游泳。她可能是在香水裡游泳。這種平靜的接納感很快就會離開她了，她感覺得到——她仍是個平凡人，她沒有變成蠟燭的黑色中心。但她能再撐一陣子，緊抓住這個一切都很美好的希望嗎？這種還有好多可能性的希望？即使她從未當過母親、也不知道原因？

她又被鹹水撲面，在漸暗的天空下竊笑。感到快樂似乎很荒謬，但她真的很快樂。

27

艾妮絲不在家，所以坦坦去她的工作室。有時候他知道她不在的話就會去那裏。他喜歡置身在她的東西之間，看著明亮的牆壁和坐墊；想到她坐在他身上，被插入，用她的吻溫暖他。尤其是當他表現不好的時候。沒錯，有些時候會這樣。他不是完美的人，但他言出必行。他老爸說過無法信守承諾的男人連涼鞋上的大便都不如，他說得對。

他心想，他老婆有種神秘的能力，能讓男人忘了自己身在何處，把他拉進另一種意識狀態。在他們不再做愛之前，他們的晨間愛意會讓他飄過工廠，直到工頭對他吼叫。是這種胡思亂想產生了那些古怪的流體胎兒，讓艾妮絲這麼不快樂嗎？

他不確定未來會怎樣，但他知道他已經力求公平了。他只要讓身體遠離他老婆，而且認真執行。她說她不想要再生小孩，他是親耳聽她說的。

她費盡了力氣拒絕他，他心裡有一小部分因此欣賞她。

所以當她抹上香水伸手撫摸他，他知道他必須當強勢的一方。女人可以設法避免懷孕——觀察月亮或用她喜歡的任何東西包住那話兒——但大家都知道沒法保證。一失手就很嚴重，他這輩子都不想再看到他老婆的表情崩潰了。或讓她對他生氣，說他利用她的弱點佔便宜。艾妮絲在愛情方面從來沒有任何自制力。為這件事陷入漫長的娘娘腔長談沒什麼意義，只會引起爭吵。如果有必要禁慾——他們都同意有——那講太多如果、而且或但是有什麼意義？等他們老一點還會有時間跟仍然漂亮的老婆做愛的。他聽說女人的中年是最適合愛情的時期。

被誘惑時，他會專注看著那塊殘留有胎兒液體臭味的該死地板。而且他像大多數男人一樣，有其他較不複雜的選擇。

但後來萊拉離開又懷孕，改變了一切。

起初萊拉只是個他在海灘看到並喜歡的美女，那奇怪扭曲的脖子像潛望鏡或彩虹蒼鷺般伸到波浪上面，她漂浮著做白日夢，他被她柔和的金黃色肌膚吸引，他大聲叫她，她看了他一眼。

小子，除非你有錢否則快滾。

以前他從未正眼看過那家妓院；他沒看過、也不在乎妓女。現在他在工作時只能忍住不去注視那裡，心知她跟他的孩子，他的機會就在對街。萊拉有些特質能保證快樂。他說不上來。她說別太認真，是我的澎澎在吸引你，但是真的有快樂，即使是某種她平淡又封閉的妓女方式。他們的孩子有可能是完整的，會哭叫、吸母親的奶嗎？他幾乎已經說服自己那些死去的孩子都是他的錯。這種男人有什麼用，嗯？旁人是這麼說他的。

臥室角落要放開山刀，要鈍的。

萊拉打算離開這行業，她是這麼說的，所以他要離開艾妮絲。

該是接受狗不會期待跟蜂鳥一起生活的時候了。

但現在，他還可以讓自己進入他老婆的空間裡多待一陣子，聞她的東西，坐著回想那些好日子。

¶

坦坦推開艾妮絲工作室的大門然後愣住，對著碎玻璃和破裂的架子疑惑。剖開的坐墊、破裂的瓶子還有那是什麼……臭味？

他瞪著，無法相信自己的眼睛。

有人在她的起居室中央拉屎。她體貼地跟很多不值得她浪費時間的人談話的地方。那股憤怒實在太強烈，所以當頭上綁著繃帶的佩垂諾・布洛斯諾特從隔壁房間走出來，拉起褲子揮舞著鐵槌時，他沒有像正常的反應一樣馬上宰了他。

布洛斯諾特像隻驚嚇的老鼠盯著他，然後企圖跳窗出去。算他倒楣，窗戶太小，恐懼並無法讓他的屁股變瘦幾吋。坦坦回過神來，怒吼著把他拖回房間裡。

「你——你在我老婆的地方拉屎？老兄，你來這裡拉屎？」

布洛斯諾特開始胡言亂語。

「她對我下魔咒！」他還能說話也真了不起，因為坦坦在每個音節之後都揍他一下。他彎下腰，結巴求饒。「是大魔咒！不該這樣的！一點也不應該！我在場只是因為印提亞薩說免費，老兄！別打我！」

坦坦暫停換另一手出拳。這樣他比較熟練有效率。如果艾妮絲對這個死白爛下魔咒，他知道一定有正當的理由。

「住手，求求你！我是好人啊！去打聽一下！」

坦坦仔細看看這笨蛋。他看起來還真有點眼熟。

「你真的想要她！你以為我看不出來？你敢傷害我老婆？她在哪裡？」

他開始重新出拳。血從布洛斯諾特破皮的嘴巴滴出來。

「我沒說過她任何壞話！我也沒摸過！」

「沒摸過是什麼意思，好像那很了不起？她是已婚婦女，你這笨蛋！」

年長男子成功掙脫慌忙後退。坦坦大步追上他，抓住脖子把他舉起來，他晃蕩著慘叫。他抓著他走向房間中央仍然熱呼呼的那坨褐色的東西。

「我看你像隻狗！你知道他們怎麼訓練狗嗎？」

布洛斯諾特顯然知道。他開始更大聲慘叫。

坦坦跪到屎旁邊更用力抓住掙扎男子的脖子。

「不要—不要—不要—不要啊！」

「你這隻骯髒的臭母狗！你闖進我老婆的地方玷污？你知道她多喜歡這裡嗎？你知道她怎麼挑選每件該死的家具嗎？有多喜歡？親手挑的？有女人愛過你嗎？齷齪的狗東西！我今天就在這裡訓練你！」

接著發生了一件怪事。

布洛斯諾特感到抓住他後頸的手鬆開，可怕的往前動能停止。然後坦坦放下了他。事情發生得快到他差點跌進自己的屎堆裡。他望著坦坦靜止的身體。心臟病嗎？若是如此，他沒死，他還有呼吸而且胸口也像健壯的小羊一樣起伏。

只是睡著了。

布洛斯諾特做個鬼臉。想到漂亮的艾妮絲，躺在這隻野獸底下。他站起來猛踢坦坦的肚子。

「啊，啊，可惡！」

他四處蹦跳，然後倒下，手指摸到坦坦的胯下。

如果你在趕往寺廟的途中看進窗戶裡，你可能會以為他們是情侶。因為他們身邊散落著深紅色燈籠果的樣子，像糖果又像寺廟鈴鐺和情人。

¶

桑坦妮躺在乾爽的金色地板上，伸出雙臂，抬起膝蓋。她的身體感覺沉重又怪異。她從一個自己在飛翔的夢中醒來。她的翅膀是透明的，而且她在天上翻滾，享受空氣的強大浮力，使用她背後的大塊肌肉。在她下方的波比修看起來好像螞蟻。

「哈囉，」她母親說。她以同樣姿勢仰躺著，面朝反方向，伸出雙臂，頭頂距離桑坦妮的頭只有幾吋。她們都裸體。牆壁色調很搭她母親的深褐色皮膚和黑色短髮。

「哈囉，」桑坦妮說。她睜不開眼睛，也不懂為什麼她們都裸體卻沒關係。「哈囉，」她又說，她們在金色的陰影下昏昏沉沉。

過了一兩個月。為了打發時間，她告訴母親關於飛翔夢境的事。她長了蜻蜓翅膀。折疊翅膀像交叉手臂一樣容易，把它融入到肩胛骨裡垂到腰部。然後哇的一瞬間它又伸出來了。好像拔刀或向美男子眨眼，「除了我從沒做過這些事，媽媽。」因此她才這樣挺直背脊——彎曲體內的翅膀會痛——她也因此被迫像在水中那樣不斷翻滾，那是最接近空中的環境。但最有趣最美妙的是她的嘴。它可以像蟲喙那樣伸長，可以伸到肩胛骨之間的翅膀中心，去清理翅膀。

「是魔力，好晚，」印提亞薩夫人嘀咕，「真了不起。妳不應該有辦法那樣的。」

「我知道！」桑坦妮說。如果可以，她會拍手。她母親聽起來一點也沒有生氣。

幾個月又過去了。她發現她無法停止講話。描述嚇到她的那些男人，還有丹度如何是個例外，不過她不懂他能怎麼樣配合她的身體，因為她還是只能把自己的身體想成一顆眼睛，而他的身體像石頭一樣粗大。她很驚訝煙燻色牆壁居然能幫她說出最私密的自我。也驚訝她母親有在聽。她已經習慣了印提媽媽誤解、插嘴、罵人，習慣了修飾自己和壓抑自己。她學會了不靠母親生活。但這件事，新婚之夜，感覺像母親的職責。她連這件唯一的事都不能做好嗎？

「拜託，媽媽，」她說，「我不懂怎麼生活。」

又過了幾年。

她母親開始談起黃酸棗。桑坦妮記不記得最佳的食用方法，泡在溪裡冷卻？要在頂端咬個洞吸出汁液。然後吸出種子把空心果皮放在舌尖上上下搖晃再吃掉剩餘的部分，她記得嗎？

桑坦妮竊笑。

她母親談起年輕時代；跟最要好的朋友夏莎坐在低矮的木頭長凳上，雨中的兩個貝提西恩女孩，長凳有頂蓋所以她們沒有淋濕。棗子收穫運來，農民牽著山羊拉的杉木貨車走過。貨車裝滿了水果；黃色、紅色、粉紅和藍色，被當天的暴風雨淋濕，濃郁氣味瀰漫街道讓她嘴角發痛。男人鞭打山羊，讓牠們踢腳並記住誰是老大。女孩們看著男人和山羊，而印提亞薩夫人，當時她名叫涅斯琳，說其實黃酸棗只有汁液好吃，但夏莎說她母親會把果皮跟葡萄乾、丁香一起泡在蘭姆酒裡，用來做假期蛋糕。

男人走過之後，夏莎托著她的下巴吻她。那是她們第三次接吻，她還不知道舌頭該放哪裡，但夏莎很有耐性。她對她朋友嘴巴的柔軟印象深刻。她們互相貼頰微笑，牽著手坐在潮濕的空氣中。棗子好像翻滾的寶石，在貨車後端彈跳。她以為那些男人可能會大叫或打她們，但什麼事也沒有。男人的眼睛好像山羊眼睛，而那些棗子，紅藍黃交雜，她躺下來生小孩的時候總會想起那一天。

今天，當所有女人的私處掉下來，她檢查了她自己的。好好地躲在柔軟毛髮中，像顆紅色小棗子，被雨淋濕。

桑坦妮想問她母親為什麼她沒有繼續吻夏莎，但那是個蠢問題，因為大家都知道理由。有些男人不喜歡那樣，男人不喜歡的事必須保密，絕不能變成法律，即使女性負擔了大多數的工作，魔法也由巫女們負責。這個念頭好累人，她讓沉默像條毯子一樣蓋住她。

九年過去了。桑坦妮想起丹度。她為他感到很難過，因為她知道他會尋找也會努力專心聽，但沒有答案的問題是最難的。誰會穿花了這麼久製作的結婚禮服，誰會來吃神廚準備的美食？或許羅曼札會來，把餐點帶去給貧民。她父親：他能不靠家裡的女人打贏選舉，或是退休嗎？或許他會再度出國，因為他是個挺悲傷的人，她確信他也有自己類似棗子事件這樣的祕密。

她想到那些會懷念她的人，大受鼓舞。

她們老了。她感覺到她臉上的稜紋、皺褶和線條。她們的皮膚失去了光澤和彈性，變成了紙。她的肌肉鬆弛，連她用來微笑的部分也是。她觸摸母親的頭頂時，她頭髮的質感變了，印提亞薩夫人說她確定已經全白，到現在也可能全禿了，而且妳知道這是什麼地方嗎，桑坦？

「不知道，媽媽。」

她們來回交談，輪流傾聽；說到她們想過、感覺過、看過或聽過的所有事。桑坦妮驚訝地發現她母親從來不缺事情可說，涅斯琳·印提亞薩自己也很驚訝。

將近九十四年之後，當她們只剩皮包骨和眼睛，連結強到沒什麼話可說了，只有感受了解與被了解的喜悅，巫女們穿牆進來說醒醒，回家了。桑坦妮發現自己獨自一人，穿著衣服，跟先前一樣年輕。巫女們模仿著她的微笑。

¶

波比修的澎澎問題可能比你預料的要少。精確地說，有一百二十四個問題。

第一個引發問題的澎澎屬於一個在普魯伊大街上遺失了它的八十三歲婦女。有個蠟燭匠撿到拿回去給她，她尖叫說她從來沒看過自己的下面，現在也不會開始看。蠟燭匠把它帶回家，在他的前廳做了個小箱子保管，周圍放了花生、橘子和茴香種子。

第二個澎澎滾上了一位女老師的床頭。跟她一起睡的男人用雙手把它拍爆看著它流血。

女老師醒來之後發現他做了什麼，就把熱油倒進他耳朵裡殺了他。

第三到一一七號的問題澎澎屬於需要專業治療師幫忙重新安裝的婦女，但是其餘女性人口都找到方法自己搞定了，或靠親人幫忙。

一一八和一一九號澎澎屬於一對整個早上都在玩弄私處的情侶，無意中把它們搞混了。她們裝回去之後發現自己弄錯了，但已經來不及再拿出來，所以這兩個相愛的女人以她們料想不到的、更深奧的方式連結在一起，比以前更加尊重地對待她們的生殖器。

一二〇號澎澎被妻子當成禮物送給同樣年輕的丈夫，她很愛丈夫但是不喜歡跟他做愛。他放在午餐盒裡，或有時候放在口袋裡帶著走來走去，他每次使用時都會盡量想著他老婆。

有兩個被偷了：一個是小男孩看到主人遺失卻沒有沿路奔跑大喊，「小姐，小姐，妳的胯下掉了」；另一個，問題澎澎一二二號，被一個善意但沒經驗、即將結婚的年輕人拿走，意外掉落在李奧・布倫特寧頓庭院後方的鳳梨河裡，但你絕對不是聽我說的。

只有十三個男人企圖跟無主的澎澎性交，不過有一千四百六十二個男人如果在前一天被問到昨晚的事，會說他們如果有機會，可能也會嘗試。嘗試過這回事的每個男人都發現自己陷入沮喪、痛苦的粉刺和關節炎症狀。其中五個人決定終生禁慾。

那個太過尷尬的男孩把澎澎交給他母親，她在電台買了廣告，有幾個女人前來認領。

經過毛髮、顏色和氣味的比對之後，被正確物主領回。

掉進鳳梨河的澎澎在上游被一個已經厭倦住在寒冷的貝提西恩森林外圍小鎮的女子發現，卡在兩顆石頭和一隻冷水鱒魚之間，印提亞薩總督並不在乎當地水源、醫療或學校資源的重要性。她把澎澎賣給巫女換回一大筆錢，巫女轉送給另一個天生胯下只有鏡子沒有生殖器的女人。在一次倉促的檢查後，發現那個澎澎的處女膜還在，這其實沒什麼意義，因為不分老幼的各種女人都有殘餘一點處女膜，但我們很少人知道這點。那個巫女在檢查鳳梨河澎澎時，有想到它可能屬於某個罹患陰道痙攣症的女人。胯下長鏡子的女人說她認為澎澎一二二號剛好適合她用，巫女也很高興。

桑坦妮・印提亞薩在離開委員會的黃金寺廟時被一二三號澎澎絆倒，它就掉在廟外，一隻呻吟野兔的旁邊。她很高興自己的好運，誤認為那是她自己的，於是她撥掉一隻紅螞蟻，蹲在蒼白的天空下把它塞回原本的位置，這時妓女的畢生體驗湧入她的血流中，造成她的翅膀突然從背後脫落，她只好坐下以免嘔吐和暈倒。等她終於站起來，臉上露出意志堅決的女性表情。

萊拉把她的一二三號送給路過的兔子，而且，看著牠叼著澎澎大步跑掉時還笑了。

¶

整個波比修的人口都做了場一小時的怪夢。在被遮蔽的太陽下，每個男女老幼都在吹過地面的和風中顫抖。有隻狩獵的蚊子發出咻的聲音快速飛走，以為所有人都死了。

除了貧民以外。他們伸懶腰，眨眨眼看看周圍，看著那些紅色果實蔓延，從地面裂縫不斷冒出來，從樹上長出來，或莫名其妙地複製。他們一起聚在死亡群島的平地上看著玩具倉庫，被藍色屋頂的劇烈顫抖撼動。燈籠果從倉庫窗戶溢出沿著牆壁滾落，吐出汁液。他們知道那是死人的水果，採集用來供奉墳墓的。

羅曼札不安地躁動，跟皮拉爾臀部相連。時間感覺彷彿被稀釋了，像他手指之間黏膩的東西。汁液拍打著倉庫窗戶把土地染成了紅色。

「那是什麼？」他問道。

皮拉爾用一手揉揉他的肩胛骨。

「我想念你。」

羅曼札讓愉悅流過全身。皮拉爾不只一次向他保證他不會想念任何人，只會慶祝他們回來，那是兩回事。他希望被想念。

皮拉爾抓著他的腰，舉起他吻他的嘴唇。

有人用溫暖的語氣說：「那麼，繼續吧。」

最好待的地方就是這兒，跟他們一起。但是感覺彷彿工廠已經發抖超過一年了。他讓皮拉爾把他放到地上。

「今天好像好幾年那麼漫長。你感覺到沒有？」

「沒有，」皮拉爾說，「但是我認為甜味颶風快來了。」

他正想要說這句話。

「什麼時候？」

「誰曉得？過幾天、幾星期、今天？但對我來說很明顯。土地不像以前一樣長出好東西，食物也不一樣了。」他把有力的手放在羅曼札喉嚨上。「連你的胸膛都在抗議，親愛的。」

「這就是理由？」

「對，我們應該的。土地在煩惱，我們當然會最先感覺到。」

「你今天早上怎麼沒告訴我？」

「我一直不確定該不該告訴你。」

「現在呢？」
「現在，我確定了。我需要你的協助和你的愛。」
羅曼札感到強烈的解脫。土壤發出古老警告的臭味，不是只有他發現。他們可以計畫了。
「沒有人會收留我們，他們認為我們會傳播疾病，但如果我們現在開始策畫，我們可以進教堂和老屋。」
皮拉爾微笑。「你還年輕。」
「別說傻話，你跟我幾乎同年齡！我們做得到的。闖入公共建築。」羅曼札指著發抖的倉庫。「那裡可以裝兩百人！把小孩子放那裏，有人來驅趕的話也比較好保護。」
「那座倉庫隨時可能倒塌，你沒看到它在搖晃嗎？」
「那就去工廠。」
「風暴開始就會有人進去，一定。」
「呃……我們可以組織他們！」他感覺快發瘋了。「但我們必須遷移。」
皮拉爾搖搖頭。倉庫屋頂像發燒的人一樣顫抖。「我們從甜味颶風學到的首要教訓是什麼？」

「它會帶來教訓。人會改變。」他的求學時期沒什麼意義，走廊有酸臭味，整天背誦。「我們都知道那些。皮拉爾！你是怎麼搞的？」

「我在這兒，羅曼札。」他講得好像即使颶風來了又走，他的句子還沒說完。「我們學到的首要教訓是它會偷襲我們。」

「什麼意思？」

「兔子跟蜥蜴被困在一起。母親和女兒。敵人。男人會發現自己跟朋友的老婆被困在房屋裡。小孩子落單。僕人跟主人關在一起，而等到事情過去，已經沒有主僕之分。」

「但我們知道這個颶風要來。這是我們唯一的自救機會！」

「我們不該知道的。沒看到城裡的人都不知道嗎？」

「那為什麼會出現燈籠果？不是想要警告我們嗎？那是不祥之兆。」

皮拉爾伸手放在羅曼札臉頰上。「它是來跟我們道別的。」

他嚇得全身發涼。一名打赤膊的老太太坐在地上，晃著乳房，抓起大把果實往後丟。其餘人加入她，竊笑推擠著，哀傷的粉塵飄上他們的皮膚。不行，讓他們死掉太不公平了。

「如果你不告訴他們，我來說，」羅曼札說。

皮拉爾壓低音量。「我求你了，讓它來吧。」

「把我們殺光？那樣有什麼幫助？那有什麼意義？他們討厭我們！他們不會哀悼我們！」

「不是所有人都討厭我們，只有那些最大聲的人。」皮拉爾不肯拿開他的手。「我們在這兒，札札。我們不會死。但我們或許必須放手，讓他們學習。」

「我一向信任你，皮拉爾。是你教導我的。在水面行走。所有事情。去愛。但是，這次不行！」

「為什麼不行？死亡只是個概念。你天天看到有東西死掉，你還是很開心。野獸死掉，血液化為塵土。數以百萬計的死亡，在我們周圍流動。一切都是它該有的樣子。」

他想要向皮拉爾的沉默和信念尖叫。他勉強忍住。

「不要相信我，札札。相信土地。」

孩童們打著噴嚏快步跑過，燈籠果堆到他們的小腿高度。羅曼札坐進溫暖、遍布絨毛的水果堆裡。他咳嗽；倉庫震動。門突然打開。後來，有些人說果實飛得高到讓天堂充滿了香味。貧民在爆炸之前逃走了。

「親愛的，」皮拉爾說。他看著羅曼札但是向所有人說話。

「皮拉爾。」乞求，咳嗽；果汁可能會淹滿他的肺。

皮拉爾走開，游泳似的推擠通過燈籠果。他向群眾說話但沒有拉大嗓門。「我們還有工作要做。」

一個小女孩飛奔過來，黑色捲髮和兔子般的長耳朵。

「倉庫裡有個頭髮像我的洋娃娃。我可以拿嗎？」

「當然，」皮拉爾說，「但是要趕快。」

羅曼札很高興有最後的機會看著皮拉爾挺直背脊，步伐堅定地走進玩具倉庫。

他轉身開始奔跑。

¶

大家都夢到了：當燈籠果從光亮地板長出來，在大家的階梯上萌芽，纏繞著睡覺的眾人，莖梗纏住飯鍋堵住馬桶，往地上打嗝，被睡著的人的腳跟踩爆、被頭或屁股壓爆，陰毛從做夢的膝蓋上長出來。每當果實爆開，就往空中噴濺果汁。

同時，貧民們又推又拉；把箱子撬開。這是遊戲，很好玩。而且很公正，對吧？

「南邊，」皮拉爾指示說，「往美麗鎮去。走山丘的路線。」

一名男子說有大群的水中生物會帶他通過去美麗鎮，有人要跟嗎？一片吵嚷與激動。

他們把箱子頂在頭上，綁在身上，有些人只是盡量抓；每個人都拿了不超過自己能拿的份量。好美麗：如果你能看到他們一定會心疼。

甜味從土地裡升起，在空中閃亮。

「喔，印提亞薩今天一定會嚇得漏屎，」有人說。

「趕快，」皮拉爾嘀咕。

他拿了七件玩具，都是小東西，因為他小時候背部受了傷一直沒復原。

¶

整個死亡群島上，看啊！快看！有個高大的年輕人，氣喘吁吁，揮動手臂。好快，好快。

看看他：好厲害，跑得像他老爸一樣。

¶

坦坦夢到他未出生的兒子，還有看到如果萊拉疏遠他，他會有多麼痛苦。他夢到在夜晚走路，搖晃唱歌哄騙嗚咽的小孩睡覺。夢到萊拉從海裡走出來，拖著貝殼面帶微笑，因為他心裡仍不太確定她是否有可能愛他。夢到艾妮絲原諒他。她可以的：那是她的個性。

他夢到布洛斯諾特——豬狗不如！——在他面前醒來，推擠穿過燈籠果，閃避自己的糞便，經過一對在街上用水果玩接球的青少年情侶。夢到那個人專橫的聲音：「先幫我個忙，跳過去那個窗戶大聲喊，叫醒你看到在裡面的人，告訴他我很抱歉，好嗎？」還有年輕人走向他睡眠中的身體的腳步聲。他夢到自己看見他們推擠發笑，也看得見自己躺在地上。

「看看他的睡相，」其中一名女孩說。「先生？先生！那邊的老兄叫我們來叫醒你，說他很抱歉，他怎麼惹到你的？」

坦坦夢到自己打呼，然後夢境結束。

「他為什麼沒有——他怎麼……？」那個男孩問。

坦坦・約瑟夫死於區區一顆紅色燈籠果：只要堵住他的喉嚨就夠了。

¶

在貝提西恩，鎮上的宣告員跑過街道大喊：離選美大賽開始只剩一小時。「最漂亮的女孩，」他大叫，「所有好康都在今天！」然後他嘴裡滿溢出閃亮的水，再也說不出話來。他跌倒時民眾扶他站起來，他從耳朵、鼻子、肛門裡不停漏出糖漿。他沒辦法迅速吞下液體來呼吸。有個聰明女人想出一個怪點子並把他丟進海裡，他游泳出來，恢復原狀。

幾百個波比修民眾聚集在大劇院周圍，還有卡倫納格海灘上。男人們在樹上安裝火把，食物攤位早已設置好並開始燒烤。孩童興奮地聚在一起玩。選美佳麗在哪裡，她們什麼時候會來？謠傳會有國外來的東西，印提亞薩的新噱頭。孩童們被沙地上起伏蜿蜒的黑色絕緣電纜絆倒，看守電纜的那些人看起來很重要。

老太太們自己找事忙，清掃燈籠果，聊她們夢境的八卦。

「熟甜瓜，」一名男子繞行大劇院大聲喊，「熟甜瓜和番茄。」像老人一樣的唸法。「一個銅板二十顆。快來買啊。」他斥責瞪他的女人。「姊妹，你沒有彈藥怎麼觀賞選美大賽？」

「就是這些東西造成暴動，」她嗅一嗅。

「這又不是雞蛋，」小販說。

「別這麼刻薄，」另一個女人說，「沒人會丟甜瓜去傷害她們。除非妳在舞台前面。」

「不過，」第一個女人說，「總有人得清理。我們住在美麗鎮。妳又不用打掃。」

進入大劇院的隊伍前進得很緩慢。
牆上長出了黴菌似的橘色緞帶狀塗鴉。

選個替代者

「熟甜瓜，」小販大喊，「熟甜瓜，比雞蛋好喔。」他走路時踩碎了腳下的燈籠果。「不要買雞蛋。」

¶

印提亞薩總督醒來，叫人來清掉他辦公室裡的果實，等他們打掃完之後拿起電話。他打了幾通電話，起身檢查他的辦公室門有確實關好，開了一瓶上等蘭姆酒。今天真是夠折騰的，而且還沒結束。婚禮、不謹慎的女兒和電台訪談，全都表示還要再花更多該死的錢。現在還有惡夢，可惡。就在光天化日之下。

現在的波比修實在太像可惡的波比修了。

他大口喝酒，等待灼熱感消退。他老婆來電說桑坦妮很安全，那是他最在乎的。他不太清楚女性們發生了什麼神祕事件，或誰在哪裡對什麼有幫助，但是孩子說她的器官找回來了，穩坐原位，而且沒有受傷。或許性愛禁令終究是有用的。他大笑起來。還有人不知道他心情不好的時候不能信任嗎？還有翅膀，她母親說的！塞滿了庭院！印提亞薩夫人聽起來很高興。等這個蠢選美大賽一結束，他等不及要看看了。

桑坦小時候說魔力會很晚出現，爸爸。他相信她。他相信這個固執女兒說的話，就像他曾經相信自己的兒子。她向來是個獨立的孩子：有毅力又好脾氣，只是有她母親的明顯冷漠。總是一堆朋友在家裡。甚至是沒有魔力的這些年。

反正魔力是個詛咒。

他今天煩惱的其實不是桑坦妮在性方面的粗心大意；是他自己越來越沒有能力搞定事情。但現在一切正常。要是大家都願意聽他的話就好了。難道他沒有為他們鞠躬盡瘁嗎？他又喝了點酒。他夢見一道錢的河流從倉庫窗戶流出來，也從出口貨船的引擎流到海裡去。

當他有錢的時候，民眾還算可以接受。他把白色蘭姆酒倒進手掌，輕拍到他的脖子和臉上。問題出在意見上面。他們真是個愛吵架的聒噪民族啊。那個女人小哈就是個不幸意見的範例，而今晚在選美大賽，他必須再度忍受她。

選舉結束後，給各電台的賄賂會默默改變她的人生。

女電台主持人，真的。

他靜靜坐了片刻，咬著自己的舌頭，直到往窗戶底下的白色火鶴花吐出血來。

從山丘與房屋升起粉紅霧氣。他在國外的三年期間，被許多國家隆重招待過。他在韓國看到櫻花樹，在古巴看到天藍色的海，在羅馬尼亞動物園聽過獅吼聲。開車穿過沙漠，搭飛機，看著高聳的摩天大樓，涵蓋好多空間和土地，他懷疑世界怎麼可能這麼大又同時這麼小。但他從未看過山丘像這裡一樣泛紅：每天晚上，準時在八點四十五分。

這塊土地上有好多寶物，太多人口。民眾就像蝴蝶。來來回回，像流動的色彩和質感。蝴蝶只能看見紅、綠與黃色系：他喜歡這點，還有老人家的諺語。*年輕蝴蝶感受不到風暴。真正的蝴蝶用腳嚐味道。*

然後還有飛蛾。

他打開抽屜拿出一個盒子。低頭用鼻子去嗅。他從來不是什麼食用品的專家；他沒興趣對質感與血統過度講究。只要東西好吃，感覺爽，誰在乎啊？但飛蛾另當別論。牠們的味道就像征服。五年前的撲殺之前，他吃晚餐從來沒搭配超過幾隻蝴蝶。但是那次的飛蛾反叛衍生了非常有趣的新種類，某個像這樣的粉紅夜晚，他伸手去拿一堆死蛾，那是某個哭哭啼啼想要減稅的地主拿來的禮物——只是好奇，真的——發現自己……呃，該怎麼說？上了癮而且受到新啟發。

他猶豫著，懷疑在這麼接近今晚的娛樂和責任之前偷吃一隻是否恰當。清楚的頭腦很重要。他在無名指上擺了一隻鮮綠色的月光蛾品種，舔掉鱗粉。把頭留到最後。一兩隻應該沒關係。不像那個自我放縱的該死神廚小子。他知道怎麼處理自己的宿命。

他肯定已經證明了他不只是個髒腳的跑腿小弟。獎項和勳章，女性的喜愛和手到擒來的肉體。男人的嫉妒，那是最爽的部分。要是他有辦法表達他在國外的風光就好了。還有他為了波比修犧牲的程度！在外面的廣大世界裡他面對過太多疑問了：關於他的背景和他怎麼能跑得這麼快。他從哪裡來的？他們老家都餵他吃什麼？番薯和香蕉嗎？芋頭和可可嗎？他亂掰了一會兒；把注意力讓給其他小國。分享一點他的綠黑金三色魔力。

但那真的不足以讓人們跑來波比修，打聽關於魔力的問題。

他做的一切都是為了這裡。他開始外銷玩具時民眾反對，但是看看現在，他們有電話、電力和該死的沙維耶・雷丘斯，還有他的摩登平底鍋和冰箱。

「讓神職輕鬆一點了，不是嗎，廚師老兄？」

他被自己的聲音嚇了一跳。

看看他，跑個不停！那有什麼用處？

他們或許認為這一文不值，但他每天早上仍然會繞著派克山跑五圈，什麼事也不去想。他日子過得不錯，直到這些混蛋橘色塗鴉一再出現，把人搞瘋。但那也沒關係。那個人終究必須現身，等他出面，他就知道怎麼處理他。他甚至可能會和他挑戰賽跑。看看他在九點五八秒之內能跑多遠。

同時，大家拿著婚禮計畫表狂歡，連神廚也像愛喝牛奶的兔子一樣配合。

伯特蘭・印提亞薩抬頭向輕敲之後走進門的老朋友微笑。

李奧說話，重複一遍，然後再說一遍。

印提亞薩望著他。他把小指伸進左耳刮刮裡面的耳屎，彷彿挖出來會讓這個消息有所不同。

李奧無言，沉默。他在某方面的軟弱和粗心向來對財務很有用。但他的天才合夥人不是騙子也不愛開玩笑。

「你剛才跟我說什麼？」

李奧再說一遍。

「有人搬空了玩具倉庫。」

印提亞薩從鼻孔噴了口氣。

「可是下一批貨在裡面。」

「已經沒了。」李奧輕聲說。

「怎麼——這怎麼可能？警衛在哪裡？」

「睡覺。」

「是誰——？」

「看起來是貧民幹的。我有可靠消息，他們沒有睡著做水果的夢。」李奧清清喉嚨，「我們不知道為什麼。」

「那些——」他迅速心算了一下——「那些價值超過兩百萬個硬幣。」

「是嗎？」李奧謹慎地看著他，但他忙著消化這件事的嚴重性。其實，價值接近三百七十萬。

他心不在焉地遞出飛蛾盒子給他。李奧搖搖頭。

現在呢。他挺清楚該怎麼辦。有人背叛你的時候，你就壓死他們，像蝴蝶一樣。

「還有一個人要見你，」李奧說。
「你覺得我會想見訪客嗎？」
「我想你最好見你的兒子。」
印提亞薩拿出另一隻飛蛾，在手指上平衡，放到舌頭，吞下去。深呼吸。
「是羅曼札？」
「你唯一的兒子。」
他好多年沒看到羅曼札了。除了一次，他在外面跑步時好像有看到：在遠處，跟其他幾個人聚在一起，好像河邊的野獸。
「伯特，」李奧說，「他在等呢。」
再吃一隻飛蛾，小隻的，他就夠了。他被觸鬚搔到咳嗽。他頭暈起來。李奧的下唇在動；外面的一隻蜥蜴變成十隻。是幻覺。還可以忍受。「伯特，老兄。看看你多久沒見到他了。你已經不年輕了。」
「你說我的門口有貧民？」
「是札札——」
印提亞薩站起來整理衣服。有飛蛾鱗粉和蘭姆酒漬——他得換套衣服。去選美會場，挑個贏家，向喜悅的民眾宣布選舉，然後回家。飛蛾或許會讓那些女人看起來更美麗。

桑坦妮明天要結婚。簡單。把事情辦完。「告訴他我說他可以走了。」

「什麼意思？」

「就是我說的。叫他離開，今晚去找個庭院睡覺。叫他別太晚回去。也不要看任何人的臉。」

李奧遲疑，來回搖晃。「你——」

「我說什麼？」

「還有倉庫……」

「我說什麼，李奧？」

戶外，粉紅霧氣往上飄動，越過屋頂，染紅了雲朵。讓他想起年輕時買的吸吸，一生丁兩個。吸吸小販在路上轉角用開山刀砍冰塊，把它削軟，噴上糖漿，吃他自己的冰同時大聲呼喊女孩們。她們也喊叫回應。

吸吸人，你叫什麼名字？你有什麼魔力？

最近有太多貧民在路上晃來晃去了。最好在情況太惡劣之前撲滅害蟲。

是啊，說真的。

28

吉登似乎很清楚該去哪裡找他們要找的那個黑皮膚年輕人，坐在一處安靜茂盛的庭院地上，低頭越過自己的膝蓋，遮著耳朵彷彿他以為他的頭可能會掉下來。

即使在昏暗光線中，他們周圍的環境可說是沙維耶看過最奢華的之一。好像迷宮，有高大的老樹。是世世代代的照顧、規劃、愛護與砸錢造就的。

他不敢相信他丟掉了那個漁夫小子的飛蛾。丟到美好療癒的杜庫亞伊微風中。他想像得到它不斷翻滾，微小的紅頭毒物，飛上自由的空中，失落在群山裡。

「喔，丹度，」吉登說，「你在睡嗎？」

黑人突然坐起來，灰色的眼中有疏離、驚訝之色。

「晚安！」他說。

男孩指著沙維耶。「媽媽說要帶他過來。」

「如果你不舒服……」沙維耶咕噥。

年輕人點一下他的右耳。「不會，不會！請。歡迎光臨。我是丹度・布倫特寧頓，李奧的兒子。」他又掀掀耳朵，好像發癢的動物，再拍拍男孩的頭。「你是哪一個呀？聲音聽起來像吉登。」

男孩竊笑。「這是神廚，你知道的！」

丹度抬起眉毛。「真的嗎？但是你母親也是神廚。」

「她是女生。這是男的神廚！」

「你知道嗎，我懷疑那會有什麼差別。謝謝你，吉登。」

他們看著小男孩跑走。

「神廚。真希望我父親能在這裡迎接你，但他出門處理婚禮的事了。」

沙維耶微笑。他只感覺到麻木，該怎麼進行這段對話呢？他悄悄伸手摸他的鎖骨，推推皮膚，彷彿那個皮囊可能還掛在那裡。他眨眨眼。

「神廚？」

他強迫自己說話。「抱歉。我沒通知就跑來了。」

輕拍耳朵。「不用，不用。我才該道歉，請原諒我坐立不安。」他的聲音讓沙維耶想起寺廟的鐘聲。「我有聽覺的魔力，今晚我有點敏感。不過隨時可能會復原。」

「聽覺——？」

「我能聽到幾哩外的聲音。但是重點不在距離。或許是深度吧。聲音的層次。」丹度壓低他大鍵琴般的聲音。「我在寫一本關於天氣與聲音的書。第一章是講陽光。我研究了兩年，我想我快完成了……」拍、拍，用他的手指。「有一天我想要帶桑坦妮出海。我知道那不是我們的方式，但我希望在不同地方聽聽大熱天的聲音。」

這是個好主意，陽光的聲音。

「我失禮了，只顧談我自己。我必須從我的心底感謝你，喔，神廚。桑坦妮說過你堅持嚴格又隨興的用餐名單，能夠被納入，我們好感激。」

他們從來沒被納入啊。

「桑坦妮不知道她該用手指還是餐具吃你的菜。還有你會親自上菜，或是派侍者？如果是你的話，她或許會緊張得吃不下。還有她該穿什麼，好像她的婚紗還不夠好一樣。」丹度溫和地微笑。「請別告訴她我跟你說了這些，她很驕傲的。她滿十八歲的時候整晚熬夜，盼望自己夠幸運，能接到隔天跟你一起用餐的邀請。她說——她是怎麼說的？——神廚的重點不是食物，而是善良人對彼此的愛。」

「是喔，」沙維耶低聲說。

「……所以我們宣布要結婚時，她父親說他會去求你賞臉。」

沙維耶哼了一聲。

丹度點點他的額頭。「她如果錯過了你會很遺憾。」他笑道，「我不遺憾。我不知道自己能否忍受看著她用明亮的眼睛看著你。」

丹度似乎很鎮定。沙維耶在自己的婚禮前夕喘不過氣來。沒人發現。或許他也看起來沒事。九重葛樹在他們頭上推擠，沙沙作響。印提亞薩對丹度這個即將成為他女婿的善良年輕人有什麼觀感？他夠資格取代羅曼札嗎？他似乎夠謙遜。羅曼札不謙遜。他自由又善良，他卻把痛苦的他丟在海灘上。

「愛情有聲音嗎？」他問。

丹度微笑。「愛情不是聲音。是你做的事情。」

他懂得這一點會有幫助。

「所以你聽不到愛情？」

「不到我能發誓的程度，」丹度笑道。「啊哈！耳朵通了！好一點了。」一名年長女傭端著酒和水的托盤溜進庭院。「這是裘欣，」丹度說，「跟著我們很多年了。好像我媽一樣，不是嗎，裘欣？」女傭微笑，倒出一些高級白酒。沙維耶看得出很昂貴。很恰當。對他和他身上不得體的髒衣服，而且在跟黛絲芮的激情之後根本還沒洗澡而言。

呃，該說了。他今天真的不能再多承擔一件屁事了。

「丹度。我真的不確定我明晚能幫你的婚宴掌廚。」

丹度的耳朵抖動。他或許還像貓一樣長出了鬍鬚露出牙齒。「可是。」他尷尬地微笑，

「電台的比賽和巡視怎麼辦？新聞報導？你已經選好的食材呢？」

沙維耶指著他放在地上那已經損傷的背包。「就這樣了。」

丹度抬起眉毛。「那是什麼？」

「幾根玫瑰味道的刺。我的院子裡有一頭山羊，正在醃漬。」他擠出微笑。「我猜我可以幫你做一鍋壯陽湯。」

年輕人明顯地大吃一驚。「你認為我需要這種東西？」

「我開玩笑的。」

丹度坐下又站起來。裘欣緊張地看著他。

「抱歉，神廚。所以你不會掌廚了？還是你會做出……什麼？山羊？還有……刺？」

漁夫小子的飛蛾等待他的決定一整天：要吃或不吃。仔細想想，他以為自己會吃掉。在這個週年忌日，可能性一直是某種依靠。現在他感覺自己像一片樹葉，在黃昏微風中旋轉，從樹上被吹落，無依無靠。

丹度的表情好像被人打了一拳。

「我了解你很失望，」沙維耶說。

丹度坐下，又猛地站起來。「你以為我在乎什麼狗屁美食？那是我現在最微不足道的該死問題！我很接近了，說真的神廚，你竟然來阻撓我！」

沙維耶望著他。「接近什麼？」

裘欣伸手放在丹度的肩膀上，但他似乎沒發現。「你認為男人有可能太體貼嗎？」年輕人沒等他回答。「我的表姊妹，我祖母，這裡的所有女傭，裘欣妳也是，都叫我要給她時間。所以我坐在這裡，等待著，努力聽她的動靜，所以至少我知道她在哪裡，她沒事。她走路時會在地板上發出塌喀塌喀的微小聲音，好像小山羊。她說我不能叫她山羊，但是世界上除了桑坦妮和小山羊沒別的東西會發出那種聲音。因為我，婚姻開始之前就結束了。」他又瞪眼。「你認為有時候男人太體貼了嗎？」

「我——」

「我的全身上下都在說：去找她。但是所有女人都說不要，她會回來參加自己的婚禮。你以為我娶個女人只因為明天是結婚吉日？去他的婚禮和她老爸該死的選舉！」他雙手叉腰。「怎麼樣？」

「你的問題是什麼？」沙維耶想要向他完美的憤怒微笑，但丹度一定會大發雷霆。

「你認為有時候男人可能太體貼嗎？」丹度怒道。

「當然。」

「對！我也知道桑坦妮不公平，這樣詛咒我。它很滑。」他轉向女傭。「神廚不做該死的婚宴了，妳知道我認為那是什麼意思嗎，裘欣？我認為一切都取消了！告訴爸爸我出門去找我的女人了。」

「可是丹度先生……婚禮之前你不該離開這裡，眾神會生氣……」

「這位神廚比區區妳我更了解眾神！你也會這麼做，不是嗎，神廚？」

「我不知道問題出在哪。」

「我弄丟了，」丹度低吼。「現在你知道了。」

「什麼？」

「她的私處。」

「你什麼？」

「掉進河裡，沒了。」

沙維耶咬著臉頰內側憋住笑聲。

「你弄丟了？你是怎麼找到的？」

丹度表情苦惱。裘欣拍拍她的裙子。

「別太懊惱，丹——！」

「一定是有人偷走了！」丹度怒吼。

「丹度先生……」

「裘欣，如果這會讓妳擔心的話我求求你進屋裡去！因為我會找到那個小偷然後宰了他！」

「其實殺人沒那麼有用……」沙維耶說。世界上有這麼多可能出現的對話，但他完全無法預料到會有這一段。憂鬱的女傭匆忙地往房子走回去。

「我要去，」丹度說，「謝謝你抽空，神廚。」

「我想你需要個計畫。」

「你今天早上出門時也有個計畫嗎？因為聽起來不像。」

「或許因此你才需要計畫。」

丹度搔搔他的耳朵，像長了跳蚤的小狗。「如果你是個廚師，但卻連做菜都沒辦法——」

他正要告訴丹度他從來沒有必要去那個場合，他知不知道他的岳父對一個小孩發出威脅，而且還要加上幾個選擇和粗鄙的提議的時候，他們被頭上夜空中一個巨響打斷。有東西跌落樹梢。激動、咒罵又喜悅的東西。

塌喀——塌喀——塌喀。

沙維耶將永遠不會忘記自己站在這個宮殿式花園裡，看著丹度向從樹頂上飛近他們的桑坦妮·印提亞薩微笑。

她成功安全降落，穩穩站著，氣喘吁吁地燦笑。她頭髮裡有樹皮碎屑，下巴上有刮痕；臉頰和長袍上有泥巴污漬。她壓住飄揚的粉紅長袍貼到她小腿上。她背上的四片巨大翅膀喀喀作響，刮到了樹枝。翅膀邊緣是深黑色，彷彿有人想要把它燻黑，上面的小孔好像畫著煙燻妝的小洞。沙維耶有種古代的印象：它們像是從某個已經被遺忘的巨大建築拆下來的人工製品。

蜻蜓翅膀。

「頭髮髒，衣服也髒！小鳥們看著我的表情好像在說女人不該在這天上飛，快滾開別擋我的路。我要改穿褲子，聽到沒有？我不在乎爸爸是否會生氣，說我是男人。」桑坦妮雙手叉腰，往前傾，修正姿勢然後偷笑。

這就是他咒罵了一整天的女孩？沙維耶笑了。她真了不起。

她有像羅曼札一樣的瓜子臉和混金色黑髮，只差她的是像恆星泡沫一樣在頭頂上，搭配著金色的雀斑。羅曼札瘦而發紅，她是又黑又強壯：她的肩膀以女性來說很寬；窄臀；運動員的大腿。她哥哥的笑容。他感到一陣溫暖。

像個炫耀新衣服的小女孩一樣扭轉著她的翅膀。

「看到沒有？」桑坦妮向丹度說，「它們很漂亮吧？」

丹度繞到未婚妻身後消失，被翅膀遮住，大聲說：「這裡有一塊藍色，等等，這裡有紫色和紅色條紋！桑坦，妳感覺得到嗎？」把頭歪到一側去聽翅膀的聲音。

桑坦妮竊笑著炫耀。

「這樣感覺怎麼樣？」

「好像螞蟻在咬我！」更多竊笑。「住手！」

「這樣呢？」

「沒感覺。」

「但是我在扭彎它！」

「笨蛋，不要亂彎東西！」

丹度鑽到翅膀底下捏她的屁股。他雙手環抱她的腰想把她抬起來。

「很重，」他說，「很有份量！」

「不是翅膀的緣故，」她得意地說，「是澎澎。」

「噓！」

桑坦妮拍拍他的屁股。「我找到然後裝回去了，你以為我幹嘛迫不及待想過來？」

「天啊，桑坦。安靜——」

她拍拍翅膀，傾斜倒進他的胸膛，掙扎著站直。「我會乖一點。我知道我根本不該在這裡。還是第二次！這訪客是誰？」她向沙維耶眨眼。

他眨眼回應。她很有感染力。他忽然想起或許他從來沒看過一個完整的人。

「我可以摸摸嗎？」他問道。

桑坦妮聳肩。右上方的翅膀往前倒，在兩人之間起伏。沙維耶謹慎地用一根手指摸過最粗的血管。他聯想到僵硬的漁網，但從桑坦妮移動它們的動作看來彷彿翅膀是液態。交錯血管造成的圖案美觀複雜：幾千個不透明方塊，頂端較大，下端小得離奇，垂到長草叢中。他瞇眼：血管上有斑點而且黏黏的。

「上面還沾著血，」桑坦妮說，「它直接撐爆我的衣服。」丹度擔心地走動，她親他一下。「你喜歡我的可愛魔力嗎？」

某些昆蟲從來不長翅膀，尤其雌蟲；有些只在生命的特定階段長翅膀。蝗蟲的遷徙階段。會變態的蝴蝶。求偶週期。

「翅膀好漂亮，」沙維耶說。

桑坦妮猛點頭。「品味很好，陌生人先生。我叫桑坦妮。」

「我認識妳哥哥。」

「咦。」她眼神明亮又迷糊。「你似乎認識所有人，但是我不認識你。」

「喔，桑坦妮，」丹度說，「安靜一下。」他對她耳語。

桑坦妮愣住，發抖。

「你也說謊！」翅膀瘋狂拍動，發出強風，揚起沙石和草屑。沙維耶和丹度咳嗽著退後。「丹度，我不相信！你讓我們的神廚像隻小貓一樣站在庭院裡」——她的音量升高為尖叫——「而且沒告訴我？等等，神廚！我的天啊，等等！」

她靜靜站著，閉上一隻眼，集中精神。右上方翅膀折疊縮短，再次逐漸貼近她的肩胛骨沉入皮膚裡。她的軀幹隆起又變平坦，彷彿翅膀從未出現過。這時鞠躬似乎很合適。桑坦妮轉動肩膀。變形過程有種親密感，好像做完愛後在穿衣服的女人。他肯定不該在這裡；這是屬於他們的時刻。

桑坦妮依偎著丹度呻吟。她的身體開始吞噬第二片翅膀。

「會痛嗎？」他焦急地問。

「不會……只是……會喘……不習慣……」折疊翅膀似乎會妨礙說話。第三片翅膀折疊，沉默，波動。雙手叉腰，駝著背，深呼吸。

第四片。

「好漂亮，」丹度喘息著說。

沒了翅膀，桑坦妮是個平凡又看似快樂的年輕女子。伸出雙手，點頭，尊敬地垂下目光。

「我要是早知道就好了，喔神廚。太失敬了……」

應該夠了。沙維耶伸手握她的手。他感覺得到翅膀仍在她體內摩擦鎖定。

「妳好，桑坦妮·印提亞薩。」

她吞口水。

「妳的魔力超屌的。」

「是。不過、不過——神廚。你怎麼會在這裡？」

她顯得很擔心，但現在她就在他面前，他知道婚宴該怎麼辦了。

¶

他在艾妮絲的婚禮前夕去找她。最後一次看她未婚的容貌。他仍會幻想著她，跟她一起走過島嶼邊緣的曲線，沙子吐出鼓動的青苔塊和凹面的紫紅色貝殼。他想像兩人一起裸體站在海灘上，他從腳跟開始幫她抹油，讓她大腿塗滿生薑油，往上到喉嚨再往下，抹她的腰再把油倒在她豐滿結實的大腿上。他想像幫她打扮著準備結婚：腿環、藍色絲綢、耳環、腳鐲、涼鞋，撫摸她的頭皮問，妳確定嗎？妳快樂嗎？沒錯，她會說，是，是，望著遠方，是，是，一切正常，然後她把他轉過身去，用舌頭舔過他的脊椎。

他接受了無可避免的事。他只想看看她的臉。

艾妮絲請他進去。她穿著單薄睡袍，婚紗掛在門上。她問起他的健康狀況，在聽他說他感覺很好、不需要飛蛾以後露出微笑，他把精心包裹的結婚禮物放在她廚房餐桌上，她向前俯身抓著他後頸，開始笨拙地吻他。

他很驚訝。她的唇多麼可喜又飢渴，為什麼他自己的嘴卻這麼遲鈍？艾妮絲雙手摸到他辮子裡，她抓著他的手放到自己身上：放到她背後，似乎有東西在跳動的地方，還有她芳香的頭皮上。她把他拉向地鋪和她腿上，他兩週前曾經嘔吐過的位置，他對她的情慾震驚到楞了一會兒才真正聽到她的低語。

聞我，沙維耶。趕快。

他困惑地搖頭。

吃我。

她的手摸過他胸膛，拉他腰上的褲帶，隔著棉布捧他變硬的陰莖，兩人都因為感官呻吟起來，她的唇在他的嘴和胸前來回移動；狂亂得好像她不知道如何開始。

不行，他說，因為他還聞得到她身上的嘔吐物氣味，她需要比他更好的男人。

她退離開他，眼神迷茫，頭髮凌亂，露出單乳，乳頭堅挺。她看起來好震撼，讓他想要安撫她。

她又靠近，吸他的嘴。

停下。停下。停下。這時她停下。她必須停止。

她的羞恥感令他顫抖。

出去，她說。

那一整晚，他在妮亞的地舖上失眠，在自己的身上發現艾妮絲的祕密。大量汗水，他從他手指上舔掉的；一顆他翻身時被壓碎的金色蝸牛；他腋窩下的一張禱告詞；一隻耳朵裡有脆弱的玻璃珠；他頭髮裡有乾燥的番紅花。她的祕密情感在他嘴角留下咬痕，胸前留下斑點。對於艾妮絲留在他指甲底下的祕密慾望，他預料妮亞大概會退後著說，這是什麼？

你不吃飛蛾了，妮亞說。我知道你可以戒。只是她不是指飛蛾，她指的是可能擋她路的其他任何東西。

艾妮絲是他帶著黑眼圈結婚的原因，因為睡眠不足與失望。

¶

沙維耶凝視著黑色的波浪。他勉強看得到美麗鎮上旋轉的藍白色燈光，熱鬧滾滾的大劇院。要游過去很容易。他用拇指摸過有鬍渣的臉頰。他想要洗澡、刮鬍子，在身上抹油。

艾妮絲會介意他來見她嗎？她記得他從自己身上把她推開嗎？如果她介意，如果她叫他滾，他會順她的意。但今天是個奇怪的日子，充滿驚訝和凶險的時刻。他見識了治療師必須多麼堅強，伸展背脊左右彎腰以解決她腰部的抽筋。她健康、快樂又安全嗎？他滿腦子都是她，偏偏是今天。他從來沒像愛她那樣愛過任何人，就像黛絲芮愛她的小孩，至今仍是如此。很可悲嗎?他笑了;在她身上游走，欣賞身材，像丹度欣賞著桑坦妮的翅膀，那可真不得了。

他把涼鞋塞進背包裡。或許她會讓他在她家廚房裡料理叢林刺。剝皮，先用細篩然後用棉布過濾。他會教她如何用雙掌擠出刺的汁液，就像女人晚上在頭髮抹油。事後，她可能會叫他躺下來幫他按摩：她的一，二，三，八，十根銀色手指按在他皮膚上。她會感覺到他對飛蛾的飢渴，他如何差點就破戒了。她會不發一語，以他為榮。

我從來沒有，我從來沒有。看看有多驚險，但我從來沒有。

看看她的臉是有必要的。

在他周圍，蟋蟀在海灘草叢裡唱歌。他的手好髒。他聆聽了一會兒妮亞可能出現的跡象，以防萬一，用從附近樹上摘下來的棕櫚葉包住筆記簿，把背包綁在頭上。或許她不會回來紀念忌日了。但他還是會帶著這本該死的簿子回到殘詩餐廳。

他用牙齒咬著背包背帶。他涉水進入波浪時肺中感覺到鹹味空氣的酸性；帶點蘋果的氣味。他游泳，奮力撥水，頭抬起在水面上。

他猜想桑坦妮・印提亞薩什麼時候會告訴她老爸神廚剛才提早來送上了他的婚宴。印提亞薩會有多生氣?他發現他不在乎。對丹度和桑坦妮來說這是正確選擇。他很確定，從他雙手震動的方式，還有桑坦妮臉上的表情。

他往夜空微笑。

他打算去叢林找羅曼札。帶至少六種口味的餡餅。沒什麼比黛絲芮自己做的好吃，除了那孩子說過的一切：**麵包餡餅！玉米粉餡餅！香草！山藥！**

美麗鎮慶祝的聲音逼近。

他在夜晚的海中繼續游，跟白天的海不同，他抬著頭，保護背包。在冷酷平靜的水面下，凹洞在他踢動的雙腳下張開大口，吐出新東西：油和鱗片混合成無名的藥劑在月光下泡製，製造出細微到只有他祖先會感受到結果的微小變化。

艾妮絲。艾妮絲。艾妮絲。

¶

卡倫納格海灘上有好幾百人，在整片細長形的沙地上跳舞喝酒。彩色火焰劈啪燃燒，宛如某種弓身的超自然動物，閃爍的火光照在皮膚、臉孔和沙子上，速度快到令他目眩。

沙維耶踩著水，盤算著人群和他的最佳策略。大多數美麗鎮民一眼就認得他，但也有很多人來自其他島嶼。只要快速通過海灘，他就可以仰賴混亂場面和陰暗的小巷當掩護。他抬頭看殘詩餐廳。摩埃在餐廳窗戶點了藍燈——這是他們進展順利的暗號。他愛死了這女人。裝飾華麗的山羊會塞滿她的藥草和肉汁準備好燒烤；他用肉桂和多香果樹皮把它埋在地爐裡過夜。他改變決定了：山羊適合家族聚餐。伊奧、奇瑟和她的一些小朋友們；摩埃和她老公加上三個小孩，蘇絲媽媽和妮亞的父親，如果夠早通知，他哥哥也覺得可以，或許加上伊奧的女朋友。山羊在花園裡串在烤架上，所以小孩子可以動手自取。新鮮麵包，烤花園現採的蔬菜，奇瑟最愛的甜食：蛋塔和蛋糕、有內餡的冰淇淋。他最好問問摩埃她的小孩愛吃什麼。

哪個方向最好呢？

音樂，歌聲，笑聲，大量湧來。他的雙腳踩到了水底。魚兒在他腳踝邊來回游動。上岸，到海葡萄樹下。或者他應該大搖大擺抄近路穿過人群？

快走，快走。落單猶豫的人會引人注意。

「神廚？」

飛濺翻騰的水聲。沙維耶往火把之間窺探。

「神廚？是你嗎？」

一個啤酒肚男子從沙灘邊緣揮手。沙維耶叫苦。是當地酒吧老闆桑德，挺善良但有點諂媚的鄰居。桑德跟一群開心吵鬧的男人站在一起，所有人都看著篝火遠處海水裡面的他。

「快看那邊！神廚來了！」

該死。

他考慮回頭，但他們在他游走之前就圍了上來。或許多達二十人，他看不出來，所有人歡呼著涉水過來，打扮得好像嘉年華，眼皮上抹著鮮粉紅與藍色的顏料；潮濕的胸膛上有蛇和太陽的圖案；銀色和黑色的假睫毛；戴著刺繡面具揮舞拳頭，唱歌。好多噪音！不可能命令他們走開，他們同情地拍打他的背，把他拉上岸，把他扛到空中坐在一對強壯的肩膀上。

「堅硬的男人！」男士們唱道，「我們捍衛所有堅硬的男人！」

沙維耶搖擺，想要抓住下方的人頭保持平衡。這個新玩法是怎樣？他在開心的喧鬧中大喊。

「桑德！這是怎麼回事？」

「神廚！我們在等著迎接你呢！我派了人在每個海灘和你家站崗！」

「為什麼？」

桑德雙手圈著他的嘴巴，但他聽不到回答。更多女人向他們聚集過來，加入吵鬧。在遠處的大劇院爆出鼓掌聲。

「每個男人都支持你！」桑德大喊，「每個人！」

「什麼？」

「去他的歪歌！我們一個字也不信！」

他呻吟一聲。當然了。這麼不敬的陽萎謠言到處流傳，怎麼可能允許神廚回到首都卻沒人支持？這些男人會把它當成原則問題。

「堅硬的男人！我們捍衛堅硬的男人！」

除了等到他們放下他，別無他法。他望著跳舞的女孩們。

其中有些人在噓他。

一名裝飾鮮豔的女人斜眼看他然後原地轉身，他驚訝地傻眼。其餘人皺眉或吸吮牙齒：他看到她們的嘴唇在動。有個老女人直視他的眼睛，掀起她的長袍摸她的腳趾，露出全裸發皺的屁股，還短暫地瞥到閃亮的洞口。

喔，女人都很不爽。發生什麼事了？黛絲芮警告過他男性神廚最重要的事就是爭取女人支持。

為什麼？

你看過女人咒罵眾神嗎？

呃，有啊。每星期。

所以她們看起來會怕你嗎？

「堅硬的男人！我們捍衛堅硬的男人！」

扛著他的男士們前往殘詩餐廳；真是好心。穿過狂歡者，經過街頭詩人和魔術師，用魚在玩著雜耍的小孩，攤販和他們的商品。他為那些女人感到受傷又遺憾，但男士們超好笑：扛著他的人顯得非常輕鬆，其餘所有的人都往喉嚨和身體裡灌酒。他年輕的時候曾經希望當個這樣的男人。有狗、刀子、船、房子、女人：他們只需要這些，依此優先順序。

桑德向他揮舞一個瓶子。他想起這個人窖藏的好酒。他需要一些特別的東西來搭配家族午餐。蘭姆酒，伊奧是喜歡蘭姆酒的人。

「桑德！你有高級蘭姆酒嗎？」

桑德單手圈著他的耳朵。

「蘭姆酒！」沙維耶大叫。

他的聲音穿過群眾，他們吵得更大聲了。

「給他酒！給他酒！」

兩個敏捷男子跑了過來，爬過跳舞群眾的手臂，抓著彼此的頭髮，雙腳踩在嘴角和耳垂上平衡，好像蜘蛛。他還來不及數到三或咒罵，他們已經站到了他身上，不過他幾乎感覺不到他們的重量，像特技演員一樣平穩，兩肩各一人，雙腳像袋鼠似的夾緊。在他們這樣做之前的最後幾秒鐘，他犯了個錯張嘴抗議。噴泉般的酒從大家往纖細無重量的男子遞上的瓶子、水罐、馬克杯裡倒出來，從他的頭髮流到臉上。他驚叫、喘氣，想要再大喊。單腳平衡在他右肩上的男子直接把甜蘭姆酒倒進他的喉嚨。

那是風暴的起點。

29

太陽喘了口氣滑落到海浪底下；艾妮絲加入通往大劇院入口的隊伍時終於天黑了，她還在擠出裙子裡的海水。

她不是唯一濕淋淋的女性，鹹味衣服滴著水，用她們的手掌斥退著飢渴推擠的男人。離家太遠遲早一定會遇到海洋、河流或瀑布。但她忍不住有點介意她的黑色乳頭透過她的純白長袍走光了。她拉拉布料離開皮膚，雙手交叉又放開，發現有個身上滴水的老太太正在觀察很不自在的她。

老太太張開厚重的手臂，細長乳溝冒著水氣，笑著露出殘缺不全的牙齒。

「妹子，那只是胸部罷了！」

只是胸部，對。她可以穿牆，所以今天誰還能質疑她呢？

她讓雙臂擺盪，感受炙熱的能量流入她的手腕和手指。肩膀往後收。她充滿氣勢，抬起下巴。如果她在這裡都不能放鬆，還有哪裡可以？

老太太向她鼓掌之後轉過身，被吵鬧、起伏、爛醉的人群吸引。一名藍衣男子唱著歌，清澈悅耳的低音傳遍天際。飛蛾在艾妮絲的頭上飛舞；嗡嗡響的褐白色無害東西，散布著橄欖色斑點。她舉起雙手彷彿它們可能湧向她。

七嘴八舌的小孩滑過砂土，搖著手指，張開手肘，仿諷他們的母親。

「選美大賽！選美大賽！」

「你是男生，你不可能美麗！」

「我可以美麗！」

她忍不住觀察著這些波比修小孩。他們做的一切事情都有聲音：咀嚼、走路、踢東西。有彈性的、拉長的東西。他們真老實啊！紅，黑，各種褐色調，在指尖之間就能製造迷你雷暴，把自己吹氣成巨大的圓球形狀，說話大聲到在隔壁島嶼都聽得見他們，或小聲到昆蟲都聽得懂，還有個深黑皮膚的男孩，能夠取出滴著血的器官娛樂他的朋友，包括他蜿蜒的食道，他的整條脊椎骨，能像條瘦蛇一樣在泥土裡繞圈，直到他抓起來吞下去讓它回到原位。

萊拉和坦坦有個孩子。一個男孩。也很強壯。至少以她手指摸起來的感覺是如此。他打算什麼時候告訴她？很快？永遠不說？

她看得到遠處的殘詩餐廳和窗戶的明亮燈光。二、三、四盞：藍色和白色。是沙維耶點的燈，或者他的地位不做這種事？她想像他伸展手腳，沒什麼肌肉的肚子陰影貼在棉布上。捲起袖子到手臂上。甩開礙事的辮子。她因為回憶而興奮起來，重新裝好的澎澎貼著濕內褲感覺好軟。如果他現在過來找她，或許她可以微笑問他好不好，聽他回答，不用擔心接下來她要說什麼。

她上次見到他是在她婚禮前夕，走出她家大門，她剛告白的愛意滿佈他的嘴、手臂和陰莖。他離開後，她躺在廚房地板上仰望一隻萬花筒似的蜂鳥盤旋在她的蠟燭附近。她只戴著她的婚禮腿環爬到椅子上，從沙維耶留在天花板上的小小痕跡拔出莖、葉子與根芽。它們垂掛著過熟的鳳梨，滴著黑色與金色汁液。

沙維耶是她掛著黑眼圈結婚的理由，因為睡眠不足與失望。

¶

「女士，跟上隊伍前進！」一個戴頭巾的小孩把她從回憶中拉出來。小孩的父親說她不能這麼沒禮貌，這樣跟大人說話。他往上指著通往殘詩的黑暗懸崖。「如果妳太頑皮，長大以後就不能去吃神廚的菜了。」

小孩氣憤地哼了一聲。

艾妮絲瞥見一個高大的年輕人，像水中生物般從一處陰影溜到另一處。她喜歡發現貧民，窸窣穿過草叢，但這個年輕人不快樂，鼻孔抖動，低著頭。頭髮很漂亮。

她還來不及向他微笑讓他開心一點，他就像墨水般消失了。

¶

她這邊的興奮群眾終於通過了進入露天大劇院禮堂的大門，高處燃燒的油燈照亮了高亮度的石灰岩牆壁。飲食和衣服攤位忙著做生意；錢幣碰撞聲和歌聲；朋友們張開雙臂互相擁抱；有股腐爛花朵的氣味。

艾妮絲找了個角落坐下來查看周圍環境。她獨自一人覺得挺彆扭的。在比賽開始前，她和英格麗這時應該在吸著蝦頭尋找食物了。

大舞台看起來一如往常，同樣的粉紅色厚布幕等著升起。但有些穿厚涼鞋的人在到處巡邏，來回走動。周邊大門好像也加高了。

粉紅布幕在一陣波動中往下降，彷彿裡面有東西在呼吸。

「沒有人能說印提亞薩沒砸錢！」
「那是在轉移焦點，老兄。我在等替代選擇。」
「我聽說有替代選擇好幾個月了，我從來沒看到他現身！」
「你怎麼知道是男的？」
「只有男人有閒工夫到處塗鴉。」
人工燈光亮起打斷了沉思。群眾喧嘩，布幕開始後退。群眾湧向舞台時艾妮絲站起來。她眨眨眼。
在他們面前的不是平常的禮堂牆壁，而是升起了新的設計。比她家還高，好像世界上最大的畫布！保全人員在銀幕周圍跑來跑去，拉扯他們背後腸子狀的黑纜繩。空中充滿爆裂的噪音。民眾摀住自己的耳朵，大家的講話音量隨著每個刺耳電子音放大。瞪大眼睛的孩童抓著他們母親的裙結，吸吮自己拇指。舞台好像可以延伸到橫跨月球。怪異的設備吊到空中，在他們頭頂上擺動。
群眾驚叫著伸手指點。他們看到了他們自己，散布在那東西上面。
艾妮絲蹲下。這是什麼魔力？但即使冒出這念頭，她知道那不是魔力。是某種全然外來的威脅。她不想看到自己的任何部分在那上面，被拉長又沉默。

「你看，你看！」有人大喊。

一名女子走進舞台中央。艾妮絲伸手摸喉嚨。

女子停下，孤獨地靜止。她背後的銀幕上是她二十五呎高的眼睛分身俯瞰著下方；他們看得到她眉毛的每根毛髮；她淡灰與藍色拼接長袍的質感；她臉上的毛孔和天然濃密短髮上的黑色與銀色串珠。

女子緩緩抬起頭來。她把一根手指放到微笑的嘴上，等待群眾安靜。她的唇跟黑眼睛同顏色。群眾目瞪口呆盯著，同時她左手移到腰上，旋轉手指，調皮的笑容。每個人都知道接下來的動作，但是在巨大的新設備上目睹這一刻，喔！似乎不可能發生。

艾妮絲屏息看著落下的手腕。她是誰？

銀幕女子掀起長袍的裙子向眾人露出厚重老式的黑色腿環，鎖在她黝黑起伏的大腿上。

她不是外來的東西；她是本地人。

群眾喊叫表達喜愛。

艾妮絲舉起手臂，讓聲音包圍她。鼓聲響起，迴盪越過群眾的身體。美麗小姐！她怎麼會忘了這種興奮，或感覺到孤單？

黑腿環女子開始在舞台上跳舞，雙手叉腰，扭腰，向前傾，露出太陽般的笑容，臀形很美。

「妹子，這樣跳就對了！」

「把他們的椰子油搖出來！」

女子一鞠躬，舉起感激的拳頭。

「波比修！」

艾妮絲跟其他人一起歡呼回應。

「歡迎，歡迎，歡迎光臨年度美麗小姐國際選美大賽！我是小哈，路斯的女兒。美麗小姐們來了！」

是那個電台的女人。太好了。

「聽我說，她們可以像錢一樣美麗，今晚這裡任何人想贏都要靠……什麼？」小哈伸手圈住一側耳朵。「台詞！因為我們所有的波比修人都……怎樣？」

「……喜歡爭吵！」群眾一起喊。

小哈向前俯身。

「你們說什麼？我們所有的波比修人都……？」

「喜歡爭吵！」艾妮絲喊道。

「我就是要聽這個！我們的決賽有十一位美麗的入圍者，穿著我們群島的美妙服裝。她們會向大家展示來自……北杜庫亞伊設計師的衣服！」

「沒錯，妹子！就是我！」艾妮絲拼命大聲喊。

她周圍的群眾都笑了。

「讓我聽聽你們為……西杜庫亞伊歡呼！因為我就是個西區女漁民，各位！」

「對，我們看到妳很濕！」觀眾裡一個男子喊，引起眾人大笑。

小哈翻翻白眼。

「你以為我無法應付嗆聲嗎？你小心點！我們也會展示來自巴提仙東區和南區的設計師」——更多歡呼——「你知道他們很有戲劇性，小子！」一群身穿羽毛和金色的女子開始呼喊，「美麗鎮，喔，美麗鎮——！」

「有人要拿出她們的澎澎，讓我們評審嗎？」這是老笑話了。

女士們發出笑聲和噓聲。

「老兄，你沒看到這裡有小孩嗎？」

「趕他們出去！」

小哈搖搖手指。「小子，你知道你開玩笑的事情很嚴肅的！」

男子皺眉。「妳才是笑話，小姐什麼名字？小哈，路斯的女兒？就是妳叫大男人們要認真看待印提亞薩總督的狗屁禁令！」

更多噓聲。

小哈冷靜地微笑。「所以你沒有當一回事嗎？把女人胯下當笑話的男人，到了晚上絕對無法讓她們開心！」她向質疑者送個飛吻。「帥哥，你要學習的東西還很多！要當我的助手嗎？」

男子欣賞地大笑。她真厲害。

「今晚這裡不談政治了！我們是來找樂子的！十一人要淘汰到兩人，我們必須開始評分了，因此，我們需要評審！最先上台的評審，我們請到了商人、慈善家兼社區棟樑，賈瑞特・巴索羅謬・賈森！」

艾妮絲猛吸牙齒。就是這混蛋上了蜜西然後跑掉，最後他付錢了沒有？他好像大人物似的大步走上台揮手。群眾歡呼。賈森就座之後誇張地拿出一支鉛筆。他背後的銀幕上，鉛筆幾乎跟樹木一樣大。她希望他能看到她在瞪他。

「我們還有對美麗最了解的人。」小哈狡猾地發笑，「喔，喔，喔，神廚……！」

群眾興奮地爆炸。艾妮絲嚥一下口水，心臟狂跳，她打嗝了。

「他的老二不是壞掉了嗎？」一名婦女大喊。艾妮絲惡毒地瞪她，她低下頭走開了。

小哈假裝暈倒往自己搧風，向後台打手勢。

「獨一無二的黛絲芮‧迪伯納大師！」

喔感謝眾神。

妳差點嚇尿了。

我哪有。

可是妳有。

*呃，這倒沒錯。*艾妮絲笑了。

欸欸，腦中的聲音說。*妳心情好轉的速度真快。*

黛絲芮隨著音樂上台，跟小哈跳起舞來。她看起來頂多五十歲，穿著無袖洋紅色長袍，裸露的手臂上有黃水晶首飾。

沙維耶的舊情人，他告訴過她關於黛絲芮的一切。

「我很高興在後台看到各式各樣的美女等著上來，」黛絲芮說，「大咪咪，黑皮膚，辮子頭，大腳，什麼都有。」

「哇，」有人挖苦地說，「但是妳知道白皮膚、頭髮多的女孩才會贏。」

小哈擁抱黛絲芮，兩人互相耳語。黛絲芮就座。她揮手時手臂會閃亮。她似乎不理會賈森。

他認識過最可怕的女人，沙維耶是這麼說的。

「最後這位，你們都在等著看到他、聽到他說話，人們或許會說他是當紅人物，同時，這個人今天從我的節目中逃走，丟下我自己收場——」群眾爆出贊同的笑聲，小哈也竊笑。「我差點罵人。但我們會原諒他這一切，好嗎，波比修人？我們來歡迎他……準備好了嗎？喔，伯提！」

印提亞薩總督登上舞台時艾妮絲看著混雜的反應：有些人振奮歡呼，但也有很多噓聲和嘖舌聲，還有人丟東西。有人高呼，「山羊，山羊，山羊，山羊稅，山羊，喔山羊，」直到一個穿厚涼鞋、虎背熊腰的男子走近，引來群眾更多噓聲和嘖舌聲。

小哈以誇張的敬意安排總督就座。艾妮絲在銀幕上看到他嘴唇在動，還有漂亮的鬍鬚有瑕疵，看起來像逆生的毛髮。艾妮絲想著，這個電力銀幕真是太蠢了，很會揭人瘡疤。

「你們絕對不會相信他今天竟然向她訓話關於澎澎的事，」一名年輕女子說。

她忘了總督的背脊挺得多直，下巴多鮮明，彷彿他知道一般民眾不知道的事。她母親曾經不只一次稱呼他是強人。她母親絕不會認同沙維耶，即使他跪下或吃飛蛾流著眼淚。

「接著，終於，波比修人，讓我們歡迎女王們！」

奏樂和更多鼓聲。十一個參賽者魚貫出場，往嘈雜的鼓掌聲眨眼揮手。要等她們全部入場你非得喘口氣不可。一名胖女人對上艾妮絲的眼神：閃亮的黑皮膚，頭髮像紅色鐵鏽緊貼在頭皮上。她穿著男性的萊姆綠西裝。波比修女人從不穿褲裝的。

「一定是杜庫亞伊那些懶惰鬼，縫出這種東西！」有人說。

「我猜這樣能讓她的澎澎安全。」質疑者回來了。

艾妮絲斜眼看他，放大音量。

「各位女士，妳們看起來很棒！」

質疑者笑了。

「我看到你了，妹子！」艾妮絲喊道，「穿褲子的！」

其餘女性也喊了起來。

「穿妳喜歡的東西，妹子！」

「別聽那些蠢男人的！」

質疑者倚在牆上。

辯論開始了。

小哈宣布每個十分鐘回合的主題時，參賽者成對上前，一個接一個，每次講話不超過五句。美麗小姐的技能在於速度。機智。清晰。論點，反面論點。為了對於爭吵的愛。

當然了，她也必須漂亮，非常漂亮。

咦，群眾抬起他們的眉毛說，開心得指尖刺痛，摸著肩膀。今晚好像看到眾神了；好棒的身材，嗯！有些參賽者在舞台上走動發怒；有些人低聲漫步，像池水般平靜地推理，試探與斟酌，掀動華麗的布料。有些人嬉戲：精心措辭，拿下自己身上的首飾和帽子，欣賞一番再戴回去，諷刺詼諧地吐出大串話語。

肌肉，皮膚，呼吸。口條。舌頭。眼睛與肚子；尖腳趾。俯身與後仰；再來一遍。拍屁股。

艾妮絲看著小哈跟評審們嘀嘀咕咕，賈森傻笑，雙手太靠近她的身體了，年輕主持人假裝沒發現。總督比較克制、專注，尊敬地聽黛絲芮說話。艾妮絲心想，她一看到甜言蜜語的騙子就會認得。

快，再快，女子們來來去去。艾妮絲閉上眼睛以便聽清楚她們的聲音。

我是這麼看的，參賽者們說；我是這麼想、感覺、知道、理解、希望的。我恐懼的。學到的。我是見證者。我是個阿姨。我是個孩子。這是我的胸，我的腳跟，我的胯下。艾妮絲想起了美麗小姐的目的：讓她開開眼界跟周圍的女性相處，看看擁抱和眨眼；嗯哼，還有慶祝；咕噥和點頭；加入她的同類。

有時候看著你的女人會觸摸自己，觸摸她自己的肩膀、乳房，她跳舞，用手掌摸腰帶，拍拍她的澎澎。

感受到自己是某種更龐大群體的一部分。

他們看著小哈輕輕掠過移動的肩膀，輕拍一下淘汰掉參賽者——因為猶豫；重複；戳胸骨表現優越感；服裝遜色，發皺，翹起，位移。女王們遺憾地滑下舞台退出比賽。

小哈逗留在一位紅髮女附近。艾妮絲擔心地咬嘴唇。這個套裝女子有點不一樣，她雙拳緊握，頭髮發亮。完美的黑皮膚，這樣的女人肯定該贏了吧？她名叫夏恩，比其他人年長。太棒了。

小哈走離夏恩，艾妮絲恢復呼吸。評審們浮現在銀幕上，檢視縫製、修飾、成型、摺邊，仔細聆聽。連印提亞薩也在聽，艾妮絲覺得他好像在聽委員會的巫女唱歌。群眾聆聽，轉頭，崇敬地指向天空，拍手跺腳互相揮舞手臂。質疑者仍然倚在牆上，撫摸他的下巴。他穿著藍色連身工作服。黛絲芮俯身向賈森耳語時，艾妮絲看著他圈起耳垂。質疑者竊笑。

「怎麼了？」

「黛絲芮剛告訴賈森如果他不把髒腳縮回兩呎，她會打斷他的十五根手指，然後假裝是神的旨意讓她生氣，逼她這麼做的。」

艾妮絲讓他靠近。

「真是個漂亮的女人，」他說。

「是啊，她們很漂亮，非常漂亮！」又兩個女王被淘汰。她喊得喉嚨痠痛。誰有辦法從最後這些人中做出選擇呢？

「蘇絲瑪莉，貝蒂，夏恩，」質疑者說，「但我說的是妳。」

「安靜，」艾妮絲說。

蘇絲瑪莉畏縮了。她有明亮的小眼睛和長睫毛。無情的銀幕顯示出她太陽穴上的汗珠，離這麼遠不應該看到的上唇細毛。真邪惡。

蘇絲瑪莉洩氣。她穿著杜庫亞伊製的奶油色長袍，側面開叉炫耀她強壯的腿。現在礙事了。

「我不知道，」她又說，「等一下。」

「蘇絲瑪莉，妳……出局了！」小哈喊道。

現在，剩兩人。站著冒汗，互相微笑。比較高壯的貝蒂，從頭到腳穿深紅色蠶絲，正在做最後的申論。到處搖擺讓他們看到垂在她尾骨上的衣服；看到發亮的赭紅皮膚，脂肪與肌肉。

啊啊啊，群眾喘息說。

「對，太棒了！」附近一名入迷的女子沙啞地說。「讓他們看看辣醬醃魚和秋葵的身材！苦綠豆，佛手瓜，芋頭的效果！」

夏恩走到舞台末端撕開她的萊姆綠外套，露出緊包著粗腰的白骨色胸衣。石頭鈕扣散落一地。

「哇！水餃身材！含玉米粉的水餃！」

艾妮絲判斷她自己穿那件胸衣會很好看。夏恩背後的黛絲芮拍手吹口哨。質疑者嘲弄喊叫。

這時評審們只需要到後台做出選擇，回來宣布他們選了誰。

有人會惱怒；每次都這樣。

¶

群眾等待宣布贏家時艾妮絲買了一件黃色印花長袍；接著又買一些紫色、黃色的首飾跟一頂時髦的桃色絲帽。她戴上帽子。又鬆又軟，她很喜歡。

附近，有疲倦的小孩抱怨；母親打她。小女孩爆哭起來。

艾妮絲抗議。「天啊，姊妹，別急。她要什麼？」

婦女指著旁邊留鬍鬚小販的一籠蜂鳥。「她想買一隻。」她向小販翻翻白眼。「我說，放了那些該死的鳥吧。到處都有很多免費的鳥，你還想賣錢？」

他們三人都轉頭看著鳥販。

他聳肩。「也對。」他打開鳥籠。畢竟那是個好論點，而且是女人提出的。

蜂鳥飛上空中，挨打的女孩露出燦笑，大劇院裡幾乎每個人都在懷疑那股甜蜜濃膩的氣味，但是沒人說話。

直到事後，大家才都在宣稱是他們最先說了什麼。

30

羅曼札繞過美麗鎮海灘前往殘詩餐廳，快步走過大劇院的人群。他褲子上骯髒的塵土污漬一直延伸到膝蓋高度。他聞到炸洋蔥、蝦子和肥肉的氣味。咖哩味羊肉和和燒焦的洋蔥糊。雙手油膩的開心人群。

最後的餐點。

離開死亡群島之前他回頭眺望平坦的荒地。好幾百個貧民正往南走，宛如穿過曙光的一條平緩的藍色小河，一箱箱玩具夾在他們腋下，扛在肩上，在前面推著，頂在頭上。想起皮拉爾的後背和手指把他像樂器撥弄的影像。他胸口作痛。皮拉爾錯了，他父親也是。

羅曼札加快腳步穿過人群，咕噥著抱歉姊妹，借過，一面輕聲咳嗽。

李奧叔叔回來屋外替他父親傳話時表情很生氣。他隔著窗戶看到他們，知道進展不順利。他父親比他印象中瘦了，昂貴衣服下的二頭肌鬆垂。

到我家去，札札，李奧說。今晚就好。

李奧叔叔在擔心什麼？他也聞到了，他知道颶風要來了嗎？他想要發問，但李奧尷尬地單手擁抱他，咕噥著道歉。說他很久以前就應該去叢林裡找他。他的內心叫他這麼做，但他沒有聽從自己的最佳判斷。桑坦妮說他很好，他就放心了。但是看看你這麼瘦，孩子！長得這麼英俊了！

不對，李奧叔叔不知道颶風的事，而且他快沒時間了。

如果你來我家，我們可以聊聊，札札。我在學習。我想要做得更好。但是你父親……他不安全。

¶

他應該先去找沙維耶的。他還有多少時間？神廚會跟他說話嗎？他回來了沒有？如果神廚叫大家避難，他們會聽他的話。比任何總督有效多了。但他心裡有點希望父親會想要見他。

他能夠走進屋裡，忍受屋頂的壓迫感嗎？

有個小女孩坐在通往殘詩的台階上。她微笑，彷彿她認得他。

「你有看到我的朋友奧莉薇亞娜嗎？」

羅曼札搖搖頭。「沙維耶在裡面嗎？」

小女孩挖挖鼻孔再小心地抹在衣服正面。「但是你一定認識她。」她拍拍她的屁股。「她從這裡呼吸而且她的眼睛很像你！」

「小女孩。妳住這裡嗎？妳認識神廚？」

「我是奇瑟琳・拉提德・辛佛尼・雷丘斯。」她顯然很喜歡自己名字的聲音；站起來挽著他的手臂，試勾了幾次。「神廚是我叔叔。」她皮膚好冷，像是叢林裡的棕蛇。

即使如此，羅曼札還是笑笑。

「我必須找到他。」

「我帶你找我爸爸，他可能知道。」

伊奧站在餐廳的後門口。他也有謹慎的眼神。他穿著用心燙過的藍色上衣和長褲，鬍鬚也剛修剪過。這對兄弟不太像，但他們體內有同樣的潛伏力量。這個人會在乎。他的塗鴉證明了他的道德。

「神廚在哪裡？」

伊奧抱起抓著他膝蓋的小女孩。

「我可以去找奧莉薇亞娜嗎？」

「現在不行，乖女兒。去找摩埃，我有話跟妳的新朋友說。」

奇瑟把右拇指放進嘴裡，噎到然後嘔吐。

「我跟妳說過多少次，不可以把手指插進喉嚨裡？」

奇瑟哭了起來，疲倦多過生氣。她父親在她耳邊哄她。羅曼札想到她的長手腳，皺縮在強烈的風暴下。這已經超過了他能忍受的程度。

「沙維耶在哪裡？」

「你找他做什麼？」

「伊奧。」一個強壯女子走進門來。「如果奇瑟準備好了，我帶她去她母親家。」

伊奧把女兒交過去；她抱著那個女子，一手擦擦地板。「山羊還在烤，神廚到的時候我會回來。」

「我們沒多少時間了，」羅曼札怒道，「這時他應該到家了。」

女子看他一眼。她嘴角和額頭上的皺紋好像他母親。「伊奧。今晚你沒時間做傻事了。」

伊奧拍拍奇瑟吻她的眉毛；壯女人把她抱走。

「橘色人，你找沙維耶・雷丘斯幹什麼？」

他沒時間說客套話。

「那個氣味不妙。甜味颶風快來了，我必須幫貧民找庇護。」

伊奧雙手抱胸。「為什麼你這麼確定？」

他似乎想笑，讓他感覺自己愚蠢又歇斯底里。

「我的大導師告訴我的。我不曉得什麼時候，但是快了。如果沙維耶警告大家，城裡的每個人都開始找掩蔽，貧民或許也會聽話。我們可以……讓大家去死亡群島幫忙……或集合他們嗎……？」他猶豫了。他不確定怎麼做到這些事，但比較有權力、年長的人一定知道。「沒有人會聽我的。」

「沙維耶是獨來獨往的人。」

「你沒聽到我說什麼嗎？這我知道。我認識他。」該怎麼向他哥哥解釋他們在這一天內共同經歷過的事？他們在海灘分道揚鑣之前，他的血沾上了沙維耶的臉頰，留在他瞪大憤怒的眼睛上。「他……他會希望你聽我的。」這話還適用嗎？

伊奧溫和地說。「有一狗票人認為他們了解他，貧民。」

他的頭頂快爆開了。「你怎麼能到處塗革命口號，卻不在乎這件事？偽善。」

伊奧的臉色一沉。「如果你能讓沙維耶幫你，那是他和你之間的事。但我必須離開了。如果你留下名字，我會告訴他你來過。」

他是認真的。他不會幫忙。羅曼札盡量站直撐高一點。

「我叫羅曼札．印提亞薩！而且你還欠我東西！」

伊奧抬起眉毛，但是保持語氣平和。「印提亞薩的小孩？唉。我欠你什麼了？」

「你抄襲我！民眾相信我寫的字！你出來利用我的名聲！那不是你的名聲！民眾會認為是同一個人！」他感覺萬分無助。「你不是什麼替代選擇！大家會死掉。而你要成為跟我爸同樣的混蛋？」他的聲音漸弱。先是皮拉爾然後伊奧，兩者都很確定他錯了。沙維耶也會一樣嗎？

伊奧俯身，觀察他的臉色。「羅曼札。名字沒錯吧？羅曼札。」

他胸口痛得很厲害。地獄般的臭味。呼吸變困難了。他和伊奧應該能互相理解才對的，更聰明的人會知道該怎麼做。

「拜託。我們可能會死。」

「如果這麼說能改變什麼的話。」伊奧的嘴湊到他耳邊，他突然聽起來無法言喻地悲傷。「風暴會偷襲我們，貧民。別管這些了。」

他知道那個氣味是什麼：他父親的腐敗，讓土壤腐爛，感染了他的肺，每當他仰望那些工廠建築，或聽到他說出絕對不會遵守的承諾，就更加擴散。

他離開那天，他父親說，這是你自己的選擇。所以接受它，直到你滿意。別回來了。

但他原本預期父親遲早會改變。像土地一樣。所有事物都會變。原諒他的獨子。他姓印提亞薩；他一定隨時可以回家吧？

陰暗的天空在他們頭上顯得好巨大。成千上萬的星星。羅曼札窩在地上。伊奧蹲在他面前，一手摸摸他胸口，他的太陽穴。他想起桑坦妮，今天早上在那爬樹的時候，邊滑落邊咒罵的樣子。

她跑哪裡去了？眾神啊，他母親去哪裡了？

他又流血了。

在遠方，他們聽到從大劇院傳來的鼓掌聲。

羅曼札逼自己站起來，開始奔跑。

¶

桑坦妮和丹度坐在他父親花園裡的一個大水槽上，他們的嘴緊貼在一起。他們都在顫抖。她從喉嚨說了些話，丹度的耳朵裡都是顫音。小動物在他們周圍睡覺。他們牽手，晃著腿。

有顆芒果放在他們中間，綠中泛紅。

她開口，拿起來咬下去，用她的牙齒從頭到尾剝掉一片綠皮。黃汁滴到了她的手臂和彎曲的膝蓋上。

丹度彎腰把它舔掉。

他們驚叫，爭奪芒果，在他們嘴裡傳遞；他捏芒果，把汁抹在她臉頰上。他們想起夏天與安全。他親吻她身體，沿著皮膚下的堅硬翅膀往下。她在胯下沾濕了手指，當她把手指伸給他吸，他暈頭轉向。

腰果爆開，灑落在他們周圍的地上。紫色，深紅色，檸檬色和白色的花朵旋轉飛入她誇張的髮捲中，害丹度打噴嚏。綠色蔬果膨脹裂開：西班牙青檸爆炸成大量汁液；梨子，茄子，鮮黃的番茄；新樹栽入土壤時飛濺的泥土，軋軋作響，被提早幾年催熟。他往她的下顎咕噥了什麼，同時她搖搖肩膀，最後的恐懼從他們身上脫落。

他們的嘴唇，好濕。

他們一起試到第三次才成功，她叫他放慢，他發現他可以放慢，緩慢平順到她乞求他拜託拜託喔天啊拜託。

他們完事後，她抓緊他，雙腿纏在他腰上，讓她能夠往上撐高，以便他們在空中接吻，他們底下的芒果種子在潮濕與爆炸的花園中變得光禿。

¶

小哈走到舞台的左手邊悄悄下台，走向一群大型帳篷。她進入其中一個，揉揉後頸面露微笑。

裡面，伊奧穿著藍衣在等她，一名年長男士跟他站在一起。男士在激動地講話。他年輕時一定很帥，在下巴蓄鬍之前。

「我看到惡霸就認得出來，嗯？」男士說，「我認識一個惡霸，雖然他非常迷人。你也已經告訴我一陣子了。所以我夠了。我不玩了。」

¶

印提亞薩總督分別跟兩位選美皇后談話。雖然帶著明顯的恐懼，夏恩往地上吐口水拒絕。他早料到她會抗拒。貝蒂比較好說話，他很高興。她的背好漂亮。

他走到隔壁的評審帳篷，從侍者那裡拿了一瓶葡萄酒。賈森在說笑話，想討好黛絲芮。有的年輕人就喜歡熟女。倒不是說黛絲芮有什麼老態啦。她看起來比年輕時更美了。那是奴隸血統，從自由人開始浮現出來。雖然她向來討厭他，仍是個迷人的女人。

黛絲芮抬頭。他點頭。她舉起杯子。她今晚很好商量。

「我想是夏恩，」黛絲芮說，「她比貝蒂口齒清晰。」

「唉，但我們必須考量所有因素，」印提亞薩微笑，「我想貝蒂應該獲勝。」

或許他今晚會哄印提亞薩夫人到地鋪上。已經好久了。新性愛的希望總是能激勵他多做計畫。

如果年輕的貝蒂留給他任何體力的話。

他喝酒，愉快地爭論，等待選拔的結果。

31

他們把他扛上懸崖台階時，沙維耶已經半醉了。他向來迴避喝酒，但是桑德的蘭姆酒真的很好喝，用最令人滿足的方式模糊掉記憶。

庭院仍是他今早離開時的樣子，感覺似乎是十年前的事了：充滿了草本植物的好貨。他竊笑。大多數扛他回來的男士們都被留在下方的海灘上，繼續唱歌喝酒。爆發了一場意外的棍球比賽。他們不敢在他野生又美麗、瀰漫烤羊味道的庭院裡玩真是太好了。世上還有比摩埃更值得信任的女人嗎？他該娶她才對；所有人，任何人都比妮亞好。

他打個嗝。那個討厭的鬼魂哪裡去了？已經超過她該回來的時間了。

「來幫我的書寫點東西，妮亞，」他咕噥說。

他感覺到那男子準備放下他了。他的臉感覺宜人又溫暖，好像冷天在火爐上烤肉。蘭姆酒的黏性；他的辮子濕透了。他被放下時，桑德來到他手肘邊，喋喋不休：在他回來時迎接他，讓大家知道他是個必須重視的人，不是什麼陽痿男，這些對他來說有多麼重要。

沙維耶想要說這一切都不重要，但他的舌頭貼在口腔頂上說不出話。

不能這樣去見艾妮絲，渾身酒臭，不行。

「沙維耶？」摩埃站在廚房門口，在圍裙上擦乾雙手。「你還好吧？」
桑德屈膝一下。「他沒事啦，妹子。他沒事。妳知道的，只喝了一兩杯。或許兩杯。」
摩埃的撲克臉是沙維耶見過最好笑的東西。她衝上前，讓他倚在她身上。桑德抓著另一邊。他們一起把他抬進餐廳，讓他坐到椅子上，他呆望著模糊的天花板。
「他醉了，」摩埃嘀咕，「桑德，我要宰了你。」
沙維耶揮揮手想安撫她，但是被瞪了一眼。
「妮亞小姐說你絕對、絕對不能喝酒，」她低聲說，「因為你母親。」
沙維耶嚴肅地搖搖手指。「呃。妮亞小姐不在這兒。」
「神廚！」
「她不在，對吧？」
「不在！」
桑德坐到沙維耶旁邊，面露懇求的表情。沙維耶盡力坐直。他感覺他的話語好像卡住了，卡在他的智齒附近。
「摩埃。」他用指甲掐自己的手背。「拜託妳。來點冷水，還有阿達米茶，很濃，很甜……熱的……還有一些……冰塊。」怎麼管理庭院，怎麼快速醒酒：都是他母親遺傳下來的天賦。她教過他在就寢之前如何把酒快速嘔吐在房子後面，但他不想那麼做。

摩埃狠狠地瞪他們兩個。

「桑德必須回家陪老婆。」

「但是摩埃小姐。」桑德搓手說，「我們是來談男人的事情的。」

「你瘋了嗎？什麼男人的事情？我這輩子沒看過這麼愛抱怨、哭哭啼啼的蠢事。整天不斷談論一首歌。侮辱所有敢說臥室裡有比老二更重要的東西的女人。沙維耶，你聽過這首蠢歌嗎？」

「一次。」他的頭好痛，「我原本希望對這件事保持沉默和尊嚴。」

摩埃瞪著桑德。「吶，看到沒有？如果你的老二壞掉，先生，我萬分同情，但你必須把問題帶回家。神廚有另一個客人在等他。」

沙維耶抓著椅子。「天啊，又是誰呀？」

「這個你非見不可。」摩埃抓住桑德的手臂，「你跟我一起離開。」

沙維耶靜靜坐著。他嗅嗅餐廳的熟悉氣味：柑橘和忍冬味蠟燭。穿過天窗的殘詩樹。他揉揉眉心，酒精在他肚裡翻滾。快醒醒。慢慢洗個冷水澡，把晦氣刷掉。還有艾妮絲。他還是會去找她。如果他太晚過去她丈夫一定會生氣。這不能等。今天必須以這個方式結束。不要飛蛾。他要她的笑聲。

摩埃從廚房回來，放下手上的托盤，碰撞作響。她繞行房間，打開所有窗戶。空氣衝進來，讓他驚叫一聲。在這懸崖上面總是比較冷。有個小茶壺在冒蒸氣；一大桶碎冰塊，棉布，一大瓶水。她倒茶，用力吹涼再交給他。他啜飲。苦味茶水讓他噴氣。他把臉泡進冰水裡，抬起頭摸索棉布，一面滴水。

「摩埃。」

「是，神廚。」

「妳明天可以帶妳的孩子們來嗎？」

「呃，什麼事？」她仔細地檢查他。示意他多喝點茶。他照做。泡冷水，擦乾。

「我們必須餵他們吃羊肉。」

「是嗎？」

「是！」他用掌心拍打桌子。他的腦袋有稍微清醒點了嗎？「另外伊奧有個女朋友，妳知道的。她也得來。」

她搖搖頭。「你到底有什麼毛病？」

他聳肩。「現在幾點了？」

「快九點了。」

「這麼晚，妳該回家了。」

「我等到你清醒一點再走。」

「好吧。」沉默，泡冰水，喝茶，然後：「摩埃？」

她憋住竊笑。「是。」

「我做了，妳知道嗎。」

「做了什麼？」

「我給了他們需要的食物。印提亞薩的小孩等等。我不知道他們為什麼需要它。妳知道我從來不知道嗎？大家以為我會讀心術，但我並不會。不過他們需要我給他們的那些東西。」他頭腦清醒了。一點點，一些些。

他認為她的語氣軟化了。「那很好。所以我們不做菜了？」

「呃，為妳的小孩，要。還有奇瑟。明天。」

她笨拙地拍拍他。「感覺好點沒？」

「有一點。」

「記住有人來找你。他等很久了。」

「看起來要下雨了。」

「是。神廚。」

他呻吟。「我沒辦法。我今晚還要去一個地方。」

她抓住他的手。「我不認為。」

¶

齊貝迪亞・雷米走進殘詩餐廳的樣子彷彿他以前就來過；或許他有。他是個矮胖子，全身鬆軟。沙維耶記得他參加過妮亞的喪禮，碰巧。就在似乎沒別的事可以做、可以感受的時候，他抬頭看到一個陌生人在他們團體的外圍，哭得唏哩嘩啦。他知道他是誰；為愛人哭泣的人。

或許是妮亞帶他來的。或許他們曾經趁他去菜市場時坐在餐桌邊牽手接吻。或許那是妮亞應得的。

或許這也是他應得的。

齊貝迪亞語氣平和地說話：不歉疚也不敵對。他說在這種情況下，他很感激受到歡迎。

他確定沙維耶不想看到他，老實說，他也有相同感覺。他說，他整天待在工作室，製作一筆給玩具工廠的吹玻璃大訂單：把更小的黃色玻璃珠鑲上黑玻璃珠；塑造白色心形珠子和紅色玻璃芙蓉小花；用空心鐵管吹氣，擺盪旋轉在管子末端的炙熱泡沫；把大塊滾燙黏性的玻璃塑造成旋轉的尖端；製造玩偶的眼球。他大半時候不眠不休，沒有助手也沒有學徒。他獨處比較容易專心，也不會被誘惑去想當天有什麼意義。如果不是隔壁鄰居的收音機，他應該能成功。

「都是你的事情，神廚。一整天，歌曲和討論。我想到你，和我們欠你的東西。」

沙維耶攤開雙手。「你不欠我任何東西。」

齊貝迪亞看著他，緩緩眨眼。「妮亞的鬼魂來找過我。」

沙維耶用力抓住桌面，力道強到幫它調味了：鹽晶和幾顆肉荳蔻被壓進了木頭裡。

「什麼時候？」

「五個月前。」

他只說得出三個字。

「不會吧。」

齊貝迪亞繼續說。他不願意去想他為什麼隱瞞這件事。或許是因為在她過世前，妮亞是他的女友，沙維耶根本不能適應她。她自己這麼說過。他原本希望她的來訪能只屬於他們兩人。但當他在替拉長發亮的液態玻璃塑形時，忍不住猜想著他這樣一無所知地等待她會有何感受。

「如果你還在等，」齊貝迪亞說。

沙維耶往後靠著椅背，頭腦完全醒了。

那是個大熱天，齊貝迪亞說，他汗流浹背。他的兩個成人兒子早上來看他，買了龍蝦給他。他在後院煮了三隻，其中一隻在水裡尖叫時，他做個鬼臉。

妮亞幾乎全裸，拖著腳走路。她的臉慘不忍睹。殘餘的肌肉變成灰色，活像蝸牛腹部，她的喉嚨還有紅色抓痕。她聞起來像腐爛的荔枝。最糟的是她的骨頭：他幾乎看得到她的所有骨架，至少是剩下的部分：她的半數胸骨，磨損的恥骨和喀喀響的腕骨。他觀察時，她少數殘餘的牙齒有一顆裂成兩半掉到她胸腔裡。

他不確定她是否認得他。她的眼睛好像褐色硬幣：平板又冰冷。但當他走近，即使情況如此還是想要觸摸她的時候，她啜泣著伸出手臂。

他抱住她；當時他沒想到，但或許他能這樣做是因為他有小孩：小孩會把鼻涕抹在他身上，用泥巴和糞便把家裡弄得髒兮兮，受傷流血。他一抱住她，就發現其實沒那麼糟。她發臭，她蠕動，她在他手下好像某種動物，但他想安慰她的慾望更強烈。她在他懷中扭動，他低頭，確認自己沒有嚇到她。她倒進他胸口，在他衣服上留下污漬。

這麼貼近，他發現他剛才以為是骨頭的東西，其實根本不是。

如同許多鬼魂，她在重建她的身體，但是那東西——此時齊貝迪亞長嘆一聲，沙維耶猜想他是否曾經像這個人一樣深愛過別人——他們認識的真是個瘋狂機靈的女人啊！

她用鮮橘色的大麻葉製作自己的胸腔，會令開花叢林窒息的那種。她的骨盆帶是竹子。她的綠色脊椎是一根空心的細長甘蔗。她的膝蓋是酪梨種子，手指是貝殼：雞尾海螺，戰士海螺——他湊近之後笑了——她還挑選了手指珊瑚。她雙腿之間纏繞著鮮紅與鮮綠色的貝提西恩鸚鵡羽毛。他可以留在那邊好幾天；讓她躺下欣賞她的新形態。

在胸腔裡，她塞了一塊潔白蓬鬆的雲。

貝殼手舉起來，眼睛發亮了一會兒。她把手放在他肩膀上，拉他的手臂攬住她已經不存在的腰，意圖很清楚。他們跳舞，他們到處亂跑！她說她從來沒被男人帶領著跳過舞——她剛開始嘗試就踩到了他的腳趾，跌倒，失去平衡。這種信任行為似乎太難了：要放鬆，要在眾目睽睽下倚在別人身上。

「我還以為她只是不會跳舞，」沙維耶輕聲說。

「不對，」齊貝迪亞說，「我的作家女孩會跳舞。」

他們跳了一個小時。在他的草坪亂跑，他祈禱不要有人來打擾他們，但是他向眾神宣告，如果有人來，他會不以為恥地繼續跳。雙腳轉動；非常小心的腳尖旋轉，基本步伐，彷彿她是個老人。最後她站在他腳上，讓他進行大部分的動作。她眼中的光芒漸弱。**喀啦！**聲音嚇了他一跳：她的甘蔗脊椎碎裂了。她的碎片變成了灰燼、煙霧、空氣。在崩潰。他驚慌地抓住她，抓到滿手椎骨，但那也變成了灰塵，掉進下面的草叢中。**喀啦！**一個手肘斷裂：整條手臂脫落，著地時粉碎。齊貝迪亞咬緊下巴繼續跳舞，同時她逐漸解體。**啪——喀啦！**他的赤腳踩過她剛才雙腳位置的厚灰燼。已經沒有東西可抓了，但她在微笑——在她消失的同時他感覺到這點。他想要對天空吶喊：**讓她進去！**但他繼續跳著，直到只剩他一人獨舞。

他兒子們吃完晚餐回來，發現他坐在草坪上親吻泥土。

齊貝迪亞哀傷地向沙維耶微笑。「我只是想讓你知道。」

¶

齊貝迪亞離開後，沙維耶坐下來又洗了一次臉。他的頭在手指的觸摸下感覺好奇怪：骨頭變銳利，在皮膚裡發熱。他周圍的房子在震動。有些晚上它會這樣抖，好像生物一樣。

他拿起托盤把它拿回廚房裡，這時他看到了齊貝迪亞留在餐桌上的飛蛾。

在殘詩餐廳的窗外，天空是紅色的。

他很確定那隻飛蛾吃起來會是骨頭和雨水的味道。

32

小哈剪短、乾淨又平淡的指甲先出現在銀幕上，輕拍著麥克風。銀幕混亂旋轉，直到他們看見她的臉。

「我們回來了，我們回來了，沒錯。再過一下子，我們就會知道結果——」印提亞薩總督搶走麥克風，往群眾發出一個尖銳的電子噪音。

「這是我的工作，小哈小姐。」艾妮絲在軟帽下皺眉。那傢伙真的很沒教養。

「對！」一群年輕男子喊道，「老爹，是你的工作！」小哈雙手叉腰。印提亞薩往麥克風鞠躬，拂掉他衣服正面的灰塵。她旁邊的一個女人欣賞地嘆氣。

「晚安，各位兄弟姊妹，」印提亞薩總督說。

眾人咕噥回應。軟弱的歡呼。小孩們還在，有的在哭，艾妮絲聽到哭聲。

「在我公布今年美麗小姐國際大賽的冠軍之前，我有三件事要宣布。」印提亞薩做作地清清喉嚨，「首先最重要的，是要幫我的美麗女兒傳話。桑坦妮想要感謝你們的祝福，希望大家明天晚上能到寺廟來看她在婚禮後走下台階，跟她丈夫在美麗鎮遊行。」

群眾紛紛為年輕新娘歡呼、點頭與微笑。艾妮絲翻翻白眼。

「美麗鎮寺廟、明天、黃昏時刻，在這對幸福夫妻退場去吃神廚的巡視宴會之前。我們還會提供食譜，讓女士們可以在特殊場合做這些菜色。」

眾神為證，沙維耶如果沒站在旁邊解說同時盯著你做菜，絕對不可能交出食譜。況且，有些菜只有他會做，別人不會。他們是怎麼說服他同意這種事的？

「你把大家的下面實施禁令，我還會有什麼特殊場合？」

沒錯，她喜愛的質疑者回來了，比剛才更大聲。

「我以為你走了。」

「我回來了，」質疑者說，「有禁令啊！」

印提亞薩微笑。「那是第二個新聞，親愛的年輕人。親密活動的禁令在此提早解除。」

大聲歡呼久久不歇，尤其是男人。

質疑者表情有點失望。

小哈皺眉向麥克風俯身。

「我想他們需要知道詳情，總督。我們怎麼知道已經安全了？我們怎麼——？」

「天啊，小姐，別再鬧了！」有人大喊。

印提亞薩傻笑。「我想他們是對的，小哈小姐。妳在妳的小節目鬧了我一整天。現在的時間場合都不恰當。就我所知，妳沒有付錢租我的嘴。」

哄堂大笑。小哈失去了疲倦又不耐煩的民眾支持。

印提亞薩伸手遮住麥克風。他嘴唇在動。

「她最好忍住脾氣，」質疑者咕噥。

「為什麼，他向她說了什麼？」

但是質疑者又不見了，他的回答被群眾淹沒了。

小哈退後一步。

「第三點，」印提亞薩說，「波比修同胞，我很高興宣布我們即將進行大選！我們都要在兩個月後投票！按照傳統，總督職位的任何挑戰者有三天時間能夠登記姓名在選票上，並可以在這段時間進行競選活動。」

更久更大聲的歡呼，響徹天際，蜂鳥也都飛上天去。如果貝蒂贏了選美，印提亞薩會把名字漆在她背上，或夏恩的褲裝上？她一點都不會驚訝。

「現在我知道大家都在等結果——」印提亞薩說。

「我有一個名字。」

艾妮絲伸長脖子去看是誰說的。

大家都在看。

是個沉靜有決心的聲音；在廣播上聽起來會很好聽。好像夜晚在你耳邊低語。很有自信的聲音。她回想起來，挺像沙維耶的聲音。但是又不太一樣。

小哈的手臂亂晃，黑色嘴唇抽動，憋著什麼……微笑嗎？好像佔有慾。沒錯，她認識那個聲音的主人。

艾妮絲踮起腳尖看那個陌生人走上舞台，塞滿整個銀幕。

是個跛子；溫和的眼神。大家隔天在聊天時會堅稱他出場時舞台周圍的空氣變冷了。他的鎖骨上有個橘色油漆斑點，太刻意不可能是意外。艾妮絲在銀幕上看得到。

她或許在期待他會帶著笑話出場。

穿厚涼鞋的警衛上前，快速動作，聚集在舞台邊緣。

男子沒有畏縮。他停在小哈身旁，再度用他拿著的麥克風說話。

「我名叫伊奧諾斯菲爾・雷丘斯。我是普特的兒子。他是個勞工。」

伊奧和普特，她認得這兩個名字。不同色調，但是同樣冷靜，同樣清晰。這是沙維耶的哥哥。她想要擁抱他為他加油。

印提亞薩用腳尖彈跳，像個拳手面露微笑。

「我很高興能跟你一起競選，這位雷什麼——先生？但是你不能綁架這種場合，大家都想知道他們的選美女王。」

伊奧平靜地注視著群眾。艾妮絲擠上前；有些人跟著她。他有種罕見能力，會讓你覺得他彷彿只對你說話。她看得到舞台右邊的小哈，手指豎在嘴唇上，呼籲安靜。

我們都想要更親近他。

「你們必須聽我說，」伊奧說。他走到舞台最前緣，看著每一張臉。雖然吹著古怪甜味的微風，她周圍的人群聞起來有她的童年、河岸和精裝書的氣味。

「每年，伯特蘭・印提亞薩雇用我們幾百人在他的工廠工作，」伊奧說，「他付的工資很爛，跟我們說應該感恩，但只有他一個人獲利。」

印提亞薩的微笑更誇張了。

「我當然領工資，跟我的生意夥伴一樣，但其餘的錢都進了公庫。是李奧納德・布倫坦寧頓的才能造就了這些玩具。你要他免費工作嗎？」

伊奧觀察群眾，彷彿印提亞薩無關緊要。

「去年，工廠的獲利是三百六十四萬元。」

誰想得到這麼大的數量可能存在，更別說是錢了？

「不到五十萬花在這塊土地上，在你們公民身上。其餘的都進了這個人的口袋。」

「這太荒謬了，」印提亞薩怒斥，「證明看看。」

「但是有個替代選擇，」伊奧說，「喔，是的。」

群眾吸氣。一陣快感流過艾妮絲身上。很多人說甜味颶風就是那一刻開始的，他們的腳踝感覺到了。也有人說那只是大家都醒過來的感覺。

「橘色人？」

「就是他！」

「我們一直在等你，橘色人！」

她牙齒打顫。群眾，這個人說的話，土地裡的聲音，充滿她肺部的氣味，這一切都很重要又相互關聯。

伊奧舉起雙手。「如果你不相信別的事，你必須相信這一點。這傢伙，他不只是個賊。他會殺人。他派他的手下去殺貧民。」這些話慢慢傳遍劇院，穿過牆上的小洞、縫隙、裂痕和門栓角落。她周圍的聲音對天大喊；艾妮絲有點驚訝地發現自己也跟他們一樣叫了起來。

「殺誰？」

「但是你不能這樣。他們也是人。」

「誰說他殺了他們？為什麼？」

銀幕軋軋作響在搖晃。普通人的面孔。群眾搖晃：不分男女左搖右倒，抬起一邊肩膀然後另一邊，一邊腳跟然後另一邊，像螃蟹般側行。印提亞薩輕拍他的腳，臉上露出不屑的微笑。警衛們在流動，慢慢上了舞台。小哈走近伊奧，命令他們下去，抗議，但這裡已經不是她的空間了。

伊奧指指印提亞薩。「看到他養的這些人沒有？在死亡群島還有更多，獵殺貧民。在叢林尋找，繞過岩石，涉水，因為他說他們跟蝴蝶沒兩樣。你知道為什麼嗎？今天有沒有人收到禮物？」

印提亞薩猛抬起頭。警衛湧上舞台，包圍這對男女。伊奧伸手拉小哈，但她退開，來回轉身，向警衛大喊不要碰他們。

伊奧講快一點。

「你以為是你的阿姨或情人在你家庭院留下盒子嗎？不是他們。今天，貧民進入印提亞薩的倉庫，他們拿回了屬於你們的東西。」

艾妮絲和整個劇院一片歡喜。小孩子被舉高，揮舞他們的玩具。

「我拿到用藍色黏土做的拼圖！」

「我兒子拿到一隻玩偶！」

「我不知道我老婆拿到什麼，我們整晚一直在研究，但是很漂亮，你看！」

她懷疑自己陽台上是否也有禮物。

黑烏鴉？爆竹？一面鼓？

印提亞薩表情憤怒。「這是犯罪行為！任何拿走我財產的男女老幼都必須在今天歸還！你們會被原諒！但是這些東西不屬於你們！」

「原諒我個屁！原諒誰啊？」質疑者喊道。

「那些玩具屬於我們！」

「那三百六十四萬又怎麼說，你這混蛋小偷？」

「貧民又怎麼說？」

一名警衛跟伊奧搶奪麥克風，但他掙脫，仍然緊握著。「如果他連任，他會把工廠薪水減半！波比修人，你們什麼時候才要反抗？」

群眾發出憤怒的叫喊。艾妮絲在混亂中掙扎著保持平衡。一名警衛抓住小哈的肩膀，她出手打他，掌心俐落地掃過他臉上。血噴了出來。警衛跪倒下去。

原來小哈小姐的魔力是力氣。

警衛湧過來包圍他們，越來越快。艾妮絲的肚子不舒服。

艾妮絲，如果妳被困在人群裡，不能當個女人，她父親教過她。別遷就任何人。

伊奧堅決緊張的聲音。

「有個替代選擇。聽我說！如果每個拿到玩具的人都在貨船來的時候賣給他們，我們都會有獲利。」

沙維耶在哪裡？

好像在海裡看著排水孔：他們被往下拉，小哈的拼接長袍在正中央。她幾乎看不見跟三個警衛扭打的伊奧，印提亞薩吼叫下令，直到連空氣都在震動。小哈掙脫致命之海。她隔著簾幕想把伊奧拉回來，但是太多人擋她路了，拉她的裙子，手在她身上亂揮，露齒微笑。撕破她衣服後頸。露出她的皮膚。伊奧被太多人釘住，無能為力。

群眾裡的婦女大喊，好像受傷的使徒。

「不要碰她！」艾妮絲尖叫。她推擠前進，雙手冒出銀光。他們肯定不會在眾人面前這麼做，所以呢？

「這個人是誰？」印提亞薩大聲說，「他有什麼資格說話？什麼證據？小哈小姐帶她男朋友來這裡鬧事，你們誰會相信？你們知道為了這個人，我得花多少政府預算重新粉刷這鬼地方嗎？替代選擇個鬼！下賤的小偷！大家不准動。」他向伊奧歪頭。「老兄，我以誣衊政府官員的罪名逮捕你。警衛，抓住他！」

「住手。」

艾妮絲愣住，身上劈啪響。

沒人注意到這個尖下巴矮子，用肩膀推擠著走上台。一名警衛過來攔阻，猶豫了一下，被他斥退。其餘警衛放棄了舞台角落的小哈。她胸口起伏猛喘氣。

小個子舉起他的麥克風。

「你知道的，伯提，你一向喜歡說謊。」

印提亞薩瞪他。「你來這裡幹嘛？我不需要幫忙。」

「但是我聽到你在台上提起我。」矮個子向群眾說。「我說呢。你們某些人認識我。我是李奧，山繆的兒子。是我製造了那些玩具，然後跟這個人合作販賣。」他嘴角往下撇。「我告訴你們，我從來沒看過三百六十四萬。我也沒看過兩百萬，也沒有一百萬，總督先生。

而我從我們小時候就認識你了，一直到你飛黃騰達。」他深呼吸一下。「況且。不到兩小時前，我親耳聽你說過，下令要殺死貧民。」他看起來快哭了，艾妮絲心想。「你怎麼能做出這種事，老朋友？你兒子，你兒子啊，伯提！」

她聞到的是祕密的惡臭嗎？

我們的兒子，群眾大喊。我們的女兒。不能允許這種事。走，我們去死亡群島。走，我們去救他們。總有人要做點事情。

「眾神保佑，」她旁邊的婦女呻吟。

小孩們在哭。

伊奧推擠穿過警衛，把小哈拉到身邊。李奧把麥克風交給他。

「波比修人。別哭。他們跟我們在一起。」

艾妮絲眨眼。

就是這樣，現在他們可以看清楚了。

她瞪大眼睛。

那邊，團體中的第三人。賣糕餅的婦人。這邊，另一個帶著兩捆優質杜庫亞伊亞麻布的女人。她手肘邊的小男孩，微笑著上下打量她。看著他們的眼睛宛如看到青草、和平和這塊土地。

高大嚴肅的質疑者。她怎麼沒從他親切黑暗的眼神看出是貧民呢？所有人都穿著偷來的藍色工廠制服掩蓋裸體，他們的嘴唇在動。她抓著建築的牆壁；感覺快要暈倒了。

沙維耶在哪裡？

貧民們在唱歌，但不是她以前聽過的歌。這是他們祖先已經死亡的語言，在這些喉嚨裡復活；失落、發現、從他們嘴裡流出又經過他們的唇。在凝滯的空氣中唱歌。她看到每張臉上可怕的同情與哀傷。

貧民在為他們祈禱。

艾妮絲驚呼一聲以後吐了。天色變紅，劈啪作響，巨大羽毛狀的金色閃電印提亞薩在咒罵。

「找掩蔽！」伊奧吼道。

艾妮絲奔跑，在招待員拉開劇院大門、男男女女撕扯路障時努力不跌倒。她看到民眾拉著貧民一起：進入住宅、商店、家庭、教堂、餐廳、酒吧。能躲避灼熱殘酷的雨的任何地方。手牽著手。

她奔跑，雨滴燒穿了她的衣服。
甜味颶風似乎從世界的另一端過來襲擊他們了。

33

沙維耶放下茶盤撿起那隻蛾。他從背包裡抽出綠色筆記簿，還有兩支綠色鉛筆。他筆直攤在地板上，像個小男孩一樣趴著，筆記簿、飛蛾和鉛筆放在頭顱邊。他用一支鉛筆把飛蛾在筆記簿表面移來移去，拍拍戳戳。

這是隻拉夫特飛蛾。他從來沒見過，但是聽說過。牠們經常被誤認為蝴蝶。鮮綠色翅膀，有白色斑點，金色邊緣，胸腔像香草莢一樣黑。

現在他知道妮亞的鬼魂從來沒找過他，那他算什麼呢？

他知道他會做的事。砍剁烹煮、種花、養雞和觀察顧客，觀察他們的表情。叫別人做事：移動這個，擦亮那個，排好這個，改善那個。他知道怎麼擺設廚房的置物架，做成能夠安放一個剛出爐的薰衣草蛋糕的完美角度，讓香味在正確的時刻傳到顧客那邊。母雞下蛋的時候該為牠們吃多少鱈魚肝油。他認得當季的第一顆成熟綠皮南瓜，切塊，丟進熱橄欖油裡，精準地加九顆辣椒籽。他曾經興奮地拿給妮亞：嚐嚐這個，快！而她說：沙維耶，我不想吃，於是他——

生悶氣。

直到她把他的南瓜拿去吃掉，說她喜歡。他知道怎麼在家裡作戰。

他撫摸翅膀。綠色鱗片沾到了他手指上。在他舌頭上會有酸味然後直衝他喉嚨後端。這麼好吃的飛蛾能夠嚐到牠們顏色的味道。綠色和金色的臭味，會在你唇上留下褐色污漬，就像他丟掉的那隻。

他翻過筆記簿，手指顫抖，勾選項目。看這裡，看這裡：他已經做到的事，他已經知道的事。記得種兩顆種子而非一顆，以防被蛞蝓吃掉。學會怎麼抓貓鼬，讓摩埃不必全部自己抓。他知道怎麼在水裡加鹽鎖住蔬菜的顏色，因為這裡有寫，他的待辦事項之一。他了解他的爐子，它們就像老太太，矮胖又熱心，除了最左邊那個，雨天加溫的速度會不同。巧克力碟子裡的辣椒。他知道自己手臂有多痠痛：彎曲手肘時劈啪響。他知道向人介紹餐點時不要玩遊戲。蘑菇是磨菇，肉是肉。當食客已經有了期待，他們吃到不同的東西時很少會覺得開心。是黛絲芮教他的。

他知道他永遠不會再遇到像她那樣的人了。

他筆記簿裡最近期的項目是上週的交換紀錄：普雷克大師提議要每天用兩隻好鴿子換一桶摩埃的大溪地蘋果糖漿。

戶外雷聲隆隆，他緩緩靠近飛蛾，圍繞著它蜷縮。

他知道怎麼寫食譜。

妮亞沒來找他。

如果他不是個抬頭挺胸的男人，為一個女人盡力，做出犧牲，那他算什麼？

妮亞喜歡在他的筆記簿裡寫字，因為那是獲得他注意的最佳方式：褻瀆你的神聖文字，她會嘲笑，劃掉一個重要原料或他需要的素描。她稱之為詩，留在他的筆記簿裡，但他一直無法同意，不是因為他比她懂這種事，而是因為他了解她通常寫的詩。他完全看不懂，尤其在他們年輕時，但他喜歡它的企圖心和喜悅。好聰明啊。

這些字跡只是死亡的方式。

他向拉夫特飛蛾大聲唸出她的清單。

花園裡的大砍刀
游泳直到累得游不回來
吃曼徹尼爾莓果
河豚或
西非荔枝

爬上一艘外國船
再從船頭跳下來
搭汽車
高速汽車
找人打架
餵我的鯊魚飽到喉嚨
切割
跑步
挨餓到坐骨撐破皮膚
從寺廟屋頂跳下
讓自己包裹在珊瑚礁裡
擁抱魟魚
橫死
割掉我的肚子
鮋魚

手腕放在鐵絲網上
在網子裡糾纏
鼠牌蘭姆酒
咬人

如果沒有齊貝迪亞，她會做什麼？永遠遊蕩，也好過回來找他？

她當然無法相信他能幫她。他怎麼會這麼指望呢？

她終於自殺了，因為沒什麼能讓她好過。

齊貝迪亞知道。也有膽量面對。

而他算什麼呢？

食蛾者，向來如此。每天。他的手上有綠飛蛾鱗片，所以他揉揉鼻樑再仰躺著，舔著嘴唇。

他知道他很想念飛蛾的至福感，冒汗，瘋狂的能量，尤其是既黑暗又失落的幻覺。

還有最終的虛無。

他不是該馬上吃掉，大口吞下，品嘗絲綢和綠色的感覺嗎？走到外面的雷雨中，像隻野狗在路邊發瘋？像齊貝迪亞・雷米希望他做的那樣？他往後仰頭，對天露出脖子。在風暴中吃飛蛾會很棒；好像他的守護神那樣吃著自己的嘴唇。房子周圍的雨在尖叫。他隱約察覺這不是場普通暴風雨。他最好把擋風板放下來。他應該做很多事來讓自己安全。

妮亞想死已經很久了，最後他忽視她。

他上一次像現在這麼渴望是在艾妮絲的黃色房子裡。五天的禁慾：他成年後從來沒有脫離過飛蛾。他的人生似乎沒有意義。他想不起來初次巡視的感覺，或任何東西的味道；連他對艾妮絲的愛都像是被淹沒了。他無法相信自己做過的任何決定。他是沒有清晰和可靠感覺的人。他不知道自己廢物的程度。他想像著愛他的群眾的面孔。但他們在愛的是什麼？他睡覺；往他手掌裡喊叫；抱緊他的肚子；發臭。艾妮絲只能逼他吃他用手指捲出來的玉米麵包，像老鼠一樣嚙咬。他忍不住一直想著他買的老房子，在張開大口的懸崖邊緣。他冷靜地考慮他的身體，想像它撞上硬沙地的聲音，自由地邁進天國的時刻。他爬下吊床穿上他的衣服。摸黑走過小屋。艾妮絲在起居室裡睡覺。

沙維耶？她點亮蠟燭。她頭髮紊亂，眼皮沉重。你在幹什麼？

他簡短地告訴她。懸崖。自由。等等。她臉色肅穆。他以為她會說沒什麼是他不能克服的，他必須為生命奮戰，但她沒有乞求或試圖勸他打消念頭。這是個計策，讓他震驚，動搖他的決心。她坐下，看著他。

我會向愛你的民眾解釋，說你無法留下。

我會幫你做這件事。但是要確定，沙維耶。因為你無法反悔或改變它。空氣很溫暖。

他需要有人看著他，理解他；像天空一樣令他驚訝。

他雙手捧起拉夫特飛蛾。

¶

女傭換了窗簾還是移動家具了嗎？妮亞問道。你的臉好像有點不一樣。她坐下，望著臥室鏡子。我的臉也是。

沒有，妮亞，他說。如果他說錯了話，她會生氣不睡覺，不對勁的地方每天都不一樣。

不是房間的緣故，她說。她的表情有點懷疑。是我們。她把手放到他下顎上。年輕的光芒不見了。你沒發現嗎？而且我們周圍，到處都是年輕人在發光。她走到他面前。

我們都老了，她笑道。這不是很棒嗎？

¶

她是對的，不來找他。反正他也沒辦法跳舞。

他拿起綠色飛蛾，打開餐廳的門。

¶

艾妮絲爬上卡倫納格海灘上方的山丘，肺快要爆炸了。雨滴割傷了她的頭皮。她把能量引導到她的手臂上、臉頰上和腿上。

這是父親預言過的她的死法。大多數父母會在晚上說甜味颶風的故事，讓小孩乖一點的嚇人故事，但是沒人像拉提牧師那樣講。

總有一天妳愛的那些神會在甜味颶風裡殺掉妳當作玩笑，然後妳就知道我是對的。

下方沙灘的群眾像螞蟻一樣凝結成深色的塊狀，然後驚慌地像噴霧般散開。氣味濃厚到她幾乎可以咀嚼得到。她集中心神：胸膛，眼睛，耳朵，任何人，任何人，剩下的任何人，有人遭遇危險嗎？

就是妳啊。

她看著海水膨脹，升高，觸及月亮邊緣。她心中大喊希望沒人遭遇危險，但是當然有。有個肺臟掛在腰上的小女孩，躲在一間搖晃的單坡頂小屋下，那是婦女們在去洗掉身上的鹽味時讓小孩子待著遮蔭的地方。她慌亂地蹲著。

艾妮絲開始跑下山丘。她感覺自己像是全世界最渺小的東西，在風中對抗著洶湧海洋的一顆種子或原子。她一腳絆到跌倒，擦傷了雙手和膝蓋，拼命站起來。雖然下著雨，她感覺很乾燥：口乾舌燥，毛孔碎裂。

小女孩就在頂多十呎外，老舊小屋在她頭頂上剝裂。艾妮絲奮力前進：二頭肌，三頭肌，腿骨，腳踝，皮膚像被撕裂，揮舞，想把驚恐但安全的小女孩抱進懷中，沒錯，她搆到她了，抓緊她的體溫，風把她們吹退向安全處，她強壯的腿起伏穿過黑暗，非常得意。

她會用沙維耶的羊角蕉糖漿蛋塔餵飽小女孩，為她點盞燈陪她玩遊戲。因為她當然要去殘詩——那是她一整天的目的地。

但是事與願違；她沒救到任何小孩。

艾妮絲感到風吹起她又放下她。邪惡、刺激、高速的強風，有各種形狀：三角形風，菱形風，迴圈風，方塊風，扁圓風，她懷疑是否有眾神下凡來讓狀況更加艱難。她聽到海的輾軋聲，想像著裡面的鯊魚屍體、數百萬個銳利小石頭與水母屍骸，牠們死去後仍會叮人的觸手足以讓心臟收縮，每塊珊瑚都足以刺穿肚皮。風把她往後拋，她無法搆到小女孩。

她掙扎著站起來，正好及時看到那個男子的腳跟和手掌，把小女孩揹在背後，她像蚌殼一樣緊緊抱住。男子跑過沙灘，回到美麗鎮裡。她看過外國來的馬匹照片，他讓她想起馬兒：昂頭呼氣，小女孩像是騎師。

她的手臂和臉都在刺痛。

快跑，艾妮絲！

她跑向殘詩餐廳。吃到沙子並摸索著前進。如果你看著她，她似乎在空中奔跑，被風支撐與翻滾。她想起她母親和她可能在哪裡、她父親多麼強壯，但動作太慢。波娜米向來會奔向危險，準備戰鬥，她在哪裡？還有坦坦，神聽到了嗎？有棟粉紅色的房子裡面滿是妓女，和一個嬰兒。

讓他們平安無事。

在她下方的海水沖走了第一塊沙灘。

¶

從暴風雨中救出她的男子讓奧莉薇亞娜想起她祖父。兩人都眼神憂傷，髮鬚斑白。但是這個長腿男動作快多了。當他把她放到女士的大陽台上並吻她臉頰，她很遺憾地看著他走掉，轉過身，發出呼呼的聲音前往海中。

她非常確定他是世界上的閃電。

她敲門，女士拿著毯子出來，用水沖掉雨水，讓她皮膚沒那麼刺痛。奧莉薇亞娜盼望她媽媽安全，還有那個很像祖父的男子會游泳。

¶

殘詩餐廳周圍，詭異的光線中，狂風正在摧毀庭院，好像等太久在發飆的情人。到了早上會有瘀傷，意外的地方會有咬痕，有些東西再也不會被提起。橘色攀緣植物的莖用五味子一起攪拌；梅子色的雄蕊；綻放的白色山玫瑰；長滿苔蘚的歪扭樹枝；薑花；細滑的櫻樹葉。沙維耶驚訝地站著，一株紅蝦樹被連根拔起，怪異的甲殼類狀花朵在空中爆炸，彈跳著滾下懸崖落入海中。親吻的杏仁樹傾斜了，被拔起一半，就在他眼前，它們跟其餘東西一樣，被拔起，在漩渦中繞著房子打轉，被風暴的怪異動能推動。

在如此風暴中，人怎麼可能聽得見呼吸聲？聲音怎麼能夠傳過呼嘯的風聲和淹沒了地平線的海洋？但他還是覺得自己聽到了她的呼吸聲，她就在那兒，掙扎著爬上台階。

他放掉飛蛾。

她看到他奮力往她走來，穿過他的庭院殘骸。他的距離不遠；她已經到了，差點被雨滴和花瓣打得尖叫起來。

他把她抓住時，她的皮膚好熱。

屋裡，他裝了一桶水倒在她身上，再倒第二桶，廚房地板淹水了，搓揉她的皮膚去除腐蝕性的甜味雨水。在她用他拿來的毛巾擦乾時，他也用同樣的方法沖洗自己。不知何故，他們沒有看著對方，但他感覺得到她在看他的背和脖子，她也感覺得到他。

她把腳擦乾了。

他擦掉他嘴角的水。

他們互看。

他看到她不再像以前一樣年輕，或許她好一點了。

她看到他還是很憂傷。

他看到她纖細瘦削的肩膀；平滑的皮膚。那個臀部。

她看到他的嘴巴。

「妳幹嘛在大雨裡跑來跑去？」他說，然後心想，這不是問候老朋友的禮貌吧？

她想著同樣的事，除了老朋友的部分，因為他們不是老朋友。但是唉，她多希望他們是。

他認為她衣服上沾著他花園的殘骸美麗極了。

「我得借用你的浴室，」她說。

「別走，」他說。他希望靜靜地跟她待一會兒。

她笑了。「我得尿尿，沙維耶！」

她回來之後，他伸手放到她手臂上，另一手摸她臉頰。她摸摸臉頰上那隻手。她治療他瘀青的皮膚和痠痛手臂時，他們周圍聚集了一團亮光。她抓到並治好了他一次還來不及發作的發燒。他用嘴抓住她的嘴。

「我好像略過你的台詞了，」她說。

尾聲

「哈囉，聽眾你好。」

「哈小姐，妳好。」

「好，大媽。妳從哪裡打來的？」

「我在普魯伊區。清掃真是夠辛苦的，但是每個人都很賣力。我很高興妳熬過了風暴，妹子。很多人擔心妳的安全。要是颶風沒害到妳，那些該死的選美警衛也可能對妳不利。」

小哈輕笑。「我好好的在這兒呢。長達二十四天，嗯？妳跟誰一起躲甜味颶風？」

「我的兩個好朋友。我們都在玩，妳看喔！撲克牌和跳房子和扮裝。」

「聽起來不錯喔。」

「我們把所有東西釘上木板，但是雨水壞壞。我有兩個小孩在我沒注意時喝到一點雨水，他們拉肚子拉了一個星期。」

「他們復原沒有，大媽？」

「有，他們看起來好點了。我們只能動手，然後盡力而為。」

「謝謝來電。」

「我知道還有別的事情發生。我要向失去丈夫的印提亞薩夫人問好。我聽說很多人對那傢伙有各種觀感。他們說既然他是唯一死於颶風的人，表示只有他活該。但我不以為然。我們只損失一個人，感謝與讚美眾神，但他是她的一切。」

「沒錯，大媽。我們為她難過。」

¶

沙維耶・雷丘斯走過市區，向民眾點頭。

清晨的海灘閃亮又清新。民眾從家裡或洞穴裡出來，不再去想不愉快的事。但仍在復原。還有工作要做。他們看著大海。甜味颶風過去一星期了，但從清晨到深夜，鐵鎚、鋸子和鑿子的聲音仍不絕於耳。

而且海裡沒有魚。連小鰻魚也沒有。真令人擔心。

他走路時聽到爐火上麵包的劈啪聲。

他這星期大半時間都在設法幫忙：搬沉重的東西，修補道路，裝屋瓦，固定電線，收集淡水，修理發電機。陪伊奧帶領社區會議。但是小事更重要：街道上的善意；老人看著你的眼神讓你感受到自己的價值。他不記得自己曾經擁抱過這麼多陌生人。

「讓他們從你得到力量，」艾妮絲晚上治療著他的疼痛時說。

羅曼札說他母親整個颶風期間都在做餡餅。她從風暴的大約第四天開始做，她和奧莉薇亞娜直到耗盡了所有餡餅材料才停手。她把新餅塞進烤爐時，他會溜到她身邊讓她撫摸他的頭，告訴她某個他愛的人可能已經死了。

「但他的愛人活了下來，」艾妮絲說。

「是啊，」沙維耶說。

¶

皮拉爾整個甜味颶風期間都躲在一位有一到十二歲共五個小孩的男士的庭院裡，孩子的母親會跑到路上去買可可茶和新鮮雞蛋。丈夫反對她離家，即使只有二十分鐘，因為發現自己要獨自照顧小孩，天曉得要照顧多久。皮拉爾無意間被這位焦急的父親拉進去時，正要留下一批取自玩具工廠的填充動物在他們的門廊上。

皮拉爾很不擅長向年長者說故事，因為他說任何話都要想很久。屋頂發出巨響，小孩們抱怨，他們換掉骯髒的尿布並清洗乾淨，餵飽五個人，嘀咕著說女人才適合做這種事，男人就不太行。孩子的父親在第七天說到同性戀的事，然後第八天的大半時間皮拉爾都非常緩慢無聲地咒罵他，免得被小孩聽到。那是波比修史上最棒的咒罵之一，充滿隱喻和明喻，全都發生在準備食物和學習更快速說故事的空檔，因為總得設法娛樂他們並且哄小孩睡覺。

「我不想讓下等人抱我的小孩，」那位父親咕噥說。

「如果你想要，我現在就可以把他放下來，」皮拉爾說。

「天啊，你不知道小孩有脹氣嗎？清一清，老兄。」

諸如此類。

¶

天空是粉紅色的。自從颶風過去以後，天就從來沒有藍過。沙維耶懷疑是否永遠不會變藍了。他向一名船夫揮手，爬進他的獨木舟。他們離岸時，他回頭看著海灘上散步的民眾，彷彿海洋會有某種回答。

黛絲芮打電話跟他說她和兒子們整個颶風期間都在當地監獄，那是颶風爆發時她能找到最近的地方；感謝眾神，孩子們堅持要跟她一起來看選美。監獄裡有十八個囚犯和一個維持秩序的獄卒，她發現他們充滿智慧。他們教她如何偷別人的最佳漁獲不被發現、快速擠羊奶、開鎖、發動別人的汽車和做出好吃的西瓜泡菜。

桑坦妮和丹度出現在家裡時，已經很明顯，她開心地懷孕了，她母親拖了幾小時沒告訴她父親的噩耗。她說了之後，桑坦妮跟羅曼札去散步了很久，直到他們發現一棵倖存的樹可以爬，然後跟哥哥一起坐在樹上哭了。

¶

艾妮絲來到殘詩餐廳大門找沙維耶的時候，是全裸的。他們沒穿任何衣服太久，以致後來他第一次穿上衣服時感覺沉重又粗糙。平坦光禿的庭院又開始長草了。他太過驚嘆於颶風破壞力的精準和她的肚臍，沒空憂鬱。

哀傷會回來的，某天艾妮絲抬頭看到他眼神明亮地望著她之後說。

我知道，他說。

他開始幫晚餐的鸚鵡魚調味；她泡了杯阿達米茶給他，在窗邊站成S形曲線。連山丘都變禿了。最近大家看她的頻率幾乎跟看他一樣；她說她不在乎。

「想像一下，小哈小姐，多丟臉啊！我聽說治療師整天跑去他的庭院，確保她跟他關在裡面。」

「呃，這種事情很難說的。我們最好別多管閒事。」

艾妮絲拿起一根橘色辣椒給沙維耶。

「再給我一根。我記得小哈喜歡辣椒。」

「我記得奇瑟不喜歡。」

甜味颶風似乎鬧完了的那瞬間，伊奧馬上來到了殘詩餐廳，腋下抱著奇瑟，有個美女走在前面。起初，她就是電台女主持人小哈這點讓沙維耶有點困擾，但她帶了菊花種子、幾棵蘭花、一些長得很快的樹苗和幾個關於隱私、責任和夥伴關係的高明論點來給他。

摩埃十五分鐘後抵達，來查看她的雞有沒有死掉時，伊奧和沙維耶擁抱她直到她叫痛抗議，讓這對兄弟有藉口互相擁抱，他們都變成了彩虹的不同顏色。

¶

蜜西在那段期間一人獨處。她抽掉了大量庫存的大麻還寫了齣劇本，後來在曼披區上演兩週反應不錯。她聽說亞契訂婚了，驚訝地發現她並不介意。

皮拉爾找到羅曼札之後，把他拉到第二十五號死亡島去曬太陽，精心緩慢地展示他的身材讓羅曼札不得不移開目光，因為他不敢對上他的眼神，只能朝他的肩膀微笑。他們一起高潮之後，一切就跟音樂一樣自然了，從那以後，他們養成了習慣。

颶風期間，李奧擔心著他兒子，也為他的朋友點了根蠟燭祈福。

¶

「你好，請說。」

「小哈小姐，妳知道我在該死的颶風裡看到什麼嗎？」

「告訴我吧，老兄。」

「鬼魂在雨中奔跑。不只一兩個！十幾個鬼，我在自家窗外看到他們。妳覺得是怎麼回事？」

「我希望他們有感到一點快樂。」

男子呻吟表示同意。

「我發誓我看到了印提亞薩跟他們一起在雨中，妳知道的。跑得很快。」

「真的假的？」

到頭來，伯特蘭・印提亞薩發現變成鬼之後的日子是他最棒的體驗。

伊奧不斷打給電台討論選舉、道路狀況、解決事情的最佳方式、他已做出與打算做出的承諾，也在印提亞薩夫人來電提出高明主張時抒發己見。他和小哈都同意印提亞薩遺孀逐漸成為選舉中可敬的對手，法制明訂任何民選官員意外去世時可由家族成員代理，而大家都知道羅曼札和桑坦妮對那一點興趣也沒有。

萊拉縫補了她洋裝上的破洞，又多做了幾件，包括一件給艾妮絲的，做了不同尺寸可適應她自己逐漸變大的肚子。她送衣服時附上字條，邀艾妮絲如果有時間可以過來談話。艾妮絲準備了一隻美味烤雞和蒸蔬菜，帶著波娜米同行。後續過程非常愉快，當艾妮絲因為想念坦坦不禁無法克制地啜泣，萊拉和波娜米抱著她，說有些悲傷妳非忍受不可，所有人都同意那個偷腥的笨蛋會是一個好爸爸。

羅曼札回去蘭姆酒吧聽婦女們聊天。

「我們今天結束前還可以再接一通。接著會公布有淡水供應的地點，如果您附近有河流，請務必跟鄰居分享，但前提是他們進入社區時做過污染檢測。好，誰在線上，請長話短說！」

是貝蒂・歐瓦廷，因為美麗小姐國際選美賽冠軍終於有了結果而如釋重負。但其實她不確定她能不能接受，因為印提亞薩總督去世前曾提議過某種犯罪的事，或許她是因此才獲勝的。

小哈召喚黛絲芮上線。

「不是，」黛絲芮說，「到最後，我們都同意是妳。現在妳不用跟任何人打砲也是贏家。」

「天啊，黛絲芮，在我的節目小心發言！妳不是改過自新了嗎？」

「我從來沒答應過任何人。」

夏恩來電說她不覺得太難過，因為她認為她在比賽中表現不錯，徹底拒絕了印提亞薩的勒索，雖然不想說死者的壞話。還有，她也想說她很驕傲自己跟女人睡覺，以及如果大家有興趣，她有很多優質染髮劑出售。

「好好照顧那副前凸後翹的身材，拜託妳了，」小哈說。

「那是一定要的，」夏恩說。

¶

颶風期間艾妮絲唯一想做的事就是說出她的真心話，當然也別忘了禮貌。沙維耶說他認為說真心話但別忘了禮貌這件事是個好主意，他或許也會試試看。他還宣布他愛上了她，從初見面開始，打算維持到他死掉為止，不過害死他的可能會是飛蛾，因為他仍然在生活中設法跟它和平共存，問她認為怎麼樣。

艾妮絲說她已經考慮到飛蛾——還有神廚的因素，這主要表示她也會被迫出名。那一點也不簡單，但她跟他困在一起二十四天之後，發現她腦中的聲音變得比較輕鬆戲謔，只能等著看他們會發展成怎樣了。

如果我惹惱妳，妳隨時可以站起來穿牆離開，沙維耶說，因為她在第三天就全部告訴他了。

我可以，艾妮絲說。你自己最好小心點。

隔天早上她看到他解開妮亞的吊床，抱著一會兒然後把它收起來。

颶風之後，齊貝迪亞整理出版了一本妮亞情詩的小合輯，挨家挨戶發送。

沙維耶去找到那個漁夫兒子，帶他跟羅曼札一起去蘭姆酒吧，他們在裡面配合好聽的音樂跳很爛的舞。在羅曼札向他調查過飛蛾價錢之後，沙維耶給了那個兒子一個裝了九十五個硬幣的皮囊。沙維耶沒問是哪個貧民在買賣這麼優質肥美的飛蛾，因為畢竟，他正在嘗試要過一種不同的生活。

深夜醉醺醺地回家途中，那個名叫傑森的漁夫兒子很客氣地問，大師我可以跟你坐在一起嗎，來了，哈！他的第一個助手。

他們在死亡群島跟貧民一起做菜；在彎腰市場邊緣；在寺廟屋簷下；幫忙教無聊的九歲小孩料理雞蛋，因為大人們都在忙。

最近都是傑森在替鱈魚抹鹽。

¶

艾妮絲很樂意去切洋蔥；當沙維耶說她的做法不正確，她叫他不要太計較洋蔥的事。沙維耶在切壞的洋蔥上灑葡萄酒醋和胡椒，拿在手裡塗上麵粉直到鹹味適當，拍鬆鸚鵡魚肉，然後艾妮絲說他可以跟她上樓，因為她有東西忘了給他看，他再也無法專心。直到有人跑來往他們窗戶大喊：巫術委員會在海裡！他們才暫停做愛。

「什麼，」沙維耶說。

「什麼，」艾妮絲說。

他們穿上衣服赤腳跑出家門，她頭皮和腳踝上被他摸過的位置還沾著麵粉。

天空已經復原了，再度出現牡蠣藍、波比修藍、女孩週日緞帶藍，而在海天交會處他們看到一排模糊、陰暗、唸咒的巫女們，幾百個人，在平緩波浪中涉水到腰部深度，舉起雙掌。

你們可否把心交給我，巫女們問，所有魚兒都來到了淺灘上。指尖大小的魚，只有牙齒和尾巴的魚；長得像糾纏的樹叢，味道像調味奶油的魚；像鳥一樣有長尾巴的魚；會喊叫的魚。

民眾開心地聚集在岸上。一道海浪沖倒了在抱怨他的店門口被堵住的男子。

他們玩水；他們歡笑。

他們想起，愛就是泥土在陽光下變紅。

致謝

我最深的尊重與感謝歸於 Peepal Tree 出版公司的 Hannah Bannister 和 Jeremy Poynting，他們美好地拯救了沒沒無聞的我；我可怕又睿智的經紀人 Nicola Chang；大力擁護推廣的 Nikesh Shukla；我在 Faber & Faber 公司的「助產士」Louisa Joyner 和 Farrar, Straus & Giroux 公司的編輯團隊；還有史上最屌的文字編輯 Eleanor Rees。

沒有你們就沒人看得到這本書。

感謝協助我從一整座山雕出這本小說的那些人：我親愛的 Stacey Barney，第一個相信我的編輯，我為了她重寫艾妮絲至少兩次；身懷絕技的 Jamie Smythe，唯一能忍受讀完這麼長篇幅的人；還有 Louise「確保妳不是已經寫完了」Tondeur，我所認識最聰明的人。祝福 Troy Lopez，我刷過她的蘑菇，進過她的廚房。還有一秒鐘也不曾懷疑過的 Patience Agbabi。

妳們都是我朋友。

忍受我的工作人員：你們就像在我面前展開的一片原野、天空、我的蝴蝶——我的姊妹 Soroya Nosworthy、Carol Russell、Jameela Kassim、Judith Bryan、Jenne Liburd、Okeiliah Williams、Sola Coard、Joshua Idehen、Bobby Joseph、Jehan White、Mahdis Keshvarz、Ricky McKenley、Amba Chevannes、Sarah Manley、Stu Nathan、Taitu Heron、Abena Chevannes、Ancil McKain、Jose Sarmiento Hinojosa、Anne Morgan、Alan Flynn、Carla Dixon、Carol Moses、Marion Bernard-Amos、Rose Rainford、MarilynNg A Qui、Richard Frankson、Kirk Henry、Mauricio Passer、Lesley Gordon、Dr Leslie Kelly、Martin Redwood、Pauline Smith 和 Colin Bell……

每當我們坐下，我們總會看到對方。

混蛋們，要抬頭挺胸：感謝我的家人，因為他們的魔力、不完美和特色才有了我；尤其是我兩方面的父母——Neil、Joan、Marianne 和 Maurice ——和我們的小孩——Jai、Inara、Ethan、Zora 和 Oliver。

感謝 Sid & Tim & Janis & Shaka，他們回來之後成了我們腦中的點子。

感謝我的祖父母。

感謝 Alexander Nevermind。

感謝 Trixie Rosanna Taylor，因為一座西班牙山峰和一座游泳池。感謝 Anna 和 Beth，因為一座可以療癒人心的魔法森林。Shane，因為所有的砲彈熱巧克力。

感謝這場文字搏鬥中的同志們：Bernardine Evaristo、Kei Miller、Musa Okwonga、Niven Govinden、Vicky Arana、Kadija George、Dorothea Smartt、Nicholas Royle、Sharmaine Lovegrove、Melanie Abrahams 和 Renaissance One 公司全體同仁，Sunny Singh、Rob Shearman、Michael Hughes、Marlon James、Sarah Sanders、Sharmilla Beezmohun、Irenosen Okojie、Catherine Johnson、Naomi Woddis、Monique Roffey、Maggie Gee、Courtia Newland、Joy Francis，Spread The Word 公司同仁和 Inua Ellams。

感謝 Vania 和 Leah。

你們幫助我維持、相信與成長。

感謝教會了我各種口味的情人們：苦味、辣味、酸味、甜味、鮮味、脂肪味。

感謝我最愛、總是坐在夜晚燈光和陽光下亂塗亂寫的繼女 Steph Elliot Vickers。還有我的伴侶 Malc Wells——醜八怪，下一本書出版時你最好還在。

我感謝……

纖維肌痛症。

飲食失調症。

做夢。

飛蛾。

祝大家一路順利。

蕾奧妮・羅斯

寫於二〇二〇年七月

封面及裝幀設計：王瓊瑤

蕾奧妮・羅斯

蕾奧妮・羅斯生於英國，在牙買加長大。她的第一本小說《All the Blood Is Red》入圍了柑橘小說獎，第二本小說《Orange Laughter》則被選為BBC Radio 4 Woman's Hour Watershed Fiction的最愛推薦。她的短篇故事曾被廣泛收錄在選集中，而第一本短篇故事集《Come Let Us Sing Anyway》入圍了Jhalak獎、Edge Hill短篇小說獎、Saboteur獎與OCM BOCAS獎。她在倫敦的羅漢普頓大學擔任創意寫作的資深講師已經有二十年，也是英國高等教育學院的資深會員。她也是史上第一本英國黑人推想小說（speculative fiction）故事選集的編輯，預計將於二〇二二年出版。在開始創作小說之前，她是一名記者。她現居倫敦，但希望能在更靠近水的地方退休。

風暴的一天

二〇二二年十二月五日　初版第一刷

作　　者　蕾奧妮・羅斯
譯　　者　李建興
編　　輯　廖書逸
發 行 人　林聖修
出　　版　啟明出版事業股份有限公司
郵遞區號　一〇六八一
台北市大安區敦化南路二段五十七號十二樓之一
電話　〇二二七〇八八三五一
總 經 銷　紅螞蟻圖書有限公司
法律顧問　北辰著作權事務所

定價標示於書衣封底。

ISBN 978-626-96372-8-7

國家圖書館出版品預行編目 (CIP) 資料

風暴的一天／蕾奧妮・羅斯（Leone Ross）著；李建興譯。
——初版——臺北市：啟明，2022.12。
608 面；12.8 x 18.8 公分。

譯自：This One Sky Day
ISBN 978-626-96372-8-7（平裝）

883.57　　　111018561

This One Sky Day
By Leone Ross